Der Schwur des Highlanders

Hannah Howell
im Weltbild Taschenbuch

Das Schicksal des Highlanders
1430 – Balfour Murray und Maldie Kirkcaldy

Die Ehre des Highlanders
1437 – Nigel Murray und Gisèle DeVeau

Unter dem Schutz des Highlanders
1444 – Eric Murray und Bethia Drummond

Der Schwur des Highlanders
1446 – Cormac Armstrong und Elspeth Murray

Irrtum des Herzens
1465 – Gillyanne Murray und Connor MacEnroy

Die Spur des Highlanders
1471 – Laird MacEnroy und Lady Lindsey

Der Fürst der Highlander
1473 – Jolene Gerard und Sigimor Cameron

Die Geschichten sind in sich abgeschlossen und können in jeder beliebigen Reihenfolge gelesen werden.

Hannah Howell

Der Schwur des Highlanders

Deutsch von Andrea Hahn

Weltbild

Originaltitel: *Highland Vow*
Originalverlag: Zebra Books/Kensington Publishing Corp., New York

Published by Arrangement with
KENSINGTON PUBLISHING CORP., New York, NY, USA

Die Autorin

Hannah Howell hat sich seit ihrem ersten Buch 1988 einen Namen als Autorin romantischer historischer Romane gemacht. Die begeisterte England-Reisende lebt an der Ostküste der USA, wo ihre Familie seit 1630 ansässig ist. Sie ist verheiratet, hat zwei erwachsene Söhne, einen Enkel und fünf Katzen, von denen eine den Namen Oliver Cromwell trägt.

Weltbild Taschenbuch

Prolog

Schottland – 1446

»Holzkopf!«

»Hundehaufen!«

Cormac Armstrong musste fast lachen, als die wütenden Kinderstimmen sein langsames, resigniertes Abdriften in die Bewusstlosigkeit aufhielten. Es schien eine grausame Ironie des Schicksals zu sein, dass er sein junges Leben zu den Stimmen von Kindern, die sich gegenseitig ärgerten, langsam ausbluten musste. Diese Stimmen erfüllten ihn mit überwältigender Traurigkeit. Sie erinnerten ihn schmerzlich daran, dass er seine Brüder, mit denen er sich unzählige Male gezankt hatte, nie wiedersehen würde.

»Du bist hässlich!«

»Ach ja? Ha! Na gut, ich behaupte, dass du auch hässlich bist, und dazu noch dumm!«

Auf das Geräusch einer kleinen Hand, die ihrerseits auf einen kleinen Körper schlug, folgte schnell der Lärm raufender Kinder. Weitere kindliche Stimmen drangen durch die nasskalte Morgenluft, als die anderen Kinder dem jeweils bevorzugten Kämpen zujubelten. Es klang, als würde sich auf der anderen Seite des Dickichts, hinter dem er sich verbarg, eine wahre Horde von Kindern befinden. Cormac flehte innerlich, dass sie blieben, wo sie waren, und keiner von ihnen zur anderen Seite der Sträucher wechselte, um nicht ahnungslos in seine verzweifelte Situation hineingezogen zu werden. Einen Herzschlag später fluchte er, denn er stellte fest, dass seine Gebete nicht erhört wurden.

Große grüne Augen und eine Fülle rabenschwarzer Haare

waren das Erste, was er sah, als sich ein kleines, dünnes Mädchen durch das Gebüsch zwängte und an seiner Seite niederkniete. Es war ein bezauberndes Kind, und Cormac wünschte sich verzweifelt, es möge weit weg gehen. Er glaubte nicht, dass seine Feinde noch seine Spur verfolgten, konnte sich aber täuschen, und dieses übermütige Kind würde dann von ihnen vielleicht brutal beiseitegestoßen, möglicherweise sogar getötet oder verletzt.

»Geh, Mädelchen«, befahl er mit einer Stimme, die kaum mehr als ein heiseres, zittriges Flüstern war. »Nimm all deine kleinen Freunde und verschwinde mit ihnen von diesem Ort. Schnell!«

»Ihr blutet«, sagte sie, nachdem sie ihn gemustert hatte.

Seine Augen weiteten sich, als sie ihm mit ihrer kleinen, weichen Hand über die Stirn strich. Die Stimme war für ein solch kleines Mädchen erstaunlich tief, fast sinnlich. *Mehr Stimme als Mädchen,* dachte er sich.

»Ja«, stimmte er ihr zu, »und ich werde bald tot sein, was aber für solch schöne große Augen kein Anblick ist.«

»Nein, Ihr werdet nicht sterben. Meine Mutter, müsst Ihr wissen, kann fast jede Verletzung heilen. Ich bin Elspeth Murray.«

»Und ich heiße Cormac Armstrong.« Es verblüffte ihn, dass er die Kraft hatte, die kleine Hand, die sie ihm hinstreckte, zu schütteln. »Du darfst deiner Mutter nicht von mir erzählen.«

»Ihr braucht meine Mutter, damit Eure Blutung gestillt wird.«

»Mädchen, ich blute, weil jemand ziemlich massiv versucht, mich zu töten.«

»Warum?«

»Sie sagen, ich sei ein Mörder.«

»Seid Ihr das?«

»Nein.«

»Dann kann Euch meine Mutter helfen.«

Cormac hätte allzu gern dem Kind erlaubt, seine Mutter zu holen, damit sie die Wunden heilte. Er wollte nicht sterben. Und ganz gewiss wollte er nicht für ein Verbrechen zahlen, das er nicht begangen hatte, oder wenigstens nicht, bevor er diesen schwarzen Fleck von seinem Namen getilgt hatte. Es war alles so ungerecht, dachte er und verzog das Gesicht. Ihm wurde bewusst, dass er selbst schon fast wie ein Kind klang.

»Oh, armer Junge«, murmelte sie. »Ihr habt Schmerzen. Ihr braucht Ruhe. Ich werde den Kindern sagen, dass sie ruhig sein sollen.« Bevor er widersprechen konnte, stand sie auf, ging zum Rand es Dickichts zurück und schob sich halb durch. »Ihr müsst alle euren kleinen Mund halten«, schrie Elspeth mit erstaunlich lauter, befehlender Stimme. »Hier liegt ein armer blutender Mann, und er braucht Ruhe. Payton, nimm deine dünnen kleinen Beine in die Hand und lauf. Such Donald oder meinen Vater. Hol jemanden, denn dieser Junge braucht bestimmt Hilfe.«

Das Einzige, was Cormac einfiel, als sie an seine Seite zurückkehrte, war: »Ich bin kein Junge mehr. Ich bin ein Mann, ein gejagter Mann.« Er fluchte leise, als sich weitere Kinder durch das Gestrüpp wanden.

»Wie alt seid Ihr?«, fragte Elspeth, als sie ihm mit ihrer kleinen Hand erneut über die Stirn strich.

»Siebzehn.« Cormac wunderte sich, wie eine so winzige Hand derart tröstlich sein konnte.

»Ich bin heute neun geworden. Deshalb haben sich so viele Murrays zusammengefunden. Und Ihr *seid* ein Junge. Mein Vater sagt immer, jeder unter einundzwanzig Jahren ist ein Junge oder ein Mädchen, manche sollen angeblich sogar nie mehr als das sein, selbst wenn sie so alt und groß geworden sind wie er. Das hat er meinem Cousin Cordell gesagt, als der sechzehn geworden ist und damit prahlte, was er für ein schöner, großartiger Mann sei.«

»Ja«, pflichtete ihr ein Kind mit bernsteinfarbenen Augen bei, das noch kleiner als Elspeth war. Es setzte sich neben ihn.

»Onkel Balfour sagt, ein Junge muss sich erst seine Sporen verdienen, eine Frau und Kinder haben und sich bei beiden Aufgaben Auszeichnungen verdienen, bevor er sich damit brüsten und sich einen Mann nennen darf. Warum blutet er, Elspeth?«

»Weil er ein paar riesengroße Löcher in sich hat, Avery.« Elspeth grinste kurz, als die anderen Kinder kicherten.

»Das sehe ich. Wie wurde er verletzt?«

»Jemand wollte ihn für einen Mord zahlen lassen, den er nicht begangen hat.«

»Mädchen« – Cormac betrachtete die erstaunliche Ansammlung von elf wunderschönen Kindern, bevor er seinen Blick auf Elspeth heftete – »ich sagte zwar, dass ich unschuldig bin, aber du weißt doch nicht, ob ich die Wahrheit sage.«

»Doch, das tut ihr«, behauptete Elspeth mit fester Stimme.

»Keiner kann Elspeth anlügen«, sagte ein großer, schlanker Junge, der sich links von Cormac niedergekauert hatte. »Ich bin Ewan, ihr Bruder, und das ist eine äußerst lästige Sache, das kann ich Euch verraten.«

Cormac hätte beinahe gelächelt, schaute den Jungen, der ein wenig älter zu sein schien als Elspeth, dann aber streng an. »Also wird sie auch wissen, dass ich ihr die Wahrheit sage, wenn ich behaupte, dass ich nichts als Ärger mit mir bringe – tödlichen Ärger – und dass sie mich einfach meinem Schicksal überlassen soll. Ihr solltet nach Hause eilen, bevor die Gefahr, die mir auf den Fersen folgt, Eure Tore erreicht.«

Der Junge öffnete den Mund, um etwas zu sagen, schloss ihn aber ganz schnell wieder. Cormac folgte dem Blick des Jungen aus weit aufgerissenen Augen zu seiner Schwester, und seine Augen wurden selbst ein wenig größer. Sie saß sehr aufrecht, ihre wunderschönen Augen waren unverwandt auf ihren unglücklichen Bruder gerichtet. Auf ihrem Gesichtchen lag ein sehr ernster, ein sehr erwachsener Ausdruck. Cormac hatte volles Verständnis für den Jungen, der es nur widerwillig mit diesem Gesichtsausdruck aufnahm.

»Ewan, warum versuchst du nicht, zusammen mit den anderen Jungen auf die Suche nach etwas zu gehen, aus dem man eine Trage bauen kann«, sagte Elspeth. »Oh, und bevor ihr davonspringt, um zu tun, was man euch gesagt hat, gib mir bitte den Weinschlauch, den du Donald weggenommen hast.«

»Ich? Niemals«, protestierte der Junge. Doch dann stieß er einen Fluch aus und übergab Elspeth den Weinschlauch, bevor er mit den anderen Jungen verschwand.

»Es ist nicht wirklich schlimm, wenn der Knabe seinen Kopf Bekanntschaft mit Wein schließen lässt«, sagte Cormac.

»Ich weiß, doch Donald füllt in seinen Weinschlauch ein herzhaftes Gebräu, und ich glaube, Ihr könnt es besser brauchen. Ewan kann die Widerstandskraft seiner Innereien gegenüber diesem Trank ein anderes Mal testen.«

Sie zeigte eine erstaunliche Stärke, als sie ihm einen Arm um die Schultern legte und dabei half, sich so weit aufzusetzen, dass er trinken konnte. Nicht nur die Verblüffung darüber ließ ihn ein wenig husten, als er einen Schluck nahm. Wein lief nicht brennend die Kehle hinab, um danach den ganzen Körper mit Wärme zu überfluten.

»Avery, geh und hol mir etwas Wasser«, befahl Elspeth. Sobald ihre Cousine weg war, schaute sie die beiden noch verbliebenen Mädchen an. »Bega, Morna, eine von euch gibt mir ihren Unterrock, damit ich dem Jungen die Wunden verbinden kann. Genau gesagt brauch ich von jeder ein großes Stück.«

»Warum nimmst du nicht deinen eigenen?«, schimpfte das kleine blonde Mädchen. »Man wird mich tadeln.«

»Nicht, wenn du dadurch verhinderst, dass das ganze Blut eines Menschen im Boden versickert, Bega.«

Während sich die beiden kleinen Mädchen abmühten, ihre Unterröcke zu zerreißen, sah Cormac Elspeth an. »Mädchen, das ist keine Aufgabe für ein kleines Kind.«

»Na ja, Spaß macht es nicht, aber wir wissen nicht, wie

lange Payton braucht, bis er Hilfe bringt, also stillen wir die Blutung lieber, falls das geht. Meine Mutter ist Heilerin. Ich beherrsche manches davon. Trinkt noch ein bisschen Wein.«

»Das ist kein Wein«, murmelte er und nahm einen weiteren Schluck. Sie lächelte, und er dachte, ein wenig benommen, dass sie, sobald sie erwachsen war, eine sehr schöne Frau sein würde.

»Ich weiß. Und fast alle anderen wissen es auch. Aber Donalds Frau hatte einen übel gelaunten Trunkenbold zum Vater, und sie gibt sich immer äußerst heilig, wenn sie glaubt, dass ihr Mann *uisgebeatha,* also Kornschnaps, trinkt. Deshalb versteckt er ihn im Weinschlauch. Wir alle wissen, dass unser Donald niemals ein Trunkenbold wird, er ist nicht schwach. Aber er mag hin und wieder einen wärmenden Schluck oder auch einen herzhaften Umtrunk mit den anderen Männern, weshalb wir alle diesen Schwindel übergehen. Ich glaube, seine Frau weiß das alles auch, aber diese kleine Lüge hilft ihr dabei, ihre Angst, das zänkische Eheweib gegenüber ihrem armen Mann zu spielen, zu bezähmen.«

»Wenn du Donalds Weinschlauch hast, kann er nicht weit weg sein. Außerdem würde keiner so viele Kinder unbeaufsichtigt herumlaufen lassen. Also, Mädchen, wo ist Donald?«

»Ja, also, ich fürchte, wir waren dem armen Mann gegenüber ungezogen. Wir sind seiner Aufsicht entschlüpft. Ja, und ich glaube, wir waren sogar ziemlich ungezogen, denn wir sind schon sehr lange aus Donncoill weg, und mein Vater wird vielleicht kommen und nach uns suchen. Das heißt, der arme alte Donald muss sich eine Frage gefallen lassen, die er fürchtet.«

»Wo sind sie, Donald?«

Donald zitterte und versuchte, vor dem brüllenden Laird of Donncoill und seinen zwei grimmig dreinschauenden Brüdern stehen zu bleiben und keinen Schritt nach hinten zu tun. Balfour sah so aus, als sei er bereit, ihn ohnmächtig zu prü-

geln, und Nigel und Eric schienen darauf zu brennen, ihn festzuhalten, während Balfour das machte. Donald wünschte sich sehnlichst, dass er seinen Weinschlauch nicht zusammen mit den Kindern verloren hätte, denn ein großer, stärkender Schluck wäre für den Augenblick eine Wohltat gewesen.

»Ich weiß nicht«, erwiderte er und trat angesichts der geradezu greifbaren Wut der Murray-Brüder nun doch hastig einen Schritt zurück. »In dem einen Augenblick waren sie bei mir, und im anderen waren sie weg. Ich suche fast schon eine Stunde lang nach ihnen.«

»Unsere Kinder sind seit einer Stunde außer Sichtweite?«

Bevor Donald eine Antwort auf diese leise gezischte Frage einfiel, trottete Jung-Payton einher und packte seinen Vater, Nigel, am Arm. »Du musst mit mir kommen, Vater.«

Nigel seinerseits packte seinen kleinen Sohn an den Schultern. »Ist den Kindern etwas zugestoßen?«

»Nein, wir sind alle gesund.« Er sah zu dem blassen Donald. »Entschuldige, dass wir abgehauen sind.«

»Mach dir jetzt keine Gedanken darüber. Wo sind die anderen?«, wollte Nigel wissen.

»Ich werde es euch zeigen.« Payton ging los, um die Männer zurück zu Elspeth und den anderen Kindern zu führen. »Elspeth hat einen blutenden Mann gefunden und mich losgeschickt, um Hilfe zu holen.«

Nigel warf seinen Brüdern, die bedenkliche Gesichter machten, einen schnellen Blick zu. Es mochte viele Gründe dafür geben, warum ein Mann verletzt in einer entfernten Ecke des Murray-Landes lag, aber die wenigsten waren erfreulich. Nigel drängte seinen Sohn, sich zu beeilen, während Donald die Zügel ihrer Pferde ergriff und ihnen folgte.

»Es tut mir leid, wenn ich Euch wehgetan habe, Cormac«, sagte Elspeth, die gerade einen Fetzen Leinen anfeuchtete und ihm den Schweiß vom Gesicht wischte, »aber ich glaube, ich habe die Blutungen ein kleines bisschen stillen können.«

»Ja, das hast du sehr gut gemacht, Mädchen«, stieß er mühsam hervor.

»Meine Mutter wird die Wunden an der Seite und am Bein nähen müssen.«

»Mädchen, ich kann dir gar nicht genug dafür danken, aber willst du nicht lieber auf mich hören und gehen? Ich bin mir nicht sicher, ob ich den Männern, die mich verfolgen, wirklich entkommen bin, und es täte mir sehr weh, wenn sie dich verletzen, falls sie hierherkommen und mich finden. Und sie würden dich und die anderen verletzen.«

»Ich habe Eure Warnung gehört, deswegen halten Avery, Morna und Bega sehr sorgfältig Wache.«

»Du bist ein eigensinniges Mädchen.«

»Stimmt, man hat mich dafür schon das ein oder andere Mal getadelt. Ihr braucht Hilfe, und ich habe vor, sie Euch zu leisten.«

»Ich bin ein verfolgter –«

»Ja, das weiß ich. Meine Tante Gisèle, Averys Mutter, wurde auch verfolgt, und wir haben ihr geholfen. Sie wurde auch zu Unrecht des Mordes bezichtigt, daher wissen wir, dass es noch lange nicht stimmen muss, wenn einer sagt, du hast es getan, und versucht, dich dafür zu bestrafen.«

Bevor sich Cormac von seinem Schreck über diese Enthüllung erholen und das Gespräch fortsetzen konnte, erschien Avery bei ihnen und verkündete: »Unsere Väter kommen.«

Das Kind hatte seinen Satz kaum beendet, als Cormac schon drei Männern mit harten Gesichtern und in voller Bewaffnung entgegenstarrte. Unwillkürlich langte er nach seinem Schwert, musste aber feststellen, dass es nicht mehr da war. Cormac verzog innerlich das Gesicht, als der kleine Junge, der zusammen mit den Männern angekommen war, es dem großen Mann mit den bernsteinfarbenen Augen reichte. Er wusste, dass er nicht mehr die Kraft hatte, sich zu verteidigen, und einen schwerwiegenden Fehler begehen

konnte, wenn er das Schwert gegen Männer zog, die ihm vielleicht helfen würden. Trotzdem missfiel es ihm, dass er von einem Kind so geschickt entwaffnet worden war. Als wollte sie dieser Verletzung auch noch eine Beleidigung hinzufügen, nahm seine kleine, grünäugige Retterin das Messer, das in seinem Stiefel steckte, an sich und übergab es dem großen, breitschultrigen Mann mit dem braunen Haar und den braunen Augen. Danach kühlte sie ihm wieder sanft das Gesicht.

Balfour Murray sah auf seine kleine Tochter hinunter. »Du bist dem armen Donald davongelaufen.«

»Ja, das bin ich«, antwortete sie und reichte dem brummenden Donald beiläufig seinen Weinschlauch.

»Du weißt, dass du das nicht tun sollst.«

»Ja, aber ich fürchte, manchmal überwältigt mich der Ungehorsam.«

»Nun, wenn dich das nächste Mal der Ungehorsam überwältigen will, versuche dich daran zu erinnern, dass auf ihn eine strenge Strafe folgen wird.« Balfour sah sich um und konnte nur die vier Mädchen sehen. »Wo sind die anderen?«

»Sie machen eine Trage für den Jungen«, erwiderte Elspeth.

»Erwartest du, dass ich ihn auf Donncoill mitnehme?«

»Ja.«

»Du stopfst mein Land mit einer enormen Ansammlung von Blinden und Lahmen voll, Mädchen.«

»Er ist nicht lahm, er blutet nur.«

Balfour betrachtete eingehend den jungen Mann, um den sich seine Tochter so fürsorglich kümmerte. Volles, tief kastanienbraunes Haar und klare blaue Augen ergaben eine bemerkenswerte Mischung. Seine Gesichtszüge waren fein geschnitten und unversehrt. Er war groß und jungendlich schlank, versprach aber zu einem kräftigen Mann heranzureifen. Ginge es nach dem Aussehen, überlegte sich Balfour, würde jedermann den Jungen als Freund bezeichnen und willkommen heißen. Elspeth mochte zwar erst neun Jahre alt

sein, aber Balfour fragte sich, ob seine Tochter dieses Mal nicht mehr als ihre übliche Neigung zeigte, alle verletzten Wesen an ihr Herz zu drücken. Angesichts seiner Jugend neigte Balfour dazu, ihm ohne Frage zu helfen, aber er zwang sich zur Vorsicht.

»Ich bin Sir Balfour Murray, Laird of Donncoill, und das sind meine Brüder, Sir Nigel und Sir Eric.« Er neigte den Kopf zuerst in Richtung des Mannes, der zu seiner Linken stand, dann in Richtung des Mannes zu seiner Rechten. »Wer seid Ihr, Junge, und warum liegt Ihr blutend auf diesem abgelegenen Stück meines Landes?«, verlangte Balfour zu wissen, ohne dass er dabei auch nur die kleinste Spur von Barmherzigkeit verriet.

»Ich bin Cormac Armstrong, Sir, und ich bin hier zu Boden gegangen, als ich versuchte, meine Verwandten im Süden zu erreichen«, antwortete Cormac.

»Wo ist Euer Pferd?«

»Davongelaufen, als ich ohnmächtig wurde und herunterfiel.«

»Wer hat Euch verletzt und warum?«

»Ich werde von den Verwandten eines Mannes verfolgt, dessen Todes man mich beschuldigt.« Cormac seufzte, als alle drei Männer an ihre Schwerter griffen und ihn mit erneutem Argwohn musterten.

»Habt Ihr es getan?«

»Nein.«

»Und warum sollte ich Euch Glauben schenken?«, fragte Balfour, wobei er aber seine angespannte, vorsichtige Haltung ein wenig lockerte.

»Ich kann Euch nur mein Ehrenwort geben.« Cormac hoffte, dass bald einer eine Entscheidung über sein Schicksal fällen würde, denn er wusste nicht, ob er noch lange bei Bewusstsein bleiben konnte. »Ich bin unschuldig.«

»Die Jungen sind mit der Trage gekommen«, verkündete Nigel.

»Lasst uns besser nachsehen, ob sie robust genug ist«, sagte Balfour. »Wir nehmen den Jungen vielleicht mit auf Donncoill.« Er sah auf Cormac zurück. »Wen habt Ihr der Anklage nach ermordet?«

»Einen Douglas.« Es überraschte Cormac nicht, dass sowohl Balfour als auch Eric zusammenzuckten und in beunruhigte Anspannung gerieten.

»Einen Douglas, wie? Habt Ihr die Kraft, uns die Geschichte zu erzählen?«

»Ich versuche es. Ich habe einem Mädchen den Hof gemacht. Ihre Familie entschied sich, sie mit einem Douglas zu verheiraten. Er hatte mehr Land und Geld zu bieten. Na ja, und ich habe den Verlust nicht sehr gut hingenommen, sondern meiner Zunge freien Lauf gelassen und meinem Ärger zu laut Luft gemacht – und auch meiner Eifersucht. Als dann der Mann nur sechs Monate nach der Trauung tot aufgefunden wurde, mit durchschnittener Kehle, wandten sich alle Blicke mir zu. Ich habe es nicht getan, aber ich habe kein Alibi für die Zeit seines Todes, und ich habe niemanden, auf den ich den Verdacht lenken kann. Also bin ich geflüchtet, und ich flüchte seitdem, seit zwei langen Monaten.«

»Und die Douglas verfolgen Euch?«

»Einige. Kleinere Familienzweige des Clans, aber ich bin bei keinem Douglas willkommen, auch habe ich von ihnen keine Hilfe zu erwarten.«

»Ihr verlangt mir eine schwere Entscheidung ab, Junge. Soll ich Euch glauben und mit den mächtigen Douglas Ärger riskieren, indem ich Euch am Leben erhalte? Soll ich Euch dem Tod überlassen oder gar den Douglas ausliefern, obwohl Ihr vielleicht unschuldig seid? Ihr bittet mich darum, ein großes Risiko einzugehen, und das nur auf ein Ehrenwort hin.«

»Nicht er bittet dich – ich tu's«, sagte Elspeth. »Und du musst noch etwas anderes zu seinen Gunsten sprechen lassen, Vater.«

»Und was ist das?« – »Von dem Augenblick an, in dem ich ihn gefunden habe, wollte er mich dazu bewegen, wegzugehen und ihn seinem Schicksal zu überlassen. Er hat nicht aufgehört, mich davor zu warnen, dass er Schwierigkeiten mit sich bringen könnte.«

»Aber du bist ein eigensinniges Mädchen.«

»Ja, das bin ich.«

Balfour lächelte seiner Tochter zu und stellte sich dann zu Füßen Cormacs. »Komm, Eric, hilf uns mal. Wir legen diesen jungen Dummkopf auf die Trage und zerren seinen löchrigen Kadaver zu Maldie, damit sie ihn versorgen kann.«

»Bist du dir dessen sicher, Balfour?«, fragte Eric, als er sich in Bewegung setzte, um beim Tragen von Cormac Hilfe zu leisten.

»Nicht ganz, aber welcher Mörder, welcher Verfolgte lehnt schon ein Hilfsangebot ab, weil er fürchtet, dass ein dummes kleines Mädchen dabei verletzt werden könnte?«

»Ich bin nicht dumm«, schimpfte Elspeth, als sie ihrem Vater folgte.

Eric und Balfour tauschten ein Grinsen aus, bevor Eric sagte: »Nicht dass ich wüsste. Mir geht es wie dir. Ich hoffe nur inständig, dass wir diesen Jungen heilen können und aus Donncoill wegbekommen, bevor der Douglas-Clan erfährt, was wir getan haben. Es klingt nach Feigheit, das weiß ich, aber ...«

»Ja, ›aber‹. Er ist kein Verwandter, ist noch nicht einmal ein Freund oder der Sohn eines Freundes.« Balfour sah auf Cormac hinunter, während er und Eric den jungen Mann auf die Trage legten. »Sofern es Gottes Wille ist, werdet Ihr geheilt und wieder zu Kräften gebracht, Junge, aber danach müsst Ihr Eures eigenen Weges ziehen. Habt Ihr verstanden?«, fragte er und musterte dabei das graue, schweißgebadete Gesicht des Jünglings.

»Ja, ich habe das Bewusstsein noch nicht verloren«, antwortete Cormac.

»Gut. Ihr habt die Reichtümer, die ich zu beschützen habe, gesehen.« Balfour sah kurz auf die Kinder hinunter. »Wir Murrays sind ein kleiner Clan. Selbst wenn wir alle unsere Verbündeten aufbieten, bleiben wir klein – zu klein, um den Zorn des Douglas-Clans auf unsere Häupter zu wälzen.« Balfour gab Donald ein Zeichen, damit er die Trage an seinem eigenen Pferd befestigte.

»Ich glaube nicht, dass einer – außer dem König selbst – genug Verbündete für eine solche Schlacht zusammenbekommen könnte.«

»Und vielleicht noch nicht einmal er. Ihr habt Euch einen ziemlich mächtigen Gegner ausgesucht.«

»Ach ja, ich war schon immer der Meinung, dass man in allem nach dem Besten streben sollte«, flüsterte Cormac, bevor er das Bewusstsein verlor.

»Er ist doch nicht gestorben, oder?«, fragte Elspeth mit weicher, zittriger Stimme, als sie Cormacs bleiche Wange berührte.

»Nein, Mädchen.« Balfour hob seine Tochter hoch, und nachdem Donald und seine Brüder die kleineren Kinder auf die Pferde gesetzt hatten, nahm er sein Pferd bei den Zügeln und machte sich auf den Weg zurück nach Donncoill. »Der arme Junge ist nur in Ohnmacht gefallen. Ich glaube, er wird wieder gesund, denn allein dadurch, dass er so lange wach blieb und in Zusammenhängen sprach, hat er eine Menge Stärke verraten.«

»Und wenn er wieder kräftig genug ist, wirst du ihn wegschicken?«

»Ich muss, Mädchen. Es wäre schön, wenn ich mein Schwert erheben und deinen armen blutüberströmten Jungen verteidigen könnte, denn ich bin mir sicher, dass man ihm Unrecht tut, aber es würde uns teuer zu stehen kommen. Es könnte uns sogar in Konflikt mit dem König bringen.«

»Ich weiß.« Elspeth schlang ihre dünnen Arme um den Hals des Vaters und küsste seine Wange. »Du musst dich zwi-

schen uns allen und einem Jungen entscheiden, den du überhaupt nicht kennst und mit dem dich nichts verbindet. Und ich glaube, bei so großen Schwierigkeiten ist es besser, wenn er allein weitermacht. Er ist der Einzige, der weiß, wo er nach der Wahrheit suchen muss, die ihm die Freiheit schenken kann.«

Cormac stand auf der Treppe zur Burg Donncoill, als man ihm sein gesatteltes Pferd herbeibrachte. Die Murrays hatten ihn geheilt und ihm während der zwei Monate seiner Genesung ein Obdach gewährt. Er verspürte große Abneigung dagegen zu gehen, und zwar nicht nur, weil er sich erneut den Problemen mit den Douglas stellen musste. Cormac konnte sich nicht daran erinnern, dass er jemals an einem lebhafteren und harmonischeren Ort geweilt hätte. Seine Brüder und er standen sich nah, aber sein eigenes Zuhause war ihm nie so glücklich erschienen. Seine Brüder und er waren nicht zuletzt durch das Elend, das allzu oft die Hallen ihrer Burg überschattete, zusammengeschweißt worden, Schatten, die von ihren Eltern erzeugt wurden, die sich gegenseitig verabscheuten, und von zu vielen tödlichen Ränkespielen.

Innerlich straffte er sein Rückgrat. Er konnte sich nicht auf Donncoill verstecken, er musste seinen Namen reinwaschen. Er drehte sich um, um Lady Maldie anzusehen, und verbeugte sich taktvoll, dann nahm er ihre kleine Hand in seine und hauchte ihr einen Kuss auf den Rücken. Gerade als er sich wieder aufrichtete, um ihr Lebwohl zu sagen und nochmals für ihre Fürsorge zu danken, wurde eine kleine schmutzige Hand vor sein Gesicht gestreckt.

»Elspeth, mein Liebes«, sagte Maldie, die gegen ein Schmunzeln ankämpfte, »du darfst niemals den Handkuss eines Mannes einfordern.« Sie beugte sich leicht zu ihrer kleinen Tochter hinab. »Und ich denke, du solltest dir überlegen, zuerst ein kleines bisschen von dem Schmutz abzuwaschen.«

»Sie wird wiederkommen«, sagte Balfour, der seiner Frau den Arm um die schmalen Schultern legte und beobachtete, wie Elspeth davonrannte. »Ihr müsst wohl den Höfling für sie spielen.«

»Das macht mir nichts aus. Ich kann sowieso nur schmerzlich wenig für das Mädchen tun. Hätte sie mich nicht gefunden, wäre Rabenfutter aus mir geworden. Ehrlich gesagt habe ich nie verstanden, warum sie es getan hat.« Gedankenverloren tätschelte er Elspeths einäugigen Hund Canterbury, als sich dieser zu seinen Füßen niederließ.

»Unsere Elspeth hat eine wahre Gabe, die Verletzten und Notleidenden aufzuspüren«, erwiderte Maldie.

Cormac lächelte. »Und von Euch wird erwartet, dass Ihr sie alle gesund macht.«

»Ja.« Maldie lachte. »Glücklicherweise musste sie nie erfahren, dass nicht alle Wunden geheilt werden können. Aha, da kommt sie« – Maldie biss sich auf die Unterlippe, um nicht zu kichern – »mit einer sehr sauberen Hand.«

Elspeth stellte sich vor Cormac hin und streckte ihre Hand aus. Cormac bemühte sich, Balfour und Maldie nicht anzusehen, denn deren Bemühen, nicht zu lachen, war geradezu spürbar, und ein Blick auf sie würde seine eigene, schwer erkämpfte Haltung zunichtemachen. Klein-Elspeth war noch immer schmutzig, Dreckspritzer schmückten Gesicht und Kleid, aber die Hand, die ihm entgegengestreckt wurde, war so sauber geschrubbt, dass sie rot schimmerte. Pflichtbewusst nahm er die kleine Hand und strich mit seinen Lippen über die Fingerknöchel. Nach einigen Augenblicken mehrmaliger Versicherung seiner Dankbarkeit eilte er davon, gewappnet für den Kampf um die Reinwaschung seines Namens.

Balfour nahm seine ernst aussehende Tochter hoch und küsste sie auf die Wange. »Er ist ein starker Junge. Es wird ihm gut gehen.«

»Ja, ich war nur traurig, weil ich glaube, dass er diesen Kampf sehr lange austragen muss.«

1

Schottland – Zehn Jahre später

»Mein Vater wird Euch verfolgen. Ja, und meine Onkel, meine Cousins und all unsere Clan-Angehörigen. Sie werden Euch hetzen wie ein Rudel hungriger, rasender Wölfe und Euch in kleine, blutige Stücke zerfetzen. Und ich werde auf Euren zerfetzten Körper spucken, bevor ich gehe und Euch den Aaskrähen überlasse.«

Sir Cormac Armstrong blieb so unvermittelt vor der schweren Tür zu Sir Colin MacRaes privaten Gemächern stehen, dass sich seine Muskeln kurz verspannten. Es war nicht die kalte Androhung einer scheußlichen Vergeltung, die ihm Einhalt gebot, sondern die Stimme, die sie androhte. Diese weiche, kräftige Stimme, die für eine Frau fast zu tief war, zerrte an einer alten Erinnerung – einer fast zehn Jahre alten Erinnerung, von der er dachte, dass er sie vollständig aus dem Gedächtnis verloren hätte.

Dann überfielen ihn Zweifel. Es gab keinen Grund dafür, warum sich dieses kleine Murray-Mädchen auf Sir Colins Burg aufhalten sollte. Zudem hatte er mit den Murrays nichts mehr zu tun gehabt, seit sie ihm so großzügig geholfen hatten. Er hatte ihnen nur noch die Nachricht zukommen lassen, dass er seinen Namen reingewaschen habe, und eine schöne Stute als Geschenk geschickt, sonst nichts. Dass das kleine Mädchen, welches ihm das Leben gerettet hatte, nicht mehr auf Donncoill gehegt und behütet würde, konnte er nicht glauben. Seine Erinnerung mochte ihn täuschen. Und wie könnte sie Sir Colin in die Hände geraten sein? Und warum?

»Nun, wir wissen, dass wenigstens einer Eurer elenden

Cousins uns nicht wieder belästigen wird«, erwiderte Sir Colin gedehnt. »Jener hübsche, unverschämte Junge, der mit Euch geritten ist, gibt ganz gewiss schon Rabenfutter ab, während wir sprechen.«

»Nein, Payton ist nicht tot.«

In diesen wenigen Worten schwang solch großer Schmerz, gemischt mit inbrünstiger Hoffnung, mit, dass Cormac es beinahe körperlich spürte, und er fluchte. Es war schwer, sich nach all den Jahren an viel zu erinnern, aber der Name Payton schien ihm bekannt vorzukommen. Der Name und diese Stimme – eine Stimme, die die äußerst deutliche Erinnerung an eine kleine, sauber geschrubbte Hand zurückbrachte, die ihm zum Kuss entgegengestreckt wurde – setzten Cormac schließlich in Bewegung. Er wusste nicht, was er tun sollte, aber er musste erfahren, was da vorging. Dies war ganz gewiss kein Freundschaftsbesuch, und das konnte bedeuten, dass das kleine Mädchen in Gefahr schwebte.

In der Woche, seit er seine junge Cousine Mary zu ihrer Hochzeit mit Sir Colins Neffen John auf Duncaillie gebracht hatte, hatte Cormac jede erdenkliche Anstrengung unternommen, alle noch so verborgenen Ecken der Burg kennenzulernen. Er mochte Sir Colin nicht, vertraute diesem Mann ganz und gar nicht. Als die Verlobung seiner Cousine verkündet wurde, war er fast der Einzige, der sich dagegen aussprach. Er wollte nicht, dass seine Familie mit einem Mann in Verbindung kam, von dem er wenig Gutes gehört hatte.

Er versicherte sich, dass ihn niemand beobachtete, und schlüpfte in den Raum, der neben Sir Colins Gemach lag. An der Verbindungstür zwischen den beiden Gemächern stand keine Wache. Entweder war Sir Colin zu überheblich, um zu glauben, dass ihn jemand ausspionieren würde, oder es interessierte diesen Mann ganz einfach nicht. Cormac drückte sich an die Wand neben der Tür und öffnete sie vorsichtig. Schnell schaute er sich in dem Raum um, in dem er sich befand, und merkte sich sorgfältig verschiedene Stellen, an

denen er sich verbergen konnte, falls jemand bemerkte, dass die Tür aufgesprungen war. Wenn er in den zwei Jahren seiner Flucht vor der Wut des Douglas-Clans etwas gelernt hatte, und zwar gut gelernt hatte, dann das, wie man die Dunkelheit und jede noch so dürftige Deckung ausnützte, um sich den Blicken zu entziehen. Mit einem tiefen, beruhigenden Atemzug spähte er in das Gemach.

»Dieser unerfahrene Junge ist nun unwichtig«, fuhr Sir Colin sie an.

»Unerfahren?« Die Verachtung in jener rauen Stimme ließ Cormac zusammenfahren. »Selbst der bartloseste unter meinen Brüdern und Cousins hatte mehr Frauen, als Ihr je haben werdet.«

Als Sir Colin aus seinem schweren Eichenstuhl aufsprang und auf seine Peinigerin zuging, musste Cormac seine Fäuste fest zusammenballen, um sich von einer unbesonnenen Handlung zurückzuhalten. Zu seiner Erleichterung blieb der Mann direkt vor der Frau stehen und hob die Hand, ohne aber den Schlag auszuführen, den er ihr offensichtlich so liebend gern versetzt hätte. Cormac wusste, dass er all seine Selbstbeherrschung verlieren würde, sollte Sir Colin die kleine, schlanke Frau, die so gelassen vor ihm stand, schlagen.

Er konnte das, was seine Augen ihm enthüllten, nicht leugnen, obwohl Cormac genau das minutenlang versuchte. Es war schwer zu glauben, dass Elspeth Murray in Sir Colins Gemächern stand, allein und weit weg von der liebevollen Sicherheit auf Donncoill. Cormac wusste nicht so ganz, ob er darüber erfreut war, dass er vor all den Jahren recht gehabt hatte: Elspeth war eindeutig zu einer entwaffnend schönen Frau herangewachsen.

Volles, wild zerzaustes Haar fiel in schweren Wellen über ihren schlanken Rücken, um verführerisch am Anfang ihrer schlanken Beine zu enden. Ihre Hände waren im Rücken gefesselt, und Cormac musste lächeln. Diese Hände sahen nicht sehr viel größer aus als an jenem Tag, als sie ihm über

die Stirn strichen, während er blutend im Schlamm ihres Vaters lag. Ihre Figur war fast zu schlank, zu zerbrechlich und doch weiblich genug, um in seiner Leistengegend Interesse zu wecken. Die Art und Weise, wie ihre Arme nach hinten gezogen wurden, enthüllte die Vollkommenheit ihrer Brüste. Ihre Taille war verführerisch schlank, und ihre Hüften waren anmutig gerundet. Elspeths Gesicht ging in der Fülle ihres Haares und unter ihren großen, strahlenden grünen Augen geradezu unter. In ihrem sanften, herzförmigen Gesicht spiegelte sich von der kleinen, geraden Nase bis hinunter zu dem ein wenig spitzen Kinn kindliche Unschuld. Trotzdem zeugten ihre langen, dichten Wimpern, die ihre großen Augen umrahmten, und die weichen, vollen Lippen von ihrer Fraulichkeit. Sie war ein Bündel von Gegensätzen, das das Blut in Wallung brachte. Elspeth stand so nahe an der Tür, dass er den Eindruck hatte, er könnte leicht seine Hand ausstrecken und sie berühren. Cormac war etwas überrascht, wie sehr er sich bemühen musste, diesem Bedürfnis zu widerstehen.

Dann sprach sie mit ihrer vollen, tiefen, rauchigen Stimme, und alle Spuren des Kindes, alle Anzeichen von Unschuld waren wie weggeblasen. Sie wurde von ihrem offenen Haar bis zu ihren kleinen, in Stiefeln steckenden Füßen zu einer heißblütigen Verführerin. Cormac verspürte den scharfen Ruck der Begierde. Es schlug so heftig und so schnell zu wie ein Schlag in den Magen. Jeden Mann, der sie sah oder sie sprechen hörte, würde man mit Gewalt davon abhalten müssen, die schweren Tore von Donncoill einzutreten, um zu ihr zu gelangen. Wäre sein Herz nicht schon einer anderen versprochen, würde er, dessen war Cormac sich sicher, heftig in Versuchung geraten. Er fragte sich, ob Sir Colin ihren Reizen einfach erlegen war.

»Was? Ihr zögert, ein Mädchen zu schlagen?«, verspottete Elspeth den finster dreinblickenden Sir Colin mit ihrer wunderschönen Stimme, die jetzt so voller Verachtung war. »Ich

habe lange Zeit geglaubt, dass nichts, was Ihr macht, mich überraschen könnte, aber vielleicht habe ich mich ja getäuscht.«

»Ihr bettelt geradezu danach, geschlagen zu werden«, sagte Sir Colin. Nur ein leichtes Zittern in seiner Stimme deutete auf seinen Kampf um Selbstbeherrschung.

»Dennoch steht Ihr da wie ein stinkender Misthaufen.«

Cormac spannte sich an, als Colin seine muskulöse Hand um ihren langen, schlanken Hals legte und mit kalter Stimme sprach: »Das ist also Euer Spiel, nicht wahr? Ihr versucht mich zu blinder Wut aufzustacheln? Nein, meine hübsche, grünäugige Schlampe, Ihr seid nicht diejenige, die hier aufstachelt.« Drei der fünf Männer in jenem Raum kicherten.

»Es soll also auf eine Vergewaltigung hinauslaufen, oder? Ihr solltet Euch lieber ganz sicher sein, dass Ihr bereit seid, Eure letzte Brunft auszuleben, wenn Ihr das armselige, kleine Ästlein aus Fleisch in mich steckt. In dem Augenblick, in dem es mich berührt, wird es zu einem dem Untergang geweihten, kleinen Büblein werden.«

Sir Colins Hand legte sich fester um ihre Kehle. Cormac konnte sehen, wie die Adern seiner dicken Hand anschwollen. Seine eigene Hand legte sich ans Schwert, obwohl er wusste, dass es verrückt war, einzugreifen. Elspeth gab keinen Ton von sich, machte nicht die kleinste Bewegung, hielt ihren Blick aber fest auf Sir Colins zornrotes Gesicht gerichtet. Cormac sah, wie sie ihre Hände im Rücken zusammenpresste, bis die Knöchel weiß hervortraten. Er bewunderte ihren Mut, hielt es aber für tollkühn, diesen Mann so zu reizen, wie sie es tat. Er konnte sich nicht denken, was sie damit erreichen wollte, ausgenommen einen schnellen Tod. Als Cormac gerade zu dem Schluss kam, ungeachtet der geringen Chance auf Erfolg eingreifen zu müssen, gab Sir Colin sie endlich frei. Elspeth holte nur einmal tief Luft und taumelte leicht, obwohl es ihr sicher wehgetan und sie kaum Luft bekommen hatte.

»Manche werden es vielleicht Vergewaltigung nennen, aber ich habe nur vor, mit meiner Ehefrau zu schlafen«, sagte Sir Colin.

»Ich habe Euch zurückgewiesen«, erwiderte sie mit einer etwas schwächeren, ein wenig heiseren Stimme. »Eine weitere Unterhaltung über dieses Thema wäre nur ermüdend.«

»Niemand weist mich zurück.«

»Ich habe es getan und tue es wieder.«

»Ihr habt in dieser Angelegenheit nichts mehr zu sagen.« Er gab den beiden Männern, die links und rechts von ihr standen, ein Zeichen. »Sperrt sie in den Westturm.« Sir Colin fuhr mit seinen derben Fingerspitzen über ihre vollen Lippen und konnte sie gerade noch wegreißen, bevor Elspeth nach ihnen schnappte, wobei das Aufeinanderschlagen ihrer gleichmäßigen, weißen Zähne laut in dem Gemach widerhallte. »Ich habe einen Raum speziell für Euch hergerichtet.«

»Ich fühle mich von Eurer Großzügigkeit gedemütigt.«

»Gedemütigt? Oh ja, du hochmütige Schlampe, du wirst bald wirklich gedemütigt sein.«

Cormac schob die Tür so weit, wie er es nur wagte, zu und hielt erst inne, bevor sie ins Schloss fallen konnte. Einen Augenblick später war er wieder in der Halle und nützte die Schatten, die vom Licht der Fackeln geworfen wurden, um Elspeth und ihren Wachen zu folgen. Nur ein einziges Mal sah sich jemand um, und das war Elspeth. Sie starrte in die Schatten, die ihm Schutz boten, und ihre vollen Lippen verzogen sich flüchtig. Sogleich wurde sie aber von ihren Wachen weitergezogen. Cormac glaubte nicht, dass sie ihn gesehen hatte, wenn aber doch, besaß sie eindeutig den Verstand, nichts zu sagen. Er folgte seiner Beute bis zu der Tür, die in das Turmgemach führte, wobei er sich die ganze Zeit über bemühte, einen klugen Plan auszuhecken.

Elspeth stolperte leicht, als eine der Wachen sie grob in den Raum stieß, konnte sich aber sofort wieder fangen. Sie unter-

drückte ein erleichtertes Aufseufzen, als die andere Wache den Strick, mit dem ihre Handgelenke gefesselt waren, aufschnitt. Anschließend kämpfte sie dagegen an, sie zu reiben, womit sie verraten hätte, wie sehr sie schmerzten, als das Blut wieder in sie hineinzuströmen begann. Erst als sich die schwere Tür hinter den beiden Männern schloss und sie hörte, wie der Riegel vorgeschoben wurde, begann sie die wundgescheuerten, schmerzenden Handgelenke zu reiben und sich einen schnellen, aber gründlichen Überblick über das Gemach zu verschaffen.

»Es scheint, als sei der einzige Weg aus diesem Raum die Unterwerfung unter den sündigen Drang, mich aus diesem Fenster zu stürzen und mein armes Leben zu beenden«, schimpfte sie, als sie sich auf das große Bett setzte, das den Raum dominierte. Sie krauste die Stirn und hopste gedankenverloren auf der Matratze auf und ab. »Federn. Dieser Mistkerl hat eindeutig vor, es sich bequem zu machen, während er mich schändet.«

Erschöpft, krank vor Angst um Payton und wie zugeschnürt vor lauter Furcht, rollte sich Elspeth auf dem Bett zusammen. Einen Augenblick lang unterdrückte sie das Bedürfnis zu weinen, da sie ihrer Schwäche nicht nachgeben wollte, doch als schließlich die Tränen zu fließen begannen, zuckte sie die Achseln. Sie war allein, und wenn sie ihr Elend so richtig herausweinte, konnte ihr das vielleicht helfen, sich ihre Kraft zu bewahren – vor allem für später.

Nach einem, wie sie fürchtete, schmachvoll langen Weinanfall ließ sich Elspeth auf den Rücken fallen und starrte zur Decke. Sie fühlte sich leer, so als hätte ein Arzt überall auf ihr Blutegel angesetzt – Blutegel, die statt des Blutes all ihre Gefühle aus dem Körper gesaugt hatten. Es würde geraume Zeit dauern, bis sie wieder all ihre Kraft und ihren Verstand beisammenhatte – zwei Dinge, die sie in den vor ihr liegenden Tagen bitter nötig haben würde.

Sie dachte an Payton und hätte am liebsten gleich wieder

von vorne angefangen zu weinen. Das Letzte, was sie von ihrem Cousin gesehen hatte, war sein blutüberströmter Körper, der neben den beiden bewaffneten Männern lag, die sie begleitet hatten. Elspeth hatte nur einmal hinsehen müssen, um zu wissen, dass ihre beiden Wachen tot waren, aber bei Payton war sie sich nicht so sicher. Sie wollte es nicht sein. Sie wollte sich an die Hoffnung klammern, dass er noch immer am Leben war, egal, wie gering diese Hoffnung sein mochte. Elspeth konnte allein schon den Gedanken an den Schmerz, den ihr Onkel Nigel und ihre Tante Gisèle angesichts des Verlustes ihres Sohnes erleiden würden, nicht ertragen. Auch wenn der Verstand ihr sagte, dass es nicht ihre Schuld war, so wusste sie doch, dass sie das Schuldgefühl vielleicht niemals mehr würde abschütteln können, denn es war ihr abgewiesener Freier, der diese Tragödie ausgelöst hatte. Es erschien ihr entsetzlich ungerecht, dass die schauderhaften Erinnerungen und Albträume, die sie drei lange Jahre verfolgt hatten, nun vom Anblick ihres ermordeten Cousins ersetzt werden sollten – ein alter Albtraum von einem neuen ersetzt!

Elspeth schloss die Augen und gestand sich zu, dass es ihr nicht schaden würde, wenn sie sich den Schlaf, den ihr Körper so dringend benötigte, gönnte. Sie würde ihn brauchen, um das, was vor ihr lag, überstehen zu können. Auch wenn sie wusste, dass ihre Familie ihr zu Hilfe eilen würde, und zwar in voller Stärke, begriff sie auch, dass sie vielleicht nicht rechtzeitig da sein würde, um sie vor allem, was Sir Colin vorhatte, zu retten. Das lag in ihren eigenen Händen.

Als sie spürte, wie der Schlaf sie übermannte, hörte sie ein leises Geräusch an der Tür. Entweder brachte ihr jemand etwas zu essen, oder man hatte einen armen Dummkopf geschickt, der nachsehen wollte, ob sie tatsächlich noch immer war, wohin man sie gebracht hatte. Elspeth widerstand dem Bedürfnis nachzusehen. Sie war zu müde und zu niedergeschlagen, um etwas zu tun. Genau genommen war sie fast zu

müde, um auch nur die Augen zu öffnen. Dann berührte jemand ihren Arm, und sie fuhr zusammen. Ihre Erschöpfung wurde schnell von Alarmbereitschaft verdrängt, obwohl ihrem Gefühl nach von demjenigen, der neben ihrem Bett stand, keine wirkliche Bedrohung ausging.

Vorsichtig öffnete Elspeth die Augen gerade weit genug, um ihren Besucher durch den Schleier ihrer noch immer feuchten Wimpern sehen zu können. Es war ein wunderschöner Mann. Sein groß gewachsener, schlanker und muskulöser Körper beugte sich auf eine eigenartig beschützende Weise über sie. Sein Gesicht war fein geschnitten und ohne Narben. Eine hohe, breite Stirn, hohe Wangenknochen, eine lange, gerade Nase, ein gut aussehendes, markantes Kinn, ein schön geformter Mund, der für ein Gesicht geschaffen worden war, das einem Mädchen leicht den Atem rauben konnte. Seine cremefarben schimmernde Haut war für einen Mann fast zu blass und edel, viele Frauen würden ihn darum beneiden, ihre gesunde Wärme bettelte geradezu darum, sie zu berühren. Sie war das perfekte Gegenstück zu seinem tief kastanienbraunen Haar. Allerdings waren es seine Augen, die ihre Aufmerksamkeit erst richtig auf sich zogen. Unter den schön gebogenen Augenbrauen und umrahmt von langen, dichten Wimpern, erstrahlten sie in dem dunklen Blau sauberen, tiefen Wassers – einer Farbe, die sie bisher nur einmal in ihrem Leben gesehen hatte. Es waren Augen, von denen viele mädchenhafte Träume erfüllt waren, und auch manche nicht so mädchenhafte.

»Cormac«, flüsterte sie und lächelte schwach, als sich seine wunderschönen Augen überrascht weiteten.

»Ihr erinnert Euch an mich?«, fragte er leise und ein wenig aufgewühlt von dem warmen Ausdruck in ihren strahlend grünen Augen und dem weichen, verführerischen Willkommenlächeln, das sie ihm schenkte.

»Aha, Ihr habt Euch ja gar nicht an mich erinnert. Ihr schleicht Euch nur auf Zehenspitzen durch die Schlafgemä-

cher von Duncaillie, um zu sehen, ob sie etwas enthalten, was Euch gefällt. Ich bin am Boden zerstört.«

Cormac richtete sich auf und legte die Hände in die Taille. Ihre Stichelei hatte ihn schneller von seiner Benommenheit befreit als ein heftiger Schlag ins Gesicht. Sie war aus der Nähe noch schöner, und als er in ihre weit geöffneten, schläfrigen Augen blickte, wurde er einen Augenblick lang von dem überwältigenden Bedürfnis überkommen, zu ihr ins Bett zu klettern. Die Art, wie sie mit ihrer vollen, sinnlichen Stimme seinen Namen geflüstert hatte, war tief in sein Inneres eingedrungen und hatte seine streng kontrollierten Begierden zu sofortigem heftigem Leben erweckt. Dieses Gefühl war noch immer da, aber jetzt bemühte er sich, sein erhitztes Blut abzukühlen.

»Ja, ich erinnere mich an Euch«, sagte er. »Ihr seid ein kleines bisschen größer geworden und habt eine schärfere Zunge bekommen, aber Ihr seid ganz gewiss Elspeth – meine kleine, schmutzige Retterin aus vergangener Zeit.«

Langsam setzte sich Elspeth auf und kniete sich schließlich auf das Bett, um ihn anzusehen. Einige von jenen nicht so mädchenhaften Träumen, die sie von ihm geträumt hatte, drängten sich in ihrem Kopf zusammen, und sie versuchte, sie zu verdrängen. Er war gekommen, um sie zu retten. Elspeth musste insgeheim lachen, als sie darüber nachdachte, dass es ein schlechter Zeitpunkt war, um einem Mann zu sagen, dass sie ihn seit zehn langen Jahren liebte und begehrte. Soweit sie wusste, war er ein verheirateter Mann, mit ein oder zwei Kindern, die auf seinen Knien herumhopsten. Da ihr diese Vorstellung schmerzlich war, konzentrierte sie sich auf die Frage ihrer Rettung.

»Und seid Ihr nun als mein Retter gekommen?«

»Ja.«

Elspeth lächelte und beschloss unvermittelt, wenigstens einen kleinen Traum in eine wirkliche Erinnerung zu verwandeln. Cormac konnte leicht den Eindruck haben, dass

ihre nächste Handlung einfach nur spontaner Ausdruck von Erleichterung oder Dankbarkeit war – oder dieser Eindruck musste ihm vermittelt werden. Sie kam näher und küsste ihn. Seine Lippen waren so weich und köstlich, wie sie es sich immer vorgestellt hatte. Wenn er verheiratet war, würde dieser gestohlene Kuss eine kleine Sünde sein.

Und dann geschah es. Ihre Mutter hatte sie davor gewarnt. Elspeth wünschte sich, sie hätte genauer hingehört, aber sie war zu jung, um hinreichend auf solche Worte wie *Begehren* und *Leidenschaft* auf den Lippen der Mutter zu achten.

Er zitterte schwach, sie ebenso, aber sie war sich nicht sicher, wo sein Zittern endete und ihres anfing. Sein Körper straffte sich, und sie verspürte tief in ihrem Unterleib einen antwortenden Schmerz. Sie spürte seine Hitze, konnte sein Verlangen fast riechen. Cormac packte sie an den Schultern und vertiefte den Kuss. Elspeth öffnete bereitwillig die Lippen, um das Eindringen seiner Zunge willkommen zu heißen. Als er das Innere ihres Mundes liebkoste, hatte sie das Gefühl, als würde er ihre Seele streicheln. Sie wollte ihn mit auf das Bett hinunterziehen, sehnte sich danach, sich um seinen schlanken Körper zu schlingen. Noch als ihr dieser Gedanke durch den von Leidenschaft umwölkten Verstand schoss, fühlte sie, wie Cormac einen Rest innerer Stärke zusammenraffte und sich von ihr zu lösen begann. Elspeth unterdrückte das Bedürfnis, sich an ihn zu klammern und seinem Rückzug Einhalt zu gebieten.

Cormac sah unverwandt auf die junge Frau, die vor ihm kniete. Er zwang sich, den Kopf nicht heftig zu schütteln, um seinen umnebelten Verstand zu befreien. Es war nicht leicht, sein Blut abzukühlen, während er in ihre weit geöffneten grünen Augen blickte, denn er war sich sicher, darin Leidenschaft zu entdecken. Er musste sich ernsthaft daran erinnern, dass Elspeth ein Mädchen von hoher Abkunft war – ein Mädchen, dem er sein Leben schuldete – und dass er nicht frei war. Er war da, um sie zu retten, nicht um sie zu entehren.

»Warum?«, fragte er, worauf er sich hastig räusperte, um die Heiserkeit aus seiner Stimme zu vertreiben.

»Warum nicht?«, fragte sie ihn zurück. »Seid Ihr verheiratet?«

»Nein, aber –«

Elspeth wollte den Rest nicht hören, nicht solange ihr Herz noch immer heftig pochte und sie ihn noch immer spüren konnte. »Eine überstürzte Handlung, entstanden aus meiner Freude darüber, dass Ihr noch am Leben und hier seid. Ich weiß, dass meine Verwandten bald nach mir suchen, aber es ist eine Hilfe, die möglicherweise zu spät kommt.«

»Und wenn wir nicht schnell machen, könnte sich auch meine Hilfe als wertlos erweisen.«

»Ihr habt einen Plan, nicht wahr, mein tapferer Ritter?« Sie nahm sehr genau wahr, dass er sie bis jetzt noch nicht freigegeben hatte, sondern mit seinen starken, feingliedrigen Händen in einer selbstvergessenen, aber vielsagenden Liebkosung über ihren Oberarm strich.

»Den habe ich. Deswegen hat es mich fast eine Stunde gekostet, bis ich kommen konnte, um Euch zu holen«, antwortete er.

»Eine Stunde?«, murrte Elspeth, die ihre Überraschung nicht verbergen konnte.

»Ich hatte mich, bevor ich hierherkam, um ein paar Dinge zu kümmern, die unsere Flucht erleichtern sollen.«

»Ich wollte damit keine Kritik üben, Sir Cormac. Es war nur etwas enttäuschend für mich, dass ich so viel Zeit damit vertan habe, mich in meinem Elend zu wälzen. Ich hätte mich nicht für solch einen Schwächling gehalten.« Sie legte die Stirn in Falten, als er kicherte. »Euch amüsiert meine Verzweiflung?«

»Nein, Mädchen, mich amüsiert die Andeutung, dass Ihr Euch als schwach betrachtet.« Er nahm sie an der Hand und zog sie vom Bett. »Ihr wart niemals schwach. Nein, nicht einmal als kleines, schmutziges neunjähriges Mädchen.«

Elspeth wurde ein wenig rot vor Freude über seine Bemerkung, obwohl sie in scherzendem Ton gehalten war. »Wie sieht Euer Plan aus?«

»Ihr hüllt Euch in diesen Umhang, und wir werden hier hinausgehen.« Er reichte ihr einen langen, schweren Wollumhang, den er auf das Bett gelegt hatte, bevor er sie weckte.

»Das ist Euer Plan?«, fragte sie, als sie den Umhang umlegte.

»Einfachheit ist oftmals das Beste«, antwortete er, als er die Tür öffnete und ihre bewusstlose Wache ins Innere zog.

Elspeth sah dabei zu, wie er den Mann fesselte und knebelte, dann auf das Bett zerrte und die Decken so über ihn legte, dass nur etwas von dem schwarzen Haar darunter herausschaute. »Ich glaube nicht, dass sie das sehr lange täuschen wird.«

»Lange genug, damit wir diesen Mauern entfliehen können.«

»Habt Ihr wirklich vor, einfach so mit mir hier herauszuspazieren?«

Cormac zog ihr die Kapuze des Umhangs über den Kopf, und zwar so weit nach vorne, bis sie ihr Haar vollständig bedeckte und ihr Gesicht verhüllte. »Sollte mich jemand fragen, was ich da mache, sage ich einfach, dass ich meine kleine Cousine Mary zu einem Ausritt mitnehme.«

»Habt Ihr wirklich eine kleine Cousine namens Mary?«

»Ja, und sie ist hier. Sie ist Sir Colins Neffen John versprochen. Ich brachte sie zur Hochzeit her. Sie bleibt auf ihren Gemächern und kommt nur zum Essen in die große Halle. Das nächste Mahl findet erst in ein paar Stunden statt, also sollte diese List eigentlich funktionieren.«

Als er sie aus dem Gemach führte und die Tür schloss und verriegelte, fragte sie ihn: »Wäre es nicht besser, wenn wir uns davonschleichen und uns an die Schatten halten? Vielleicht kennt Ihr ja einen Geheimgang, den wir benützen können.«

»Das wäre das Beste, aber dann könnten wir mein Pferd nicht benutzen.«

Elspeth wollte etwas sagen, schloss aber schnell den Mund. Sein Vorhaben konnte leicht scheitern, aber sie hatte nichts dagegenzusetzen. Er hatte zudem recht damit, wenn er sein Pferd nehmen wollte. Zu Fuß würden sie nicht weit kommen.

»Nehmen wir auch das Pferd Eurer Cousine? Oder meins?«

»Ich fürchte, meine Cousine hat kein Pferd.« Er verzog das Gesicht. »Sie ist ein ängstliches Mädchen und mag nicht reiten. Sie reist nur in einem Wagen oder reitet zusammen mit jemand anderem im Sattel. Alle hier wissen das. Wenn ich Mary plötzlich auf ein Pferd setze, würde das Verdacht erregen. Ich fürchte, wir müssen beide in einem Sattel reiten.«

»Reiten ist allemal besser als gehen. Schneller.«

»Ja, und jetzt muss ich Euch bitten, still zu sein.«

»Eure Cousine Mary spricht auch nicht?«

Er lächelte flüchtig. »Nicht viel, obwohl John und sie sich scheinbar eine Menge zu sagen haben, wenn sie nicht gerade versuchen, sich vor Sir Colin zu verstecken. Nein, ich denke, Ihr müsst wegen Eurer Stimme still sein.«

»Ist etwas nicht in Ordnung mit meiner Stimme?«

»Sie ist zu charakteristisch«, antwortete er, konnte aber an ihrem Gesichtsausdruck ablesen, dass sie ihn nicht wirklich verstand. »Vertraut mir«, sagte er und zog ihr die Kapuze noch mehr um das Gesicht.

Elspeth nickte und unterdrückte das Bedürfnis, mit ihm zu sprechen. Dafür genoss sie die einfache Tatsache, dass sie seine Hand hielt, während sie durch die Hallen von Duncaillie schlichen. Das war das einzig Gute an ihrem Gang durch die Burg, dachte Elspeth bei sich, während sie an jeder Ecke angespannt auf einen Ruf wartete, der verkündete, dass sie entdeckt worden waren. Ihr Magen verkrampfte sich derart stark, als sie über den bevölkerten Burghof auf die Stallungen zugingen, dass es schmerzte. Während Cormac sein

Pferd holte, stand sie nahe der Stalltür im Schatten, erstaunt darüber, wie gelassen er mit den Männern dort sprach, so als hätte er keine Sorgen auf dieser Welt. Offensichtlich hatte er in den Jahren, in denen sie ihn nicht mehr gesehen hatte, einige interessante Fähigkeiten erlernt.

Cormac setzte sie in den Sattel und stieg hinter ihr auf, wobei er noch immer mit den Männern scherzte. Elspeth musste sich beherrschen, um ihm nicht einen Schlag zu verpassen und zu sagen, dass er sich bewegen solle. Als sie endlich aus dem Burghof hinausritten, ließ sie sich an ihn sinken, schwach vor Erleichterung. Sie mochten vielleicht noch lange nicht in Sicherheit sein, aber wenigstens befanden sie sich nicht mehr unter den Blicken von Sir Colin.

»Wohin reiten wir jetzt?«, fragte sie. Sie kam zu dem Schluss, dass es sich sehr gut anfühlte, ihm so nahe zu sein, und machte es sich an seiner breiten Brust bequemer.

»Da Sir Colin damit rechnen wird, dass Ihr versucht, auf Donncoill zurückzukehren, reiten wir in die Richtung, in die ich nach der Hochzeit geritten wäre.«

»Sir Colin könnte denken, dass Ihr mich ebenfalls zu meinem Clan zurückbringen wollt.«

»Ja, oder zu meinen Verwandten, die sowohl südlich als auch westlich von hier leben. Der Mann hat also zwei oder drei Wege zur Verfügung, um nach uns zu suchen. Er kann keine Ahnung von meinem wahren Reiseziel haben. Es war geplant, dass ich zur Hochzeit meiner Cousine bleibe und dann abreise, aber ich erzählte niemandem, wohin ich mich nach Beendigung der Zeremonie begeben wollte, nicht einmal der kleinen Mary.«

»Das ist eine gute Idee, aber dennoch: Wie soll ich dann zu meiner Familie zurückkommen? Nur dort bin ich auf Dauer sicher, nicht wahr? Ja, und nur dort gibt es die Mittel, Sir Colin Einhalt zu gebieten und ihn für meine Entführung, für den Tod von zwei Murrays und die Verletzung von Payton bezahlen zu lassen.«

Er stellte fest, dass sie sich noch immer gegen die Möglichkeit, dass ihr Cousin tot war, wehrte. Offensichtlich hielt der Murray-Clan noch immer eng zusammen. Wahrscheinlich wäre es das Beste für sie, den kalten Tatsachen ins Auge zu sehen, denn ihr Cousin war entweder tot oder würde es bald sein, da vermutlich Kälte und Blutverlust Sir Colins Werk vollendeten, aber Cormac hatte nicht das Herz, ihr die Hoffnung zu rauben.

»Ich reite zu dem Ort, an dem der königliche Hof residiert. Dort finden wir bestimmt jemanden, der Eurem Clan eine Nachricht zukommen lassen kann. Wenn es nötig ist, können wir Euch unter den Schutz des Königs stellen. Euer Clan hat nichts gemacht, was seine Stellung gegenüber dem König zerstört hat, oder?«

»Nein. Das wird ausreichen. Um ehrlich zu sein, ist es fast so gut, wie geradewegs zu meinem Vater zu reiten.«

»Wir werden beinahe zwei Wochen brauchen, da wir langsam reiten müssen, um unser Reittier zu schonen. Wenn uns das Glück verlässt und Sir Colin uns aufspürt, kann es noch länger dauern. Könnt Ihr eine so lange, beschwerliche Reise durchhalten?« Er wirkte skeptisch, während er die Zartheit und Zerbrechlichkeit der Frau, die er in seinen Armen hielt, betrachtete.

»Oh ja, ich bin kräftiger, als ich aussehe.«

Elspeth seufzte, als er darauf nichts erwiderte. Seine Zweifel waren so stark, dass sie sie beinahe fühlen konnte. Sie wusste, dass sie klein und von zerbrechlicher Gestalt war, aber sie war wirklich kräftig. Sir Cormac Armstrong würde lernen müssen, dass man nicht immer nach der Erscheinungsweise einer Person urteilen durfte.

Während sie einen Blick auf seine starken, langgliedrigen Hände warf, die die Zügel hielten, fragte sie sich einmal mehr, ob er verlobt oder verliebt war. Sie musste ein paar Informationen bekommen, musste wissen, ob er frei war. Als sie für die Nacht anhielten, schwor sie sich, dass sie es in Er-

fahrung bringen würde. Danach wollte sie entscheiden, was zu tun wäre. Sollte er verheiratet oder versprochen sein, würden die nächsten Wochen eine Qual sein, da sie all ihre Gefühle für diesen Mann verstecken oder sogar ersticken musste. Doch sollte er frei sein, standen ihr zwei Wochen zur Verfügung, in denen sie ihn dazu bringen musste, sich in sie zu verlieben. Auch das konnte sich als quälend herausstellen und ihr das Herz und ihre Selbstachtung in Stücke reißen. Das Schicksal war so gnädig, ihr ein bisschen Zeit mit dem Mann zu schenken, den sie seit Langem anbetete, aber das Schicksal hatte offensichtlich auch beschlossen, sie teuer für dieses Geschenk zahlen zu lassen. Alles, was sie tun konnte, war zu beten, dass sie das besaß, was nötig war, um den Preis zu erringen.

2

»Vier Ehemänner?«

Während sie sprach, spähte Elspeth um das Pferd herum, das sie gerade mit einer Handvoll Stroh und Gras abrieb, zu Cormac. Es hatte einigen Aufwand ihrerseits bedurft, aber schließlich hatte sie ihm einen Frauennamen entlocken können – Isabel. Sie spürte, wie ihr das Herz zu brechen drohte, als er ihr von der Liebe, die er für diese Frau empfand, von dem festen Band, das sie vereinte, erzählte. Dann, als er ihr mehr und mehr über diese Frau berichtete, wandelte sich Elspeths Verletzung zu Verwirrung und letztlich zu Wut über Isabel und auch ein wenig über Cormac und seine blinde Hingebung. Isabels vier Ehemänner waren ein Thema, das er eindeutig nicht ausführlich besprechen wollte, aber sie war fest entschlossen, jedes Stückchen Information aus ihm herauszuholen, das herauszuholen war.

»Ja.« Cormac, der das Feuer aufschichtete, antwortete fast brummig.

»Vier *tote* Ehemänner?«

»Ja.«

»Viermal verheiratet. Viermal verwitwet.«

»Ja.«

»Und welch kurze Ehen«, murmelte sie, als sie zu ihm ging und sich ihm gegenüber ans Feuer setzte. »Welch unglückselige Kerle, mit denen sie verheiratet war.«

Cormac sah kurz von der Haferspeise, die er zubereitete, auf, um sie anzublitzen. Er wusste, was sie dachte. Auch andere dachten das. Vier Ehemänner, und alle waren sie gestorben – auf seltsame Weise und schnell; der, der am längsten überlebt hatte, brachte es nicht einmal auf zwei ganze Jahre

Ehe. Zu seiner Schande hatte auch er sich gewundert und gezweifelt, diese Treulosigkeit aber sofort wieder unterdrückt. Isabel brauchte Mitgefühl und Unterstützung, nicht Misstrauen.

»Ja, alle waren schwach oder auf unkluge Weise leichtsinnig«, fuhr er sie an, als er ihr Brot reichte.

Oder so blind wie du, dachte Elspeth bei sich und biss in das Brot. »Keine Kinder?« – »Nein.«

»Also, vier schwache oder auf unkluge Weise leichtsinnige und augenscheinlich unfruchtbare Ehemänner. Was ist mit Isabel? Sie könnte doch unfruchtbar sein.« Elspeth hoffte von ganzem Herzen, dass diese Frau es war, denn obwohl sie nicht an so etwas wie schlechte Erbanlagen glaubte, konnte ein Kind, das von einer solchen Mutter großgezogen wurde, ebenso verdreht werden wie eben diese Mutter.

Es kam Cormac tatsächlich merkwürdig vor, dass Isabel ihr Bett mit vier Männern geteilt hatte – fünf sogar, rechnete man ihn dazu – und dabei nie schwanger geworden war, aber er hatte nicht die Absicht, es zuzugeben. Er hätte Elspeth am liebsten gesagt, dass sie den Mund halten solle, dass sie aufhören solle, sich ausgerechnet in dieses Thema zu verbeißen. Sie schaffte es zu gut, Beweismaterial gegen Isabel anzuhäufen, viel besser als jeder andere es bisher getan hat. Die anderen hatten Isabel lautstark angeklagt und ihn einen Esel genannt, der die Wahrheit nicht sehen wolle. Elspeth ging langsam und Schritt für Schritt vor; sanft und doch unnachgiebig entriss sie ihm bei jedem schmerzlichen Schritt Antworten. Sie rief all seine Zweifel wieder wach, und das hasste er.

»Wer weiß das schon?«, knurrte er.

»Tja, wer schon. Nun, ohne erbberechtigte Kinder muss sie inzwischen eine ziemlich reiche Frau sein. Reichtum kann ein solcher Trost sein.«

In ihrer Stimme schwang eindeutig ein sarkastischer Ton mit, aber er bemühte sich, ihn zu überhören, als er ihr ihren

Anteil an Haferspeise und etwas Käse reichte. »Sie ist nicht arm oder ohne Ländereien, obwohl sie das nicht alles erhalten hat.«

»Natürlich nicht«, murmelte Elspeth und nahm die grob geschnitzte hölzerne Schüssel voll Haferspeise. »Vermutlich gab es noch ein paar männliche Nachkommen in den Familien der verstorbenen Ehemänner, die sich etwas vom Kuchen nahmen. Vor allem Land.«

»Aber sie wollen immer alles haben. Sie sind es, die diese bösartigen Lügen über Isabel verbreiten und versuchen, eine traurige Tragödie wie ein Verbrechen erscheinen zu lassen.«

»Ich verstehe. Hat man jemals den Mörder des Mannes gefunden, dessen Ermordung ihr angeklagt wart?«

»Sowie ich wusste, dass ich nicht mehr verfolgt werde, habe ich, wie ich fürchte, keinen Gedanken mehr darauf verschwendet. Es muss so sein, sonst wäre ich noch immer auf der Flucht.«

»Oder tot. Sie haben also Isabels Beteuerung Eurer Unschuld Glauben geschenkt.«

Elspeth beobachtete ihn sehr genau, während sie sprach. Sie seufzte innerlich auf, als er ihrem Blick plötzlich nicht mehr begegnen konnte. Es war ebenso traurig wie ärgerlich. Cormac weigerte sich von Anfang an, die Wahrheit über die teure Isabel zu sehen. Er wusste offensichtlich, dass sie wenig oder gar nichts unternommen hatte, um ihm zu helfen, dennoch fand er Argumente, um diesen Verrat schönzureden. Es würde nicht einfach sein, ihm die Augen zu öffnen. Elspeth fürchtete, dass er schon so lange die Wahrheit nicht sehen wollte oder sie weginterpretierte, dass er sie selbst dann nicht anerkennen würde, wenn sie ihm in den Schoß fiel. Isabel war für ihn eine Heilige, eine wunderschöne Märtyrerin, eine gequälte Seele, die von ihren Verwandten aus Eigeninteressen heraus benutzt wurde. Elspeth hätte sich am liebsten übergeben.

Was ihr Rätsel aufgab, war die Frage, warum Isabel Cor-

mac so eng an sich band. Zweifelsohne sah er gut aus und mochte auch ein sehr guter Liebhaber sein. Seine Küsse hatten ganz gewiss nichts zu wünschen übrig gelassen. Dennoch schien die Tatsache, dass Isabel alles tat, um Cormac zehn Jahre lang nach ihrem Rocksaum lechzen zu lassen, eine verquere Form von Treue oder Zuneigung vorauszusetzen. Dass Isabel sich wirklich für Cormac interessierte, weigerte sich Elspeth jedoch zu glauben.

Das Warum und Wieso für Isabels Handlungen gegenüber Cormac konnte sie, so beschloss sie verärgert, später herausfinden. Was jetzt von Belang war, war die Tatsache, dass sie einen Mann liebte und begehrte, der mit Herz und Verstand einer anderen Frau verfallen war. Elspeth hatte keine Ahnung, was sie dagegen tun konnte, sofern sie überhaupt etwas dagegen tun konnte. Cormac begehrte sie. Sie hatte sein Verlangen gespürt, es gekostet. Doch auch wenn es aufregend war, bedeutete es nicht viel. Das Verlangen der Männer war zu schnell geweckt, zu oberflächlich und oft auch zu vergänglich.

Dennoch, so überlegte sie, während sie ihm nach ihrer kargen Mahlzeit beim Aufräumen half, war sie vielleicht in der Lage, dieses Verlangen zu nutzen. Er hegte eindeutig Zweifel an seiner geliebten Isabel. Elspeth nahm an, dass Isabel seine erste Liebe war, ja vielleicht sogar die erste Frau, mit der er geschlafen hatte, und keine andere Frau hatte es geschafft, dieses Band zu zerreißen. Möglicherweise hatte er keiner die Chance dazu gegeben.

Es bestand aber auch die Möglichkeit, dass er alle Versuche anderer Frauen, sein Interesse auf sich zu ziehen, von sich abgetan hatte. Nun, sie hieß eine wahre Herausforderung schon immer gerne willkommen. Allerdings war sie sich nicht sicher, dass sie überhaupt so etwas wie eine Wahl hatte. Ihr Körper verlangte nach ihm, und auch ihr Herz. Irgendwie schien es geradezu eine Sünde zu sein, nicht einmal den Versuch zu wagen, ihn zu gewinnen, selbst wenn sie dabei, was ihr völlig bewusst war, eine Menge Regeln brechen musste.

Nein, überlegte sie, während sie sich unter ihrer Decke zusammenrollte und Cormac dabei beobachtete, wie er das Feuer bedeckte, sie würde ihn nicht mit schmeichelnden Worten, warmen Blicken und sanften Tändeleien gewinnen. Sie würde wagemutig sein und alle Vorbehalte und jungfräuliche Zögerlichkeit über Bord werfen müssen. Um dieses Band zu brechen, würde sie ihm alles geben müssen, auch das war ihr durchaus bewusst. Es war ein beängstigendes Spiel, denn wenn sie es verlor, würde ihr Stolz in Stücke zerrissen, ihre Unbescholtenheit weggeworfen und ihr Herz einem tief gehenden, vielleicht immerwährenden Schmerz ausgesetzt sein. Doch dann dachte sie an das, was sie erhielt, wenn sie gewinnen sollte, und sie schmunzelte.

»Warum schmunzelt Ihr?« Cormac fragte sie, während er sich in seine Decke wickelte und ihr ein halb verwegenes Lächeln schenkte.

Es würde schwierig sein, ihn zu verführen, wenn er immer bis auf zwei Schritte Abstand hielt, dachte sie insgeheim, als sie ihm antwortete. »Es war kein Schmunzeln, es war ein Ausdruck gelinder Erheiterung.«

Cormac lachte. »Was also erheitert Euch?«

Da sie ihm nicht die Wahrheit sagen konnte, zuckte sie mit den Schultern. »Ich bin frei.«

»Im Moment.«

»Habt Ihr Bedenken, dass Sir Colin uns aufspüren könnte?«

»Ein wenig. Wir haben durchaus die Chance, ihm zu entkommen, aber ich ziehe es vor, wachsam zu sein. Ich lernte das damals, während ich mich vor den Douglas versteckte, sehr zu schätzen.«

»Es ist wohl klug«, sagte sie mit einem Seufzen. »Aber mir behagt der Gedanke nicht, ständig einen Blick über die Schulter werfen zu müssen.«

»Es ist keine angenehme Art, durch das Leben zu gehen, das gebe ich zu, aber wenigstens hält es einen am Leben.

Immerhin ist es sehr schwer, einem ein Messer in den Rücken zu jagen, wenn man sich ständig nach den eigenen Schulterblättern umsieht.«

»Na, das ist ja ein sehr schöner, friedlicher Gedanke für die Nacht.«

Cormac kicherte. »Entschuldigt. Lasst nicht zu, dass Eure Träume davon überschattet werden«, fügte er in einem weitaus ernsteren Ton hinzu. »Ich habe das nie getan.«

»Ich bin erstaunt, dass Ihr überhaupt zum Schlafen gekommen seid, während Euch die Douglas verfolgten«, bemerkte sie, wobei sie bei dem Gedanken an die Gefahr, in der er vor so langer Zeit geschwebt hatte, zitterte.

»Na ja, allzu viel habe ich nicht bekommen, bis ich fast einundzwanzig Jahre alt war. Ich war so daran gewöhnt, vor jedem Douglas wegzulaufen, dass es, nachdem ich von meiner Unschuld erfahren hatte, noch eine Weile dauerte, bis ich damit aufhören konnte.« Cormac wunderte sich, dass er so frei über die schmerzliche Angst sprechen konnte, die er während der Zeit seiner Verfolgung erlitten hatte, kam aber zu dem Schluss, dass es die sanfte Intimität der Nacht war, die ihn zu einer solchen Ehrlichkeit anregte.

»Das war wahrscheinlich auch besser so.« Elspeth schloss die Augen und hoffte, dadurch der Versuchung zu begegnen, die Hand auszustrecken und ihn zu berühren und die Vertrautheit, die zwischen ihnen herrschte, weit über Worte hinaus zu steigern. »Es kann gut und gern sein, dass es eine Zeit dauerte, bis alle Douglas wussten, dass man Euch nicht mehr wegen des Mordes an einem ihrer Verwandten sucht. Gute Nachrichten verbreiten sich niemals so schnell und so weit wie schlechte.«

»Stimmt. Schlaft nun, Elspeth. Wir müssen uns in der Morgendämmerung wieder auf den Weg machen.«

Elspeth brummte eine undeutliche Zustimmung. Sie war müde, aber ihr war klar, dass der Schlaf nur langsam über sie kommen würde. Allerdings wünschte sie sich, dass Cormac

aufhörte, mit ihr zu sprechen. Seine volle, tiefe Stimme drang durch die Dunkelheit zu ihr, streichelte sie und weckte die Sehnsucht nach seiner Berührung. Auch wenn sie vorhatte, ihn zu verführen oder ihn wenigstens dazu zu verlocken, sie zu verführen, war diese Nacht nicht geeignet, um mit diesem Spiel anzufangen. Sie waren beide zu müde und vorsichtig wegen ihrer Verfolger, und auch ein wenig vorsichtig gegenüber dem jeweils anderen. Schließlich war sie nicht mehr das Kind, das er vor so langer Zeit gekannt hatte, und er war nicht mehr der hübsche, verfolgte Jüngling, der ihr Jungmädchenherz geraubt hatte. Ihr Innerstes sagte ihr, dass er ihr Gefährte war, ihre große Liebe, aber sie zweifelte daran, dass er das Gleiche empfand. Da sie zudem Jungfrau war, brauchte sie ein bisschen Zeit, um ihre Entscheidung, mit ihrer Keuschheit zu spielen, zu akzeptieren.

Cormac zwang sich, der schmalen Gestalt, die sich nur wenige Schritte von ihm entfernt zusammenrollte, den Rücken zuzudrehen. Noch nie zuvor war er, abgesehen von Isabel, von einer Frau so sehr angezogen worden. Zu seinem Leidwesen war es Jahre her, sofern es überhaupt jemals so war, dass Isabel sein Begehren so schnell und heftig geweckt hatte. Er sagte sich, dass es die Entbehrung sein konnte, die eine solche Reaktion hervorrief. Es war viel Zeit vergangen, seit er das letzte Mal mit Isabel oder einer anderen Frau geschlafen hatte. Vielleicht würde sich diese Anziehungskraft abschwächen, wenn er seinem Verlangen eine Weile nachgab.

Er seufzte leise. Oft war er monatelang, sogar ein ganzes Jahr unterwegs, ohne sein Verlangen stillen zu können. Die wenigen Male, in denen er schwach wurde, suchte er die Quelle seiner Lust meist nur ein einziges Mal auf, manchmal auch ein paar Mal, und schon war er geheilt. Hätte eine andere Frau diesen verschlungenen Schmerz zwischen seinen Leisten verursacht, hätte er genau das jetzt getan, aber nicht bei Elspeth. Er schuldete ihr und den Murrays zu viel, um sie

so herzlos zu behandeln. Das Mädchen war zweifelsohne Jungfrau, und er konnte sie dessen nicht berauben, um einzig und allein sein brennendes Verlangen zu stillen, egal wie stark es war. Bald würde er seine Isabel wiedersehen, und sie würde sich um seine Bedürfnisse kümmern.

Es war in Wirklichkeit die Einsamkeit, sagte er sich, als er die Augen schloss und nach der beruhigenden Berührung des Schlafes die Hand ausstreckte. Während er seiner Isabel fern war, nagte diese oft an ihm. Wenn sie ihn an ihre Seite rief, wie erst vor wenigen Tagen, war sie besonders groß, denn während er zu ihr ritt, war er voller Hoffnung und Begehren, aber auch voller Angst, einer Angst, die ihm die Kehle zuschnürte. Zu oft war er zu spät gekommen und hatte nur die eine oder andere Nacht in ihren Armen verbringen dürfen, bevor sie herzlos mit einem anderen verheiratet wurde. Dieses Mal würde er das Rennen gewinnen, schwor er sich, und Isabel endlich für sich allein haben. Dann würde ihn der Anblick von unbezwingbarem rabenschwarzem Haar und herrlichen grünen Augen nicht länger beunruhigen.

Payton lachte, und Elspeth lachte mit ihm. Sie drehte sich um, um den Witz Robert, einem der bewaffneten Dienstmannen ihres Onkels Nigel, mitzuteilen, und ihr stockte der Atem. Seine derben Gesichtszüge waren in einer Mischung aus Schmerz und Überraschung verzerrt. Als sie die Hand nach ihm ausstreckte, floss Blut aus seinem Mund, und er rutschte vom Pferd. Elspeth wandte sich wieder Payton zu und schrie auf. Eben traf ihn ein Pfeil in den Rücken, schleuderte ihn aus dem Sattel, und schon lag er ausgestreckt auf dem Boden. Sie stieg ab, war sich nur undeutlich des tödlichen Schreis der anderen Wache und des Geräuschs schnell näher kommender Pferde bewusst. Sie musste zu Payton. Er war so ruhig, lag mit dem Gesicht im Schlamm, die dunkle Spur seines Lebenssaftes färbte rasend schnell das Rückenteil seines Hemds. Als sie von hinten ergriffen und bäuchlings

über einen Sattel geworfen wurde, schrie sie vor unbändiger Wut.

»Nein, Ihr Mistkerle, ich muss Payton helfen!« Sie kämpfte gegen die Hände, die sie festhalten wollten.

»Elspeth, beruhigt Euch.«

»Payton! Ich muss Payton helfen!« Sie begann zu weinen. »Überall ist Blut.«

»Psch! Elspeth. Ruhig, ist ja gut! Es ist nur ein Traum, eine schlechte Erinnerung, die Euch den Frieden des Schlafes rauben will.«

Langsam beruhigte sich Elspeth, erkannte, dass die Hände, von denen sie festgehalten wurde, sie streichelten und nicht grob niederdrückten. Unter ihr befand sich kein Pferd. Die tiefe Stimme, von der sie dem eisigen Schrecken ihrer Erinnerung entzogen wurde, war sanft, freundlich, es war nicht die barsche, höhnische Stimme, die ihr sagte, dass ihr Cousin tot war, Futter für Aasfresser. Sie brauchte noch einen Moment, bis sie genau wusste, wo sie sich befand und wer sie hielt, zögerte dann aber zu zeigen, dass sie wieder bei Sinnen war.

Tatsächlich war es schön, so dazuliegen, gebettet in Cormacs starke Arme. Er fühlte sich gut an, sicher und doch verführerisch. Obwohl die Erinnerung an Payton, wie er so still auf dem Boden lag, blutüberströmt, ihr Herz noch immer zerriss, ließen ihre Tränen nach. Sie konnte Cormacs Mitgefühl spüren, sein ehrliches Bedürfnis, ihren Schmerz und ihre Sorgen zu lindern. Einen Augenblick später lächelte sie matt an seiner Brust. Sie konnte auch sein Verlangen spüren. Es war da, geradewegs unter den eher ritterlichen Gefühlen, und kämpfte gegen die Zügel, die er ihnen mühsam anzulegen versuchte. Sie schmiegte ihr Gesicht in seine Halsgrube, hörte, wie er leise um Atem rang, und spürte, wie sich seine Erregung schnell steigerte.

Cormac schloss die Augen und atmete tief durch, um ruhig zu werden, als Elspeth sich enger an ihn schmiegte. Ihre zarten Rundungen, so dicht an seinen Körper gedrängt, mach-

ten es ihm fast unmöglich, sich zu beherrschen. Es war ein Fehler, ihr so nah zu kommen, dennoch wusste er, dass er ihr Leid auf keinen Fall hätte ignorieren können.

»Geht es jetzt besser?«, fragte er, nicht überrascht, die Heiserkeit körperlichen Verlangens in seiner Stimme zu vernehmen, wobei er hoffte, dass es ihr nicht auffiel.

»Ja.« Sie schlang ihre Arme um ihn und hielt ihn fest, als sie spürte, dass er sich anspannte und von ihr lösen wollte.

»Payton und Ihr seid Euch sehr nahgestanden?« Cormac hoffte inständig, dass das Sprechen seine Gedanken von den leidenschaftlichen Fantasien, die sein Denken erfüllten, ablenkte.

»Ja. Um ehrlich zu sein, wenn es unter all den Murray-Kindern einen Liebling gibt, dann ist es Payton. Ganz bestimmt ist er von uns allen der Herausragendste, und ich weigere mich zu glauben, dass er tot sein soll.« Sie seufzte. »Ich fürchte, ich würde mir lieber meinen früheren Albtraum zurückwünschen, als immer und immer wieder sehen zu müssen, wie Payton mit einem Pfeil im Rücken zu Boden stürzt.«

»Ihr habt noch eine andere dunkle Erinnerung, die Euch den Schlaf geraubt hat?«

»Ja. Eine Cousine.« Sie zitterte, und er hielt sie ein wenig fester. »Sorcha, die Erstgeborene meines Onkels Eric. Vor drei Jahren wurden sie und ich von einem Widersacher ihres Vaters gefangen genommen. Dieser Mann und zwei seiner Günstlinge schlugen Sorcha nieder und vergewaltigten sie. Mich zwangen sie zuzusehen. Ich sollte dieses Schicksal teilen, aber wir wurden von Eric, meinem Vater und Onkel Nigel gerettet. Als Onkel Eric sah, was die Männer mit seinem Kind gemacht hatten, rächte er sich schnell und grausam.«

»Was geschah mit Sorcha?«

»Sie ging in ein Kloster. Ich glaube, sie wird bald ihr Gelübde ablegen.«

»Empfindet sie wirklich den Ruf, oder versteckt sie sich?«

»Ich glaube, dass sie den Ruf verspürt. Sie war immer, na

ja, gottesfürchtiger als wir anderen. Wir waren alle traurig darüber, als sie uns verließ, obwohl sie sich in der Nähe von Donncoill befindet und wir sie, wann immer es möglich ist, besuchen. Doch man kann leicht erkennen, dass sie glücklich ist. Wer kann schon mit Bestimmtheit sagen, ob es aufgrund eines Rufs oder eines Gefühls von Sicherheit oder aufgrund von beidem ist? Ihre Eltern haben es akzeptiert. Sie sind froh, dass sie am Leben geblieben ist und die dunklen Schatten von ihr gewichen sind.«

»Aber von Euch sind sie nicht gewichen, oder?«

»Nein, bis heute nicht.«

»Wann immer ich an Donncoill denke, erinnere ich mich nur an Frieden und Glück. Es ist traurig, dass selbst ein solches Paradies von Tragödien heimgesucht werden kann. Und es ist noch trauriger, dass Ihr Zeugin von all dem sein musstet.«

»Ach, bedenkt man, wie viele Murrays dort herumlaufen, wäre es ein Wunder, wenn niemals einer davon zu Schaden käme.«

Cormac lachte weich. »Stimmt, es gab eine Menge von Euch.« Er gab seinem Bedürfnis nach, ihr einen Kuss auf das Haar zu geben, und fügte sanft hinzu. »Ich bete um Euretwillen, dass Gottes Segen auf Eurem Cousin Payton liegt und er irgendwie überlebt.«

»Ich danke Euch«, antwortete sie ebenso sanft. »Wenn ein Mensch ein solches Unglück übersteht, dann ist es Payton.«

»Jetzt, wo Ihr Euch ein wenig beruhigt habt, werde ich wieder in mein eigenes Bett zurückkehren.«

Elspeth klammerte sich ein kleines bisschen stärker an ihn, um seiner Bewegung Einhalt zu tun. Sie musste ihn nah bei sich haben. Es kam ihr so vor, als könnte Cormac die Nacht und die Trennung ihrer Betten dazu benutzen, gegen das Verlangen, das er nach ihr empfand, anzukämpfen. Jede Nacht konnte sie etwas an dem Boden verlieren, den sie am Tag gewonnen hatte. Sie konnte nicht viele Gründe ins Feld führen,

um ihn nachts in ihrer unmittelbaren Nähe zu halten, nicht bis sie ein Liebespaar wurden. Eine noch verweilende Angst nach einem Albtraum konnte sehr gute Dienste leisten. Obgleich sie sich ein wenig schuldig fühlte, weil sie sein Mitgefühl auf diese Weise missbrauchte, berechtigte sie der Krieg, auf den sie sich gerade einließ, wohl zu einer kleinen Täuschung. Selbst wenn sie sein Herz nicht für sich gewann, würde sie vielleicht Isabels Würgegriff um ihn lockern, und das würde nur zum Besten sein.

»Könnt Ihr nicht bei mir bleiben?«, fragte sie, froh über das leichte Schwanken in ihrer Stimme.

Er konnte, aber er sollte nicht, und er konnte nicht wirklich sagen, warum. »Es wäre nicht schicklich«, tadelte er, empört über seine schwache Ausrede.

»Ich glaube, mit der Schicklichkeit hatte es in dem Augenblick ein Ende, in dem Sir Colin mich von meinem Pferd gezogen hat. Ich habe nur Angst, dass der Traum wiederkommt, wenn ich zu allein bin.«

»Was geschieht, wenn ihr zu Hause einen Albtraum habt?«

»Jemand bleibt bei mir. Ich habe ein sehr großes Bett.«

Cormac wollte das gar nicht wissen. Bereits jetzt formten sich in seinem Kopf Bilder einer besonders sinnlichen Elspeth, die sich nackt auf ihrem Bett räkelte und die Hand nach ihm ausstreckte, während er sich eng an die ebenholzschwarzen Löckchen zwischen ihren weichen weißen Oberschenkeln drückte... Er schüttelte den Kopf, bemühte sich verzweifelt um einen klaren Gedanken, egal welcher, der nicht eine nackte, hingebungsvolle Elspeth zum Gegenstand hatte.

Das Problem war, dass es keine Möglichkeit gab, ihr diese Bitte abzuschlagen. Sie hatte gesehen, wie ihr Cousin und zwei bewaffnete Wachen ermordet wurden, war entführt, mit Vergewaltigung bedroht und in einem Turmgemach eingesperrt worden. Es war nicht überraschend, dass sie Angst

vor dem Alleinsein hatte. Cormac nahm an, dass sie es gewöhnt war, von lieben Menschen umgeben zu sein, Menschen, an die sie sich wenden konnte, wenn sie Sorgen hatte. Jetzt hatte sie nur ihn, doch er schien seine Gedanken nicht aus seinen Hosen fernhalten zu können.

Dieses Mädchen hatte ihm, so rief er sich streng ins Gedächtnis, das Leben gerettet. Er gehörte außerdem einer anderen, war gerade auf dem Weg zu ihr, um sich, so Gott es wollte, endlich mit ihr zu verheiraten. Beides zusammen sollte hinreichen, um seine sündige Lust unter Kontrolle zu halten. Elspeth wollte nichts weiter, als sich sicher fühlen. Er war ein erwachsener Mann, er sollte fähig sein, neben ihr zu liegen und nicht vor lauter Begehren in Schweiß auszubrechen.

»In Ordnung, ich werde bei Euch bleiben. Lasst mich nur mein Bettzeug holen«, sagte er, wobei er hoffte, dass sein Widerwille nicht hörbar war.

Elspeth ließ ihn gehen, beobachtete ihn aber unablässig dabei, wie er sein Bettzeug neben ihrem ausbreitete und ein einziges großes Bett daraus machte. Als er sich neben sie legte, war er so angespannt, dass sie sich wunderte, dass er nicht in Stücke brach. Es war womöglich nicht leicht, einen Mann zu verführen, der so darauf versessen war, sich zu benehmen. Sie drehte sich auf die Seite, mit dem Rücken zu ihm, langte hinter sich, ergriff seine Hand und zog seinen Arm um ihre Taille. Der Mann war so starr, dass es schien, als würde sie sich an einen Felsen schmiegen, dachte sie lächelnd. Immerhin zeigte die Stärke seines Widerstandes die Stärke seines Verlangens, und das ließ sie hoffen.

»Danke, Cormac«, sagte sie und schob sich so weit nach hinten, bis sie sich gegen ihn drücken konnte. »Jetzt fühle ich mich sicher.«

»Das ist das Wenigste, was ich tun kann.«

Elspeth verbiss sich ein Kichern. Cormac klang, als würde er an etwas würgen. Der Teil seines Körpers, der schamlos

gegen ihren Po zuckte, verriet ihr, dass seine Stimme von seinem Verlangen geknebelt wurde. Ganz gewiss würde er etwas, das derart stark war, nicht lange unterdrücken können. Sie konnte es auf alle Fälle nicht. Sie hatte bereits mit dem Bedürfnis zu ringen, sich in seinen Armen umzudrehen, ihn zu küssen und ihren Körper an seinem zu reiben. Elspeth schloss die Augen und hoffte, dass seine Fantasien ebenso ungezügelt und lebhaft waren wie ihre eigenen. Wenn sie schon leiden musste und keinen Schlaf finden konnte, war es nur gerecht, wenn es ihm genauso ging.

»Schlaft gut, Cormac«, sagte sie, wobei sie kaum über einen Flüsterton hinauskam.

Cormac fluchte insgeheim. Diese weiche, rauchige Stimme war wie eine Liebkosung. Er hätte nicht gedacht, dass sein Körper noch mehr vor Verlangen anschwellen könnte, als er sowieso schon angeschwollen war, und es gefiel ihm nicht, Unrecht zu haben. Diese Frau war gefährlich, vor allem weil sie es nicht zu wissen schien. Cormac war verblüfft, dass Balfour Murray seiner Tochter erlaubt hatte, jemals die schützenden Mauern von Donncoill zu verlassen, kam aber zu der Überzeugung, dass ein Vater wohl nicht sah, welche Verlockung seine Tochter für einen Mann darstellte.

»Schlaft auch gut, Elspeth«, antwortete er seinerseits.

Da sie sein Begehren ebenso spürte wie ihr eigenes, vermutete Elspeth, dass ihre Träume nicht sonderlich erholsam, aber ganz bestimmt interessant sein würden.

Es dauerte, bis Cormac spürte, dass Elspeth entspannt schlief. Er versuchte sich zu lösen, aber sie folgte ihm einfach mit ihrem kleinen Körper und schmiegte sich noch enger an ihn als zuvor. Ihre wohlgeformten Pobacken rieben an seiner schmerzenden Leistengegend, und er zitterte.

In einem Dorf, das nur einen Tagesritt weit entfernt lag, gab es eine Schankmagd, die oftmals Männern ihre Gunst für wenig Geld schenkte. Bisher hatte er ihr Lächeln noch nie erwidert, aber vielleicht sollte er es jetzt tun. Ein ordentlicher

Liebessakt würde seinem lange unbefriedigt gebliebenen Verlangen die Spitze nehmen, und er konnte vielleicht der Verlockung, die Elspeth darstellte, leichter widerstehen.

Noch während er sich überlegte, mit der Schankmagd zu turteln, wusste er schon, dass es Unsinn war. Zeit- und Geldverschwendung. Solche Verzweiflungsschritte hatten schon früher immer versagt und ihn leer und unbefriedigt zurückgelassen. Er war mit einem ausgesprochen einseitigen Verlangen verflucht. Sobald er sich für eine Frau entschieden hatte, konnte diese von keiner anderen ersetzt werden. Cormac wusste, dass er einen ganzen Monat im Bett der fähigsten Hure von Schottland verbringen könnte und sich trotzdem innerhalb der ersten Minuten eines Wiedersehens mit Elspeth in dem gleichen grässlichen Zustand befinden würde wie jetzt.

Was ihn am meisten zusetzte, war die Tatsache, dass selbst der Gedanke an Isabel, die so nah war und auf ihn wartete, nicht vermochte, sein heißes Begehren zu kühlen. Elspeth war da, kam dazwischen, ihre grünen Augen sahen aus Isabels Gesicht, bis diese Frau gänzlich verschwand und nur noch Elspeth übrig blieb. Auch als er sich ins Gedächtnis rief, dass es lange her war, seit er Isabel zuletzt gesehen hatte, beruhigte das seinen sorgenvollen Kopf nicht sonderlich. Isabel war die Frau, die er fast sein halbes Leben lang geliebt und geachtet hatte. Sie sollte nicht so leicht von einem kleinen, grünäugigen Mädchen aus seinen Gedanken zu verdrängen sein, selbst wenn dieses Mädchen eine Stimme hatte, die Steine erweichen konnte.

Elspeth legte sich erneut auf langsame, erregende Weise näher zu ihm. Cormac stöhnte auf, dann seufzte er. Es würde eine sehr lange Nacht werden. Wenn er ritterlich blieb, seine Hände von Elspeth ließ und fortfuhr, das Band, das ihn mit Isabel vereinte, zu ehren, verdiente er die Heiligsprechung.

3

Wärme durchflutete Elspeths Adern, als sie erwachte, und strömte aus den weichen Lippen, die verführerisch über ihre strichen, in sie hinein. Sie musste ihre Augen nicht öffnen, musste nicht einmal aufwachen, um zu wissen, wer sie festhielt, wer sie küsste. Es ängstigte sie ein wenig, dass Cormac schon so sehr ein Teil von ihr zu sein schien, dass sie es einfach so hinnahm. Sie murmelte seinen Namen und schlang ihre Arme um seinen Nacken.

»Seid Ihr so sehr daran gewöhnt, wachgeküsst zu werden, mein kleiner Engel, dass es Euch gar nicht in Erstaunen versetzt?«, fragte Cormac, als er leicht an ihrer Unterlippe knabberte.

Es war eine beleidigende Frage, aber Elspeth beschloss, die hintergründige Bedeutung zu übergehen. Da sie im Halbschlaf so bereitwillig seinen Kuss hinnahm und erwiderte, verwunderte es nicht, dass er Fragen nach ihrer Unschuld stellte. Sie konnte ihm nicht sagen, dass sie ihn am Geruch, an seinem Begehren oder sogar an der Tatsache, dass ihr Herz ihn bereits jetzt als ihren Gefährten beanspruchte, erkannte. Er würde sie entweder für verrückt halten oder versuchen, sich zu befreien und wegzulaufen, und zwar sehr schnell und in die entgegengesetzte Richtung. Männer, das hatte sie schon in sehr jungen Jahren festgestellt, konnten Gefühle nicht gut hinnehmen, darüber sprechen oder sie verstehen.

»Ich wusste, dass Ihr es seid.« Sie schlang ihre Finger in sein volles Haar und drückte ihren Körper noch enger an ihn. »Immerhin bin ich mit Euch an meiner Seite eingeschlafen. Es ist keine große Überraschung, dass ich erwarte, Euch genau da vorzufinden, wenn ich aufwache.«

»Jemand könnte mir in der Nacht die Kehle durchgeschnitten und meinen Platz eingenommen haben.«

»Ich meine, das hätte ich bemerkt.«

Er schmunzelte kurz und küsste sie. Dies führte zu einem weiteren, tieferen Kuss. Cormac sagte sich, dass diese Küsse belanglos waren – sie waren nichts weiter als ein müßiges Vergnügen, leicht geraubt und leicht vergessen. Es war klar, dass Elspeth dasselbe empfand.

Trotzdem erklärte es nicht die Gefühle, die sie in ihm weckte. Sein Blut hämmerte in den Adern. Er wäre am liebsten in sie hineingekrochen und dort geblieben. Noch nie hatte ein Kuss sein Begehren derart schnell und heftig erregt. Hier lauerte Gefahr, dachte er, ohne aber die Willenskraft aufzubringen, sich dem zu entziehen. Er brauchte sie und konnte sich nicht davon überzeugen, dass es aufgrund einer übermäßig langen Enthaltsamkeit war.

Elspeth klammerte sich an ihn, kostete sein wachsendes Begehren und ließ sich davon wegtragen. Bei der ersten Berührung seiner Lippen an ihrem Hals streckte sie den Kopf nach hinten. Etwas in ihr hatte Angst vor der Stärke und Wildheit der Leidenschaft, die zwischen ihnen herrschte, aber sie unterdrückte diese Angst rücksichtslos. Genau das wollte sie, brauchte sie, danach hatte sich ihr Herz gesehnt, bevor sie überhaupt alt genug war, um es zu verstehen.

Als sie seine warme, ein wenig schwielige Handfläche auf ihren Brüsten spürte, bemerkte sie, dass er es geschafft hatte, sie halb auszuziehen, ohne dass es ihr bewusst gewesen wäre. Noch nie hatte sie jemand an dieser Stelle berührt, und sie spürte, dass es sowohl seltsam als auch wunderschön war. Er rieb mit dem Daumen über ihre Brustspitze, und das Gefühl, dass durch sie hindurchfegte, war so unerwartet und so mächtig, dass sie zurückschreckte und sich ein wenig entzog. Ein Blick auf sein Gesicht verriet ihr, dass sie damit den Bann, der sie gefangen gehalten hatte, brach, und sie fluchte innerlich.

Cormac zog sich von ihr zurück und stand taumelnd auf. Zwischen seinen Leisten pulsierte das sehnsüchtige Verlangen fortzufahren, und seine Hände zitterten leicht. Er starrte in einer Mischung aus Verwunderung und Bestürzung auf die kleine Elspeth, während sie gelassen ihr Mieder zuschnürte.

»Gott«, stöhnte er, »was habt Ihr mit mir gemacht?«

»Ich?« Elspeth stand auf und begann, ihre Decken zusammenzurollen. »Ich meine, ich hätte fest geschlafen, als all das begann.«

Sie war nicht bereit, ihn damit davonkommen zu lassen, dass er ihr die Schuld an der Verrücktheit, die sie beide überfallen hatte, gab, und auch nicht mit anderen Entschuldigungen. Er begehrte sie. Dies zu leugnen, wie er vielleicht versuchte, würde nicht funktionieren, ebenso wenig es zu entschuldigen, was er offensichtlich vorhatte, oder es zu übergehen. Sie würde es nicht zulassen.

»Na ja, nicht völlig geschlafen.« In dem Versuch, einen klaren Kopf zu bekommen, fuhr er sich mit den Fingern durch die Haare. »Ihr seid ein Mädchen von Stand und eine Frau, der ich sehr viel schulde. Es war mehr als falsch von mir, aus Eurer Situation Nutzen zu ziehen.«

»Ihr macht Euch zu viele Gedanken. Habt Ihr gehört, dass ich aus lauter Widerstand schrie?«

»Das hättet Ihr tun sollen.«

Elspeth zuckte die Schultern und ging, um das Feuer anzumachen. »Vielleicht. Und ich mag ein Mädchen sein, und dazu eines von Stand, aber ich bin kein Kind mehr. Ich bin fast zwanzig, schon längst im heiratsfähigen Alter. Ich denke, ich bin alt genug, um mich selbst um meine Keuschheit zu kümmern.«

»Ihr scheint Euch nicht sehr darum gekümmert zu haben.«

»Wie taktlos von Euch, darauf hinzuweisen.«

»Ich verstehe Euch nicht.« Er legte die Stirn in Falten und rieb sich das Kinn mit der Hand. »Und was meint Ihr, wenn Ihr sagt, Ihr *mögt* ein Mädchen sein?«

Typisch Mann, hört nur das und sonst nichts, dachte sie verstimmt. »Es war ein schlechter Scherz. Warum seid Ihr so aufgebracht?«

Cormac wusste es nicht so recht, fand aber schnell eine geeignete Antwort. »Weil ich nicht frei bin für ein Geplänkel.«

»Geplänkel ist das also?«, murmelte Elspeth, die kurz das Vergnügen in Betracht zog, den kleinen Eisentopf, den sie in der Hand hielt, auf ihn zu werfen. »Und wieso seid Ihr nicht frei? Ihr sagtet, Ihr seid nicht verlobt und nicht verheiratet. Somit seid Ihr frei.«

»Stimmt, ich mag weder verheiratet noch verlobt sein, aber ich habe zusammen mit einer Frau ein feierliches Versprechen abgelegt. Wir machten dies, als ich noch sehr jung war. Sie ist ein Jahr jünger als ich. Dieses Band hält noch immer.«

»Wie rührend und ehrenwert.«

Elspeth beschloss, dass es an der Zeit war, sich von ihm zu entfernen, bevor ihr Temperament mit ihr durchging. Sie reichte ihm den kleinen Topf, stolz auf sich selbst, weil sie ihn nicht auf seinem Kopf zerschmettert hatte, und marschierte zwischen den umliegenden Bäumen davon. Sie brauchte ein wenig Zeit, um gelassener zu werden. Noch immer konnte sie seine Küsse spüren, seine Berührung, und sie musste die Gefühle, die er in ihr geweckt hatte, unbedingt abschütteln. Bevor sie weiter etwas über Versprechen, die er abgelegt hatte, oder Entschuldigungen, die er anführte, hören konnte, musste sie die letzten Überreste der heftigen Leidenschaft, die vor so kurzer Zeit zwischen ihnen geherrscht hatte, besiegen.

Nachdem sie ihren persönlichen Bedürfnissen nachgekommen war und sich in dem eisigen Wasser des kleinen Baches, der sich durch die Bäume schlängelte, gewaschen hatte, fühlte sich Elspeth besser. Ihr Sinn für das Praktische war wieder geweckt. Sie war nur enttäuscht gewesen darüber, dass Cormac nicht so leicht zu gewinnen war. Er war eine

harte Nuss zum Knacken, zumal er der abscheulichen Isabel gegenüber ein Versprechen abgelegt hatte und ein zu ehrenhafter Mann war, um es so einfach zu brechen. In Ordnung, auch sie würde ein Versprechen ablegen: Sie würde alles in ihrer Macht Stehende unternehmen, um ihn von seinem Versprechen abschwören zu lassen.

Cormac zitterte, als das eisige Wasser auf sein Gesicht spritzte und in sein Hemd tropfte. Es war nicht so gut wie ein kaltes Bad, aber es hatte seinem brennenden Bedürfnis etwas Schärfe genommen. Noch immer etwas benommen, ging er zum Feuer und bereitete Haferbrei zum Frühstück. Allerdings reichte die profane Arbeit nicht aus, um ihn vom Nachdenken abzuhalten.

Er verstand nicht, was gerade geschehen war. Obwohl er Isabel gegenüber nicht ganz treu war, hatte er sich nicht viele Plänkeleien erlaubt, und wenn, dann nur in weiten Abständen. Da waren die gelegentlichen Versuchungen, denen er erlegen war, die Frauen, mit denen er aus Anfällen von Eifersucht geschlafen hatte, und zwar jedes Mal, wenn Isabel wieder geheiratet hatte, und die paar Mal, in denen sein Verlangen zu groß geworden war, um übergangen zu werden. Trotzdem hatte er in keinem dieser kurzen Zwischenspiele die Selbstbeherrschung oder sein Schuldgefühl verloren. Diesmal aber hatte er noch nicht einmal an Isabel gedacht, bis Elspeth unter seiner Berührung zusammenzuckte und ihn wieder zu Sinnen brachte. Zudem war keine der anderen Frauen die unberührte Tochter eines Laird.

Es war pure Verrücktheit. Elspeths Stimme reichte schon aus, um ihn schwer zu erschüttern. Er konnte noch immer die Süße ihrer Lippen spüren und musste sich unwillkürlich fragen, ob auch der Rest von ihr so süß schmeckte. Seine Handfläche prickelte noch immer von ihrer vollen, seidigen Brust und der harten und provozierenden Brustwarze. So wie Elspeth schmeckte und sich anfühlte, hätte er gut und

gern in all dem ertrinken mögen, und das beunruhigte ihn zutiefst.

Eine entschieden zu lange Enthaltsamkeit musste der Grund sein, etwas anderes kam für Cormac nicht infrage. Die Antwort war einfach. Sie würden in dem nächsten Dorf Halt machen, um ein paar weitere Vorräte einzukaufen, und er würde das willige Schankmädchen aufsuchen, mit ihr ins Bett gehen und sich seine Verrücktheit aus dem Blut schaffen. Danach konnten Elspeth und er ihre Reise fortsetzen und anfangen, sich wie vernünftige Leute aufzuführen.

An seinem Plan war nur ein Haken. Wie sollte er sich zu dem für ihn so notwendigen Liebesakt davonschleichen, ohne dass Elspeth davon Wind bekam? Da sah er, wie sie aus dem Wald zurückkam. Der bloße Anblick ihrer geschmeidigen Gestalt tat ihm weh. Cormac kam zu der Überzeugung, ihr keine Erklärungen zu schulden. Seine einzige Sorge musste sein, sie sicher bei ihrer Familie abzuliefern. Sollte sie herausfinden, was er in dem Dorf machte, hatte er eben Pech.

»Ihr könntet wenigstens gute Laune vortäuschen«, sagte Elspeth, als sie sich ans Feuer setzte und Brot und Käse nahm, während sie darauf wartete, dass der Haferbrei fertig war.

»Normalerweise beginne ich meinen Tag nicht damit, jungfräuliche Mädchen, denen ich sehr viel verdanke, zu entehren«, sagte er ironisch. »Entschuldigt, wenn mich mein eigenes Verhalten etwas verwirrt hat.«

»Cormac, ich habe sieben Brüder und mehr Cousins, als sich ein vernünftiger Mensch wünschen kann. Glaubt Ihr wirklich, Ihr könntet mich entehren, ohne nicht wenigstens ein bisschen von Eurem eigenen Blut zu vergießen?«

»Ich bin ein ganzes Stück größer und stärker als Ihr.«

»Wie fast alle Männer, weswegen man mir jeden Schwachpunkt, den ein Mann besitzt, zeigte. Man brachte mir außerdem nicht nur bei, wie man einen Mann verletzt, sondern auch, wie man sich aus so ziemlich jedem Griff befreit und wie man bestimmte Schmerzen verursacht, um diesen Griff

zu lockern. Wären die Männer, die Sorcha und mich angegriffen haben, nicht so viele gewesen und hätten sie nicht Sorcha angegriffen und mich abgelenkt, wäre ich vielleicht sogar aus diesem grauenhaften Geschehen entkommen. Leider hat man Sorcha nicht das beigebracht, was man mir beigebracht hat. Sie hat nie danach gefragt und war immer viel mehr Lady als ich.«

»Ihr habt mir nichts getan.«

»Nein, das habe ich nicht«, sagte sie mit weicher, ruhiger Stimme, wobei sie seinem Blick standhielt.

Elspeth merkte sehr genau, dass er die unterschwellige Bedeutung ihrer Worte verstand. Sein Gesichtsausdruck war eine fesselnde Mischung aus Begehren, Entsetzen und Alarmbereitschaft, die sich zu Verärgerung wandelte. Die Andeutung von Begehren und Alarmbereitschaft verriet ihr deutlich, dass er sie begehrte, aber dies nicht wollte. Das Entsetzen war leicht zu verstehen, denn ganz gewiss hatten ihm nicht viele Jungfrauen von Stand ihr Verlangen derart unverblümt gezeigt. Was sie nicht so recht einzuschätzen wusste, war die Verärgerung. Verärgerte ihn ihre Kühnheit, oder war er gereizt, weil sie ihm offen gezeigt hatte, dass sie ihm nicht dabei helfen würde, der Versuchung, die sie für ihn darstellte, zu widerstehen?

»Ihr seid verrückt.«

»Mir war nicht bewusst, dass Ehrlichkeit in der Achtung der Leute so tief gesunken ist, dass man sie nun für ein Symptom von Geistesgestörtheit hält«, murmelte sie.

»Esst.«

Sie aß, weil sie zu dem Schluss kam, dass es nicht gut war, ihn zu reizen. Verärgerung konnte ihm die Stärke geben, die er suchte. Elspeth hätte gerne mehr gesagt, aber sie hatte ihm gezeigt, was sie wollte, das musste für den Augenblick ausreichen.

Sie beendeten ihr dürftiges Mahl schweigend. Zusammen brachen sie das Lager ab. Als noch immer Schweigen herrsch-

te, nachdem sie sich hinter Cormac auf das Pferd geschwungen hatte, war sie überzeugt, dass er vorhatte zu schmollen. Scheinbar wurde sie ein wenig dafür betraft, dass sie solch schlechte Manieren an den Tag legte und wagte, das Begehren eines Mannes zu erregen. Cormac war eindeutig eine harte Nuss zum Knacken.

»Für wie dumm hält mich dieser Mann eigentlich?«, schimpfte Elsbeth, als sie wütend auf die Vorderseite des Gasthofes und der Schänke schaute, in der Cormac verschwunden war.

Nachdem sie einige Vorräte gekauft hatten, hatte sich Cormac einen Moment Zeit genommen, um etwas Persönliches mit einem der Händler zu besprechen. Er hatte den rundlichen Mann so weit von ihr weggezogen, bis sie auf keinen Fall mehr hören konnte, was sie sprachen. Alles, was sie auffing, waren die Worte *Schänke, Annie* und *tüchtiges Mädchen*. Diese Blicke und die schnellen, amüsierten und doch wissenden Blicke des Händlers verrieten Elspeth mehr, als sie in Wirklichkeit wissen wollte. Cormac suchte nach einer Hure.

Es tat weh, und es machte sie wütend. Allein bei dem Gedanken, dass Cormac eine andere Frau küsste und berührte, verkrampften sich ihre Gedärme vor Eifersucht und schärfte sich das heftige Verlangen, Gewalt anzuwenden. Hier stand sie, bereit, entgegenkommend und fähig – oder wenigstens bald fähig, darin unterrichtet zu werden, wenn Cormac ihr nur die Möglichkeit geben würde. Zudem hatte sie Angst, dass ein herzhaftes Gerangel mit Annie unter den Bettdecken tatsächlich den Erfolg hatte, dass er sie übergehen konnte.

Einen Augenblick lang überlegte sie sich, einfach in die Schänke zu marschieren und Cormac wissen zu lassen, wie wütend sie war. Dann hörte sie den Lärm, der von dort zu ihr drang und auf ein lautstarkes und wüstes Gelage schließen ließ. Die Schänke war sicher voller Männer, die bereits

schwer betrunken waren. Ging Elspeth da jetzt hinein, steckte sie vielleicht schon bis über den Hals in Schwierigkeiten, bevor sie Cormac überhaupt fand.

Plötzlich fiel ihr ein, dass es eine Küchentür geben musste. Sie konnte ungesehen hineinschlüpfen und Cormac suchen. Obwohl sie sich wahrscheinlich fühlen würde, als schnitt man ihr mit einem stumpfen Messer das Herz aus der Brust, wenn sie ihn mit einer Frau erwischte, hatte sie nicht die Absicht, hier zu stehen und zu warten, bis er herauskam und seine Kleider in Ordnung brachte. Vielleicht gab er ja die Idee auf, mithilfe einer anderen Frau im Bett die Leidenschaft zwischen ihnen zu bekämpfen, wenn sie ihn gründlich in Verlegenheit brachte und beschämte. Der Gedanke, dass sie dies bei jeder Schänke und jeder Herberge zwischen hier und dem königlichen Hof zu erdulden hätte, ließ sie frösteln.

Sich auf diese widerliche Tat vorzubereiten war sinnlos, also atmete Elspeth tief durch und ging um das Gebäude herum zur Rückseite. Sie war fast da, als sie mit einer drallen jungen Frau zusammenstieß, die vom Abtritt im hinteren Garten zu eben derselben Tür eilte wie sie. Elspeth warf einen Blick auf sie und fluchte innerlich. Wenn sie diese Frau nicht ablenken konnte, würde Cormac ihr sicher keinen Korb geben.

»Bist du Annie?«, fragte sie und versuchte dabei, ihr den Weg zur Tür abzuschneiden.

»Ja. Kenn ich Euch?« Annies blaue Augen verengten sich, und sie schob ungeduldig eine Locke goldenen Haares aus ihrem hübschen Gesicht. »Ich kann wirklich nicht hier stehen bleiben und mich unterhalten. Old George hat mir gesagt, dass ein gut aussehender junger Herr nach mir fragt.«

»Ich weiß, und wenn du sein Angebot annimmst, werde ich dafür sorgen, dass sich niemand mehr deine Gesellschaft wünscht.«

Elspeth fühlte sich schmerzlich schuldig, als die Frau dank ihrer kalten, harten Drohung blass wurde und sich ihre Au-

gen so sehr weiteten, dass es wehtun musste. Annie gebührte nicht die volle Wucht von Elspeths Wut und Verletztheit, und da Cormac und sie nicht durch ein gegenseitiges Versprechen gebunden waren, vermutlich auch ihm nicht. Andererseits war es eine Beleidigung, dass er vor dem, was sie ihm angeboten hatte, davonlief und zu einer anderen ging. Elspeth nahm an, dass sie ihre Wut auf diese Weise entschuldigen konnte, wenn sie dazu genötigt wäre.

»Seid Ihr seine Frau?« Annie schaute sich verstohlen um, offensichtlich suchte sie nach einem Fluchtweg.

»Ich habe vor, es zu werden. Er kommt zu dir, weil er eigentlich mich begehrt, es aber für unehrenhaft hält, mit einer Jungfrau zu schlafen.«

Annie fuhr zusammen, dann lächelte sie traurig. »Ich hatte ein paar von denen. Sie sprechen honigsüß mit mir, und wenn ihre Lust heiß genug ist, dass sie die Augen schließen, rufen sie nach der, die sie wirklich haben wollen.«

»Das ist schrecklich.« Elspeth schüttelte den Kopf. »Männer können solch unglaubliche Schweine sein. Mein Cousin Payton –«

»Payton? Doch nicht etwa Sir Payton Murray, der Sohn von Sir Nigel und Lady Gisèle?«

»Du kennst meinen Cousin?« Payton schien seine Gunst ein bisschen zu freigiebig zu verschenken, dachte Elspeth bei sich.

»Oh, er hat nie mit mir geschlafen.« Annies Seufzen war voller Bedauern, doch dann hellte sich ihr Gesicht auf. »Aber Ihr könnt mir ein bisschen was über den vornehmen, gut aussehenden Ritter verraten, was andere nicht wissen, oder?«

»Na ja, vielleicht«, murmelte Elspeth, die sich daran gewöhnen musste, von Payton in solch hochachtungsvollen Worten zu hören.

»Wartet, ich werde jeder von uns ein Bier holen. Wir können uns auf die Bank da setzen.«

Elspeth war noch immer zu überrascht von der Reaktion

der Frau auf Paytons Name, um sie davon abzuhalten, nach innen davonzustürzen. Sie fluchte, als sie erkannte, dass alles ein Täuschungsmanöver sein konnte. Als sie eben zu dem Schluss kam, dass Annie sie überlistet hatte, kehrte die Frau mit einem Tablett zurück, auf dem sich Brot, Käse und zwei Krüge mit Bier befanden. Elspeth schüttelte nur den Kopf und folgte Annie zur Bank. Sie wollte Cormacs Stelldichein verhindern, es war also kleinlich, sich darüber aufzuregen, wie dies geschah.

»Ich hab Euren Mann kurz gesehen«, sagte Annie, als sie sich hinsetzte. »Jetzt versteh ich, warum Ihr so besitzergreifend seid.«

Nachdem sie einen Schluck Bier getrunken hatte, gab Elspeth zu: »Ich muss es sein, er wehrt sich sehr gegen mich, und ich habe nur etwa vierzehn Tage Zeit, um ihn zu gewinnen. Er glaubt, dass er eine andere Frau liebt und an sie gebunden ist. Wir reisen gerade zu ihr.«

»Und trotzdem sucht er mich auf?«

»Ich weiß, dass es nicht gerade für ihn spricht, aber diese Dame, Isabel, verdient keine Treue, ich dagegen habe mir noch nicht das Recht verdient, darauf zu pochen.«

»Lady Isabel Douglas?« Annie murmelte eine Verwünschung, als Elspeth nickte. »Schaut man sich eine Frau wie die an, fragt man sich, wieso jemand mich Hure nennen darf.«

»In der Tat. Herrje, kennst du denn jeden in Schottland?«, fragte Elspeth und lachte leise. »Ich bin Elspeth Murray of Donncoill.«

»Aha, die Tochter der Heilerin. Ich hab gehört, Ihr seid dank Eurer Fähigkeiten schon fast so bekannt wie sie.«

»Danke. Verzeih, aber *woher* kennst du so viele Leute?«

»Die Schänke liegt an einer sehr belebten Straße, die zur Residenz des Königs führt, sofern er dort Hof hält. Ich hör eine ganze Menge, vor allem weil sich viele nichts dabei denken, vor so einem Schankweib offen zu reden. Ist schon rich-

tig, dass viele da nicht drauf achten, aber ich tu es. Schließlich kann niemand sagen, ob ich nicht eine dieser Nachrichten zu meinen Gunsten verwenden kann. Ich hab die eine oder andere Münze dafür bekommen und lass meinen Geldbeutel lieber auf die Art dick und fett werden, denn dabei kann ich mir wenigstens den Mann aussuchen, für den ich die Hure spiele.«

»Du scheinst einen sehr verständnisvollen Herrn zu haben, einen sehr nachsichtigen.«

»Oh, der ist nicht mein Herr. Der alte George ist mein Cousin. Ihr müsst wissen, dass mir ein kleines Stück von all dem hier selbst gehört. Nicht genug, um damit meinen Beutel zu füllen, aber das heißt, dass ich nicht jeden Tag nach einem halben Penny herumkriechen muss.« Sie zwinkerte Elspeth ausgesprochen schelmisch zu. »Ich hab hin und wieder ein nettes Geplänkel sehr gern. Schon bald bin ich auf die Idee gekommen, dass ich genauso gut ein bisschen Geld verdienen könnte, während ich mich amüsiere. Jetzt aber, steht Ihr dem guten Ritter Sir Payton nah? Ich hab das böse Gerücht gehört, dass er tot ist.«

Elspeth trank einen großen Schluck von ihrem Bier, um das Unbehagen zu lindern, welches sie angesichts der Tatsache, dass bereits Gerüchte über Paytons Tod kursierten, beschlich. »Ich glaube nicht, dass er es ist, obwohl ich ihn selbst mit einem Pfeil im Rücken zu Boden stürzen sah.«

»Oh, dass ein so hübscher Junge durch eine feige Attacke von hinten niedergemacht wird.«

Nachdem sie in herzhafter Zustimmung genickt hatte, legte Elspeth die Stirn in Falten. »Woher kommt es, dass man meinen Cousin so gut kennt und über ihn geredet wird?«

»Mylady, er ist ein hübscher, hübscher junger Mann. Er geht einfach nur vorbei und entreißt dem Herzen jeder Frau, die ihn sieht, egal ob alt oder jung, einen sehnsuchtsvollen Seufzer. Und er besitzt eine solche Liebenswürdigkeit, eine solche Güte. Stimmt schon, er schläft höchst selten mit Mäd-

chen wie mir, aber er verachtet uns auch nicht. Es ist allgemein bekannt, dass Sir Payton eine offene und spendable Hand hat, wenn man die Hure spielt, die damit nur ihre Kinder ernähren will.« Annie ließ ein empörtes Schnauben vernehmen, während sie auf einem Stück Brot herumkaute. »Jane, eine dreckige Schlampe, die im Nachbardorf in einer Herberge arbeitet, leiht sich die Kinder ihrer Schwester aus und wirft sich in Sir Paytons Weg, wenn er zum Hof reist oder von dort zurückkommt.«

»Ich werde es ihm ganz gewiss erzählen.« Sie musterte Annie eingehend und erkannte den scharfen Verstand, der sich in ihren Augen verbarg. »Ich werde meinen Verwandten außerdem von deinem Talent, Nachrichten zusammenzusammeln, berichten. So etwas kann sehr hilfreich sein und einer oder zweier Münzen durchaus wert.«

»Könnt Ihr mir jetzt ein bisschen was über Sir Payton erzählen? Ich würd so gern zwei oder drei Geschichten über ihn erfahren, die sonst niemand weiß.« Annie fuhr zusammen und kratzte sich am Arm.

»Was tut dir weh?«, fragte Elspeth, als sie schon Annies Hand in ihre nahm und den Ärmel ihres Leibchens hochschob. »Ein hässlicher Ausschlag. Findet er sich auch noch an anderen Stellen deines Körpers?«

»Nur auf meinen Armen und ein bisschen auf der Brust. Er kommt und geht. Ist nichts Ernstes.«

Elspeth untersuchte den Ausschlag noch immer ganz genau, als sie schon ihren Beutel auf den Tisch stellte. »Du hast dich bei niemandem angesteckt?«

»Nein. Wie ich gesagt hab, ich suche mir meine Männer sehr sorgfältig aus. Und das da hat mich schon als Kind gequält, bevor ich mit einem Mann zusammen war.«

»Aha.« Elspeth nahm eine Salbe heraus. »Es muss etwas sein, dass du isst oder berührst und das dein Körper nicht mag. Achte drauf, was du zu dir genommen hast, wenn der Ausschlag auftritt, dann wirst du bald entdecken, welches

Essen dir das da verursacht. Wenn es kein Essen ist, dann etwas, mit dem du nicht jeden Tag in Berührung kommst. Pass einfach auf, wann es auftaucht und verschwindet, achte auf alles, was zu dieser Zeit geschieht, oder vielmehr, was kurz davor geschah. Und jetzt erzähle ich dir ein oder zwei Geschichten über Payton, während ich dir eine Salbe für diese Flecken mische.« Lächelnd berichtete Elspeth ein paar Geschichten über Payton.

Während sie etwas von der Salbe auf Annies Armen verstrich, wurde Elspeth bewusst, dass Cormac sie beobachtete. Annie warf einen Blick zur Küchentür und sah danach lachend Elspeth an. Elspeth riskierte ihrerseits einen Blick auf Cormac und musste sich ein Grinsen verbeißen. Er stand an der Hintertür der Schänke und starrte sie bestürzt und verärgert an, seine Fäuste lagen auf seinen Hüften. Sie fragte sich, ob er die Dreistigkeit besäße, sein Vorhaben auszuführen, und hätte sich fast gewünscht, dass er einen Versuch wagte. Elspeth wusste, dass es nicht zweckdienlich war, sondern ihren Weg noch schwerer machen würde, aber sie brannte auf eine Auseinandersetzung mit ihm. Sie wandte ihre Aufmerksamkeit wieder Annie zu und empfahl ihr einmal mehr, ihre Reaktion zu beobachten, besonders hinsichtlich verschiedener Lebensmittel, von denen Elspeth wusste, dass andere Leute damit Probleme hatten.

Cormac fluchte und fuhr sich mit den Fingern durch die Haare, während er beobachtete, wie Elspeth liebenswürdig mit der Schankmagd plauderte, die er vorhatte, sich zu nehmen. Nachdem der Mann namens Old George ihm versichert hatte, dass Annie sich bald zu ihm gesellen würde, hatte er sich hingesetzt und sein Bier getrunken, wobei er sich einmal mehr predigte, das es genau das war, was er wollte und brauchte. Ein kurzer Blick auf die blonde, dralle Magd hatte Cormac ermutigt. Er war sich sicher, dass er keine Probleme haben würde, mit ihr ins Bett zu gehen. Als die Frau ver-

schwand und nicht wieder auftauchte, verließ Cormac die Geduld. Er konnte Elspeth nicht stundenlang warten lassen. Ohne auf den gestotterten Protest des alten George zu achten, beschloss Cormac, nach der Magd zu suchen. Niemals hätte er sich träumen lassen, dass er sie im Gespräch mit genau der Frau vorfinden würde, die ihn so quälte. Das reichte aus, um in einem erwachsenen Mann den Wunsch zu wecken, zu schreien und den Kopf gegen eine harte Wand zu schlagen, bis das ganze Durcheinander vorbei war.

Einen kurzen Moment überlegte sich Cormac, einfach hinzugehen, die dralle Annie an der Hand zu nehmen und sie davonzuziehen. Er stellte sich sogar vor, wie er Elspeth hochmütig befahl zu warten. Sollte er den Eindruck haben, dass ihm eine oder zwei Stunden nicht genug waren, konnte sie sich ja einen Raum mieten, er würde sie dann am Morgen wieder treffen. Es würde dieser Frau recht geschehen, wenn sie es wagte, sich in die Geschäfte eines Mannes einzumischen, und er war sich sicher, dass sie sich einmischte. Vielleicht verstand sie dies sogar als Schlag ins Gesicht, sodass sie ihn nicht länger auf eine Weise sehnsüchtig anschauen konnte, die sein Blut in Wallung brachte und seinen Verstand in Stücke riss.

Dann seufzte er und ließ sich an die Wand sinken. Er konnte es nicht. Es hatte sich peinlich genug angefühlt, als er sie mit der schwachen, gemurmelten Entschuldigung von wegen, er brauche etwas Bier und eine Schänke sei kein Platz für eine Frau, vor dem Haus stehen ließ. Cormac konnte aus Elspeths Gesichtsausdruck schließen, dass sie ihm kein Wort davon glaubte. Diskretion hatte sein eigenartiges Schuldgefühl und sein Zögern nicht zum Schweigen bringen können, und er zweifelte daran, dass Unverblümtheit es konnte. Zudem hatte er trotz des scharfen Schmerzes zwischen seinen Leisten ganz bestimmt nicht die Absicht, mit ihr darüber zu diskutieren, ob er ein Recht darauf habe, mit einer Schankmagd zu schlafen.

Er fand sich mit dem Schmerz eines ständig erregten, aber nie befriedigten Begehrens ab, straffte sich und ging zu Elspeth hinüber. Zwischen hier und dem königlichen Hof würde es andere Schankmädchen geben. Jetzt, wo er seinen Verstand lang genug von seiner Hose abgezogen hatte, um wieder klar denken zu können, erkannte er allerdings, wie fahrlässig es gewesen ist, Elspeth allein zu lassen. Es gab keine Hinweise auf Sir Colin, aber das hieß nicht, dass dieser Mann sie nicht verfolgte. Zwei, möglicherweise sogar drei Männer hatten bereits wegen Sir Colins Verlangen nach Elspeth sterben müssen. Cormac bezweifelte aufrichtig, dass dieser Mann aufgegeben hatte.

»Sollen wir gehen?«, fragte er, wobei er einen flüchtigen Blick auf den Ausschlag der Magd, den Elspeth so sanft behandelte, warf und sich die Frage stellte, ob Elspeths Einmischung ihn vielleicht gerettet hatte.

»Fertig mit dem Bier?«, fragte Elspeth honigsüß, als sie das Töpfchen mit der Salbe Annie in die Hand gab und ihre restlichen Sachen einsammelte.

»Ja.« Cormac glaubte allerdings keine Sekunde an ihre Pose süßer Unschuld.

»Nun, ich bin bereit weiterzureiten, wenn Ihr es seid«, sagte sie, aber Cormac war bereits losgegangen. »Herrje, er wird für eine Weile keine angenehme Gesellschaft sein«, schimpfte sie, schmunzelte aber schelmisch, als Annie laut auflachte.

»Das ist allerdings wahr«, stimmte ihr Annie zu, »aber er wird leichter in Eure Arme zu locken sein, Mylady. Ich hab noch nie einen Mann gesehen, der so angespannt und so begierig auf ein Mädchen war wie der da.«

»Er wird erst aufhören müssen zu schmollen. Nun, ich sage meinen Verwandten, was für scharfe Augen und Ohren du hast, Annie, und ich denke, du wirst bald auf einen von ihnen treffen.«

»Schickt Sir Payton.«

»Elspeth!«, brüllte Cormac. Obwohl sie den Kopf schüttelte und etwas von wegen herrschsüchtiger Männer murmelte, was Annie erneut zum Kichern brachte, beeilte sich Elspeth, Cormac zu folgen. Sie hatte erreicht, was sie wollte. Cormac hatte nicht das hergeben können, was sie als ihr Eigentum betrachtete. Sie wünschte nur, einen leichten, schmerzlosen Weg zu finden, um Cormac verstehen zu lassen, was sie da eigentlich machte: Sie beide gehörten zusammen. Wenn es sein musste, würde sie zwischen hier und dem königlichen Hof jede Hure und jede Frau, die nicht tugendhaft war, in Fesseln schlagen und verstecken, um seine Treue ihr gegenüber zu gewährleisten, bis er die Wahrheit erkannte.

Mit Isabel hatte sie mehr als genug Probleme zu meistern, sie brauchte nicht noch weitere Hindernisse.

4

Elspeth verdrehte die Augen, als ein grimmig dreinschauender Cormac zur Jagd davonmarschierte, bevor sie ihre Kleider einsammelte. Zwei Tage lang hatte sie Cormacs seltsame Launen ertragen, und sie hatte sie gründlich satt. Jeden Morgen erwachte sie in seinen Armen, die Hitze und das Begehren zwischen ihnen blendete sie fast. Er küsste sie und glitt mit seinen kräftigen Händen über ihren nur allzu entgegenkommenden Körper. Doch dann berührte er eine Stelle an ihr, die er vorher noch nicht berührt hatte. Sie fuhr jedes Mal ein kleinwenig zusammen, und das vor allem aufgrund des starken Gefühls, welches in ihr aufwallte. Dies reichte aus, er schüttelte den Kopf, als wollte er ihn freibekommen, und machte sich mit einer Geschwindigkeit von ihr los, die beleidigend war. Den Rest des Tages hielt er sich so weit von ihr fern, wie er nur konnte. Es überraschte sie, dass er noch immer ihren Vorwand, sie fürchte sich vor ihren Albträumen, akzeptierte und sich nachts neben sie legte.

Es konnte nicht mehr viel länger so weitergehen, überlegte sie sich, als sie ein Stück Seife aus ihrer Tasche holte. Es gab keine neuen Stellen mehr, die er berühren konnte. Alles, was sie tun musste, war, ihre Reaktionen auf seine intimen Berührungen unter Kontrolle zu halten, sie zu dämpfen, wenigstens bis sie an einem Punkt angelangten, an dem es kein Zurück mehr gab. Sollte er sie weiterhin bis zum Fieber erregen und dann aufhören, war nicht er es, der im nächsten Dorf, das sie erreichten, versuchte, mit jemandem Fremden ins Bett zu gehen. Ihre Jungfräulichkeit hielt ihn zurück, und sie dachte allmählich darüber nach, sich jemanden zu suchen, der sie davon befreite. Entweder das, oder sie würde in

eine Geisteskrankheit verfallen, die aus dem ständigen schmerzhaften Unbefriedigtsein resultierte.

Der kleine Bach, an dem sie lagerten, wand sich auf seiner langsamen Reise zum nächsten Dorf durch die Moore und den Wald. Elspeth folgte ihm, bis sie eine geschützte Stelle fand, an der ihr die Sträucher und Bäume Schutz boten, um ihrer Sittsamkeit Genüge zu tun, sie aber trotzdem genug sehen konnte, um eine sich nähernde Gefahr wahrzunehmen. Das Wasser war wahrscheinlich kalt, aber sie hatte ein Bad schrecklich nötig. Zudem musste sie die meisten ihrer Kleider auswaschen.

Nach einem letzten Blick, mit dem sie sich versicherte, dass sie allein war, zog sie sich aus. Die späte Sommersonne war herrlich und warm, aber sie musste nur eine Zehe ins Wasser strecken, um zu wissen, dass es nicht sehr angenehm werden würde. Sie biss die Zähne zusammen, um einen entsetzten Aufschrei zu unterdrücken, als das kalte Wasser auf ihre warme Haut klatschte, und biss sie auch weiterhin zusammen, damit sie nicht damit klapperte. Als sie ihr Haar wusch und sich abschrubbte, stellte sie fest, dass sie noch niemals ein derart hastiges Bad genommen hatte.

Sobald sie aus dem wenig gastfreundlichen Wasser gestiegen war, nahm Elspeth ihre Kleider, trocknete sich damit die Haare, bis sie nicht mehr tropften, und rieb sich den Körper kräftig genug, um das Blut wieder zum Fließen zu bringen. Sie kniete sich auf ihr Hemd und wusch die Kleider aus, wobei die Sonne sie gründlich wärmte und trocknete. Bis sie ihre Kleider wieder brauchte, würden auch diese trocken sein und, wenn sie sehr vorsichtig war, nicht zu sehr verknittert.

Morgen kamen sie zu einem weiteren Dorf, dachte Elspeth und fluchte. Vermutlich gab es dort einen Gasthof oder eine Schänke und eine weitere willige Magd, die sie bedrohen musste. Gestern hatte sich herausgestellt, dass noch nicht einmal ein Dorf nötig war, sondern schon ein Cottage mit einer lüsternen Witwe reichte. Bei dieser Frau hatte es des

Aufblitzens eines Messers bedurft, damit sie Cormac keine schönen Augen machte und kein einladendes Lächeln schenkte. Das Ganze wandelte sich zu einem seltsamen Spiel. Er wirkte interessiert, sie entfernte die Ursache für sein Interesse, und sie zogen weiter. Sie wusste, dass er wusste, dass sie etwas den Frauen gegenüber tat oder sagte, und obwohl es ihm eindeutig missfiel, erwähnte er nie etwas davon.

Es war ein verletzendes Spiel. Da war sie, warm und einladend und leider viel zu begierig darauf, seine Leidenschaft zu teilen, doch er stieß sie weiterhin zur Seite. Auch wenn sie verstand, was er tat und warum er es tat, war es zu schmerzhaft, mit ansehen zu müssen, wie er jenen Frauen ein glühendes Lächeln schenkte. Elspeths größte Angst war momentan, wie sie sich eingestand, dass er seine Leidenschaft einer anderen Frau schenken würde, bevor sie auch nur die Möglichkeit hatte, diese Leidenschaft zu kosten.

Cormac starrte blindlings im Lager herum und warf die beiden Hasen, die er gefangen und ausgenommen hatte, auf den Boden. Elspeth war fort, doch nicht das verursachte ihm Panik, denn es gab viele Gründe, warum sie sich zeitweise vom Lager entfernt haben könnte. Aber auch ihre Tasche war fort.

Ist sie gegangen, weil sie zu der Überzeugung gelangt war, dass es für sie besser sei, wenn sie allein weiterging? Er konnte es ihr nicht verdenken, falls es so war. Es musste sie in den Wahnsinn treiben, mit einem Mann unterwegs zu sein, der jeden Morgen versuchte, sie zu entehren, sie dann anraunzte oder den ganzen Tag über ignorierte. Vielleicht hatte sie ja auch genug davon, mit ansehen zu müssen, wie er jede andere Frau, auf die sie trafen, beschnupperte? Vor Lust zu vergehen und nicht fähig zu sein, sie bei derjenigen zu sättigen, die ihn erregte, verwandelte ihn in ein blindwütiges, brünstiges Tier. Eine Schankmagd, eine Milchmagd, eine Witwe – jede andere Frau, nur nicht die Jungfrau edler Abkunft, die ihm zumindest Andeutungen machte, dass sie ihn

willkommen heißen würde. Dieses Verhalten musste in Elspeth völlige Abneigung gegen ihn geweckt haben. Ja, so wie er darauf erpicht zu sein schien, mit jeder Frau ins Bett zu gehen, dachte sie vermutlich, dass die Leidenschaft, die er für sie zeigte, nichts weiter als gewöhnliche Begierde war. Sie mochte sich vielleicht sogar schämen, weil sie auf ihn reagierte.

Dennoch, nichts von alldem war von Bedeutung oder hatte zumindest nicht die Bedeutung wie die Tatsache, dass Sir Colin hinter ihnen her und bereit war, Mord und Totschlag in Kauf zu nehmen, um sie in die Hände zu bekommen. Nicht nur Elspeths Jungfräulichkeit stand auf dem Spiel oder eine drohende Zwangsheirat mit einem Mann, den sie verabscheute. In dem Augenblick, in dem Sir Colin erfolgreich war und sie gegen ihren Willen heiratete und zum Beischlaf zwang, würden die Murrays Männer und Waffen zusammensammeln. Vielleicht taten sie das schon jetzt. Ihre Familie und deren Verbündete würden sich in Gefahr bringen, wenn sie einen Kampf anstrengten, um sie zu retten und sie ebenso wie die ermordeten Männer zu rächen. Cormac wusste, dass ein derartiges Ereignis Elspeth zerstören würde, und da er ihr und ihrer Familie sehr viel verdankte, musste er alles in seiner Macht Stehende tun, um es zu verhindern. Das bedeutete, dass er Elspeth sicher in seiner Nähe haben musste, bis Sir Colin aufgab oder starb.

Im Geiste ging Cormac durch, ob all seine Waffen waren, wo sie sein sollten, als er Elspeths Fußspur ausfindig machte und ihr in den Wald folgte. Er wusste nicht, was er tun sollte, falls sie entschlossen war, vor ihm zu flüchten. Vermutlich wäre es hilfreich, wenn er sich für sein Verhalten entschuldigte, aber dies würde nicht einfach sein. Was sollte er sagen? Dass er sich für gewöhnlich nicht gestatte, seinem Unterleib die Führung zu überlassen? Dass er sich für gewöhnlich nicht wie ein brünstiges Schwein aufführe, das bereitwillig ein Mädchen von hohem Stand vor der Tür warten ließ, wäh-

rend er sich bei jeder Frau, die bereit war, mit ihm ins Bett zu gehen, erleichterte?

Allerdings, was war denn mit diesen Frauen los? In einem Augenblick lächelten sie und schwangen unverhohlen ihre einladenden Hüften, im nächsten waren sie wie Eis und geradezu ängstlich. Bestimmt sorgte Elspeth irgendwie dafür, dass sie ihre eifrige Einladung rückgängig machten. Cormac gefiel der Gedanke nicht, dass Elspeth sie vielleicht bedrohte. Dennoch, zunächst war jene Witwe so begierig, dass sie ihm schon fast die Hosen ausgezogen hätte, bevor sie überhaupt mit der Begrüßung fertig war. Dann, nachdem er gegangen war, um seinen Bedürfnissen nachzukommen, kehrte er zurück und erlebte eine restlose Abfuhr. Elspeths unschuldiges Aussehen hätte ihn vielleicht überzeugt, hätte die Witwe sie nicht ständig angesehen, als ob sie erwartete, in ihrem einsamen Bett ermordet zu werden. Vielleicht schuldete Elspeth ja ihrerseits ihm auch eine Entschuldigung. So verwerflich sein Handeln sein mochte, sie hatte nicht das Recht, sich einzumischen.

Als er Elspeth schließlich entdeckte, blieb er kurz stehen und atmete ein paar Mal tief durch, um ein unwillkürliches Aufflammen von Wut einzudämmen. Er suchte sie, machte sich Sorgen um sie, und sie sonnte sich am Ufer eines Baches. Ein schneller Blick auf die Ansammlung von Kleidungsstücken, die sorgfältig von den Ästen hingen, verriet Cormac, dass sie nicht die Absicht gehabt hatte zu fliehen, sondern einfach nur ihre Kleider zu waschen. Die Erinnerung an die Angst, die er empfunden hatte, beunruhigte ihn. Die Tatsache, dass es keinen Grund dazu gegeben hatte, verärgerte ihn.

Als er sich ihr näherte, verließ ihn jede Absicht, sie für ihren Leichtsinn und ihre Gedankenlosigkeit zu tadeln. Sie lag auf dem Rücken, ihr wunderbares volles Haar um sie ausgebreitet, damit es in der Sonne trocknete. Ihre geschmeidige Gestalt war in ein dünnes Leinenhemd gehüllt, das nur bis knapp unter die Knie reichte. Trotz der Versuche, sich zu beherrschen, glitt sein Blick von ihren vollen Brüsten zu ihrer

schmalen Taille. Er hielt inne, schaute verlangend auf den schwach sichtbaren Schatten zwischen ihren langen schlanken Beinen. Selbst ihre Füße waren hübsch, dachte er benommen, als er sich neben ihr niederkniete.

Elspeth öffnete langsam die Augen, lächelte ihn an, und Cormac wusste, dass er mit seiner Geduld am Ende war. »Ihr seht aus wie eine wunderschöne Nymphe, die den kalten Tiefen des Flusses entstiegen ist, um die Sonne mit ihrer Gegenwart zu beehren.«

Bei dieser kräftigen Schmeichelei machte ihr Herz einen beunruhigenden Sprung, und sie versuchte die Verlockung, die in seinen Worten lag, abzuschwächen, indem sie sagte: »Es ist gerade einmal ein Bach.«

Cormac schmunzelte, als er sein Schwert abschnallte, es von sich warf und seine Stiefel auszog. »Wollt Ihr das erste Gedicht, das dieser arme Poet jemals von sich gegeben hat, herabwürdigen?«

»Nein«, flüsterte Elspeth, die innerlich darum flehte, dass er ihr nicht nur eine weitere Lektion in der peinigenden Kunst, erregt und dann unbefriedigt zurückgelassen zu werden, erteilen wollte, als sie ihn in ihren Armen willkommen hieß. »War es das wirklich? Das erste Gedicht?«

»Ja, aber ich glaube, Ihr besitzt den Zaubertrank, der diesen Mann dazu bringen kann, Worte zu trillern, so schön, wie sie nur ein Minnesänger kennt.«

Er küsste sie, und sie schlang ihm schnell die Arme um den Hals, wobei sie sich fragte, ob sie ihn dieses Mal so lange festhalten konnte, bis sie jenseits jeglicher Vernunft waren. Er küsste sie langsam und gründlich, dennoch lauerte darin eine kräftige Spur von Verzweiflung. Sollte er sie wieder zu früh verlassen, würde sie sich ganz gewiss einfach zur Seite drehen und weinen.

»Meine schöne Elspeth«, murmelte er nah an ihrem Hals, als er ihr das Hemd aufschnürte, »Ihr solltet mich von Euch stoßen.«

»Warum? Ihr scheint das schließlich ganz alleine bewerkstelligen zu können.«

»Nein, diesmal nicht.«

»Seid Ihr Euch sicher?«

Cormac kauerte sich über sie, als er ihr das dünne Hemd von den Schultern zog und es bis zur Taille hinunterschob. Der Anblick ihrer vollen Brüste, die rosigen Brustspitzen, die so hart und verlockend waren, ließen ihn um Atem ringen. Ihre Haut war zart, von makellosem cremigem Weiß, und er feuchtete sich in der Vorfreude auf ihren Geschmack die Lippen an. Als er seine Hände um ihre Brüste legte und sanft die gefältelten Brustwarzen mit den Daumen streichelte, verdunkelten sich ihre herrlichen Augen vor Verlangen.

»Oh, meine grünäugige Verführerin. Dieses Mal könnt nur Ihr dem hier Einhalt gebieten.«

Sie sah seine Begierde, mit der er auf ihre Brüste schaute, während er fortfuhr, die schmerzenden Brustspitzen mit seinen Fingern zu reizen, schlang ihre Hände in sein Haar und zog ihn näher zu sich. »Dann wird es diesmal keinen Einhalt geben.«

Er stöhnte in einer Mischung aus Resignation und Freude, als er mit seiner Zunge über ihre festen Brustspitzen glitt, und sie liebkoste seine Ohren mit einem leisen Stöhnen voller Wollust. Sie schmeckte genauso süß, wie er erwartet hatte. Als er eine Brust tief in seinen Mund zog und daran saugte, schrie sie auf und klammerte sich an ihn. Cormac fühlte ihre leidenschaftliche Erwiderung in jedem seiner Knochen und fragte sich, ob er die Stärke haben würde, langsam vorzugehen.

Elspeth brannte beinahe darauf, ihn zu berühren, die Kleider loszuwerden, die sein Fleisch vor ihren Händen und Lippen verbargen. Sie verfluchte ihre Finger, die sich als seltsam unbeholfen erwiesen, während sie sich bemühte, sein Wams aufzuschnüren. Es entfuhr ihr ein leiser Ton der Erleichte-

rung und Ermutigung, als Cormac in seinem köstlichen Übergriff auf ihre Brüste innehielt, um ihr zu helfen.

Angesichts so vieler männlicher Wesen in ihrer Familie war Elspeth die Ansicht eines Männerkörpers nichts Neues. Als Cormac seine letzten Kleider ablegte, betrachtete sie ihn mit Augen, die groß vor Bewunderung wurden. Er war schlank, hatte harte Muskeln. Breite Schultern, ein flacher, straffer Bauch, schmale Hüften und lange, gut geformte Beine – all das sicherte ihm ihre Aufmerksamkeit und Bewunderung. Seine Haut war zart und schimmerte gesund, ein cremefarbener, leicht goldener Ton bettelte um ihre Berührung. Unter seinem Nabel begann ein dünner Pfeil rotbraunen Haares, erblühte um seine ziemlich beeindruckende männliche Ausstattung herum und überzog wie ein Hauch seine kräftigen Beine. Kein Wunder, dass Isabel sich so hartnäckig an ihn hängte, dachte sie, während sie ihren Körper hin und her schob, bis er ihr das Hemd vollständig ausgezogen hatte.

»Du bist so wunderschön«, flüsterte sie und streckte die Hand aus, um mit ihren Fingern seine Brust und seinen Bauch entlangzugleiten.

»Seltsames Mädchen«, sagte er. Die Verwunderung, die in seinen Worten mitschwang, ließen sie zu einer Liebkosung werden. »Du bist es, die wunderschön ist.«

Als er auf die schlanke Schönheit hinuntersah, die seinem Blick ausgesetzt war, fragte sich Cormac, warum er sich noch nicht auf sie geworfen hatte, wie jeder Muskel seines Körpers von ihm forderte. Ohne überrascht zu sein, stellte er fest, dass seine Hände leicht zitterten, als er seine Hand ausstreckte, um das gleichmäßige V ihrer ebenholzfarbenen Löckchen, das ihre weiblichen Geheimnisse verbarg, sanft zu liebkosen.

Langsam senkte er seinen Körper auf ihren und antwortete in gleicher Weise auf das schwache Zittern, das durch sie hindurchlief, als ihr Fleisch aufeinandertraf. Entzücken

durchströmte ihn mit solcher Gewalt, dass er seine Stirn auf ihre legte, während er gegen das Bedürfnis ankämpfte, sich sofort zu ergießen.

»Oje«, keuchte Elspeth. »Das fühlt sich gut an.«

»O Mädchen, irgendwie sind diese Worte unzulänglich. Es gibt einfach keine, um dieses Vergnügen zu beschreiben.«

Er ließ seine Hand zwischen ihre Oberschenkel gleiten, und nach nur wenigen Berührungen mit seinen langgliedrigen Fingern zweifelte Elspeth daran, dass sie überhaupt noch Worte finden konnte, selbst um die allereinfachsten Dinge zu beschreiben. Cormac küsste sie und drang in genau dem Augenblick mit seiner Zunge in ihren Mund, als er einen Finger in sie hineingleiten ließ. Elspeth schauderte und bog sich verlangend seiner Hand entgegen.

»Cormac«, sagte sie mit derart belegter und rauer Stimme, dass sie unsicher war, ob ihre Worte deutlich genug waren. »Ich sehne mich danach.«

»Ja, mein Engel, dieses Gefühl kenne ich sehr gut«, murmelte er an ihrer Halsgrube.

»Warum wartest du dann noch?« Sie spürte, wie sich ihr Inneres anspannte, als er fortfuhr, sie so vertraulich zu streicheln.

»Du musst ganz dafür bereit sein. Es ist dein erstes Mal.«

»O Gott«, ächzte sie, als sie spürte, wie ein intensives Gefühl in ihr zu pulsieren begann. »Wie bereit muss ich denn sein?«

Dann, ganz unvermittelt, folgte eine Welle des reichen, blendenden Gefühls nach der anderen. Elspeth klammerte sich verzweifelt an Cormac und versuchte sich abwechselnd seiner Hand zu entziehen und sich ihr entgegenzustemmen, der Stärke ihrer eigenen Leidenschaft zu entfliehen und sie gleichzeitig zu steigern. Sie war noch immer benommen und keuchte angesichts der Macht dieser Gefühle, als sie spürte, wie er ihre Beine anhob und sie sich um die Taille legte. Sie packte seine Arme, versuchte all ihre wirren Sinne wieder zu

sammeln und sich auf das zu konzentrieren, was nun geschehen würde.

»Jetzt, Mädchen, jetzt bist zu bereit«, sagte er, presste die Kiefer zusammen und tauchte in ihren Körper ein, wobei er sich unnachgiebig den Weg durch ihr Jungfernhäutchen bahnte, bevor er innehielt.

Irgendetwas in seinem Hinterkopf ertönte, aber er hatte nicht die Zeit, dem Beachtung zu schenken. Er spürte, wie sie aus Schmerz stärker zupackte, wie sich ihr kleiner Körper kurzzeitig von ihm zurückzog. Es bedurfte jeden Gramms Willensstärke, regungslos zu bleiben. Cormac betrachtete sie, krauste die Stirn, als er sah, dass sie ein wenig blass war und Tränen in ihren Augen schimmerten. Dieser Beweis für den Schmerz, den er ihr verursacht hatte, half ihm, die Selbstbeherrschung nicht zu verlieren.

»Ich habe dir wehgetan«, sagte er und streichelte sanft ihre Brüste, in der inständigen Hoffnung, dass er wenigstens etwas von der Leidenschaft, die er mit seinem groben Besitzergreifen in ihr getötet hatte, wiedererwecken konnte.

»Nicht sehr schlimm.« Sie atmete langsam und tief ein und aus und zwang sich, sich zu entspannen.

Es hatte sehr viel stärker wehgetan, als sie erwartet hatte, aber das würde sie nicht zugeben. Sein Besitzergreifen war schnell und wild erfolgt, ihr Jungfernhäutchen jäh zerstört worden. Elspeth wusste nicht so recht, ob es langsamer besser gewesen wäre, und da jegliche Form von Klage gern als Kritik missverstanden wurde, beschloss sie zu schweigen. Was ihr seltsam erschien, war der erstaunte, dann verwirrte Ausdruck, der über sein Gesicht huschte, als er gegen den Beweis ihrer Jungfräulichkeit anstürmte und den Schmerz bemerkte, den er ihr zugefügt hatte. Es schien, als hätte er noch nie zuvor mit einer Jungfrau geschlafen.

Sie kam zu dem Schluss, dass jetzt nicht der Zeitpunkt war, sich über solche Dinge Gedanken zu machen, und versuchte sich zu entspannen, da dies der sicherste Weg war, die Schmer-

zen, unter denen sie litt, zu lindern. Sie schob ihre Beine ein wenig höher seinen Körper hinauf und stellte fest, dass dies sein Eindringen in ihren Körper ein wenig erleichterte. Die zärtlichen Küsse, mit denen er ihre Brüste bedeckte, erregten einmal mehr ihr Verlangen und halfen ihr ebenfalls. Als sie anfing, die Vereinigung ihrer Körper zu genießen, stöhnte Elspeth vor zunehmendem Entzücken und strich mit ihren Händen über seinen kräftigen Rücken.

»Der Schmerz hat nachgelassen«, sagte sie, wobei sie seine festen Pobacken streichelte und sein Zittern spürte.

»Gott sei Dank«, flüsterte er und begann sich zu bewegen.

Der restliche Schmerz legte sich schnell, als Elspeth die intimen Stöße seines Körpers spürte. Dagegen steigerte die Erkenntnis, dass sich zwei Menschen körperlich nicht näher sein konnten als in diesem Augenblick, schnell ihr wiederauflebendes Begehren. Mit ihren Händen und ihrem Körper wollte sie ihn noch tiefer in sich hineindrücken. Seine Bewegungen wurden heftiger, seine Stöße härter, fordernder. Jedem davon begegnete Elspeth begierig. Schließlich ließ er eine Hand zwischen sie beide gleiten und berührte sie nah an der Stelle, an der ihre Körper wechselweise zusammenstießen und voneinander wichen. Mit nur einer einzigen Berührung seines langgliedrigen Fingers spannte sie sich voller Erwartung an. In derselben Sekunde sprang etwas in ihr auf.

Cormac spürte, wie sie sich ihm entgegenbäumte, als die Erlösung durch sie hindurchströmte. Er genoss jede fieberhafte Bewegung ihres geschmeidigen Körpers, und schließlich verlor er die letzten dünnen Fäden seiner Selbstkontrolle. Das Zittern in ihr, das krampfartige Zusammenziehen der feuchten Wärme, die ihn umfing, zogen ihn schon bald gemeinsam mit ihr in die Höhen der Leidenschaft. Er rief sie beim Namen und erbebte, als er sich in ihren Körper ergoss. Leichtsinn, flüsterte eine Stimme in seinem Kopf, aber er erlaubte sich, die Stimme der Vernunft in der hitzigen Begeis-

terung zu ertrinken, die er empfand, als er befriedigt und glücklich in Elspeths schlanke Arme sank.

Ein kühler Windhauch, der über seinen Rücken streifte, brachte Cormac wieder zu Sinnen. Als er ihre innige Umarmung löste, bemühte er sich, seine zunehmende Betroffenheit vor Elspeth zu verbergen. Es würde sie verletzen. Sie hatte es aber nicht verdient, die Hauptlast seiner widersprüchlichen Gefühle zu tragen. Er hauchte einen Kuss auf ihre Lippen, riss einen Leinenfetzen aus seinem Wams und ging zum Bach, um ihn anzufeuchten.

Nachdem er sich ihr Blut von den Leisten abgewaschen und das Tuch ausgespült hatte, kehrte er an Elspeths Seite zurück. Ungeachtet ihres Errötens und brummigen Widerspruchs, wusch er auch sie ab. Die leise Stimme, die er vernommen hatte, als er Elspeths Unschuld zerstörte, kehrte zurück und forderte, beachtet zu werden. Als er zum ersten Mal mit Isabel geschlafen hatte, gab es keinen Schutzschild, der erst niedergerissen werden musste, kein Blut auf seinen oder ihren Oberschenkeln. Isabel war anmutig zusammengezuckt und hatte ein wenig die Nase gekraust, aber jetzt wusste er, dass ihre kleine Zurschaustellung von Schmerz vorgetäuscht war. Sie hatte geschworen, Jungfrau zu sein, ihm aus Liebe ihre Unschuld zu schenken, ein Geschenk, das ihr Ehemann nicht verdienen würde. Sie hatte ihm in die Augen gesehen und ihn angelogen. Vor ihm war ein anderer da gewesen.

Unfähig zu entscheiden, was er angesichts dieser Entdeckung empfinden und was er davon halten sollte, schob Cormac das alles beiseite und lächelte Elspeth an. *Sie* war Jungfrau gewesen, und es würde all seiner Aufmerksamkeit und seiner Fähigkeiten bedürfen, sie beide über diesen misslichen Moment zu bringen, ohne Entsetzen, ohne Verwirrung und ohne verletzte Gefühle.

»Komm, Engel, es wird kühl.« Cormac reichte ihr die Kleider und begann seine eigenen überzuziehen.

»Ja, das stimmt«, murmelte sie, während sie sich anzog,

wobei sie sich ganz und gar nicht auf die leicht schneidende Abendluft bezog.

Etwas hatte sich verändert, dachte sie bei sich und beobachtete Cormac sehr genau, während er sich ankleidete. Einen Augenblick lang war er gesättigt und zufrieden in ihren Armen gelegen, und an seiner Zufriedenheit war nicht zu zweifeln, dann hatte er sich von ihr zurückgezogen. Was sie nun zu sehen bekam, war kaum mehr als eine höfliche Maske. Er tat sein Bestes, damit sie sich anzogen und zum Lager zurückkehrten, ohne sich ernsthaft zu unterhalten, ohne Peinlichkeiten zu begehen oder wahre Gefühle zu zeigen.

Etwas in ihr wollte ihn anschreien. Sie war sich sicher, dass er in Körper und Seele mit ihr eins gewesen ist, als sie die schwindelerregenden Höhen ihrer Leidenschaft erklommen hatten. Dennoch ließ sie die Wand, die er nun aufbaute, an ihrem Verstand zweifeln. Sie fragte nicht nach gegenseitigen Versprechen oder Worten der Liebe, obwohl sie sich danach sehnte. Doch immerhin hätte er ihr etwas anderes als diese kühle Liebenswürdigkeit, mit der er sie jetzt behandelte, entgegenbringen können. Selbst ein paar leere Schmeicheleien wären annehmbarer gewesen. Sie fühlte eine unwiderrufliche Änderung in sich. Etwas Wunderbares war zwischen ihnen geschehen, aber die Tiefe der Gefühle, die er zeigte, hätte auch bedeuten können, dass sie sich einfach nur das Knie aufgeschürft hatte.

Es fiel ihr nicht leicht, aber sie verschloss ihre rebellierenden Gefühle in sich. Sie begab sich auf seine Ebene freundlicher Gelassenheit, die durchsetzt war mit lockerem Geplänkel, als sie ihre sauberen Kleider aufsammelte und ihm ins Lager folgte. Der schnellste Weg, ihn zu verlieren, war im Augenblick, ihn zu sehr zu bedrängen. Elspeth wusste, dass sie geduldig und verständnisvoll sein musste, dass sie sogar etwas von ihrem Stolz hinunterschlucken musste. Und sie wusste auch, dass das vermutlich eines der schwersten Dinge war, die sie jemals getan hatte.

Cormac runzelte die Stirn und warf einen Blick auf Elspeths von der Decke eingehüllte, schlanke Figur, als er das Feuer bedeckte. Sie hatte keine Forderungen gestellt, nicht geweint und ihn nicht gezwungen, über das, was zwischen ihnen geschehen ist, zu sprechen. Er sollte sich eigentlich darüber freuen, dass sie so gelassen, so unendlich vernünftig war, aber das tat er nicht. Sie hatte eben ihre Jungfräulichkeit hingegeben, an einem Bachufer und für einen Mann, der nicht von Liebe gesprochen und ihr nicht die Ehe angetragen hatte. Dennoch benahm sie sich, als ob sie daran gewöhnt sei, einen Geliebten zu haben. Er kam zu der Überzeugung, dass der Grund für seine Beunruhigung Verwirrung war. Sie war verwirrend.

Die Leidenschaft, die eben zwischen ihnen geherrscht hatte, beunruhigte ihn ebenfalls. Es war die beste, die süßeste, die heftigste Leidenschaft, die er je erlebt hatte. Besser als alles, was er mit Isabel genossen hatte. Dies erschreckte ihn nicht nur, es beängstigte ihn geradezu. Und es kam noch schlimmer: Er war nicht von seinem Verlangen nach Elspeth geheilt. Anstatt vor wenigen Stunden völlig gesättigt worden zu sein, sehnte er sich danach, sie erneut zu lieben.

Außerdem setzten ihm Schuldgefühle zu. Schuldgefühle, weil er Isabel betrogen hatte, weil er das Liebesspiel mit Elspeth so sehr genoss und weil er es immer und immer wieder erleben wollte. Und Schuldgefühle, weil er Elspeth die Jungfräulichkeit geraubt hatte, obwohl er wusste, dass er ihr nicht mehr als eine kurze Affäre bieten konnte. Am schlimmsten war das Schuldgefühl, das er hatte, weil er seinen Samen in sie ergossen hatte – etwas, das bei Isabel kaum der Fall war. Er hatte das grässliche Gefühl, dass dasselbe wieder geschehen würde, wenn er mit Elspeth schlief. Sie war wie eine Verrücktheit, die in seinem Blut kreiste, und er wusste nicht, was er dagegen unternehmen sollte.

Als er an ihr unebenes Bett trat, überlegte er sich, sein Bett von ihrem zu trennen. Er seufzte, denn er konnte es nicht.

Elspeth litt noch immer unter ihren Träumen und brauchte in unmittelbarer Nähe Trost von jemandem. Jetzt, wo sie miteinander geschlafen hatten, gab es keinen Grund mehr, sich von ihr fernzuhalten. Und sollte er getrennt von ihr schlafen, würde er ihre Gefühle verletzen.

Als er neben ihr ins Bett schlüpfte, drehte sie sich um und kuschelte sich neben ihm zusammen. Sofort spannte sich sein Körper vor Verlangen an, und er fluchte innerlich. Das eine Mal konnte er als einen gedankenlosen Augenblick, entstanden aus blinder Leidenschaft, entschuldigen, aber wenn er weiterhin mit ihr schlief, würde er ihr ohne Worte mehr versprechen, als er ihr geben konnte. Sie begann seine Brust zu streicheln, und er unterbrach sie schnell, indem er ihre Hand mit seiner festhielt. Wenigstens heute Nacht konnte er sie aus gutem Grund zurückweisen – aus einem Grund, der nicht beleidigend oder verletzend war und noch nicht einmal einen Hinweis auf seinen eigenen Gefühlsaufruhr enthielt.

»Nein, Mädchen«, sagte er und küsste sie auf die Stirn. »Du bist wund, und das muss erst abheilen.«

»Ja, es ist ein bisschen empfindlich«, gab sie zu. »Ich hätte mich vermutlich erst für eine Weile ins Wasser setzen sollen, damit es nachlässt.«

»Oh ja, deine lieblichen Körperteile in Eis zu verwandeln ist eine gute Kur.«

Sie kicherte, und zwar nicht nur wegen seiner Worte, sondern weil ein Funken des alten Cormac durch den seltsamen Schutzschild, den er zwischen ihnen aufgebaut hatte, zu sehen war. »Du bedauerst es, oder?«

Er seufzte und fuhr mit seinen Fingern durch ihr Haar, während er nach einem Weg suchte, ehrlich und doch freundlich zu sein. »Ja, aber nicht, weil es mit dir geschehen ist. Ich wollte dich, und es war das Schönste, was mir je widerfahren ist, aber es hätte mir niemals widerfahren dürfen. Ich hätte der Versuchung widerstehen sollen, denn ich habe dir nichts weiter als das anzubieten.«

Das tat weh, doch Elspeth befahl sich, vernünftig zu bleiben. Ein einziger Liebesakt an einem Bachufer reichte nicht aus, um Isabels Griff aufzubrechen. »Ich glaube nicht, dass ich dich um mehr gebeten habe.«

»Das hättest du aber tun sollen. Ein Mädchen von edler Abkunft wie du sollte mehr fordern. Du hättest dieses Geschenk für deinen Ehemann aufsparen sollen.«

»Ich bin fast zwanzig und habe noch keinen Mann getroffen, den ich zum Mann oder zum Geliebten haben wollte. Du sorgst dafür, dass ich brenne. Vielleicht habe ich mich ja, obwohl du sagst, dass du mir nicht mehr als eine kurze Liebesaffäre bieten kannst, dazu entschlossen, dass ich lang genug auf dieses Mehr, von dem du sprichst, gewartet habe. Jetzt nehme ich mir einfach, was ich haben will.«

»Für ein Mädchen wie dich kann ein solcher Leichtsinn ernsthafte Folgen haben.«

»Das ist mein Problem, nicht deins.«

»Elspeth…«

Sie strich mit ihren Lippen über seine und brachte ihn zum Schweigen. »Nichts mehr davon. Ich besitze sowohl den Verstand als auch den Willen, zu einem Mann Nein zu sagen. Ich möchte es nicht zu dir sagen. Nimm das einfach so hin und vergiss deine Schuldgefühle, denn du hast sie nicht verdient. Ich bin eine erwachsene Frau und kein Kind mehr, das du beschützen oder dem du Entscheidungen abnehmen musst. Lass es, Cormac. Wenn wir zu viel darüber sprechen, sagen wir Dinge, die keiner von uns hören möchte.« Sie machte es sich in seinen Armen bequem. »Schlaf. Das ist auch das, was ich vorhabe.«

Er starrte zu den Sternen hoch und wünschte, alles so einfach zu sehen. Sie bot ihm Leidenschaft ohne Fesseln an, und er sehnte sich danach, sie anzunehmen. Dennoch sagte ihm sein Instinkt, dass es bei Weitem nicht so einfach war.

5

Als sich die Tür hinter Cormac schloss, stieß Elspeth einen Fluch aus und sah sich im Zimmer nach einem Gegenstand zum Werfen um. Als sie vergangene Nacht in seinen Armen eingeschlafen war, hatte sie gedacht, dass alles in Ordnung sei, dass sie ihm seine Bedenken genommen hätte. Er wusste nicht, dass sie ihn nach Strich und Faden anlog, als sie ihm bedingungslose Leidenschaft offerierte. Dennoch hatte er, als sie heute Morgen die Augen öffnete, ausgesprochen schweres Geschütz aufgefahren. Er war zu der Überzeugung gelangt, sie vor sich selbst, vor ihm und vor ihrer eigenen Leidenschaft schützen zu müssen, und war den ganzen Tag über liebenswürdig, höflich und auf Distanz geblieben. Und schließlich kam der Gnadenstoß: Er hatte ihnen im Gasthof getrennte Räume besorgt.

Da Cormac inzwischen zu weit weg war, um es zu hören, war es jetzt offensichtlich zu spät, sich Befriedigung zu verschaffen, indem sie etwas gegen die Tür schleuderte, also warf sich Elspeth aufs Bett. Sie spürte, dass Cormac nun, da sie keine Jungfrau mehr war, seinem Begehren nicht länger Zügel anlegte. Mithilfe ihrer gemeinsamen Leidenschaft wollte sie versuchen, an sein Herz heranzukommen und Isabels Griff aufzubrechen. Das würde nicht möglich sein, wenn Cormac die Absicht hatte, sich in den Mantel ritterlicher Tugend zu hüllen. Und dass er dachte, er müsse sie von den Irrtümern ihrer eigenen Urteilsfähigkeit schützen, war eine Beleidigung. Unter Männern herrschte allgemein diese Vorliebe, und sie gehörte zu den ärgerlichsten.

Ein leises Klopfen an der Tür erinnerte Elspeth daran, dass sie ein Bad geordert hatte. Schnell ließ sie die Mägde herein

und wartete ungeduldig, bis sie den Zuber gefüllt hatten. Im selben Augenblick, in dem sie die Tür hinter ihnen verriegelte, zog sie schon ihre Kleider aus. Es war zu lange her, dass sie einen solchen Luxus genossen hatte, und sie hegte den Verdacht, sehr lange darauf warten zu müssen, bis sie ihn erneut genießen konnte. Sie seufzte vor Behagen, als sie sich in das heiße Wasser sinken ließ, der zarte Geruch der Kräuter, die sie hastig in das Bad gestreut hatte, beruhigte sie. Es gab nichts Besseres als ein langes Eintauchen in ein heißes Bad, um nachzudenken. Für ihr Problem mit Cormac musste es eine Lösung geben, und sie beabsichtigte, sie zu finden, bevor das Wasser abkühlte.

Cormac glitt in das heiße Wasser seines Bades und hoffte, dass es die Anspannung in seinem Körper lösen würde. Eine der Mägde, die das Wasser gebracht hatten, hatte ihm ein hübsches, einladendes Lächeln geschenkt, aber er hatte es nicht erwidert. Er wusste jetzt, dass sein Verlangen in den Armen einer anderen Frau nicht gestillt werden konnte. Es war fest auf Elspeth gerichtet, und dieser eine ungezähmte Augenblick einer unbeschreiblichen Leidenschaft zwischen ihnen hatte es noch schlimmer gemacht.

»Was in Gottes Namen wird geschehen, wenn ich endlich wieder mit Isabel zusammentreffe?« Er richtete die Frage an sein Knie und schnitt eine Grimasse. Jetzt führte er schon Selbstgespräche. »Nein, ich mache mir keinerlei Sorgen. Es wird alles in bester Ordnung sein, wenn ich Isabel wiedersehe.«

Er schrubbte sich sauber. Während der Nacht hatte er beschlossen, es nicht mehr zuzulassen, in Elspeths Arme gelockt zu werden. Unglücklicherweise brachte die Erinnerung an das Vergnügen, das er dort gefunden hatte, seinen Entschluss ständig ins Wanken. Sie war bereit, seine Geliebte zu sein, ihre Leidenschaft bedingungslos mit ihm zu teilen, und bat um nichts weiter als Erwiderung, und das machte es fast

unmöglich zu widerstehen. Es war ihm sehr schwergefallen, seine Entscheidung aufrechtzuerhalten, sich so zu verhalten, wie es einem Ritter geziemte, als sich während ihres Rittes ihr geschmeidiger Körper den ganzen Tag über an ihn gedrückt hatte.

»Ich brauche ein weiteres Pferd.«

Einen Augenblick lang begutachtete er seinen mageren Geldbeutel und war sich nicht sicher, ob er sich eines leisten konnte, wenn ja, dann zumindest kein so gutes wie sein eigenes. Mussten sie aber eines Tages vielleicht vor Sir Colin flüchten, wäre ein zweites Pferd nützlich. Elspeth war klein, doch ihr zusätzliches Gewicht würde sein Pferd trotzdem bremsen, sollten sie über eine längere Distanz galoppieren müssen. Wenn es möglich war, ein zweites Pferd zu bekommen, dann würde Cormac mit dieser letzten Überlegung argumentieren und hoffen, dass Elspeth den wahren Grund für den Kauf des Pferdes nicht erriet. Denn ganz bestimmt konnte er ihr nicht erzählen, dass er diese Maßnahme ergriff, weil er sie, bevor sie auch nur zwinkern konnte, rücklings auf den Boden befördern würde, sollten ihre Brüste noch ein einziges Mal seinen Rücken berühren.

Fest dazu entschlossen, beeilte er sich, sein Bad zu beenden. Wenn er Glück hatte, konnte er ein anständiges Pferd kaufen, ohne seine Börse ganz leeren zu müssen, und rechtzeitig vor dem Abendbrot wieder bei Elspeth sein. Wenn er sogar sehr viel Glück hatte, überlegte er sich bedrückt, konnte er seine Aufgabe erledigen und trotzdem noch genug Geld für das Essen übrig haben.

Elspeth krauste die Stirn, als sie an dem Töpfchen mit Parfum schnupperte, dass ihr die Händlerin hinhielt. Es roch angenehm, ein zarter Duft von Lavendel, wie sie ihn immer gern hatte. Ihr eigener Vorrat gehörte wie auch ihre herrlichen Roben, die sie während der Hochzeitsfeierlichkeiten ihrer Freundin hatte tragen wollen, zu den vielen Opfern ihrer Ent-

führung. Sobald sie wieder in Sicherheit war, würde sie Bridgit ein wunderschönes Geschenk schicken und einen langen Brief zur Erklärung schreiben müssen.

»Ist es zu stark, Mylady?«, fragte die Frau.

»Nein, es ist reizend. Um ehrlich zu sein, mein Lieblingsduft.« Sie lächelte schwach. »Ich hatte eigentlich an etwas anderes gedacht, etwas, das ein Mann sehr verführerisch finden könnte.«

»Aha, ein Mann.« Die Händlerin nahm eines der Fläschchen, die Elspeth schon getestet hatte, zögerte, stellte es ihr aber hin. »Manche Damen behaupten, dieser Geruch zieht einen Mann an und erregt seine Leidenschaft.«

Elspeth roch erneut daran, seufzte aber. »Ich glaube nicht, dass es zu mir passt, obschon es für die Nase angenehm ist.« Sie kehrte zum Lavendel zurück. »Ich denke, ich bleibe doch bei dem, von dem ich weiß, dass es sich gut mit meinem eigenen Geruch verträgt.«

»Sehr klug. Wollt Ihr auch Seife haben?«

»Ja.« Elspeth zählte sorgfältig das Geld für ihre Einkäufe ab und lächelte nervös, als sie den aufmerksamen Blick der Frau bemerkte. »Stimmt etwas nicht?«

»Na ja, ich weiß nicht, wie ich es sagen soll, aber wenn Ihr das Verlangen eines Mannes erregen wollt, habe ich vielleicht etwas für Euch.«

»Nur keine Angst, mich zu beleidigen. Ich stehe mitten in einem grimmigen Kampf um das Herz eines Mannes und ziehe jede Waffe in Betracht.« Ihr stockte vor Begeisterung der Atem, als die Frau ein fantastisches Nachtgewand auf dem glatten Holztisch ausbreitete. »Es ist wunderschön.«

Elspeths Augen wurden noch größer, als sie ihre Finger unter das weiche Tuch gleiten ließ und feststellte, wie dünn es war. Es würde sehr wenig verbergen. Bei genauerer Betrachtung erkannte sie, dass der größte Teil des edlen Mieders aus feiner Spitze gearbeitet war, die gerade an der richtigen Stelle dick genug war, um die Brustspitzen zu verbergen, ansonsten

überall dünn. Das Einzige, was das Nachtgewand am Körper der Trägerin festhalten würde, waren die zierlichen Bänder, die oben an jedem Ärmel befestigt waren. Es handelte sich zweifellos um ein sehr sinnliches Kleidungsstück. Elspeth war sich nur nicht sicher, ob sie den Mut hatte, es zu tragen, und wenn ja, ob sie das Geld hatte, es zu kaufen.

»In der Tat eine sehr feine Waffe«, sagte Elspeth, »aber sie könnte zu teuer für mich sein.« Sie fuhr zusammen, als die Frau den Preis nannte, denn es würde kaum genug übrig bleiben, um sich ein Bier zu kaufen. »Vielleicht können die Kosten durch einen Tauschhandel gesenkt werden. Hast du irgendwelche Beschwerden, Frau? Ich bin eine Heilerin, und ich habe eine Menge von meiner Mutter gelernt, Lady Maldie Murray.«

»Oh, ich hörte von ihr. Selbst die Douglas suchten sie auf. Ich habe Probleme mit meinen Händen«, sagte die Frau und streckte sie Elspeth entgegen, damit sie sie anschauen konnte. »Sie tun manchmal ziemlich weh, und das behindert mich bei meiner Arbeit.«

»Aha, eine unangenehme Sache.« Elspeth stellte ihren Kräuterbeutel auf den Tisch und suchte nach einer bestimmten Salbe, von der sie sicher wusste, dass sie helfen würde. »Man kann es nicht heilen, Frau, aber man kann den Schmerz lindern. Sorg dafür, dass deine Hände nicht kalt werden, und pass auf, dass sie nicht nass sind, wenn die Luft abkühlt.« Sie hielt ihr ein Salbentöpfchen hin. »Reib sie damit ein, wenn sie anfangen zu schmerzen, aber nicht zu dick.« Sie nahm einen Fetzen Pergament und ein Stück Kohle, das man mit dem Messer spitz zugeschliffen hatte, und schrieb das Rezept für die Salbe darauf. »Damit kannst du sie dir nachmachen, wenn du sie brauchst. Schreib es lieber möglichst bald mit richtiger Tinte ab, denn so verwischt es leicht. Kannst du lesen?«

Die Frau nickte und gestand schüchtern ein, dass sie diese Fähigkeit gut genug konnte, um die Rezepte für ihre Parfums

und Seifen zu lesen. Elspeth und sie handelten eine Weile. Als Elspeth schließlich den kleinen Laden verließ, hatte sie das Nachtgewand für den halben Preis erstanden und noch ein paar Hinweise auf das, was Männer mochten, dazubekommen. Offenbar entschuldigten Frauen, sobald sie erfuhren, dass man um das Herz eines Mannes kämpfte, nicht nur viel, was sie in anderem Zusammenhang empören würde, sondern waren auch erpicht darauf, Ratschläge zu geben. Elspeth vermutete, dass es die Romantik daran war.

In der Nähe des Gasthofs traf sie eine alte Frau, die Bänder verkaufte. Obwohl sie schon zwei erstanden hatte, blieb Elspeth stehen, um sich die Waren anzusehen. Hinter den Röcken der älteren Frau versteckte sich ein kleines Mädchen mit großen Augen. Beide gingen in Lumpen und sahen hungrig aus. Noch als Elspeth mit dem Kind sprach, war ihr klar, dass sie sich erneut von ein paar Münzen trennen würde. Schließlich, nachdem sie zwei Bänder, die sie nicht brauchte, für weitaus mehr Geld gekauft hatte, als die alte Frau verlangt hatte, machte sie sich auf den Weg zum Gasthof – nur um diesen von drei großen Männern verstellt zu finden. Sie schauten sie in einer Weise an, die ihr das Blut gefrieren ließ.

»Entschuldigt, meine Herren«, sagte sie liebenswürdig und versuchte um sie herumzugehen. Doch sie stellten sich ihr einmal mehr in den Weg.

»Ein hübsches kleines Mädchen seid Ihr«, sagte der dunkelste der drei.

»Vielen Dank. Wenn Ihr mich jetzt bitte vorbeilassen würdet.«

»Und so ganz allein.«

»Mein Mann wartet auf mich im Gasthof.«

»Ach ja? Kein Mann würde ein Mädchen, das so aussieht wie Ihr und so klingt wir Ihr, unbewacht herumlaufen lassen.«

Elspeth nahm verstohlen ihren Beutel so, dass sie die Hände frei hatte. Sie wusste, dass sie gegen drei stämmige

Männer unmöglich gewinnen konnte, aber falls sie angriffen, konnte sie es vielleicht lange genug hinauszögern, festgehalten und verschleppt zu werden, bis Unterstützung kam. Zudem wollte sie laut schreien und eine Menge Lärm machen, in der Hoffnung, dass ihr irgendjemand zu Hilfe eilen würde. Da sie nicht sicher war, ob Cormac noch immer im Gasthof weilte, konnte sie nicht darauf zählen, von ihm gerettet zu werden.

»Ich werde ihm ganz bestimmt von Eurem Rat Bericht erstatten. Sir Cormac wird äußerst dankbar sein«, fügte sie hinzu, wobei sie das Wort *Sir* mit sehr großem Nachdruck aussprach. Doch nur der kleinste der drei Männer schien sich für die Erwähnung eines Ritters zu interessieren.

Es geschah zu schnell für sie, um gezielt reagieren zu können. Zwei der drei Männer sprangen auf sie zu. Der dritte, der bei der Erwähnung eines Ritters nachdenklich ausgesehen hatte, zögerte, drehte sich um und flüchtete, ohne auf den Spott seiner Kameraden zu achten. Elspeth schaffte es, einige ohrenbetäubende Schreie auszustoßen, bevor der dunkle Mann ihr eine dreckige Hand über den Mund legte. Sie wehrte sich heftig und freute sich darüber, Schmerzenslaute und Flüche zu hören, dennoch wurde sie weitergezerrt.

Dann, völlig unvermittelt, war sie frei. Und die Männer gaben sie nicht nur frei, sondern stießen sie so grob zur Seite, dass sie der Länge nach auf die Straße fiel. Als sie sich schwankend auf die Beine zog, bemerkte sie, dass sie von Leuten beobachtet wurde. Sie hatten offensichtlich gesehen, was geschah, aber keiner hatte auch nur einen Schritt getan, um ihr zu helfen. Sie warf ihnen einen Blick reinster Empörung zu und drehte sich um. Zwischen den Angreifern und ihr stand Cormac, sein Schwert zeigte auf den weichen Bauch des dunklen Mannes. Cormac sah aus, als brenne er darauf, ihre Angreifer zu töten, und diese sahen aus, als wünschten sie sich verzweifelt, dass sie ihrem Kameraden, den sie so lautstark für seine Feigheit verspottet hatten, gefolgt wären.

Elspeth wartete angespannt auf das, was geschehen würde. Sie war hin und her gerissen zwischen dem Wunsch, die Männer für das, was sie ihr hatten antun wollen, teuer zahlen zu lassen, und dem Wunsch, nicht sehen zu müssen, dass Cormac zwei unbewaffnete Männer, die vor Angst in Schweiß gebadet waren, niederstreckte.

Cormac fixierte die beiden Männer, denen er gegenüberstand. Sie hatten so panische Angst, dass sie sich, dessen war er sich sicher, in die Hosen gemacht hatten. Als er gesehen hatte, wie sie eine heftig sich wehrende Elspeth davonzerrten, war jäh und blindlings Wut in ihm hochgeschnellt, und als er sein Schwert zog, war sein einziger Gedanke, dass er die beiden töten würde. Sie mussten ihm seine mörderischen Gedanken im Gesicht abgelesen haben, denn sie hatten Elspeth nicht nur sofort freigegeben, sondern sie hatten sie geradezu weggeworfen. Trotzdem waren sie nicht schnell genug entkommen, und er hatte sie zwischen ihm und den aus Flechtwerk und Lehm bestehenden Wänden des Küferladens gestellt. Da Elspeth nicht zu Schaden gekommen war, mäßigte sich seine Wut soweit, dass er im Stande war zu erkennen, welch restlosen Feiglingen er gegenüberstand. Sie hatten noch nicht einmal versucht, die Messer zu ziehen, die aus ihren Stiefeln herausschauten. Zwar hatten seiner Meinung nach Männer, die Frauen schändeten, den Tod verdient, trotzdem konnte er sich nicht dazu überreden, diese zitternden Kreaturen niederzustrecken.

»Bist du verletzt, Elspeth?«

»Nein, es geht mir gut.«

»Nimm ihnen die Messer ab.« Er drückte sein Schwert in den Bauch des dunklen Mannes. »Wagt ja nicht, euch zu bewegen, keiner von euch, denn ich kann diesen Mann im Bruchteil einer Sekunde aufschlitzen.«

Cormacs Stimme klang so kalt, dass selbst Elspeth zitterte, während sie schnell die Messer der Männer einsammelte. »Fertig, Cormac.«

»Verschwindet!«, befahl er den Männern. »Ich sollte euch wie Schweine abschlachten, was ihr ja auch seid, aber ich habe keine Lust, Männer niederzustrecken, die solche Angst haben, dass sie sich in die Hosen machen. Doch passt gut auf: Sorgt dafür, dass ihr mir nie wieder vor die Augen kommt. Haut ab!«

Sie verschwanden. Elspeth war erstaunt, wie schnell diese Männer laufen konnten. Plötzlich entfuhr ihr ein überraschter Aufschrei, denn Cormac packte sie grob am Arm und zog sie zum Gasthof. Ein Blick auf sein Gesicht verriet ihr, dass sich seine Wut nun auf sie richtete.

»Ich will nicht glauben, dass du dumm genug bist, hinauszugehen und ganz allein herumzuspazieren«, fuhr Cormac sie an.

»Es ist noch nicht dunkel, und ich blieb innerhalb der Dorfgrenze«, protestierte sie.

»Du hast eben gesehen, wie sicher das ist.«

»Es sollte nicht unsicher sein. Ich bin nur gegangen, um mir ein paar Bänder zu kaufen. Eine einfache, gewöhnliche Aufgabe, die hunderte von Mädchen tagtäglich erledigen. Dann treiben mich drei Esel in die Enge, reden unsinniges Zeugs, von wegen einem Mädchen, das so aussieht und klingt wie ich, dürfe man nicht erlauben, allein herumzugehen. Und warum, sag es mir bitte, ist es von Belang, wie ich klinge? Und wie kannst du es wagen, mich anzuraunzen, weil ein paar Idioten versuchen, sich das zu nehmen, was ihnen nicht angeboten wird und worauf sie kein Recht haben?«

Er blieb gleich hinter der Wirtshaustür stehen, schaute sich schnell um, um sicherzugehen, dass es sicher genug war, sie für einen Augenblick allein zu lassen, und starrte sie an. Sie war blass, als er sie nach dem Angriff zum ersten Mal angesehen hatte, jetzt war sie rot vor Wut. Ihm schien, dass sie gute Gründe für ihre Verärgerung hatte und mit Recht behaupten konnte, seine Wut nicht zu verdienen. Sie hatte nichts Falsches

getan, sie verstand nur einfach nicht, was sie mit ihrer geschmeidigen Schönheit und ihrer sinnlichen Stimme bei einem Mann auslösen konnte. Er konnte ihr das auch nicht einfach so erklären.

Immerhin war da die Bedrohung, die von Sir Colin ausging, und er beschloss dies zu nützen, um ihr die Gefahr alleinigen Ausgehens vor Augen zu führen. »Was wäre, wenn es Männer von Sir Colin gewesen wären?«

Elspeth biss sich voller Bestürzung auf die Unterlippe, denn ihr wurde bewusst, wie vollständig sie diese lauernde Gefahr verdrängt hatte. »Ich glaube nicht, dass sie das waren.«

»Nein, aber sie hätten es sein können. Die nächsten Männer sind es vielleicht. Bisher habe ich noch keine Spur von diesem Mann entdecken können, aber ich weiß, dass er nach dir sucht. Er hat schon einmal getötet, um dich zu bekommen, also wissen wir, dass es nichts gibt, was er nicht tun würde, um dich zurückzuerlangen.«

»Wenn er mich findet.« Sie fühlte sich verpflichtet zu protestieren. »Das wird nicht leicht sein.«

»Stimmt, aber es ist auch nicht unmöglich, und du bist nicht die Einzige, die das vergessen hat.« Er warf einen Blick auf die wenigen Männer in der Schankstube, erwischte sie dabei, wie sie alle Elspeth anstarrten, und schaute sie finster an. »Gut, es ist klar, dass du nicht allein gelassen werden kannst. Das Schicksal will es nicht, dass ich einen Schritt von dem qualvollen Weg abweiche, den es mir auferlegt hat«, schimpfte er. »Warte hier.« Nachdem er den Männern in der Schankstube rundum einen wütenden Blick als Warnung zugeworfen hatte, damit sie Elspeth fernblieben, ging er los, um den Wirt zu suchen.

Der Vorfall mit den brutalen Kerlen dieses Dorfes hatte Cormac gezeigt, dass er Elspeth nicht allein lassen durfte. Er konnte sich nicht von der Versuchung, die sie darstellte, fernhalten und sie gleichzeitig beschützen. Als er den Wirt davon informierte, dass er jetzt einen Raum mit seiner *Gattin* zu tei-

len wünsche, war er hin und her gerissen. Etwas in ihm war eindeutig erfreut über die Aussicht, mit Elspeth ein gemeinsames Bett zu benützen und die herrliche Leidenschaft, die zwischen ihnen brannte, zu genießen, doch etwas anderes in ihm war über seine eigene Schwäche entsetzt. Am Ende würde er Elspeth nur benutzen und seinen Körper mithilfe von ihrem befriedigen, während er alles Übrige für eine andere aufhob. Trotz ihrer eindeutigen Zustimmung hatte sie, das war ihm bewusst, mehr verdient.

Erst als sie wieder auf ihrem Zimmer war und beobachtete, wie ein grimmiger Cormac seine Sachen brachte, begriff Elspeth, was geschehen war. Sie hatten nicht länger zwei verschiedene Räume. Sie wusch sich für das Mahl, das sie bald zu sich nehmen würden, und musste sich sehr anstrengen, ihre Freude über diese Vorkehrung zu verbergen. Es fiel ihr nicht schwer, Cormac zu entschuldigen, der aussah, als würde er vor dem Galgen stehen. Kein Mann wäre begeistert gewesen, wenn seine eifrigen Bemühungen, ritterlich zu sein, allesamt vernichtet wurden. Wenn sie sich das Verlangen ins Gedächtnis rief, das sie in ihm gespürt hatte, und die Leidenschaft, die so bereitwillig ihrer entgegenkam, war es einfacher, seine schlechte Laune zu ertragen. Immerhin würde er nicht so verstimmt sein, wäre er überzeugt gewesen, ihr widerstehen zu können.

Ihr Verständnis wurde schwer strapaziert, als sie gemeinsam ein herzhaftes Mahl einnahmen. Cormac reagierte auf ihre Versuche, eine Unterhaltung zu führen, so miserabel, dass sie es schließlich aufgab. Langsam glaubte sie, dass diese Nacht nicht so wundersam leidenschaftlich würde, wie sie es sich erhofft hatte. Bestimmt war ein Mann, der so tief in seiner finsteren Stimmung versank wie im Moment Cormac, nicht zum Liebesspiel geneigt.

Elspeth wollte glauben, dass es noch immer eine Möglichkeit gab, ihr Vorhaben auszuführen, und entschuldigte sich, um auf das Zimmer zu gehen, das sie bald mit ihm tei-

len würde. Sie wusch sich, zog ihr anstößiges Nachtgewand an und tupfte ihr neues Parfum auf all die Stellen, von denen sie hoffte, dass sie geeignet waren. Eine innere Stimme sagte ihr, dass es nicht klug sei, Cormac in so verwegener Aufmachung gegenüberzutreten, bis er etwas von der dunklen Stimmung, die ihn niederdrückte, verloren habe, und so wickelte sie sich in eine Decke. Sie hoffte sehr, dass er nicht in der Schänke blieb, bis er sich bis zur Besinnungslosigkeit betrunken hatte, und kuschelte sich auf einen harten Stuhl, der in der Nähe des Kamins stand, um auf ihn zu warten.

Als Cormac sich endlich zu ihr gesellte, sah er weder betrunken noch so missgestimmt aus wie zuvor. Allerdings schien er enttäuscht, dass sie noch immer wach war. Nachdem er ihr ein zerstreutes Lächeln zugeworfen hatte, setzte er sich auf die Bettkante und zog seine Stiefel aus. Elspeth beschloss, dass sie sich nichts vergab, wenn sie herauszufinden versuchte, was diesen Mann quälte.

»Du siehst aus, als ob jemand gestorben ist«, sagte sie und stellte sich vor ihn hin.

Cormac bemerkte, dass sie barfüßig war, und seufzte. Sie besaß wirklich hübsche kleine Füße. Elspeth nannte keine der Eigenschaften ihr Eigen, die Dichter und Minnesänger so priesen. Sie hatte weder blondes Haar noch blaue Augen, war nicht süß, bescheiden oder zurückhaltend. Sie hatte keine üppige Figur, obwohl ihr schlanker Körper alle Rundungen aufwies, die sich ein Mann nur wünschen konnte. Dennoch hielt er sie für eine der allerschönsten Frauen, denen er jemals begegnet war – in Bezug auf ihr Gesicht, ihren Körper und ihren Geist. Er vermutete, dass die meisten Männer sein heftiges Verlangen nach ihr entschuldigen und ihn wahrscheinlich für völlig geistesgestört halten würden, weil es ihm widerstrebte, das anzunehmen, was sie ihm so offen anbot.

»Ich habe festgestellt, dass ich nicht der ehrenhafte Mann

bin, der ich dachte zu sein«, sagte er, wobei er endlich ihrem forschenden Blick begegnete.

»Warum? Weil du dein Versprechen nicht hältst?«

Er hatte nicht einmal daran gedacht, verabscheute es aber, das zuzugeben, also überging er ihre Frage einfach. »Ich habe mich von meiner Begierde beherrschen lassen. Ich habe mit einer Jungfrau geschlafen, und, großer Gott, ich möchte es wieder tun. Doch ich bin kein freier Mann. Ich bin auf dem Weg zu einer Frau, mit der ich seit zehn Jahren verbunden bin, und diesmal kann es gut sein, dass ich sie vor einem weiteren Missbrauch durch ihre Familie beschützen kann. Nach all den Jahren ist es wahrscheinlich, dass ich mein einstiges Versprechen einlösen und sie heiraten kann.« Er zögerte und fuhr sich mit den Fingern durch die Haare.

Elspeth flehte innerlich, er möge aufhören, von Isabel zu sprechen, denn sie war nah dran, ihn anzuschreien, er solle seine verdammten Augen öffnen und die Frau, an die er sein Leben verschwenden wollte, im richtigen Licht sehen. »Wie ich dir schon sagte, du machst dir zu viel Gedanken.«

»Engel. Ich will dich haben. Ich glaube nicht, dass es eine Stelle in mir gibt, die sich nicht nach dir sehnt. Und jetzt, wo ich weiß, wie es zwischen uns sein kann, wird dieses Verlangen nur noch stärker. Es ist nicht in Ordnung, denn ich kann dir nichts bieten als meine Leidenschaft. Du verdienst mehr. Wenn ich meinem Verlangen nachgebe, benutze ich dich nur, um dieses zu stillen, denn ich weiß, dass ich dir nicht mehr geben kann, und ich weiß, dass es einmal ein Ende haben muss. Das ist falsch, Elspeth, und trotzdem muss ich beschämenderweise zugeben, dass ich sehr darauf erpicht bin, Falsches zu tun.«

»Ach, armer Cormac, wie du es liebst, dich selbst zu quälen. Ich habe dir gesagt, dass ich dich haben will. Ich habe dir gesagt, dass ich mich nach dir verzehre. Du hast mir die Wahrheit gesagt: Du kannst mir nicht mehr als Leidenschaft bieten. Ich ziehe es vor, das, was wir miteinander haben kön-

nen, als etwas Erfreuliches zu sehen, eine fröhliche Gemeinsamkeit. Wenn du es lieber als Benutzen siehst, schön, dann benutze mich.« Sie ließ die Decke fallen.

Cormac sah zu, wie die Decke ihren Körper hinunterglitt und sich zu ihren Füßen sammelte. Er richtete seinen Blick wieder auf sie und zog so heftig den Atem ein, dass er sich beinahe verschluckt hätte. Das Nachtgewand, das sie trug, verhüllte und enthüllte in einem. Es war so hauchdünn, dass er die Kontur ihres schlanken Körpers sehen konnte, obwohl klug arrangierte Spitze bestimmte intime Zonen fast keusch verbarg. Er riss seinen Blick von ihrem Körper los und sah in ihr lächelndes Gesicht. Es war ein Lächeln voll einladender Sinnlichkeit, das sein Blut erhitzte, auch wenn sich eine Spur von Schadenfreude darin abzeichnete. Sie wusste ganz genau, was sie mit ihm anstellte. Allein das Wissen, was er seinerseits mit ihr anstellen konnte, rettete ihn vor einer Verletzung seines Stolzes.

»Woher hast du das?«, fragte er, indem er schnell sein Wams und sein Hemd auszog.

»Aus einem kleinen Geschäft am Ort. Gefällt es dir?«

»Es ist eine Erfindung des Teufels, geschaffen, um einen Mann zu sündiger Wollust zu verführen.«

»Das hoffe ich, denn ich habe einen stolzen Preis dafür bezahlt.«

»Liederliches Mädchen«, murmelte er, wobei seine Stimme vor Lachen schwankte, während er seine restlichen Kleider auszog.

Die Art und Weise, wie Elspeth ihn musterte, ließ ihn nicht nur ein wenig eitel, sondern auch schwach vor Verlangen werden. Sie versuchte erst gar nicht, zu verbergen, wie sehr sie seinen Anblick zu schätzen wusste. Er ertappte sich bei dem Gedanken, dass Isabel ihn genauso ansah, legte aber plötzlich die Stirn in Falten, denn ihm wurde bewusst, dass das nicht stimmte. In Isabels Blick war immer etwas Abwägendes, so als vergleiche sie ihn mit jemand anderem. Dieser

Gedanke verstörte ihn so sehr, dass er ihn schnell verbannte und Elspeth wieder seine volle Aufmerksamkeit zuwandte. Auch wenn er ihr keine Zukunft bieten konnte, versprach er, dass er jedes Mal, wenn sie zusammen sein würden, ganz ihr gehören sollte, sowohl mit dem Körper als auch mit dem Kopf.

»Meine Mädchenträume reichten nie an deine wirkliche Schönheit heran.« Sie streckte die Hand aus, um ihn kühn an intimer Stelle zu berühren.

»Du hattest Mädchenträume in Bezug auf mich?« Cormac ballte vor Anstrengung, genug Selbstbeherrschung aufzubringen, um ihre Berührung für eine Weile zu genießen, links und rechts vom Körper die Hände zusammen.

»Oh ja. Du warst mein Ritter. Ich habe dich verwundet aufgefunden, verfolgt von Männern, die für ein Verbrechen, das du nicht begangen hast, deinen Tod wünschten, und selbst da warst du so ein hübscher Junge. Ja, und dann küsstest du beim Abschied meine Hand.« Sie trat einen Schritt näher auf ihn zu, damit sie ihn leichter streicheln konnte, froh über den Genuss, den er offensichtlich aus ihrer Berührung zog. »Zuerst waren es süße, kindliche Träume von heroischen Rettungen, aber ich wurde älter und lernte etwas über die Beziehung zwischen Männern und Frauen. Daraufhin waren meine Träume nicht länger süß, sondern heiß. Sehr, sehr heiß.«

Ihre weiche, sinnliche Stimme streichelte ihn fast so gut wie ihre langen, schlanken Finger. Der Gedanke, seit Jahren der Mann ihrer Träume zu sein, war berauschend. Er bedeutete vielleicht, das Elspeth nicht nur aus körperlichem Verlangen in seine Arme getrieben wurde, sondern dass ihre Gefühle weitaus tiefer gingen, als sie zugab. Das würde sehr viel erklären. Es würde allerdings auch heißen, dass es äußerst grausam von ihm war, wenn er sich eine kurze Affäre mit ihr genehmigte und sie wegwarf, sobald er sich wieder mit Isabel vereinte.

Er war gerade im Begriff, sie so direkt, wie er es nur wagte, nach ihren Gefühlen für ihn zu fragen, als sie sich plötzlich vor ihm niederkniete und mit ihrer Zunge seine sehnsüchtige Männlichkeit entlangstrich. Sein ganzer Körper schwankte dank der Kraft der Wonnen, die durch ihn hindurchrauschten. Cormac zog die Bänder an den Ärmeln ihres Nachtgewandes auf und schaute zu, wie es ihren Körper hinabglitt. Mit den Händen auf ihren Schultern kämpfte er darum, seine Leidenschaft lange genug einzudämmen, um zu genießen, wie sie ihn mit dem Mund liebte. Sie folgte seinen heiseren Aufforderungen mit solch süßer Bereitwilligkeit, dass es ihm schwindlig wurde.

Endlich, als er wusste, dass er es nicht länger aushalten konnte, zog er sie hoch und warf sie geradezu auf das Bett. Trotz des lähmenden Verlangens, in ihr sein zu wollen, hielt er sich zurück, weil er sicher sein wollte, dass sie für ihn bereit war. Als er seine Finger in die dichten Löckchen zwischen ihren Oberschenkeln gleiten ließ und feststellte, dass sie bereits einladend feucht war, verlor er die letzten Reste seiner Selbstbeherrschung. Mit einem leisen Aufschrei tauchte er in sie ein. Es war ein wilder, rasender Ritt, und als sie schrie und sich die Spannung in ihr löste, kam er zusammen mit ihr.

Es dauerte lange, bis Cormac seine Sinne wieder so weit beisammen hatte, dass er sich an die Ausgelassenheit seines Liebesspiels erinnern konnte, und er schob sich vorsichtig auf die Ellbogen, um sie anzusehen. Das schwache Lächeln auf ihrem leicht geröteten Gesicht spiegelte die reinste weibliche Zufriedenheit. Cormac glaubte nicht, dass sie wusste, welch ein Wunder sie war.

Dennoch fühlte er sich veranlasst zu fragen: »Habe ich dich verletzt, Mädchen?«

»Nein«, antwortete sie, bevor sie schmunzelte. »Aber das Kopfteil dieses Bettes war ein wenig hart.«

Er lachte, als er ihre innige Umarmung löste. Nachdem er sie beide gewaschen hatte, gesellte er sich schnell wieder zu

ihr ins Bett, legte sich auf den Rücken und zog sie in seine Arme, bis sie auf ihm lag. Er war hineingeraten, knietief, und er sank schnell, aber Cormac beschloss, sich über all das später Sorgen zu machen.

Elspeth spürte, wie er unter ihr fest wurde, und riss die Augen weit auf. »Nochmals?«

»Ach, Engel, jetzt, wo wir diese Affäre angefangen haben, werde ich wohl der wildeste, leidenschaftlichste und höchst anstrengendste Mann sein, den es je gegeben hat.«

Das passte Elspeth sehr gut. Immerhin bedeutete es, dass er sie nicht mehr von sich weisen würde. Vielleicht würde er ja hinter dieser Wildheit und dieser Leidenschaft den Funken der Liebe entdecken. Und wenn nicht, wenn sie das Spiel um sein Herz verlor, würde sie, nachdem der Schmerz nachgelassen hatte, viele schöne Erinnerungen besitzen.

6

Während sie auf Cormac wartete, der ihre Pferde in den Stall stellte, wanderte Elspeth zu den Toren des warmen und ein wenig zu sehr duftenden Stalles, um einen tiefen Zug frischer Luft einzuatmen. Als sie festgestellt hatte, dass Cormac ihr ein eigenes Pferd besorgt hatte, war sie unruhig geworden, hatte sich aber streng zur Ordnung gerufen. Immerhin war unschwer einzusehen, warum es notwendig war, und sie konnte nicht ihr beider Leben aufs Spiel setzen, nur weil sie in Cormacs Nähe sein wollte. Er stieß sie nicht mehr von sich, also musste sie nicht begierig nach jeder kleinen Gelegenheit greifen, ihm nah zu sein.

Obwohl ihr Verhältnis erst zwei Tage alt war, wurde er seinem Versprechen voll und ganz gerecht, eine wilde, leidenschaftliche und anstrengende Beziehung daraus zu machen. Wenn sie so viel Zeit damit verbrachten, ihrer Leidenschaft zu frönen, und so wenig Zeit mit Reisen, würde es Michaeli werden, bis sie den königlichen Hof erreichten. Das war ihr nur recht, denn am Hof wartete Isabel, und die Tatsache, dass Cormac nicht an die Seite seiner Dame eilte, erlaubte Elspeth einen Hoffnungsschimmer.

Ein merkwürdiger, gellender Schrei, ein Schmerzens- und Angstschrei, zog ihre Aufmerksamkeit auf sich. Sie ging durch das Tor und sah sich um. Als der Laut erneut zu hören war, begriff sie, dass es sich um eine Katze handelte. Dann vernahm sie das Lachen von Jungen. Ohne nachzudenken, ging sie auf die Geräusche zu, die von einer Gasse jenseits der zerfurchten, matschigen Straße zu ihr drangen.

Sie hatte erwartet, Jungen zu finden, die ein armes Tier quälten, aber Elspeth war dennoch entsetzt von der Grau-

samkeit, deren Zeugin sie wurde. Vier Jungen hatten am Ende der Gasse, zwischen dem Fleischerladen und einem kleinen Kerzenmacherladen, einen großen Kater in die Ecke getrieben. Sie nützten die Gelegenheit und stachen mit zugespitzten Stöcken abwechselnd auf das Tier ein, wobei sie kräftig über dessen Aufjaulen und Verteidigungsversuche lachten. Sein Fell war bereits so blutverschmiert, dass dies nicht einmal mehr von der Dreckschicht verborgen wurde. Sie quälten das Tier zu Tode und hatten ihren Spaß an seinem tapferen Kampf ums Überleben.

Elspeth schritt geradewegs zu dem am nächsten stehenden Jungen, ohrfeigte ihn gehörig und griff nach dem Stock, den dieser fallen ließ. Danach fand sie sich vier grimmigen Jungen gegenüber, die zwar jünger, aber viel größer als sie waren. Und sie waren jetzt ausgesprochen wütend.

»Solche Männer seid ihr, dass ihr ein kleines Tier zu Tode quält?«, verspottete sie sie.

»Es ist nur eine Katze«, brummte der, den sie geschlagen hatte. Er sah sie vernichtend an, während er sich seine misshandelten Ohren rieb.

»Sie ist kleiner als ihr, und ihr habt sie in die Falle gelockt. Das ist nichts anderes als feige, grausame Tierquälerei, und ihr solltet euch alle schämen.«

»Gehört sie Euch?«, fragte der kleinste der vier, er hatte seinen Stock schon weggeworfen.

»Nein, aber das heißt nicht, dass ich euch gestatte, dieses ekelhafte Spiel weiterzutreiben«, sagte Elspeth.

»Und du glaubst, du kannst uns davon abhalten?«, sagte der größte Junge. »Wir sind zu viert, von dir sind es aber nicht sehr viele, Mädchen.«

Elspeth hätte den Jungen für seine Überheblichkeit am liebsten ohnmächtig geprügelt. Er konnte nicht viel älter als vierzehn sein, denn auf seinem Gesicht zeigte sich erst eine Spur zukünftigen Bartwuchses. Der höhnische Ton, mit dem er *Mädchen* gesagt hatte, und die Verachtung auf seinem Ge-

sicht verrieten ihr, dass er schon jetzt nur sehr geringe Achtung vor Frauen hatte. Sie hegte den Verdacht, dass sein Vater, sofern er einen hatte, ein gemeiner Rohling war. So wie die anderen drei ihn anschauten, war er der Anführer dieses Packs, der für seine Reife und seine Stärke bewundert wurde. Das alles ließ sie noch stärker darauf brennen, ihn an seinen Platz zu verweisen, denn er würde letztlich die anderen verderben. Mit einem Blick auf den armen Kater fragte sie sich, ob er das nicht sogar schon bewerkstelligt hatte.

»Ich habe sieben Brüder und einen riesigen Haufen Cousins«, sagte sie mit harter Stimme, wobei sie ihren Blick unverwandt auf ihn richtete. »Du machst mir keine Angst, Jungchen. Jeder *Mann,* der drei andere braucht, um einem kleinen Kater den Weg abzuschneiden und ihn zu quälen, ist nichts weiter als ein feiger, kleiner Wurm, der den Schmerz derer, die schwächer und kleiner sind, nötig hat, um groß zu wirken.«

»Du schwarzhaarige Schlampe«, knurrte er und stürmte auf sie zu.

Elspeth ließ ihn herankommen und sprang in dem Moment, in dem er sie erreichte, schnell zur Seite. Er stolperte an ihr vorbei, und sie gab ihm einen Fußtritt in sein Hinterteil. Er stieß mit bewundernswerter Geläufigkeit Flüche aus, als er mit dem Gesicht voran im Schlamm landete und sein Stock ihm aus der Hand flog. Elspeth schupste Letzteren schnell mit dem Fuß außer Reichweite und warf ihren hinterher. Als er auf die Füße taumelte, fixierte sie ihn – mit geballten Fäusten und kampfbereit. Er wirkte einen Moment lang überrascht, dann lachte er höhnisch, in der Meinung, nun die Oberhand zu haben. Er hatte eindeutig nicht hingehört, als sie von ihren Brüdern und Cousins gesprochen hatte. Elspeth hatte keine Probleme damit, gegen einen Jungen zu kämpfen, selbst wenn er ein wenig größer war als sie. Als sie sich daran erinnerte, was er sie genannt hatte, bevor er auf sie losgestürmt war, war ihr klar, dass es ihr sogar Spaß machen würde.

»Du musst verrückt sein«, spottete er und hob seine Fäuste. »Bald wirst du nicht mehr so hübsch ausschauen.«

Seine Fäuste waren sehr viel größer als ihre, aber Elspeth machte sich noch immer keine Sorgen. Jemand, der so jung war wie er, würde noch nicht viel beherrschen, weil er einfach nicht die Zeit gehabt hatte, es zu erlernen. Sie war zweifelsohne schneller. Er schaute sie geradeheraus an, überzeugt von seiner Überlegenheit. Sie wusste, wie sie diesen Fäusten fernbleiben konnte. Elspeth lächelte. Außerdem hatte sie keine Skrupel zu tricksen.

Er holte aus, ohne auf die leisen Proteste seiner Freunde zu achten, die offensichtlich das Gefühl hatten, dass er nicht gegen eine Dame kämpfen sollte. Elspeth duckte sich und schlug ihn hart in die Magengrube. Seine Freunde wurden still. Der Junge fluchte und holte erneut aus. Elspeth duckte sich, schnellte wieder hoch und schlug ihn direkt auf die Nase. Er heulte auf und legte eine Hand auf seine blutende Nase. Sie streckte die Hand aus, packte seinen kleinen Finger und drehte ihn nach hinten. Einen Augenblick lang befürchtete sie, er würde standhalten, bis der Finger brach, doch dann gab er auf und ließ sich auf die Knie zwingen. Als er versuchte, sie mit der anderen Hand zu packen, konnte sie auch den kleinen Finger dieser Hand erwischen, musste ihn aber nicht sehr weit überdehnen, bis der Junge stillhielt. Der kleine Schläger war nun ganz ihrer Gnade ausgeliefert. Jetzt musste sie nur noch die richtigen Worte finden, Worte, die vielleicht sogar einen Funken Verstand in seinem Gehirn entzünden konnten.

»Brauchst du Hilfe, Engel?«, ertönte es gedehnt von einer allzu vertrauten Stimme.

Cormac hatte gesehen, wie Elspeth vom Stalltor wegging, und hatte geflucht. Nachdem er mit dem Stallmeister übereingekommen war, eilte er ihr nach. Er hatte eigentlich gedacht, dass er ihr die Gefahr, in der sie sich befand, deutlich gemacht hätte. Bis er aus dem Stall herauskam, war alles, was er von ihr noch sah, ein Rockfetzen, während sie in einer

Gasse jenseits der Straße verschwand. Ihre Spontaneität würde sie noch das Leben kosten, knurrte er gereizt, als er ihr nacheilte und nur so lange stehen blieb, bis er sich versichert hatte, dass niemand in der Gegend war, der sie beide in der Gasse abfangen konnte.

Er erreichte sie gerade rechtzeitig, um zu sehen, wie sie dem älteren Jungen einen Tritt ins Hinterteil versetzte. Obwohl er im Hintergrund blieb, hielt er sich bereit, um bei Bedarf schnell einzugreifen. Cormac schnappte zusammen mit den anderen Jungen nach Luft, als sie sich mit dem jungen Schläger, der sie mit einem Schimpfnamen beleidigt hatte, auf einen Kampf einließ. Der Junge hatte recht. Sie war verrückt. Er war größer und stärker, und, dachte Cormac verärgert, gut erzogene junge Damen sollten sich nicht auf Raufereien einlassen.

Gerade als Cormac näher trat, um dieser Dummheit ein schnelles Ende zu bereiten, schlug der Junge zum ersten Mal zu. Cormac blieb stehen, beeindruckt von Elspeths schneller Reaktion. Jemand hatte sie gut unterrichtet. Sie war zu klein und zu zart, um ihm Schlag um Schlag zu begegnen, aber sie war eindeutig sehr gut im Ducken und Hochschnellen, um hart und fest zuzuschlagen, bevor sie wieder außer Reichweite sprang. Es interessierte ihn sehr, wie sie den jungen Schläger auf die Knie zwang.

Und das alles wegen eines Katers, dachte er bei sich. Ein einziger Blick auf das Tier hatte ihm genügt, um zu wissen, dass sie die Jungen unmittelbar dabei erwischt hatte, wie sie das Tier quälten. Nur Elspeth würde für so etwas kämpfen. Cormac trat aus dem Schatten und musste beinahe darüber lachen, wie schockiert die Freunde von Elspeth ihn ansahen. Was ihm allerdings seltsam erschien, war die Tatsache, dass der Kater nicht wegrannte. Er saß da und beobachtete Elspeth unverwandt mit seinen gelben Augen. Als Elspeth dem Jungen die vernichtende Niederlage zufügte, hätte Cormac schwören können, dass der Kater lächelte, befahl sich aber,

kein fantasierender Narr zu sein. Es handelte sich gewiss nur um eine optische Täuschung, ausgelöst durch das düstere Licht in der Gasse. Er wandte seine Aufmerksamkeit erneut Elspeth zu und sagte etwas, damit sie von seiner Anwesenheit wusste.

Elspeth fluchte gewaltig, als sie Cormac dastehen sah, versuchte aber den Anschein zu erwecken, als sei es nichts Außergewöhnliches für eine gut erzogene junge Dame, einen jungen Mann zu verprügeln. »Nein, danke, Sir Cormac. Ich denke, ich habe alles bestens im Griff.«

»Oh ja, das glaube ich auch. Du hattest eine Menge Auseinandersetzungen mit deinen Brüdern und Cousins, oder?«

Sie entschied sich, ihm auf diesen Unsinn keine Antwort zu geben, und konzentrierte sich wieder auf den Jungen. »Du bist ein verkommenes Kind«, schimpfte sie ihn aus. »Ich weiß nicht, ob du den Verstand hast, das zu verstehen, aber hör auf das, was ich dir sage. Ein solches Verhalten bringt dir keine Verdienste ein. Du schadest nur deinem Ruf, wenn du auf Schwächere und Kleinere losgehst. Vielleicht solltest du dir ein paar alte, aber sehr kluge Redensarten ins Gedächtnis rufen und vorsagen: Mach dir Freunde, nicht Feinde, und du lebst länger. Mit einem Tropfen Honig fängt man mehr Fliegen als mit einem Fass voll Essig. Ehre verloren, alles verloren. Was du nicht willst, dass man dir tu, das füg auch keinem andern zu.«

»Genug!«, schrie der Junge.

»Gequält mit Sprichwörtern«, murmelte Cormac. »Eine ungewöhnliche, aber offenbar wirkungsvolle Folter.«

Elspeth beschloss, sobald sie mit dem Jungen fertig war, Cormac eine Ohrfeige zu verpassen. »Junge, wenn du dir einen Namen als Raufbold machst, wenn du dich nur stark fühlst, indem du Schwächere quälst, wirst du es bitter bereuen. Man wird dich ständig herausfordern, und eines Tages wird dir einer, der größer und stärker ist als du, all deine kleinen Grausamkeiten mit einigen von seinen eigenen heimzah-

len.« Sie gab ihn frei und beobachtete, wie er sich hochrappelte. »Wenn du dir mithilfe von Angst Gefolgsleute suchst, wirst du eines Tages selbst von einem Stärkeren, Schnelleren und Grausameren überwältigt, und keiner von denen, die sich vor dir gebeugt haben, wird dir zu Hilfe kommen. Geh jetzt, bevor ich mir noch ein paar weitere weise Worte überlege, um dich damit taub zu machen.«

Sie kümmerte sich nicht mehr darum, ob die Jungen machten, was sie sagte, sondern wandte sich dem Kater zu. Cormac war da. Er würde ihr den Rücken decken. Elspeth murmelte besänftigende Worte und näherte sich langsam dem verletzten Tier. Es war irgendwie seltsam, dass es einfach nur dasaß, scheinbar ohne Angst, und sie beobachtete. Sie hoffte sehr, dass die gelassene Zustimmung, die sie in dem Tier spürte, auf instinktives Vertrauen in sie zurückzuführen war und nicht darauf, dass es dem Tod zu nahe war, um noch genug Kraft aufzubringen, sich zu wehren.

Cormac beobachtete die Jungen, bis er sicher sein konnte, dass sie fort waren und nicht die Absicht hatten, sich zu rächen. Dann drehte er sich wieder um und beobachtete Elspeth. »Du solltest ihm nicht so nah kommen. Er könnte verrückt vor Schmerzen sein und dich verletzen.«

»Es ist nur ein Kater«, sagte sie mit immer noch leiser und gelassener Stimme und streckte dem Tier die offene Hand hin, damit es, wenn es wollte, diese untersuchen und daran schnuppern konnte. »Er kann mir ein paar böse Kratzer zufügen, aber er kann mich nicht umbringen. Nicht wie ein Hund.«

»Dieses Biest ist fast so groß wie ein Hund. Vielleicht sollte ich es einfach von seinem Elend erlösen.«

»Dem armen Kerl ist elend zumute, aber es geht ihm bestimmt nicht so schlecht, dass man ihn töten müsste.« Als der Kater ihre Finger ableckte und schließlich seinen großen Kopf unter ihre Hand schob, damit sie ihm die zerschundenen Ohren kraulte, warf sie Cormac ein glückliches Lächeln zu.

»Was ist das für ein Geräusch?« – »Das ist ein Kater. Er schnurrt.« Sie nahm ein Tuch aus ihrem Kräuterbeutel und wickelte es vorsichtig um den Kater, bevor sie ihn hochnahm. »Ach, mein armer, trauriger Junge. Nur ruhig. Ich werde mich um all deine Wunden kümmern«, murmelte sie, als sie mit dem Kater auf dem Arm dastand.

»Elspeth, bitte sag, dass du nicht vorhast, dieses Vieh zu behalten.« Cormac stöhnte, während sie ihn musterte, als erwarte sie sein Verständnis. »Es ist nur ein Kater, Elspeth.«

»Er mag mich. Ich muss ihn irgendwohin bringen, wo ich ihn sauber machen und seine Wunden versorgen kann. Der arme kleine Kerl hat Dutzende davon. Werden wir in der Herberge bleiben?«

»Ja, ich habe einen Stalljungen hingeschickt, um uns einen Raum reservieren zu lassen.« Er seufzte erneut, als er sah, dass sie nicht vorhatte, den blöden Kater loszulassen, und schob sie sanft vor sich her aus der Gasse. »Er wird nicht bleiben, schon gar nicht, wenn du versuchst, ihn sauber zu machen.«

Elspeth erlaubte Cormac, sie zum Gasthof zu geleiten. Sie wusste, dass er nicht verstehen würde, warum sie den Kater behalten musste. Ihr war aber schon jetzt klar, dass es ihr das Herz brechen würde, ihn zu verlieren, und der Kater schien sich entschlossen zu haben, sie als sein Eigentum zu betrachten. Das Tier hätte in dem Augenblick die Flucht ergreifen sollen, in dem die Jungen ihre Aufmerksamkeit ihr zugewandt hatten, aber er hatte es nicht getan. Er war ruhig sitzen geblieben, hatte beobachtet, wie sie seine Peiniger zur Ordnung rief, und darauf gewartet, dass sie ihn zu sich nahm.

Sie hatten die Herberge kaum betreten, da wurde Cormac schon von zwei Männern begrüßt. Der unerwartete Gruß erschreckte Elspeth, und sie spürte, wie sich Cormac neben ihr anspannte. Auch der Kater fuhr zusammen und drückte sich fester an ihre Brust. Vermutlich würde es lange dauern, bis

er Männer akzeptierte. Seine Erfahrungen in der Gasse und wahrscheinlich auch woanders hatten ihm beigebracht, dass man den männlichen Wesen dieser Welt nicht leicht vertrauen durfte.

»Cormac, schön dich zu sehen, alter Freund«, sagte ein großer blonder Mann, der Cormac leicht auf den Rücken schlug.

»Ja«, stimmte ihm ein dickerer, kleinerer und viel dunklerer Mann zu. »Wir hatten nicht gedacht, dich zu treffen, bevor wir bei Hof sind.« Nachdem er Cormacs Hand kräftig geschüttelt hatte, wandte er sich mit einem Lächeln an Elspeth. »Stell uns bitte vor, Cormac.«

Cormac freute sich, seine Freunde zu sehen. Es waren gute Männer. Er war verschiedene Male Seite an Seite mit Sir Owen MacDunn und Sir Paul MacLennon in den Kampf gezogen. Aber er freute sich nicht darauf, ihnen Elspeth vorzustellen. Sie musterten sie zu aufmerksam und schienen auch noch angenehm berührt zu sein. Widerwillig erledigte er die Vorstellung und schaute finster drein, als sie den beiden Männern, weil sie den Kater festhielt, die Wange zum Gruß hinhielt.

»Ich wusste gar nicht, dass du inzwischen verheiratet bist, Cormac«, sagte Sir Owen, der sich gedankenverloren eine Locke seines blonden Haares aus dem Gesicht strich.

»Oder verlobt«, sagte Sir Paul, der vorsichtig seine etwas plumpe Hand ausstreckte, um den Kater zu tätscheln. Seine haselnussbraunen Augen weiteten sich, als ein mächtiges Schnurren aus dem Tier hervorbrach.

»Er ist weder noch«, sagte Elspeth, die leicht errötete, aber entschlossen war, bei der Wahrheit zu bleiben, und sei es auch nur, um Cormac davon abzuhalten, es für ihren Geschmack ein wenig zu geradeheraus und schmerzhaft zu tun. »Wir reisen zusammen zum Hof.« Sie war erstaunt über das Ausmaß der Enttäuschung, die sich kurzfristig auf ihren Gesichtern spiegelte.

»Wartet hier«, bat Cormac sie. »Ich gehe und kümmere mich um unseren Schlafraum, Elspeth.«

»Er rennt noch immer dieser verdammten Hure Isabel hinterher«, wütete Paul nach Cormacs Weggang.

Etwas verblüfft über den heftigen Zorn in der Stimme dieses ausgesprochen liebenswürdigen Mannes, sagte Elspeth leise: »Ich fürchte ja. Obwohl ich sein schnelles Tempo mit Erfolg erheblich verlangsame.« Als beide Männer sie ansahen und in unverblümter Zustimmung lächelten, erwiderte sie dieses Lächeln. »Im Moment scheint er sein dringendes Bedürfnis, vor ihrer nächsten Heirat zu ihr zu kommen, vergessen zu haben.«

»Glaubt Ihr, dass sie einfach nur missbraucht wird und Unglück hat?«, fragte Owen.

»Ich glaube, dass sie eine kaltherzige, mordgierige Frau ist, die vier unglückselige Ehemänner unter die Erde gebracht hat und mit Cormac spielt, als sei er ein verwöhntes und selbstgefälliges Kind. Ich glaube darüber hinaus, dass sie ihm vor zehn Jahren die Douglas durchaus hätte vom Hals halten können, sich aber nicht die Mühe machen wollte oder sie vielleicht sogar hinter ihm hergejagt hat, um sich selbst zu schützen.«

»Aha, Ihr habt diese Frau also kennengelernt«, bemerkte Owen ironisch. Er schmunzelte, als Elspeth kicherte, doch dann seufzte er. »Ich dachte nur, als wir ihn mit Euch gesehen haben, einem Mädchen von hohem Stand …« Er stotterte, um zu einem Ende zu finden, und wurde leicht rot, als er erkannte, dass er nicht fortfahren konnte, ohne etwas Anzügliches, möglicherweise sogar Beleidigendes zu sagen.

»Cormac wird Euch erklären, warum ich hier bin, warum ich alleine mit ihm reise. Und was alles Übrige betrifft, so hoffe ich sehr, dass Ihr gnädig auf meine Sünden schaut. Ich habe die Absicht, ihn für mich zu gewinnen, ihn von Isabel abzuziehen, aber mir bleibt dafür nicht viel Zeit. Tugend und mädchenhafte Bescheidenheit besiegen diese Frau nicht und bre-

chen nicht ihren Griff auf. Es ist ein erbitterter Kampf, den ich jetzt führe, und ich hoffe inständig, dass Ihr meine Sünden einzig als eine notwendige Strategie oder Waffe anseht.« Sie wartete angespannt auf die Reaktion und atmete voller Erleichterung auf, als die beiden allmählich anfingen zu grinsen.

»Kluges Mädchen«, murmelte Owen. »Glaubt Ihr, dass Ihr gewinnen könnt?«

»Ich denke, aber es ist schwer vorauszusagen«, erwiderte Elspeth. »Ich habe ihren Griff geschwächt, dessen bin ich mir sicher. Aber sie hält ihn seit zehn oder noch mehr Jahren fest. Sie hat ihre Krallen tief in ihn eingegraben. Die wenigen Wochen, die mir zur Verfügung stehen, könnten eventuell nicht ausreichen, um sie wieder herauszuziehen.«

»Wenn er Euch nicht erwählt, Mylady, verdient er es, für sein miserables Leben fast totgeschlagen zu werden.«

»Wenn er mich nicht erwählt, erteile ich Euch die Erlaubnis, genau das zu tun.«

Cormac legte die Stirn in Falten, als er zurückkam und seine Freunde kameradschaftlich mit Elspeth lachen hörte. »Ein Junge wartet an der Treppe, um dich zu unserem Raum zu bringen«, sagte er Elspeth. »Glaubst du, du kannst den Kater so weit kurieren, dass er sich wieder selbst verteidigen kann?«

»Oh ja, ich kann ihn kurieren«, sagte sie, ging dabei aber nicht auf die unterschwellige Aufforderung ein, den Kater wieder frei zu lassen. »Werde ich Euch beide beim Abendessen sehen?«, fragte sie Cormacs Freunde, und als beide nickten, ging sie auf ihr Zimmer.

»Ich denke, sie will den Kater behalten«, sagte Paul, der beobachtete, wie Elspeth dem Jungen die Treppe hoch folgte.

»Das glaube ich auch«, sagte Cormac mit einem resignierten Seufzen.

»Was ist denn so falsch daran?«

Während Cormac sie zum Tisch schob und jedem von ihnen ein Bier bestellte, erzählte er ihnen die ganze Geschichte. Cormac entspannte sich ein wenig, weil seine beiden Freunde

sich erheitert und erstaunt über Elspeths Handlungen zeigten. Er merkte genau, wann sich die leichte, freundliche Unterhaltung ins Ernsthafte wandte, las es ihrem Gesichtsausdruck ab, doch er konnte nichts dagegen unternehmen. So schnell wie möglich berichtete er, was Elspeth zugestoßen war und in welcher Gefahr sie schwebte, konnte aber sehen, dass es nicht ausreichte, um die beiden abzulenken.

»Du solltest das Mädchen heiraten«, sagte Owen in seiner üblichen unverblümten Art. »Ansonsten bringst du sie in Schimpf und Schande.«

»Ich denke, es braucht sehr viel mehr, als ich jemals anstellen könnte, um Elspeths Ehre zu beflecken«, sagte Cormac vorsichtig. »Außerdem kann ich sie nicht heiraten, obwohl sie eine ausgezeichnete Gemahlin wäre. Ich bin nicht frei.« Gestählt durch die Missbilligung seiner Freunde und Verwandten, überging er ihre geknurrten Flüche. »Ich habe das Elspeth gegenüber sehr deutlich gemacht, und sie behauptet, dass es ihr nichts ausmacht.«

»Und du glaubst ihr. Du glaubst, dass eine Lady, die sich beinahe zwanzig Jahre lang ihre Unschuld bewahrt hat, tatsächlich alles für das hübsche Lächeln eines Mannes, der hinter einer anderen Frau her ist, wegwirft, und zwar nur irgendeines einfachen Verlangens wegen?«

»Nein«, gab Cormac widerwillig zu, »obwohl es einige Zeit brauchte, bis ich das begriffen hatte. Ich war zu durcheinander, um klar zu denken. Und ich bin nicht wirklich der Schurke hier. Richtig, ich bin schwach, zu schwach, um der Versuchung zu widerstehen, aber ich wurde arg bedrängt. Sie mag wie ein süßer Engel aussehen, aber sie ist ein zielstrebiges Mädchen, wenn sie etwas haben will.« Er wurde unter den belustigten und höhnischen Blicken seiner Freunde rot. »Sagt mir doch mal, wie lange ihr durchhalten könnt, wenn sich euch ein Mädchen wie dieses offen anbietet, keine Forderungen stellt und kein Versprechen erwartet.«

»Etwa einen Herzschlag lang«, sagte Owen, und Paul bestätigte dies entschieden durch Kopfnicken.

»Nun zu dem Grund, warum wir dich gesucht haben. Wir wollten dich warnen«, sagte Paul. »Und wir wissen jetzt auch, warum.«

»Eine Warnung wegen was?«, fragte Cormac.

»Ein gewisser Sir Colin ist dir dicht auf den Fersen. Er sucht nach dir und dem Mädchen. Behauptet, du hättest sie ihm geraubt und sie sei seine Verlobte.«

»Das ist eine Lüge. Wie ich schon sagte, Elspeth weigerte sich, ihn zu heiraten, er hat sie entführt, um sie zu zwingen.«

Paul nickte. »Wir dachten uns, dass du gute Gründe hast, mit dem Mädchen zu verschwinden.«

»Ich hoffte, wir hätten diesen Mann abgeschüttelt, indem er nicht erraten könnte, welchen Weg wir eingeschlagen haben. Es gab für ihn zu viele andere Möglichkeiten.«

»Er beklagt sich energisch über die Unfähigkeit seiner Männer und wie lange sie gebraucht hätten, eure Spur ausfindig zu machen. Aber jetzt folgt er ihr, und Elspeth und du, ihr gehört zu der Gattung Mensch, an die sich die meisten Leute sehr gut erinnern.«

Cormac fluchte, trank sein Bier aus und orderte ein anderes. »Also ist es wahrscheinlich an der Zeit, mit dem Rennen zu beginnen. Ja, und gewundene Wege einzuschlagen. Es kostet mich Tage, aber weniger Leute werden uns sehen, unsere Spur wird nicht so deutlich sein, und das bremst ihn vielleicht.« Er sah die Treppen hoch. »Elspeth wird enttäuscht sein. Und auch überrascht. Ich glaube nicht, dass sie ahnt oder versteht, wie sehr dieser Mann sie begehrt.«

»Nein, ich glaube auch nicht, dass sie das tut«, murmelte Owen, und Cormac hatte das ausgeprägte Gefühl, dass sein Freund sich nicht auf Sir Colin bezog.

Elspeth streichelte den Kater, der gierig die Sahne aufschleckte, die sie ihm geholt hatte. Zuvor hatte er schon, schnell und

fleißig, einen kleinen Teller mit Hühnchenbrocken weggeputzt. Trotz seiner Größe war er offenbar sehr hungrig. Allerdings fand sie auch, dass er eine gute Behandlung verdiente, nachdem er ihr erlaubt hatte, all den Schmutz und das Blut aus seinem dicken grauen Fell zu entfernen und seine Wunden zu versorgen. Obwohl er vor Schreck einen Katzenbuckel gemacht hatte, hatte er ihr sogar zugestanden, dass sie ihn mit einem Kräutersud abrieb, um ihn von Flöhen zu befreien.

Es war ihr immer noch nicht klar, warum sie sich geradezu genötigt sah, den Kater zu behalten. Er war keine Schönheit, war groß, hatte ein breites Gesicht und war voller Narben, aber auf seltsame Weise fühlte sie sich an ihn gebunden. Da ihr der Kater erlaubte, alles, was sie guthieß, mit ihm zu machen, stellte sich ihr die Frage, ob er das Gleiche empfand oder ob er einfach nur klug genug war, ein weiches Herz zu erkennen, wenn er auf eines traf. Cormac würde nicht erfreut sein.

»Ich nenne dich Muddy.« Sie kicherte, als ihr der Kater, der gerade mit der Sahne fertig war, einen leicht mürrischen Blick zuwarf. »Solltest du etwas anderes vorziehen, sag es besser gleich. Allerdings glaube ich nicht, dass dem so ist.«

Muddy begann sich das Gesicht zu putzen.

»Jetzt muss ich dich für kurze Zeit verlassen.« Sie wusch die flache Schüssel, in die sie die Sahne gegeben hatte, aus und füllte sie mit Wasser. »Da ist die Kiste mit Sand, die dir die Magd freundlicherweise gebracht hat. Du musst erst gesund sein, bevor du hinausschlüpfen kannst, um dort dein Geschäft zu verrichten. Obwohl du keine Sandkiste mehr brauchst, sobald wir wieder unterwegs sind. Hoffentlich gefällt dir das Reisen.«

Die Katze ging zum Bett hinüber, sprang darauf und machte es sich am Fußende bequem.

»Genieß es, solange du kannst. Sobald Cormac und ich unter die Decken schlüpfen, wird es für eine Weile kein so

friedlicher Schlafplatz mehr sein.« Sie tätschelte den Kater noch einmal, lächelte über sein gewaltiges Schnurren und ging hinaus, um sich zu Cormac und seinen Freunden zu gesellen.

Es war tröstlich zu wissen, dass Cormacs Freunde Isabel gegenüber nicht ebenso blind waren wie Cormac. Trotz der Tatsache, dass sie sich schamlos aufführte, waren beide Männer bereit, dies zu übersehen, wenn es nur ihren Freund aus Isabels Fängen lockte. Elspeth musste Cormacs Loyalität bewundern und sein Festhalten an Isabel, obwohl deutlich war, dass niemand, den er kannte, diese Frau mochte oder ihr vertraute. Allerdings hatte sie den Eindruck, das inzwischen viel von dieser Loyalität auf reiner Dickköpfigkeit beruhte. Je mehr Leute es missbilligten, desto fester klammerte er sich an seine Überzeugungen. Wenn sie die Möglichkeit haben sollte, würde sie versuchen, seine Freunde auf ihren Verdacht hinzuweisen. Vielleicht hörte Cormac, wenn die heftige Kritik an Isabel nachließ, mit seinem ständigen Verteidigen von dieser Frau so weit auf, dass er sehen konnte, was andere sahen.

Als sie sich dem Tisch näherte, an dem Cormac und seine Freunde saßen, wandten sich alle Blicke ihr zu. Etwas in den Gesichtern jagte ihr Schauer den Rücken hinunter. Die Männer sahen zu grimmig aus und schienen sich etwas unbehaglich zu fühlen. Hastig setzte sie sich auf den Stuhl, den Cormac ihr anbot, und ergriff seine Hand, als er wieder auf seinen Platz neben ihr zurückkehrte.

»Was stimmt nicht?«, fragte sie.

»Engel, warum glaubst du, dass etwas nicht stimmt?« Cormac wusste, dass er ihr von Sir Cormac erzählen musste, aber es widerstrebte ihm.

»Es ist so ein Gefühl, das mich überkam, als ich mich zu euch gesellte.«

»Aha. Wenn wir schon von Gefühlen sprechen: Wie geht es dem Kater?«

Sein ausgesprochenes Bemühen, sie abzulenken, machte

Elspeth noch nervöser, aber da die Magd eben das Essen auf den Tisch stellte, beschloss sie, es ihm für eine Weile zu erlauben. »Es geht ihm gut. Ich habe ihn Muddy genannt.«

»Ich glaube nicht, dass er einen Namen braucht, um in den Straßen dieses Dorfes umherzustromern.«

Einmal mehr überging Elspeth seine Bemerkung, die so etwas wie den unterschwelligen Befehl enthielt, den Kater zurückzulassen. »Ich habe ihn gewaschen, all seine Wunden versorgt und ihn mit etwas Sahne und Hühnchenbrocken gefüttert. Ich habe ihn sogar mit ein paar Kräutern eingerieben, um die Flöhe, falls er welche hat, abzutöten, und jetzt riecht er recht angenehm. Er schlief auf dem Bett, als ich ging.«

»Du hast nicht vor, ihn zurückzulassen, oder?«

Sie schenkte Cormac ein beinahe entschuldigendes Lächeln. »Nein, das kann ich nicht.«

»Wir müssen eventuell über holprige Wege und sehr schnell reiten.«

»Ich denke, er wird in einer geräumigen Tasche als Transportmittel gut untergebracht sein. Er ist ein ausgesprochen willfähriges Tier.«

»Er weiß, dass er gerade wie eine Made im Speck gelandet ist«, sagte Owen mit leichtem Grinsen. »Ein scharfes Auge für ein weiches Herz.«

Elspeth schnitt eine Grimasse, dann lachte sie leise. »Das habe ich mich auch schon gefragt.« Sie kostete die Bratenscheiben, die auf dem Teller lagen, den man vor sie hinstellte, und fand, dass das Fleisch passabel war. »Er nahm es hin, für einen Kater viel zu sauber gewaschen zu werden, als ob er mir solche Handlungen erlaubt, weil er weiß, dass ich ihn daraufhin ach so gut behandeln werde.« In dem Augenblick, in dem sich die Magd vom Tisch entfernte, richtete sie ihren Blick auf Cormac. »Nun aber, was stimmt nicht?«

»Willst du wirklich nicht darauf warten, bis wir gegessen haben?«, fragte Cormac.

»Du hast eine solche Abneigung davor, mir das, was

immer es sein mag, zu erzählen, dass ich langsam ziemlich nervös werde. Es wird mir so oder so im Magen liegen.«

»Sir Colin hat unsere Spur ausfindig gemacht.«

Es fiel ihr schwer, aber Elspeth unterdrückte einen üblen Fluch. Sie war nicht nur über Sir Colins Hartnäckigkeit entsetzt, sondern auch darüber, dass die Reise nun, wie Cormac bereits angedeutet hatte, auf schwierigen Wegen und schnell vor sich gehen musste. Eine Liebesbeziehung weiterzuentwickeln oder zu versuchen, Cormacs Herz zu gewinnen, würde zum Problem werden, während sie um ihr Leben rannte. Und um seines, dachte sie plötzlich.

»Dann ist es vielleicht an der Zeit, getrennte Wege zu gehen«, schlug sie leise vor.

»Sei kein Tor.«

Und damit gilt die Sache als erledigt, sagte sie sich, als Cormac und seine Freunde zu diskutieren anfingen, wie Elspeth am besten Sir Colins Zugriff zu entziehen sei. Sie hatten sich jetzt ihrer Sache angenommen und würden sich nicht davon abbringen lassen. Elspeth wollte nicht, dass jemand für sie sein Leben aufs Spiel setzte, aber ihr war bewusst, dass keiner dieser Männer auf sie hören würde. Sie konnte einzig und allein sich das Versprechen geben, alles in ihrer Macht Stehende zu tun, um Cormac abzusichern. Sollte sie eine Entscheidung zwischen Cormacs Leben und der Rückkehr zu Sir Colin fällen müssen, würde sie Letzteres ohne zu zögern tun.

7

»Ich kann kaum glauben, dass irgendein Freund von mir so ein blinder Idiot sein kann«, brummte Paul, als er sich ans Feuer setzte.

Elspeth riss ihren Blick von der Stelle los, an der Cormac eben in den Wald verschwunden war, und das mit ebenso schlechter Laune wie Paul, und seufzte. Selbstvergessen streichelte sie Muddy, der sich plump auf ihrem Schoß ausgestreckt hatte. Die beiden Männer hatten gerade einen harten Wortwechsel geführt, und sie beschlich der Verdacht, dass die angespannte Unterhaltung etwas mit ihr oder Isabel oder ihnen beiden zu tun hatte.

Seit drei Tagen waren Cormacs Freunde mit ihnen zusammen unterwegs. Es war gut, den zusätzlichen Schutz von zwei fähigen Schwertkämpfern zu haben. Die meiste Zeit bildeten sie eine gesellige Gemeinschaft. Allerdings war von Sir Colin und seinen Männern nichts zu sehen, und so glaubte Elspeth allmählich, dass es besser sei, wenn Owen und Paul sie verließen. Cormac und sie hatten keinen Augenblick der Intimität, keinen Augenblick allein, und wenn er angesichts dieses Mangels genauso litt wie sie, war es kein Wunder, wenn die Stimmung Richtung Nullpunkt sank.

Das andere Problem war, dass Owen und Paul scheinbar nicht widerstehen konnten, Isabel zu erwähnen. Elspeth war klar, dass sie es gut meinten, dass sie versuchten, Cormac dabei zu helfen, sich ihr zuzuwenden, aber ihre Einmischung konnte sich leicht als verheerend erweisen. Sie konnten ihre Gefühle gegen Isabel nicht verbergen, was Cormac nur daran erinnerte, wie sehr diese Frau seiner Meinung nach verfolgt wurde. Tatsache war, dass es keine Hilfe war, wenn man Cor-

mac an Isabel erinnerte, und sei es auch nur, weil er sich dadurch ins Gedächtnis rief, dass er im Begriff gewesen ist, dieser Frau zur Seite zu eilen, bevor er in dieses Durcheinander mit Sir Colin geraten ist. *Und bevor ich ihn in mein Bett gerissen habe,* dachte Elspeth mit einem neuerlichen Seufzer.

»Paul«, fing sie mit einem Blick auf Owen, der ihr versicherte, dass er auch zuhörte, an, »Ihr wisst, dass Ihr jedes Mal, wenn Ihr Isabel herabsetzt, Cormacs Bedürfnis, sie zu verteidigen, stärkt, oder nicht?« Sie nickte, als er das Gesicht verzog. »Offensichtlich haben eine Menge Leute versucht mit Cormac darüber zu reden, ihm die Augen über diese Frau zu öffnen, und es hat nicht im Mindesten funktioniert, oder? Um die Wahrheit zu sagen, ich glaube, dass inzwischen seine Eigensinnigkeit das Spiel am Leben erhält. Glaubt mir, wenn ich Euch sage, dass sich ein eigensinniger Mensch garantiert durch nichts mehr an eine Idee klammert, egal wie dumm sie ist, als wenn man ihm klarmacht, dass sie töricht oder falsch ist. Ich kenne die Symptome. Ich bin dafür bekannt, dass ich selbst von Zeit zu Zeit daran leide. Und dann muss man sich natürlich auch bewusst machen, dass er ein Mann ist.« Sie überging den argwöhnischen Blick, mit dem Paul und Owen sie bedachten. »Die meisten Männer würden sich lieber die Zunge abbeißen, als zuzugeben, dass sie im Unrecht sind.«

Owen lachte. »Kommt, so schlimm ist es nun auch wieder nicht.«

»Oh doch, ist es. Selbst wenn ein Mann ganz genau weiß, dass er falschliegt, ist er fähig, an seinem Irrtum festzuhalten, bis er einen Weg findet, seine Haltung zu ändern, ohne wirklich zugeben zu müssen, dass er nicht recht hatte.« Sie lächelte die beiden Männer an, die lachen mussten, auch wenn sie versuchten, gegen ihre Auffassung Einspruch zu erheben.

»Aber Mädchen, ich dachte, Ihr versucht Cormac dazu zu bringen, einzusehen, dass er falschliegt«, sagte Paul, nachdem er aufgehört hatte zu lachen.

»Ja, schon, aber ich würde ihm nie freiheraus sagen, dass er nicht recht hat. Solange nicht, bis das Schweigen nichts mehr bringt. Meine Strategie zielt darauf ab, dass er Isabel nicht mehr begehrt. Ich dachte, es könnte vielleicht einfacher sein, ihn dazu zu verleiten, ein altes Versprechen zu brechen, als zuzugeben, dass er sich geirrt hat.«

»Habt Ihr denn keine Angst, dass er, wenn er zum Hof kommt und Isabel frei ist, sie heiratet, wie er es gelobt hat?«

Nur die Erwähnung dieser Möglichkeit zerriss Elspeth das Herz, aber sie erwiderte scheinbar gelassen: »Ein bisschen, aber ich glaube nicht, dass das jemals geschehen wird.« Sie hob ihre Hand, um Owens Einspruch Einhalt zu gebieten. »Oh, es könnte durchaus sein, dass er sie fragt, aber Isabel wird ihn nicht heiraten wollen. Wenn wir, was sie betrifft, recht haben, dann hatte Isabel jede erdenkliche Chance, Cormac zu heiraten. Ich glaube, dass man eine bestimmte Art von Belohnung vorweisen muss, um am Ende dieser makabren Folge von ermordeten Ehemännern zu stehen, und Cormac nicht derjenige ist, der sie in Händen hält.«

»Jesus«, schimpfte Owen. »Daran habe ich nie gedacht. Es muss etwas sein, das ein Douglas hat, denn sie heiratet andauernd solche.«

»Was glaubt Ihr, was sie getan hat?«

»Ich denke, sie wollte einfach das Geld haben, oder sie ist verrückt.«

»Wenn sie verrückt ist, dann wäre Cormac inzwischen ein toter Mann, denn die Opfer sind alles Männer, die mit ihr geschlafen haben. Allerdings tut es im Moment nichts zur Sache. Ich wünsche mir, dass ihr Euch, wenn es Euch recht ist, mehr bemüht, diese Frau nicht zu erwähnen. Sie zeichnet sich, wie die Dinge liegen, als sehr hartnäckiges Hindernis ab. Es ist besser für mich, wenn Cormac so wenig wie möglich an sie denkt.«

»Na gut«, stimmte Owen zu, und Paul nickte. Als Elspeth,

den noch immer schläfrigen Muddy in den Armen, aufstand, beobachtete Owen sie voller Unbehagen. »Ich hoffe, ihr kommt nicht auf den Gedanken, dieses Ding da mir aufzuhalsen.«

»Muddy ist *kein* Ding.« Sie überging Owens finsteren Blick und leisen Fluch, als sie ihm Muddy auf den Schoß setzte. »Er muss nur warmgehalten werden, außerdem wird er Euch seinerseits auch sehr warmhalten.« Sie sah zu, wie sich die Katze mit einem schweren Seufzer zurechtlegte und zu schnurren begann. »Er mag Euch.«

»Wie nett. Jetzt hat mein Leben einen Sinn.«

Elspeth lachte und küsste ihn auf die Wange, bevor sie sich auf die Suche nach Cormac machte. Sie hasste es aufrichtig, in Cormacs Nähe zu kommen, wenn auch nur die Möglichkeit bestand, dass er an Isabel dachte, aber es war eine sehr gute Gelegenheit, um sich selbst in Erinnerung zu bringen. Sie wusste, dass sie es nicht zulassen durfte, in seinen Gedanken von Isabel verdrängt zu werden, besonders wenn sie, wie im Augenblick, Isabel nicht in seinen Armen ersetzen konnte. Es blieb ihr so wenig Zeit, sich in seinem Herzen und seinem Kopf eine Nische zu schaffen, dass sie keinen Augenblick verschwenden durfte.

Sie fand ihn nicht weit weg vom Lager, an einen knorrigen Baum gelehnt. Er starrte auf das Moor hinaus. Offenbar hatte er gehört, dass sie sich näherte, denn er streckte seine Hand nach ihr aus, ohne sich nach ihr umzudrehen. Elspeth legte ihre Hand in seine und schrie leise vor Überraschung auf, als er sie in seine Arme zog.

»Ich dachte, ich komme mal eben und schaue nach, wo du schmollst.«

Cormac sah sie an und verzog angesichts ihres spitzbübischen Gesichtsausdrucks seine Lippen zu einem Lächeln. »Du Unglückswurm. Ich schmolle nicht.«

»Natürlich nicht.«

»Ich dachte nur, es ist besser, hierher zu gehen und nach-

zudenken, als einem lieben Freund die Nase platt zu schlagen.«

»Oh ja, eindeutig besser.«

»Bist du allein?«

»Ja, Paul besitzt offensichtlich genug Verstand, um zu wissen, wie er seine Nase schützt, und als ich loszog, um dich zu suchen, war Muddy noch ein bisschen schläfrig, also habe ich ihn Owen in den Schoß gelegt.« Sie grinste, als Cormac lachte. »Muddy mag Owen.«

»Wie glücklich Owen sein muss. Wir brauchen vielleicht ihre Schwerter«, schimpfte er.

Elspeth lächelte an seiner Brust. Cormac versuchte sich also, ebenso wie sie es in den drei vergangenen Tagen gemacht hatte, davon zu überzeugen, dass es eine Dummheit war, die Hilfe seiner Freunde zurückzuweisen. Sie konnte das Verlangen in ihm spüren, und das weckte ihr eigenes, auch wenn es niemals ganz geschlafen hat. Cormac mochte das Lager wegen etwas, das über Isabel gesagt worden war, verlassen haben, aber im Moment dachte er an Elspeth, nach ihr sehnte er sich so sehr, dass er nicht davon lassen konnte, sie zu liebkosen.

»Verdammter Sir Colin«, sagte er mit belegter Stimme, während er seine Hände über ihren Rücken gleiten ließ und sie näher an sich zog.

»Auch er ist nicht hier«, flüsterte sie und stellte sich auf Zehenspitzen, um die Unterseite seines Kinns zu küssen.

»Wie wahr.« Er rieb sich langsam an ihr und fragte sich, warum er sich selbst so quälte.

»Und keiner deiner Freunde.«

Cormac legte ihr seine Hand unter das Kinn und hob ihr Gesicht zu seinem. Ihre Augen flackerten von dem gleichen Verlangen, dass so heftig in ihm brannte, dass er nachts kaum schlafen konnte. Fast konnte er dessen Pulsieren in ihrem schlanken Körper spüren. Die Leidenschaft, die sie in ihm erregte, war eine Art von Unbezähmbarkeit seines Blutes, von

der er wusste, dass sie sie teilte. In der Vergangenheit hatten ein paar Runden Liebesspiel gereicht, damit er von jeder anderen Frau genug hatte, Isabel ausgenommen. Anders bei Elspeth. Jedes Mal wenn er sie liebte, steigerte das sein Verlangen nach ihr nur noch. Drei Tage, ohne sie zu berühren, waren die reinste Folter.

Er warf einen Blick um sich. Sie hatte recht. Sie waren völlig allein. Cormac sah keinerlei Anzeichen für eine Gefahr, obwohl er vor lauter Lust so kurzatmig war, dass es ihn nicht überrascht hätte, wenn es seinen Blick getrübt hätte. Er sah gerade in dem Augenblick wieder zu Elspeth, als sie sich mit der Zunge die Lippen befeuchtete. Cormac stöhnte und küsste sie.

Eine Feuersbrunst, dachte Elspeth benommen, als die Leidenschaft, die sie und Cormac so mühsam bezähmt hatten, zornig zum Leben erwachte und er ihre Röcke hochschob. Sie protestierte leise, da sie sich zu entblößt fühlte. Dann berührte er mit den Lippen die sanfte Hitze zwischen ihren Beinen, und beinahe hätte sie aufgeschrien. Mit einer einzigen Bewegung seiner Zunge bannte er all ihren Widerstand. Elspeth wickelte ihre Finger in sein volles Haar, aber sie war sich nicht sicher, ob sie es tat, um ihn an Ort und Stelle zu halten oder um sich aufrechtzuhalten.

Gerade als sich die Spannung in ihr zu lösen begann und sie nach ihm rief, stand Cormac auf. Er schlang sich ihre Beine um seine schmale Taille, küsste sie, und während seine Zunge in ihren Mund schlüpfte, drang er in ihren Körper ein. Es bedurfte nur weniger Bewegungen, bevor sie seinen Namen schrie und sich wünschte, dass er sich in ihrem Höhenflug zu ihr gesellte, und er tauchte tief in sie ein und schwang sich nur einen Herzschlag später in ihre Höhen auf. Sie klammerte sich fest an ihn, als er gegen sie sackte und sie gegen den Baum drückte. Es dauerte geraume Zeit, bis sie aufhörten, voller anhaltender Lust zu beben, und sich ihr Atem auf normale Geschwindigkeit reduzierte.

»Du treibst einen Mann in den Wahnsinn, Engel«, sagte er weich und hauchte ihr einen herzzerreißend zärtlichen Kuss auf den Mund, bevor er sich aus ihr zurückzog und sie wieder auf die Füße stellte.

»Es ist ein angenehmer Wahnsinn«, murmelte sie, wobei sie ein wenig errötete, als sie ihre kurzen Hosen hochzog und ihre Röcke glatt strich.

Da er ihr Erröten und eine Andeutung von Nervosität in ihren Bewegungen feststellte, richtete sich Cormac schnell seine Kleider, stellte sich vor sie hin und unterbrach ihr fahriges Ordnen des Mieders, indem er ihre Hände in seine nahm. Geduldig wartete er darauf, dass sie den Blick hob und lächelte, als sie ihn endlich durch den dicken Schutzschild ihrer langen Wimpern hindurch ansah.

»Wir haben nichts getan, das wir bedauern müssten, oder?« Er gab ihr einen Kuss auf die Nasenspitze.

»Manchmal finde ich meine eigene Lüsternheit ein wenig beunruhigend«, erwiderte sie mit sanfter Stimme. »Ich meine, dies, na ja, *dies* bei vollem Tageslicht zu tun.«

»Du hast mich auf diese Weise geliebt.«

Sie zuckte die Schultern. »Ich habe gehört, dass Männer das so gernhaben, und habe es auch selbst als Genuss empfunden.«

»Ich dachte eigentlich, dass du es auch magst. Meine Erwiderung des Genusses, meine ich.«

»Oh ja«, gab sie zu, trotzdem unfähig, ihn dabei anzusehen. »Es ist nur die Vorstellung, dass du so viel von mir gesehen hast. Ich nehme an, es wird eine Weile dauern, bis ich mich daran gewöhne.«

»Ich mag es, dich anzusehen. Du bist sehr schön. Feucht«, murmelte er nah an ihrer Wange, als er sie küsste. »Heiß. Und köstlich.«

Mit erneutem heftigem Erröten, obwohl seine Worte sie begeisterten, sah Elspeth zu ihm auf und wollte ihn ein wenig für sein schamloses Gerede tadeln. Dabei entdeckte sie

über seine Schulter hinweg etwas, das sie voller Angst zusammenfahren ließ. Über das Moor näherten sich schnell fünf bewaffnete Männer. Sie zwinkerte in der vergeblichen Hoffnung, dieses Traumbild werde dadurch verschwinden, aber sie kamen tatsächlich.

»O großer Gott«, rief sie voller Entsetzen, als sie erkannte, in welcher Gefahr Cormac nun schwebte.

»Na ja, ich glaube nicht, dass es so pervers war.« Cormac wunderte sich, weil etwas, das sie so offensichtlich genossen hatte, sie derart entsetzte.

»Nein, du Dummkopf, doch nicht das!« Sie entzog sich seiner Umarmung und zeigte auf die Männer, die für ihren Geschmack viel zu nah kamen. »Da schau hin! Die Männer von Sir Colin?«

»Vermutlich.« Er zog sein Schwert, packte mit der anderen ihre Hand und rannte mit ihr in Richtung Lager. »Aber ich denke, im Moment tut das Wer und Warum nicht viel zur Sache.«

Elspeth raffte mit der einen Hand ihre Röcke zusammen und bemühte sich, sein Tempo mitzuhalten. Sie wusste, dass er recht hatte. Jetzt zählte nur, dass fünf Männer schnell näher kamen und die Schwerter in ihren Händen die tödliche Absicht verkündeten. Cormac hielt sein Schwert für den Fall bereit, dass einer der Männer ihnen gefährlich nah kam, aber ohne die Hilfe von Paul und Owen hatte er keine große Chance, diesen Angriff zu vereiteln. Jetzt würde es sich erweisen, dass ihre Gegenwart all die Frustrationen, die Cormac und sie in den letzten Tagen erlitten hatten, wert war.

Es war eine gespenstisch stille Verfolgungsjagd, und Elspeth wagte es ein einziges Mal, sich umzudrehen und zu schauen, ob die Männer noch immer da waren. Sie konnte erkennen, dass sie schwitzten, so nah waren sie. Das Fehlen von irgendwelchem Gejohle, von höhnischen Bemerkungen und Sticheleien oder selbst von dem Befehl stehen zu bleiben ließ ihr die Männer umso gefährlicher erscheinen. Wenn dies

Sir Colins Männer waren, hatte er endlich welche gefunden, die ein gewisses Talent und Zielstrebigkeit an den Tag legten.

»Owen! Paul! Ein Angriff!«, brüllte Cormac, und die Männer, die ihnen auf den Fersen waren, fluchten heftig.

Elspeth hätte beinahe aufgeschrien, als ein riesiges Messer unmittelbar vor ihnen auf der linken Seite in einen Baum krachte. Einer der Verfolger hinter ihnen hatte versucht, Cormacs Warnrufe an seine Freunde zu unterbinden. Sie brauchte wirklich nicht diesen schaudererregenden Beweis dafür, dass ihre Schwierigkeiten Cormac und jeden, der ihr half, in tödliche Gefahr brachte. Sie wusste auch, dass ihr diese Männer nicht die Möglichkeit geben würden, sich gnädig zu ergeben, um das Leben von Cormac, Paul oder Owen zu schonen. Elspeth hoffte von Herzen, dass Cormac und seine Freunde sich im Kampf bewehrten – sehr, sehr gut bewehrten.

Als sie ins Lager gerannt kamen, sah Elspeth, dass Owen und Paul bereit waren, dem, was ihnen auf dem Fuß folgte, zu begegnen. Cormac schleuderte sie beinahe bis zum anderen Ende des Lagers. Elspeth war klar, dass es nun ihre Aufgabe war, still zu sitzen und zu beten, dem Kampfgeschehen völlig fernzubleiben und die Männer, die versuchten sie zu beschützen, nicht abzulenken. Das hatte sie schon immer als Ärgernis empfunden. Es war ein Grund dafür, dass sie so viel wie nur möglich über das Kämpfen gelernt hatte. Allerdings musste sie beim Schwertkampf letztendlich einräumen, dass sie nicht die Kraft hatte, ihn sehr lange durchzustehen. Zudem war ihr bewusst, dass sie unbestritten nichts weiter als den Tod ihrer Freunde, den schnellen Tod, erreichte, sollte sie sich jetzt ins Getümmel stürzen, um sich selbst zu beweisen.

Das harte Schwerterklirren, das innerhalb eines Atemzugs, nachdem die Angreifer das Lager erreicht hatten, ertönte, ließ sie zusammenschrecken. Sie kauerte sich, ihr Messer in der Hand, am anderen Ende des Lagers zusammen, und Muddy versteckte sich hinter ihrem Rücken. Cormac und seine Freunde standen in einem kleinen Kreis und hieben mit

Schwertern und Dolchen nach den Männern, die sie umzingelten. Vorsichtig schob sich Elspeth in das Unterholz zurück. Wenn einer der fünf Männer, die Cormac und den anderen gegenüberstanden, sich umsah, wollte sie nicht seinen Blick auf sich ziehen.

Ein Mann schrie gellend auf, taumelte nach hinten und fiel wenige Schritte von ihr entfernt auf den Boden. Elspeth warf einen Blick auf die Wunden in seiner Brust und in seinem Bauch und spürte, wie ihr Galle in der Kehle brannte. Sie hoffte, dass die Wunde in seiner Brust ihn getötet hatte oder es schnell tun würde. Der Hieb in seinen Bauch würde ihm sonst für lange Zeit quälende Schmerzen bereiten. Als er keinen Ton mehr von sich gab und sich nicht bewegte, sprach sie ein kurzes Gebet für seine Seele und wandte ihre volle Konzentration wieder dem Kampfgeschehen zu.

Ihre ritterlichen Verteidiger waren nicht unversehrt geblieben, aber ihr erfahrener Blick fand keinen Grund zur Sorge. Ein zweiter Angreifer fiel, und die verbliebenen drei steckten nur wenig zurück. Ein leises Knacken hinter ihr im Unterholz lenkte ihre Aufmerksamkeit auf sich, aber da sie unbedingt Cormac beobachten wollte, tat sie es als unwichtig ab. Vermutlich ging Muddy auf Erkundung, dachte sie geistesabwesend und fuhr gleich darauf zusammen, als Paul einen oberflächlichen Hieb auf den Arm bekam.

Gerade als Cormac den Mann, dem er gegenüberstand, tötete, wurde Elspeth von hinten gepackt. Ihr drängte sich der Gedanke auf, dass Muddy zur Wache wenig taugte, dann raffte sie ihren Verstand so weit zusammen, ihren Dolch in einer im Rock verborgenen Tasche zu verstecken. Der Mann schlang seine Arme um sie, hob sie leicht vom Boden hoch und machte ein paar Schritte auf die Männer zu, die noch immer kämpften.

»Ihr hört besser auf«, sagte der Mann, der sie festhielt.

Als er zu sprechen anfing, tötete Paul eben seinen Widersacher. Der Einzige, der von den Angreifern noch auf den Bei-

nen stand, taumelte auf den Mann zu, der sie festhielt. Elspeth sah die entsetzten Gesichter von Cormac, Owen und Paul und beobachtete, wie sich schnell kalte, unerbittliche Wut auf ihnen ausbreitete. Wenigstens waren nicht mehr genug Männer da, um Cormac und seine Freunde zu töten. Die beiden, die sie jetzt festhielten, waren ausschließlich daran interessiert zu fliehen, und um eine Verfolgung unmöglich zu machen, mussten sie nur noch die Pferde rauben. Das Wissen, dass dieses Mal niemand sterben musste, weil er sie beschützen wollte, reichte schon beinahe aus, um Elspeth ihre Gefangennahme ruhig hinnehmen zu lassen. Beinahe. Sie trommelte mit ihren Fersen gegen die Schienbeine ihres Entführers und genoss seine Flüche.

»Hört auf damit, kleine Schlampe«, schnauzte der Mann sie an.

»Lasst mich los!« Sie schaffte es, ihre gefesselten Arme so weit frei zu bekommen, dass sie sie ihm nach hinten in die Rippen stoßen konnte.

»Ich warne Euch!«, knurrte er, als er seinen Griff so festigte, dass es schmerzte.

»Ihr könnt mich nicht umbringen. Sir Colin würde das nicht gefallen.«

»Nein, ich kann Euch nicht umbringen, aber ich kann Euch in einen ziemlich tiefen Schlaf versenken.«

Das stimmte allerdings, und Elspeth war sich nicht sicher, ob ihr der Kampf genug brachte, um den versprochenen Schmerz wert zu sein. Wenigstens hatte sie die Bestätigung, dass es Sir Colins Söldner waren. Es entzog sich völlig ihrem Verständnis, dass vier Männer eben hatten sterben müssen, damit Sir Colin sie haben konnte. Sie bezweifelte aufrichtig, dass diese vier Männer aus einem solchen Grund sterben wollten, aber sie mussten ihrem Herrn gehorchen. Offenbar hatte Sir Colin keine Achtung vor dem Leben. Es würde an die reinste Folter grenzen, von so einem Mann berührt zu werden.

»Lasst das Mädchen los«, forderte Cormac, der mühsam seine Wut unter Kontrolle hielt, während er beobachten musste, wie grob sie von Sir Colins Männern behandelt wurde.

»Nach allem, was es mich gekostet hat, sie zu erwischen?« Der Mann, der Elspeth festhielt, lachte, und dieser Laut war voller Hohn und Wut. »Nein, Sir Colin will die kleine Hure haben. Und er will Euch tot sehen, aber darauf muss er noch warten.«

»Wenn Ihr sie diesem Mistkerl ausliefert, bringe ich Euch zur Strecke. Ihr erlebt keinen einzigen friedlichen Augenblick mehr, bis ich ihn Euch mit meiner Schwertspitze verschaffe. Ich mache das zu meiner Aufgabe.«

»Oh ja? Und wenn ich sie nicht Sir Colin zurückbringe, finde ich diesen Frieden umso schneller an seiner Schwertspitze.«

»Das reicht aus, um die Murrays und all ihre Verwandten vor Eure Tore zu bringen, um nach Eurem Blut zu brüllen. Mit dieser schmutzigen Tat sät Ihr die Saat für eine lange, tödliche Fehde.«

»Nicht vor meinen Toren. Ich übergebe dieses Frauenzimmer Sir Colin, nehme meinen Geldbeutel und verschwinde. Ihr verschwendet bloß Eure Zeit, Junge. Ihr habt verloren. Seht das ein.«

Cormac fluchte innerlich. Dieser Mann war ein Söldner, ein Mann wie er kannte keine Clantreue. Eine Fehde würde für ihn nur heißen, dass er noch mehr Gelegenheit bekam, mit seinem Schwert Geld zu verdienen. Es war klar, dass es ihn nicht wirklich kümmerte, durch die Gefangennahme von Elspeth vier Männer verloren zu haben, wurde doch sein Anteil am Geldbeutel nur umso größer. Und es war klar, dass er Elspeth nur durch die Tötung dieses Mannes befreien konnte.

»Jetzt«, fuhr der Mann fort, »werft Ihr und Eure Freunde Eure Schwerter fort. Will hier sammelt sie ein, und dann nehmen wir Eure Pferde mit.«

»Bringt sie nicht um«, sagte Elspeth in der Hoffnung, dass ihre Worte mehr nach einem Befehl als nach der Bitte klangen, die sie in Wirklichkeit waren.

»Für ihre Leben wurde kein Geld geboten, Mädchen. Sir Colin wünscht sich Euren Jungen sehnlichst tot und entbeint, aber bisher hat er dafür eben kein Geld geboten.«

Noch als Cormac die Waffen niederwarf und seine Freunde es ihm nachmachten, überlegte er sich, wie er dem allen ein Ende machen konnte. Sollte der Mann mit Elspeth, den Pferden und ihren Waffen davonkommen, würde es lange dauern, bevor er ihnen nachjagen konnte. Lang genug für Sir Colin, um Elspeth zu verletzen und sie hinter den Mauern seiner Burg in Sicherheit zu bringen, wo es sich als unmöglich erweisen konnte, sie ein zweites Mal zu retten. Da er dieses Wissen in Elspeths Augen las, fühlte er das Bedürfnis, sie um Verzeihung zu bitten.

Will machte sich gerade auf den Weg, die Waffen einzusammeln, als aus dem Baum etwas direkt auf den Söldner fiel und auf seinem Kopf landete. Es dauerte eine Sekunde, bis Cormac erkannte, dass dieses Etwas Muddy war. Der Söldner schrie auf und ließ Elspeth, die Verstand genug hatte, schnell davonzukriechen, los. Cormac war sich nicht sicher, ob der Kater in dem Versuch um sich schlug, den Söldner zu verletzen, oder ob er sich einfach nur bemühte, nicht heruntergeschleudert zu werden. Während er sich hastig wünschte, dass das Tier nicht ernstlich verletzt werde, eilte Cormac, um sein Schwert zurückzuholen.

Von dem Wurf auf den Boden noch immer außer Atem, hielt Elspeth in ihrer unbeholfenen Flucht inne, sobald sie den Eindruck hatte, dass sie genug Abstand zwischen ihren Entführer und sich gebracht hatte, und sah nach, was ihn zum Schreien veranlasst hatte. Sie schnappte nach Luft, unfähig zu glauben, dass die fauchende, knurrende, kratzende Masse graues Fell auf dem Kopf des Mannes ihr Kater war. Blut überströmte das Gesicht des Mannes, und benommen

stellte sie sich die Frage, ob sie ihre Ansicht überdenken musste, dass eine Katze keinen ernsthaften Schaden anrichten konnte. Elspeth schrie voller Schreck auf, als sich der Mann Muddy endlich vom Kopf riss und, ungeachtet der Tatsache, dass scharfe Krallen und Zähne ihm Hände und Arme aufrissen, die Katze nur so lang festhielt, um sie wegschleudern zu können. Wäre ihr Cormac, der mit dem Mann namens Will kämpfte, nicht im Weg gewesen, wäre sie kopflos zu ihrem Kater gerannt, der jetzt am anderen Ende des Lagers lag. Stattdessen saß sie da und flehte, dass Cormac gewinnen möge und Muddy nur bewusstlos war.

Gerade als Owen und Peter ihre Waffen aufgesammelt hatten, tötete Cormac Will. Anschließend drehten sich alle drei nach dem Mann um, der Elspeth kurzfristig festgehalten hatte. Obwohl Cormac eine Menge Blut aus Kratzern am Kopf, jene Sorte, die immer stark blutete, auf dem Gesicht des Mannes erwartet hatte, sah er doch reichlich wild aus. Möglicherweise hatte sogar eines seiner Augen Schaden erlitten, vielleicht sogar beide. Als der Mann sein Schwert zog, fluchte Cormac. Er wollte nicht wirklich gegen einen Mann kämpfen, der wahrscheinlich nicht richtig sehen konnte. Genau genommen wollte er jetzt, da Elspeth in Sicherheit war, gar nicht mehr kämpfen. Fünf Männer lagen tot herum, und er wollte keine sechs daraus machen.

»Gebt auf, Mann«, sagte Cormac, als sich der Söldner in dem vergeblichen Versuch, sich das Blut abzuwischen, mit dem Ärmel übers Gesicht fuhr.

»Ist er tot?«, fragte der Mann.

»Was?« Aus dem Augenwinkel heraus sah Cormac, wie sich Elspeth zur anderen Seite des Lagers auf den Weg machte, und befahl ihr wortlos, mit einer einzigen Bewegung seiner Hand, an Ort und Stelle zu bleiben.

»Ist dieses Biest der Hölle tot?«

»Der Kater?«

Es war schwer zu verstehen, wie und warum der Söldner

sich angesichts von drei bewaffneten Männern und dem sicheren Tod um das Schicksal des Katers Gedanken machen konnte. »Er wird Euch nicht mehr anspringen, falls Euch das beunruhigt. Ich finde, ihr solltet lieber darüber nachdenken, dass drei Schwerter auf euch gerichtet sind und keinem von uns Blut in die Augen strömt.«

Der Söldner starrte sie für geraume Zeit an, und Cormac fragte sich, ob er darauf wartete, dass sein Blick oder sein Verstand klar würde. Plötzlich warf der Mann sowohl sein Schwert als auch seinen Dolch. Cormac und seine Freunde wichen den Waffen aus, die geradewegs an der Stelle im Dreck landeten, wo Cormac unmittelbar zuvor gestanden hatte. Der Mann verschwendete keine Zeit und rannte davon, verschwand im Dunkel der Bäume.

»Sollen wir ihn verfolgen?«, fragte Owen.

»Nein.« Cormac wischte sein Schwert an Wills Wams ab und steckte es in die Scheide. Als er sich grimmig den Tribut ins Bewusstsein rief, den Sir Colins Begierde nach Elspeth gekostet hatte, wurde ihm übel. »Es ist vorbei.«

»Er könnte zu Sir Colin gehen und den Mann auf unsere Spur hetzen.«

»Möglich, obwohl er zu verstehen gab, dass Sir Colin ein Versagen sehr hart bestraft. Aber er blutet, ist unbewaffnet und vermutlich zu Fuß unterwegs, selbst wenn er sich entschließt, diesem Mann gegenüberzutreten, wird er nicht sonderlich schnell sein.« Er schaute seine Freunde an und lächelte schief. »Und keiner von uns befindet sich in dem Zustand, einen Mann zu verfolgen.«

»Ja, sehr wahr.« Owen fuhr zusammen und schob sein Hemd weit genug hoch, um einen Hieb im rechten Unterleib zu untersuchen.

»Gott, Owen, das hätte dir fast die Gedärme herausgeholt«, schimpfte Paul. »Lass besser Elspeth danach sehen.«

Cormac schaute zu der Stelle, wo Elspeth zuletzt gestanden hatte, aber sie war nicht da. Da sah er, wie sie direkt hin-

ter ihm zur anderen Seite des Lagers rannte. Ihre Schritte wurden unsicher, als sie sich Muddys Körper näherte, fast kroch sie auf die Katze zu. Seine beiden Freunde folgten seinen Blicken und seufzten.

Später, wusste Cormac, würde er etwas Erheiterndes an all dem finden, aber jetzt war er zu besorgt um Elspeth und zu erschöpft vom Kampf. Dennoch hätte er fast darüber lachen müssen, wie er und seine Freunde dastanden, unfähig, sich zu bewegen, und besorgte Blicke tauschten. Sie waren kampferprobte Soldaten. Sie hatten eben fünf Männer getötet. Jeder von ihnen stand da, und Blut tropfte aus mehreren kleinen Wunden. Aber jeder von ihnen zögerte, hatte Angst, einer kleinen, grünäugigen Frau gegenüberzutreten, die vielleicht gleich feststellen musste, dass ihr hässlicher Kater tot war. Cormac atmete tief durch, um sich zur Ruhe zu bringen, und ging, sich schwach seiner Freunde bewusst, die sich hinter ihm herschoben, auf Elspeth zu.

Elspeth kniete bei ihrem Kater. Man konnte unmöglich sagen, ob er atmete, aber sie wusste, dass das noch nicht hieß, dass er tot war. Sie konnte kein Blut finden, konnte nichts Verkrümmtes oder Gebrochenes erkennen. Nachdem sie einen Augenblick ihre Hände fest ineinandergeschlungen hatte, streckte sie zögernd eine Hand aus. Sie bemerkte, dass sich die drei Männer hinter ihr versammelt hatten, spürte ihre gespannte Aufmerksamkeit und war berührt von dieser Besorgnis, auch wenn es vermutlich mehr ihr als dem Kater galt. Mit einem tiefen Atemzug, voller Angst, dass der Körper unter ihrer Hand kalt sein könnte, streichelte sie ihren Kater.

8

Muddy schnurrte.

Elspeth spürte, wie ihr Tränen in die Augen traten, als sie den Kater eingehender nach Verletzungen untersuchte. Die drei tiefen Erleichterungsseufzer hinter ihr brachten sie dann aber fast zum Lachen. Sie ertrug die drei kräftigen Klapse, die sie auf den Kopf bekam, bevor sich die Männer entfernten. Als Muddy sich hochrappelte und den Kopf schüttelte, wobei er ein wenig taumelte, setzte sie sich hin und lockte ihn auf ihren Schoß.

Während sie den Kater streichelte und die Gelegenheit nutzte, ihn einmal mehr nach ernsthaften Verwundungen abzutasten, beobachtete Elspeth die Männer dabei, wie sie die Leichen aus dem Lager schafften. Fünf Tote. Sie konnte es nicht fassen. In ihrem Herzen fand sich eine Spur Traurigkeit um die toten Männer, allerdings nicht sehr viel, denn sie hätten Cormac, Owen und Paul, ohne zu zögern oder Schuldgefühle zu empfinden, getötet. Es gelang ihr nicht, aber zu gerne hätte sie verstanden, warum Sir Colin Männer hinter ihr herschickte, die töteten oder getötet wurden, nur um sie in sein Bett zu zerren. Er würde dort keine Freude finden, denn sie wollte ihn nicht und hatte das sehr deutlich gemacht. Zudem musste er wissen, dass sie jede Stunde ihres Lebens damit verbringen würde, für ihre Freiheit zu kämpfen.

Cormac und seine Freunde setzten sich um das Feuer, und Elspeth bemerkte, dass sie Wunden hatten, die versorgt werden mussten. Sie trug Muddy zum Feuer, setzte ihn auf eine Decke, die Owen hastig hinlegte, und holte ihren Kräutersack. Wie ihr schien, reinigte sie stundenlang Wunden – kleine, die nur einer Salbe, und größere, die einiger Stiche be-

durften. Abgespannt und zutiefst niedergeschlagen nahm sie Muddy hoch, setzte sich neben Cormac und legte sich den Kater wieder auf den Schoß.

»Ist das Vieh überhaupt verwundet?«, fragte Cormac, der sich über die Traurigkeit in ihren Augen wunderte.

»Oh nein.« Sie streichelte den Kater und erlaubte seinem rhythmischen Schnurren, ihre ramponierten Gefühle ein wenig zu lindern. »Er ist nur erschöpft.«

Cormac lachte ebenso wie Paul und Owen. »Dieser Kater macht kaum etwas anderes als schlafen, Elspeth.«

»Er mag einen gesunden Schlaf«, sagte sie, fähig, das Lächeln der Männer flüchtig zu erwidern. »Bei Katzen ist das so. Und vielleicht konnte er ihn ja bisher aufgrund seines rauen Lebens nicht so genießen wie jetzt.«

Plötzlich bemerkte sie das Blut an Muddys Krallen. Sie zitterte und zog schnell ein Tuch aus dem Kräutersack, um es abzuwischen. Nachdem sie gesehen hatte, wie fünf Männer starben, und die Wunden von drei Männern versorgt hatte, fand sie es eigenartig, dass sie das Blut eines Menschen an den Krallen ihres Lieblings so grauenvoll fand. Sie befeuchtete das Tuch mit etwas Wasser und entfernte es.

»Ich hätte nie gedacht, dass eine Katze versuchen würde, jemanden zu beschützen«, sagte Owen.

»Na ja, es ist nicht ihre übliche Art, und sie beherrschen es nicht sehr gut.« Sie warf das Tuch beiseite und fuhr fort, den Kater zu streicheln. »Meine Mutter hat einmal einer kleinen Katze geholfen, sie war noch so klein, dass sie nicht einmal miauen konnte, sondern nur fiepen, und folgte meiner Mutter überallhin. Unmittelbar bevor meine Mutter bei meinem jüngsten Bruder ins Wochenbett musste, ging sie aus, um ein paar Kräuter zu suchen, die sie brauchte. Sie fiel und verstauchte sich den Knöchel so schwer, dass sie nicht mehr auftreten konnte. Genau das aber war der Augenblick, in dem das Kind meinte, es sei an der Zeit, das Licht der Welt zu erblicken.«

Elspeth bemerkte, wie begierig die Männer zuhörten, und begriff, dass sie ebenso danach strebten, die Toten zu vergessen, wie sie selbst. »Da lag sie also, ganz allein und zu weit weg, um nach Hilfe zu rufen und gehört zu werden. Mutter hat erzählt, dass es eine seltsame Form von Wahnsinn gewesen sei, die sie dazu veranlasste, der kleinen Katze zu sagen, sie solle meinen Vater holen. Klein-Amber – wir nannten sie so, weil alles an ihr, Augen und Fell, diese Farbe hatte – trottete davon. Sie brauchte eine Weile, aber sie legte den ganzen Weg zur großen Halle zurück, kletterte das Bein meines Vaters hoch, schlug ihm mit den Pfoten auf die Backen, sprang hinunter und trottete wieder davon. Er folgte ihr nicht, sie machte es wieder und wieder, bis mein Vater aufstand und ihr folgte. Er sagte, er habe sich ganz schön dumm dabei gefühlt, einer kleinen, gelben Katze nachzugehen, als sei sie ein edler Jagdhund, aber er konnte nicht übergehen, wie sie sich aufführte. Klein-Amber brachte ihn geradewegs zu meiner Mutter. Oh, sie war ihr ganzes übriges Leben eine sehr, sehr verwöhnte Katze und hat ein ordentliches kleines Grab in dem ausgesprochen schönen Tierfriedhof bekommen.«

»In dem ausgesprochen schönen Tierfriedhof?«, fragte Paul.

»Ja, das ist der Ort, an dem wir unsere Tiere, für die wir aufrichtige Zuneigung empfinden, zur Ruhe betten. Es handelt sich um geweihte Erde.«

Eine Zeit lang erzählten sie sich, während sie in ihrem einfachen Mahl herumstocherten, gegenseitig Geschichten aus der Kindheit. Wenigstens, so stellte Elspeth fest, taten sie, Owen und Paul es. Cormac hatte sehr wenig zu erzählen. Elspeth überlegte sich, ob seine Kindheit wirklich so öde war oder ob er zu jenen Menschen gehörte, denen es schwerfiel, offen über so persönliche Dinge wie die Familie zu sprechen. Sie hoffte, dass es Letzteres war, denn sie hasste den Gedanken, dass er eine traurige Kindheit gehabt haben könnte.

»Ich denke, wir müssen deiner Familie jetzt eine Nachricht zukommen lassen, Elspeth«, warf Cormac unvermittelt ein.

»Es wäre wunderbar, wenn ich sie wissen lassen könnte, wie es mir geht und« – sie atmete tief durch, um ruhig zu werden –»herauszufinden, wie es Payton geht. Sir Payton Murray«, erklärte sie Owen und Paul, als diese sie fragend ansahen. »Mein Cousin.«

»Sir Payton, selbstverständlich«, brummte Owen. »Der schöne, tapfere Ritter, der selbst vernünftige, unverdorbene Frauen vor Sehnsucht ihn Ohnmacht fallen lässt.«

»Was meint Ihr damit?«

Owen wurde rot, da ihm einfiel, dass er sich über einen ihrer Verwandten beklagte und über ihn herzog – einem, der mit großer Wahrscheinlichkeit bei ihrer Verteidigung gestorben war. »Nun ja, Sir Payton Murray wird sehr hoch geschätzt. Ich habe ihn nie persönlich kennengelernt, habe ihn einmal im Vorbeigehen kurz gesehen, aber viele sprechen gut von ihm. Minnesänger haben ihn besungen.«

»Payton?« Elspeth lachte. »Oh, wartet, bis ich das den anderen erzähle. Minnesänger haben ihn besungen? Wirklich?« Owen nickte, und sie lachte noch lauter. »Oh, entschuldige, Muddy«, sagte sie, als der Kater sie empört ansah, von ihrem Schoß sprang und sich auf Owens legte. »Aber all dieses Gerede über Payton hört sich an, als ob er ein zweiter Karl der Große ist.« Sie schüttelte den Kopf. »Minnesänger besingen ihn. Guter Gott.«

»Ist er nicht so?«

»Na ja, er sieht gut aus, warum nicht? Seine Eltern sehen auch gut aus. Und er hat ein sehr großes Herz. Aber er ist mein Cousin. Ich bin mit ihm aufgewachsen, habe ihn gekannt, als er noch schlaksig und picklig war. Ich habe unter ihm gelitten, meine Brüder und meine Cousins ereiferten sich alle darin, wer am lautesten und längsten rülpsen kann. Oh, und es gab auch Wettbewerbe mit anderen unanständigen Geräuschen, ich schäme mich das zu sagen. Ich kannte ihn

in einem Alter, in dem er noch mächtige Trotzanfälle hatte und seine Mutter sich gezwungen sah, einen Kübel voll Wasser über seinem Kopf auszuleeren. Es ist einfach schwer, sich einen Jungen als jemand vorzustellen, von dem Minnesänger trällern, der sich damit gebrüstet hat, seinen Namen besser in den Schnee zu schreiben als mein Bruder Connor.« Sie errötete, als alle drei Männer grinsten und ihr verrieten, dass sie sehr wohl wussten, was die Jungen als Federkiel und Tinte benutzt hatten. »Ja, vor allem, weil diese Prahlerei die beiden Narren dazu brachte, Bier und Wasser bis zum Überlaufen zu trinken, damit sie den Beweis liefern konnten, ob diese Prahlerei der Wahrheit entsprach oder nicht.« Sie zitterte, all ihr Humor verschwand, als sie sich plötzlich allzu deutlich daran erinnerte, wie sie Payton das letzte Mal gesehen hatte.

Cormac, der ihre Gedanken problemlos erriet, nahm ihre Hand in seine. »Wie du mir schon sagtest, wenn jemand dem Verhängnis entgehen kann, dann er.«

»Ja, natürlich.«

»Ich glaube, es ist besser, wenn wir deinen Verwandten eine Nachricht schicken. Owen und Paul können hinreiten und ihnen von unseren Schwierigkeiten berichten. Sie können ihnen auch sagen, wohin du unterwegs bist, damit jemand dich holen kann.«

Das tat weh, aber Elspeth sagte sich streng, dass es jetzt nicht an der Zeit sei, sich Gedanken darüber zu machen, dass Cormac noch immer keine gemeinsame Zukunft für sie beide sah. »Hältst du es denn wirklich für klug, zwei fähige Schwertkämpfer wegzuschicken, wenn man bedenkt, was eben geschehen ist?«

»Stimmt, Cormac«, sagte Paul. »Ich dachte dasselbe.«

»Ich bin zu der Überzeugung gelangt, dass Elspeth und ich uns erneut unter die Leute mischen sollten. Morgen können wir uns wieder auf eine der Hauptstraßen begeben, die zum Königshof führen. Zu dieser Jahreszeit sind viele Menschen unterwegs zum königlichen Hof, entweder um den Hof zu

besuchen oder um ihre Waren an die Massen, die sich dort versammeln, zu verkaufen. Ein großer Anschlag, wie wir ihn heute erlebten, wird dort nicht möglich sein. Um ehrlich zu sein, denke ich, dass ich mich geirrt habe, als ich Schleichwege und gewundene Pfade für die bessere Route hielt. Selbst mit euch beiden an der Seite« – er lächelte seine Freunde kurz an und dankte ihnen wortlos für ihre Unterstützung – » sind wir zu allein.«

»Keiner ihrer Verwandten wird euch zu Hilfe eilen können, bevor ihr eure Reise beendet habt, vielleicht erreichen sie euch sogar erst viel später.«

»Schon, aber sie können an den Hof kommen, um uns dort zu treffen. Wenn Sir Colin sich bis dahin nicht beruhigt hat oder gestorben ist, wird Elspeth alle Hilfe brauchen, die sie erhalten kann. Jeder von uns weiß, wie leicht ein Laird und seine Männer durch die Menschenmengen am Königshof schlüpfen können. Und wenn wir den Hof nicht erreichen, werden die Murrays bereit und bewaffnet sein, um ihr zu Hilfe zu eilen.«

»In Ordnung, es scheint nicht gefährlicher zu sein, als dieser Plan offensichtlich war. Ich bin überrascht, dass du ihren Verwandten nicht schon eine Nachricht hast zukommen lassen.«

»Ich konnte niemanden finden, dem ich genug vertraut hätte. Eine solche Nachricht hätte leicht von Sir Colin aufgespürt werden können und ihn direkt zu uns geführt.«

Elspeth stand auf, noch immer müde und verletzt von Cormacs unbekümmerter Erwähnung ihrer zukünftigen Trennung. »Ich bin sicher, dass ihr mich nicht wirklich braucht, um all das zu klären. Ich gehe schlafen.«

»Aber Engel, stimmst du meinem Plan zu?«, fragte Cormac.

»Im Gegensatz zu dir bin ich noch nie zuvor verfolgt worden und bin bereit, in diesem Fall deiner Führung zu folgen.«

Elspeth entschlüpfte für einen ungestörten Augenblick,

dann breitete sie ihr unebenes Bett in geringer Entfernung zu den Männern aus. Als sie sich in eine Decke wickelte und mit dem Rücken zu den Männern legte, konnte sie ihr Murmeln hören, während sie ihr Vorhaben besprachen, und es tröstete sie. Einen Augenblick später spürte sie, wie Muddy es sich in ihrem Rücken bequem machte, und sein lautes Schnurren sowie seine Wärme halfen ihr, sich zu entspannen.

Ihre bis ins Mark reichende Müdigkeit sollte ihr beim Einschlafen helfen, und darüber war sie froh. Zu sehr fühlte sich ihr Herz wie ein schwerer, kalter Stein in ihrer Brust an. Männer mussten sterben, weil einem Mann nach ihr lüstete und er ein Nein nicht ertragen konnte. Sie konnte sich nicht ganz davon abbringen, sich schuldig zu fühlen und sich traurig zu fragen, ob sie etwas, irgendetwas, hätte tun können, um dies alles zu vermeiden.

Und dann war da Cormac – die Liebe ihres Lebens, ihre Seele, ihr Herz, ihr Gefährte. Der Mann, der so leicht merkte, wenn sie sich gerade daran erinnerte, welches Schicksal Payton vielleicht ereilt hatte, und ihr eine tröstliche Berührung und ein paar ermutigende Worte zukommen ließ. Der Mann, der sie lieben konnte, als hungerte ihm nach ihrer Berührung, als könnte er nicht einen Augenblick länger leben, ohne sie in seinen Armen zu spüren. Der Mann, der so gelassen davon sprach, sie zu verlassen, sobald sie den königlichen Hof erreichten.

Ein paar wenige Tage waren alles, was ihr mit Cormac noch blieb. Würde es reichen? Sie wusste, dass sie in mancher Hinsicht an ihn herangekommen war, wusste es tief in ihrem Herzen mit einer Zuversicht, die sich nicht erschüttern lassen wollte. Aber es war auch klar, dass sie ihn bisher nicht fest genug im Griff hatte, um ihn von Isabel loszueisen. Oh, Elspeth hasste diese Frau so sehr, dass sie sich die Frage stellen musste, ob es nicht klüger wäre, sich etwas weniger Gedanken über das zu machen, was Cormac vorhatte, wenn sie den Hof erreichten, als vielmehr über das, was sie selbst viel-

leicht tun würde. In ihr herrschte der bittere Geschmack der Eifersucht, aber Elspeth wusste, dass es in erster Linie Zorn war, was sie gegen Lady Isabel Douglas empfand. Diese Frau trippelte herzlos in der Gegend herum, zerstörte ein Leben nach dem anderen und würde, dessen war Elspeth sich sicher, unbekümmert auch ihres zerstören, gab man ihr nur halbwegs die Möglichkeit.

Elspeth bemühte sich, ruhig zu werden und ihren Kopf von allen Sorgen und Fragen, die nicht einfach zu beantworten waren, freizubekommen, indem sie langsam und tief durchatmete. Wenn sie ihren Gedanken weiterhin erlaubte, den Weg zu nehmen, den sie gerade nahmen, würde sie traurig, verdrießlich und wütend werden. Das aber waren nicht die geeigneten Gefühle, um einen Mann dazu zu verlocken, sie zu lieben. Und es blieben ihr nur noch wenige Tage, um dieses Wunder zu bewerkstelligen. Sie würde einen klaren Kopf brauchen und viel Schlaf für die letzte Schlacht um den Mann, den sie liebte.

Als sie nach ihrem kärglichen Morgenbrot aufräumte, beobachtete sie Paul und Owen sehr genau. Sie bewegten sich ein wenig steif, aber nachdem sie ihre Wunden im hellen Tageslicht untersucht hatte, hatte sie den Eindruck, dass sie zu ihrer Familie reiten konnten, ohne ernsthaft ihre Gesundheit zu gefährden. Als Cormac seine Freunde verließ, um sich für einen Augenblick zurückzuziehen, eilte sie zu den Männern. Bei dem Anblick, wie Owen seine Vorbereitungen unterbrach, um Muddy zu streicheln, musste sie lächeln.

»Sollte dieser Knabe einen Wurf produzieren«, sagte Owen unter leichtem Erröten, »und sollte einer so hässlich aussehen wie er …«

»Sorge ich dafür, dass Ihr ihn bekommt, sobald er entwöhnt ist«, versprach sie und überreichte ihm einen kleinen, wunderschön geprägten Silberring. »Zeigt ihn meinen Ver-

wandten, damit sie sicher sein können, dass Ihr mit meinem Wissen und meinem Segen zu ihnen kommt.«

»Glaubt Ihr, dass das nötig ist?«

»Wir wissen nicht, was sie gehört haben oder was man ihnen erzählt hat. Sie könnten im Moment sehr argwöhnisch sein, vor allem falls Payton ...« Sie verfing sich und wollte nicht weiterreden, da sie noch immer nicht fähig war, die Möglichkeit von Paytons Tod laut auszusprechen.

Owen klopfte ihr auf die Schulter in dem liebenswerten, aber ein wenig hilflosen Versuch, sie zu trösten und wortlos zu ermutigen. »Sollen wir etwas in Bezug auf Cormac und Euch sagen? Sie stellen vielleicht ein paar heikle Fragen.«

»Das könnte sein, und obgleich ich Euch eigentlich nicht bitten möchte zu lügen, wäre es mir viel lieber, wenn sie aus meinem Mund von ihm erfahren würden. Gewinne ich das Spiel, können sie alle die Tatsache feiern, dass ich endlich einen Mann erwählt habe, wo sie doch schon fürchteten, dass ich es nicht mehr tun würde. Verliere ich« – sie zuckte die Achseln – »tja, dann werde ich ihnen sowieso weit weniger als die Wahrheit sagen müssen. Es ist besser, wenn Ihr Euch aus diesem Sumpf fernhaltet.«

Paul ging auf sie zu und küsste sie auf die Wange. »Ihr gewinnt, Elspeth. Was Ihr unserem begriffsstutzigen Freund anbietet, ist sehr viel mehr, als Isabel je zu bieten hat oder zu bieten bereit ist. Ich muss einfach glauben, dass Cormac das erkennen wird. Seid aber geduldig, wenn es ein bisschen dauert, bis er es begreift.«

»Ich hoffe inständig, dass Ihr recht habt, aber wie Ihr schon sagtet, Euer Freund kann ein wenig begriffsstutzig sein.«

Cormac versuchte, nicht eifersüchtig zu sein, als er zurückkehrte und seine Freunde mit Elspeth scherzen und alle drei freundschaftlich lachen sah. Er konnte Elspeth nicht für sich beanspruchen, nicht mehr, sobald er mit Isabel wiedervereint war. Er war durch ein feierliches Versprechen und eine lange,

wenn auch schwierige Geschichte an diese Frau gebunden. Schuldbewusst musste er gegenüber sich selbst eingestehen, dass er nicht das Recht dazu hatte, überhaupt etwas mit Elspeth zu haben, aber er würde damit fortfahren, so lange es ihm möglich war. Nach dem Ende ihrer gemeinsamen Zeit musste sie aber frei sein, um einem anderen zu gehören. Elspeth war keine Frau, die allein bleiben sollte. Owen und Paul waren gute Männer, und sie mochten Elspeth offensichtlich. Vielleicht konnte einer von ihnen ihr geben, was sie brauchte und verdiente.

Dieser Gedanke war ihm kaum durch den Kopf gegangen, als Cormac auch schon den Fausthieb der Wut und der Verweigerung in seinen Eingeweiden spürte. Er konnte den Gedanken nicht ertragen, sie mit einem anderen Mann zu teilen. Sollte sie Owen oder Paul heiraten, würde Cormac sie sehen und von ihr hören, gleich welchen Freund auch immer sie von den beiden wählen würde. Er würde es unerträglich finden, und seine eigene egoistische Besitzgier ärgerte ihn. Für sich behalten konnte er sie nicht, aber ihm war schmerzlich bewusst, dass er auch nicht wollte, dass ein anderer sie bekam. Glücklicherweise konnte er ihr, sobald sie abgereist war, lange fernbleiben. Das mochte ihm vielleicht die Zeit und den Abstand geben, die er brauchte, um sich von seiner ungerechtfertigten Besitzgier zu befreien.

»Ihr zwei seid bitte vorsichtig«, sagte er und ergriff kurz die Hand eines jeden, bevor sie aufstiegen. Als Elspeth jedem einen freundschaftlichen Abschiedskuss gab, musste er allerdings an sich halten, um sie nicht an sich zu ziehen.

»Das sind wir«, erwiderte Owen, »obwohl ihr beide es seid, die die größte Gefahr auf sich ziehen. Bist du dir hinsichtlich deines Plans wirklich sicher, Cormac?«

»Nein, aber es ist dennoch ein guter Plan. Sir Colin wird Zeit brauchen, um sich von seiner Niederlage zu erholen. Sofern er nicht Schottland mit seiner gesamten Garnison aufbietet, wird ihm der Verlust von fünf Männern schwer zu-

setzen. Die Tatsache, dass diese fünf Söldner waren, überzeugt mich, dass er die meisten seiner Clanmitglieder zurückgelassen hat, um seine Ländereien zu bewachen, falls die Murrays tobend vor seinen Toren erscheinen. Außerdem besteht durchaus die Möglichkeit, dass es lange dauern wird, bis er erfährt, was gestern hier geschehen ist, sofern er es überhaupt erfährt. Genügend Zeit also für Elspeth und mich, um den Hof zu erreichen. Sollte Sir Colin weiterhin beharrlich sein, braucht sie dort Schutz, und sei es auch nur, weil am Sitz des Königs viele Menschen nach der einen oder anderen Münze hungern und sie bereit sind, fast alles dafür zu tun. Er könnte sogar Einfluss auf den König haben und ihn von seiner Geschichte über die entführte Verlobte überzeugen. Also bringt mir ein paar Murrays.«

»Vertraue uns«, sagte Paul noch, als er und Owen ihre Pferde schon antrieben und sie eben im Morgennebel verschwanden.

»Sie sollten sich soweit in Sicherheit befinden, oder?«, fragte Elspeth.

Cormac drehte sich zu ihr um und hätte fast darüber gelacht, wie der Kater, der zu ihren Füßen saß, ihn beobachtete, als ob auch er auf eine Versicherung von ihm wartete. »Ja, sie sind erfahrene Kämpfer und sehr geschickt beim Davonlaufen und Verstecken, falls sich die Gewinnchancen mächtig gegen sie wenden.«

»Sehr fähige Leute.«

»Das sind sie. Sir Colin will sie außerdem nicht haben.«

»Nein, nur mich.« Sie zitterte und schmiegte sich an ihn, als er sie in seine Arme zog. »Ich verstehe das alles einfach nicht. Egal, wie sehr ich mich anstrenge. Ich denke, es ist Wahnsinn.«

»Der Mann will dich besitzen. Vielleicht glaubt er ja, dass er dich liebt, oder er glaubt, dass du das bist, was er braucht, um sich einen Traum zu erfüllen.«

»Er hat niemals solch eine tiefe Leidenschaft an den Tag

gelegt, als er mir den Hof machte. Nein, überhaupt keine Leidenschaft, bis ich Nein sagte.«

»Engel, es gibt Männer, die ein Nein für eine sehr große Herausforderung ansehen, und einige, die es als heftige Beleidigung empfinden, und sogar manche, die dadurch zu einer tiefen Leidenschaft, ja Liebe, angespornt werden. Und vielleicht ist er tatsächlich ein bisschen verrückt.«

»Ziemlich verrückt.«

Sie spürte, wie er sich an sie drängte, der harte Beweis für sein Verlangen schob sich in einer eigenartigen Mischung aus beinahe unaufmerksamem Verlangen und Notwendigkeit gegen ihren Bauch. Wie schön festzustellen, dass er sie begehrte, ob er wollte oder nicht, und sein Verlangen nach ihr bereits so sehr Teil von ihm war, dass er sich gar nicht anstrengen musste, um es zum Leben zu erwecken. Noch schöner wäre es, wenn dieses Bedürfnis und dieses Wollen etwas weiter oben verankert wären, dachte sie ironisch.

»Wir sind jetzt allein«, sagte er

Elspeth schaute hoch, um seinem Blick zu begegnen, und erkannte, dass die Botschaft, die ihm sein Körper schickte, schließlich auch sein Gehirn erreicht hatte. »Muddy ist da.«

»Muddy ist ein kluger Kater. Er wird verstehen, dass es an der Zeit ist, etwas auf die Jagd zu gehen.«

Während er sprach, ging er los. Da er sie noch immer in seinen Armen hielt, musste Elspeth rückwärtsgehen. Sie lachte weich, als sie stolperte und er sie einfach hochhob, bis er sie trug.

»Sollten wir uns nicht beeilen, diesen Ort zu verlassen?«

»Ja, vermutlich sollten wir das«, sagte er und blieb am Rand seines derben Bettes aus Decken stehen. »Aber es ist noch früh, und der nächste Ort, an dem wir haltmachen, ist keinen ganzen Tagesritt von hier entfernt.«

»Ich dachte eher an die Bedrohung vonseiten Sir Colins«, murmelte sie, als er sie auf den Boden stellte und ihr die Kleider auszog.

»Selbst er wäre nicht so grausam, uns ein oder zwei Stunden der Freude zu verweigern.«

»Ein oder zwei Stunden?«

Cormac warf ihre letzten Kleidungsstücke zur Seite und musterte sie. »Na ja, vielleicht nicht ganz so lang.«

Er atmete tief und beruhigend durch, als er seine Kleider ablegte. Sein Verlangen nach ihr war immer stark, aber der Gedanke daran, dass sie bald gehen würde, bald einen anderen finden würde, ließ es noch heftiger lodern. Zum ersten Mal seit er Isabel kennengelernt hatte, seit er diese lange, problematische Beziehung angefangen hatte, war ihm eine Frau begegnet, bei der er die Trennung heftig bereuen würde. Er hatte das Bedürfnis, seinen Hunger bei ihr zu stillen und so viele schöne Erinnerungen an sie zu sammeln, wie er nur konnte. Zum ersten Mal seit er sich Isabel versprochen hatte, bedauerte er dieses Gelübde und seine Unfähigkeit, es zu brechen.

Gerade als Elspeth die Hand nach ihm ausstreckte, streckte er seine nach ihr aus. Sanft ließ er sie auf die Decken hinunter und kauerte sich über sie.

Elspeth schrie vor Genuss auf, als sein neckender Mund sich über ihrer schmerzenden Brustspitze schloss. Sie schlang ihre Finger in sein volles Haar und drückte ihn fest an sich, als sie ihren Körper an seinem rieb. Er war im Begriff, sich zu bremsen. Sie konnte die strenge Herrschaft spüren, die er über seine Leidenschaft ausübte, und war entschlossen, sie aufzubrechen.

»Ach, Engel«, stöhnte er an ihren Rippen, »du hilfst mir nicht gerade. Ich möchte es langsam machen.«

»Das weiß ich. Ich bin mir nur nicht sicher, ob ich das gerade jetzt ertrage«, sagte sie, ohne von der Unsicherheit in ihrer Stimme überrascht zu sein, denn sie zitterte vor heftigem Begehren.

Als er die dunklen Löckchen küsste, die ihre Weiblichkeit schmückten, war sie über eine solche Intimität bei vollem Tageslicht entsetzt, allerdings nur für einen oder zwei Herz-

schläge lang. Dann verlor sie sich in den Wonnen seines intimen Kusses, all ihre Sittsamkeit wurde von einer einzigen Zungenbewegung überwunden. Ihr Verlangen erreichte den Gipfel, und sie schrie auf, aber er schenkte dem keine Beachtung. Auch ließ er ihr keine Zeit, wieder zu Sinnen zu kommen, sondern führte sie einmal mehr an den Rand des Begehrens. Als sie spürte, dass sie erneut auf den Höhepunkt zuraste, drohte sie ihm mit schrecklichen Konsequenzen, sollte er sich bei diesem verwegenen Ritt nicht zu ihr gesellen.

Cormac lachte, hielt sie an ihren schlanken Hüften fest und tauchte, zwischen ihren Beinen kniend, in sie ein. Er stöhnte und presste die Kiefer aufeinander, um seinem heftigen Bedürfnis nach Bewegung zu begegnen. Sie war so straff, ihr Willkommensgruß so feucht und so heiß. Die Begeisterung, mit der ihn das alles erfüllte, drang ihm tief ins Mark. Schließlich drehte und wand sie sich, schlang ihre schönen Beine fest um seine Taille und schob ihn so weit wie nur irgend möglich in sie hinein. Alle Selbstbeherrschung wich von ihm, und mit einem leisen Murren trieb Cormac sie beide weiter in die Höhen, nach denen sie sich so verzehrten. Eine Welle reiner Zufriedenheit drang kurzzeitig durch sein blindes Begehren, als sie zur selben Zeit den Gipfel erreichten und sich als ein Ganzes der Macht ihrer Erlösung hingaben.

Es dauerte lange, bis Cormac die Kraft und den Verstand hatte, noch etwas anderes zu machen, als nur ausgestreckt auf Elspeth zu liegen und selbstvergessen mit ihren Brüsten zu spielen. Je näher sie dem Hof kamen, desto mehr erkannte Cormac, dass sein Bedauern darüber, Elspeth verlassen zu müssen, seine Schuldgefühle zu überwiegen begann. Er wollte sie nicht aufgeben, aber er musste. Weil er sich einer anderen versprochen hatte, würde Elspeth niemals mehr als seine Geliebte sein können. Cormac wusste, das Elspeth langsam davon zerstört würde, dass alles zerstört würde, was sie einander waren. Er würde weder Isabel noch sie mit einer solch herzlosen Missachtung ihrer Gefühle behandeln.

»Ich denke, wir sollten unsere kleinen Gehirne wieder auf das Problem richten, wie wir Sir Colin entkommen können.« Er küsste sie sanft, als er die Innigkeit ihrer Umarmung löste.

Im selben Augenblick, in dem er ihre Arme verließ, setzte sich Elspeth auf und langte nach ihren Kleidern. »Die Erwähnung dieses Mannes kommt einem Kübel eisigen Wassers gleich. Er raubt einem all die wunderbare Wärme.«

»Stimmt, aber das ist besser, als das Risiko einzugehen, dass dieser Idiot dich wirklich in die Hände bekommt.«

Elspeth zitterte bei dem bloßen Gedanken an eine solche Möglichkeit und beeilte sich mit dem Anziehen. Im Nu hatten sie ihr Lager abgebaut und dabei ihr Bestes getan, um alle Spuren ihrer Anwesenheit zu tilgen. Muddy kehrte gerade rechtzeitig zurück, um in sein Transportmittel gesetzt zu werden, wobei er sich das Maul auf eine Weise schleckte, die ihr verriet, dass er etwas zum Fressen gefunden hatte.

Cormac beobachtete den Kater dabei, wie er sich selbstvergessen putzte und keine Skrupel zeigte, in eine Tasche auf den Rücken eines Pferdes gesetzt zu werden. »Man könnte meinen, er ist dafür geschaffen«, sagte er und stieg mit einem Kopfschütteln auf. »Er scheint alles über das Reisen zu wissen.«

»Vielleicht war er mit jemandem auf Reisen und wurde irgendwie von ihm getrennt«, sagte Elspeth, als sie sich selbst auf ihr Pferd schwang und versuchte, ihre Röcke etwas sittsamer anzuordnen.

»Vielleicht hat er genug Verstand, um genau das zu tun, was notwendig ist, damit du ihn bei dir behältst.«

Sie lachte leise und kraulte den Kater am Kopf. »Auch das ist möglich. Und jetzt ist er ein Held. Ein mutiger kleiner Junge, der seinen eigenen redlichen Hals riskiert, nur um mich zu retten.« Sie tauschte mit Cormac ein Schmunzeln über das laute Schnurren des Katers.

»Er ist kein kleiner Junge. Er ist ein ungeheuer großer Kater.« Er streckte die Hand über den geringen Abstand zwi-

schen den beiden Pferden hinweg aus und kraulte ebenfalls den Kater am Kopf. »Und ein kluges Tier dazu, das weiß, wie man sich unentbehrlich macht.«

Als Cormac sein Pferd zu einem leichten Trab anhielt, folgte Elspeth schnell seinem Beispiel. Sie stimmte Cormacs Eindruck zu, dass es vermutlich eine Zeit lang dauern würde, bevor Sir Colin in der Lage war, ihnen wieder Schwierigkeiten zu machen, aber gleichzeitig hatte sie das Bedürfnis, sich zu beeilen. Bei dem Angriff am vergangenen Abend waren Cormac und seine Freunde zu sehr in Gefahr gekommen, ihr Leben zu lassen, und sie zu sehr, ihre Freiheit zu verlieren. Sie wollte nicht an den königlichen Hof, weil Isabel dort war. Trotzdem konnte er Cormac und ihr eine gewisse Sicherheit bieten. Sie hatte jetzt die Wahl, Cormac an Isabel zu verlieren oder ihn in den Händen von Sir Colin sterben zu sehen. Und damit, grübelte sie traurig, hatte sie überhaupt keine Wahl. Es würde ihr das Herz zerreißen, wenn sie Cormac an Isabel verlor, aber lieber das als ein Leben ohne ihn, ein Leben in dem Bewusstsein, dass ihre Probleme mit einem geisteskranken zurückgewiesenen Bewerber um ihre Hand Cormac das Leben gekostet hatten. Es war weitaus besser, ihn an Isabel zu verlieren, als ihn der kalten Umarmung des Todes auszuliefern.

9

»Lebend?«

Owen und Paul standen drei grimmig dreinblickenden Murray-Lairds gegenüber und versuchten, nicht zu zittern. Sie waren müde, hungrig und schmutzig, aber sie hatten nicht die Absicht, Sir Balfour Murray an die Gesetze der Gastfreundschaft zu erinnern, bis sie seine Fragen zufriedenstellend beantwortet hatten. Obwohl er dieses eine Wort leise ausgesprochen hatte, schien es ebenso durch die spannungsgeladene Atmosphäre der großen Halle von Donncoill zu schneiden wie ein Entsetzensschrei. Seine Brüder, Sir Nigel und Sir Eric, sahen nicht weniger bedrohlich aus. Weder Owen noch Paul hatten den Mut, Elspeths Mutter, Lady Maldie, und ihre Tanten Gisèle und Bethia anzusehen. Sie hatten das bange Gefühl, dass diese Frauen noch viel wütender aussahen als ihre Ehemänner.

»Ja, Elspeth ist am Leben«, bestätigte Owen und zog hastig den kleinen Ring hervor, den sie ihm gegeben hatte. »Den hat sie uns mitgegeben und gesagt, er würde Euch signalisieren, dass wir mit ihrem Wissen und ihrer Zustimmung zu Euch gekommen sind.« Er trat fast einen Schritt nach hinten, als Sir Balfour auf ihn zukam und ihm den Ring aus der Hand riss.

»Balfour?«, rief Lady Maldie, die Elspeth so sehr ähnelte, dass Owen zusammenschrak.

Sir Balfour ging zu seiner Frau, nahm sie in die Arme und sagte mit belegter Stimme: »Unser Kind lebt, Maldie.«

»Heißt das, dass wir diesen Dreckskerl Sir Colin nicht umbringen können?«, fragte Sir Nigel, dessen bernsteinfarbene Augen voller Wut waren.

»Oh nein«, sagte Balfour, »das heißt bloß, das wir die Chance haben, Elspeth sicher nach Hause zu bringen, bevor wir diesen Mann umbringen.«

»Gut, während ihr beschließt, wie, wann und auf welche Weise ihr den Mistkerl tötet«, sagte Lady Maldie, als sie sich der Umarmung ihres Mannes entzog, »werden die Damen des Hauses sich um diese armen Jungen kümmern.«

»Ich habe Ihnen noch eine Menge Fragen zu stellen«, widersprach Balfour, während seine Frau, Gisèle und Bethia schon im Begriff waren, Owen und Paul aus der großen Halle zu geleiten.

»Ihr könnt sie befragen, nachdem sie gebadet, ein wenig ausgeruht und auch etwas gegessen haben.«

Es war Zeit für das abendliche Mahl, bis Paul und Owen sich in der Lage fühlten, sich der scharfen Befragung zu stellen, der sie die Murrays ganz gewiss unterziehen würden. Owen schnitt eine Grimasse, als sie direkt zum Haupttisch geleitet wurden, wo die drei Murray-Lairds, ihre Gattinnen, Sir Payton und Elspeths Bruder Connor auf sie warteten. Owen warf Paul einen verärgerten Blick zu, als dieser die Sitzordnung fast so steuerte, dass Owen den Murrays am nächsten und damit in unmittelbarer Schusslinie saß.

»Meine Gattin hat mir das Wenige berichtet, was Ihr ihr während Eures Bads und Essens von unserer Tochter erzählt habt«, erklärte Balfour und heftete seinen strengen, finsteren Blick auf Owen, während er sich den Teller füllte. »Sie ist am Leben, Sir Colin ist noch immer hinter ihr her, Sir Cormac hat sie gerettet, und die beiden sind auf dem Weg zum Königshof.«

»Ja, Sir.« Owen füllte sich ebenfalls den Teller, froh über die Qualität und Quantität des Essens, auch wenn er nicht so recht wusste, ob er sich so weit entspannen konnte, es zu genießen. »Sie und Cormac waren so lange in Sicherheit, bis Sir Colin die Richtung, in die sie unterwegs waren, ausgeschnüffelt hatte. Es gab einen schlimmen Angriff, der Sir Colin fünf

Söldner gekostet hat. Daraufhin entschied sich Cormac, auf die stärker bevölkerten Straßen zurückzukehren und uns loszuschicken, um Euch Bescheid zu geben, wohin er und Elspeth unterwegs sind. Er hat den Verdacht, dass selbst am Königshof Gefahr besteht, wenn Sir Colin nicht aufgibt oder Cormac keine Möglichkeit bekommt, ihn zu töten.«

»Und wisst Ihr, wie Sir Colin es rechtfertigt, meine Tochter zu rauben und ihr dann hinterherzujagen?«

»Er erzählt allen, die es hören wollen, dass Elspeth seine ihm versprochene Braut ist und Cormac sie ihm geraubt hat.«

Balfour fluchte. »Und kein Murray ist da, der diese widerliche Lüge bestreiten könnte.«

»Jung-Cormac hat ein wahres Talent dafür, eines Verbrechens beschuldigt zu werden, das er gar nicht begangen hat«, warf Lady Maldie ein.

»Ja, das hat er, Mylady«, antwortete Owen. »Er weiß auch, dass Sir Colin, wenn er zum König geht, unserem Lehnsherrn diese Lüge ins Ohr flüstern und Glauben finden könnte. Ich denke, das ist ein weiterer Grund, warum er zu der Überzeugung gelangte, dass es jetzt noch wichtiger war, einige ihrer Verwandten zu verständigen.« Als er erkannte, dass die Murrays wahrscheinlich nicht allzu viele Fragen über das, was zwischen Cormac und Elspeth geschah, stellen würden, entspannte sich Owen und begann, sein Essen zu genießen.

»Ich werde an den Hof reisen und Elspeth holen«, sagte Payton.

»Nein«, schrie seine Mutter Gisèle auf. »Du bist kaum von deinen Wunden genesen.«

Während er aß, lauschte Owen dem darauf folgenden Wortwechsel. Sir Paytons Mutter bedurfte einer Menge überzeugender Argumente und mehrerer Versprechen, bevor sie widerwillig zustimmte. Es wurde deutlich, dass Sir Payton das Bedürfnis hatte, Wiedergutmachung zu leisten, denn Els-

peth war unter seiner Obhut verschleppt worden. Bis Owen und Paul ihre Betten aufsuchten, war der Entschluss gefällt, dass Sir Payton und eine kleine Truppe von Gefolgsleuten sich jetzt hinlegen und am frühen Morgen bereit machen sollten, um noch vor Sonnenaufgang zum Königshof aufzubrechen. Owen bedauerte, dass Paul und er nicht mitkommen konnten, aber sie mussten einem Ruf von Pauls Vater folgen und hatten sich bereits verspätet. Trotzdem war er nicht überrascht, als Payton sie unmittelbar vor dem Schlafgemach, das man ihnen zugewiesen hatte, einholte.

»Es gibt da ein paar Dinge, die ihr den Älteren nicht erzählt habt«, sagte Payton, der die Arme über der Brust kreuzte, sich gegen die Wand lehnte und die beiden Männer eingehend musterte.

»Ich meine, wir haben Euren Verwandten alle Informationen gegeben, deren sie bedurften«, entgegnete Owen.

»Ja, alle, deren sie bedurften, aber nicht die volle Wahrheit.«

»Und warum denkt Ihr, dass ich gelogen habe?«

»Oh nein, benehmt Euch nicht so, als ob ich Euch beleidigen würde. Ich habe nicht von Lügen gesprochen. Ich habe von Dingen gesprochen, die ungesagt blieben, Wahrheiten, die nicht erwähnt wurden.«

»Wenn etwas nicht gesagt wurde, dann vielleicht, weil alle Betroffenen es so wollen«, sagte Paul ruhig.

»Alle oder nur Euer Freund Cormac?«, fragte Payton.

»Alle.«

Payton lächelte schwach. »Ich weiß nicht, warum, aber Elspeth und ich haben uns immer sehr nahegestanden. Habt keine Angst um Euren Freund. Ich weiß sehr gut, was meine Cousine für diesen Dummkopf empfindet und was sie vielleicht unternimmt, wenn sie es für die ideale Möglichkeit hält, sich einen Traum zu erfüllen. Leider weiß ich auch, dass ihr hübscher Ritter kein freier Mann ist, sondern diese Hure Lady Isabel ihn fest in ihren mörderischen kleinen Händen

hält. Ich würde nur gerne einen Hinweis darauf erhalten, was ich eventuell vorfinde, wenn ich zu meiner Cousine komme.«

Owen und Paul sahen sich einen Augenblick lang gegenseitig an, bevor Paul antwortete: »Wir hoffen, dass Cormac sie vor Sir Colin gerettet hat und dieser Mistkerl tot ist, bis ihr kommt. Wir hoffen auch, dass Elspeth unseren Freund gerettet hat.«

»Muddy, wohin willst du!«, schrie Elspeth ihrem Kater hinterher, als er plötzlich aus seiner Tasche sprang.

Cormac zügelte sein Pferd neben Elspeth, als sie im Begriff war, abzusteigen. »Vielleicht hatte er das plötzliche Bedürfnis nach einer Stelle voller Schlamm.«

»Oh.« Sie zögerte, sah skeptisch in die Richtung, in die ihr Kater verschwunden war, und schüttelte schließlich den Kopf. »Nein, da stimmt etwas nicht.«

»Elspeth.« Cormac konnte ein Lächeln nicht ganz unterdrücken. »Es ist nur ein Kater.«

»Ich weiß, aber mein Instinkt sagt mir, dass ich ihm nachgehen sollte.«

Mit einem resignierten Seufzer stieg Cormac ab, als sie dem Kater folgte. »Dummes Vieh«, schimpfte er und begann die Pferde anzubinden. »Wahrscheinlich hat er einfach nur etwas gesehen, das nach Futter aussah, aber ich muss mir jetzt die vergebliche Mühe machen und ihnen hinterherlaufen. Sie ist allein losgegangen.«

Er hastete ihr nach und verfluchte leise ihre Impulsivität. Es war ein liebenswerter Zug an ihr, aber nicht, wenn ihr ein Verrückter an den Fersen klebte. Cormac hatte gedacht, sie hätte endlich die Gefahr begriffen. Als er zu ihr kam und sie neben etwas, das auf dem Boden lag, kniete, hoffte er sehr, dass sie nicht vorhatte, ein weiteres armes Vieh aufzusammeln.

Elspeth sah, dass Muddy neben etwas saß, das nach einem Bündel von Stofffetzen aussah. Sie wunderte sich darüber,

wie der Kater so unverwandt auf das Bündel starrte, dann bemerkte sie, dass der kleine Stoffklumpen ein dickes Ärmchen besaß, mit dem er herumfuchtelte, während er fröhlich gurrte. Es dauerte einen Moment, bevor Elspeth sich von ihrer Überraschung erholte und näher trat, um sich das Baby anzuschauen. Sie blickte sich schnell um, konnte aber weder Proviant noch Kleider entdecken, nichts weiter als die zerlumpten Windeln, in denen das Baby steckte, und der einzige Mensch in der Nähe war ein finster dreinblickender Mann, der auf sie zukam.

»Oh, du armes kleines Ding«, sang sie mit leiser, hoher Stimme, als sie die Lumpen um das Kind entfernte und keine Anzeichen einer Verletzung fand. »Du bist ausgesetzt worden, nicht wahr?« Nachdem sie das Kind wieder eingewickelt hatte, nahm sie es auf den Arm.

»Oh nein, kein Kind«, jammerte Cormac, als er bei ihr ankam.

»Jemand hat ihn einfach hier zurückgelassen, Cormac«, sagte Elspeth. Wut zitterte in ihrer Stimme. »Hat den armen, kleinen Jungen einfach weggeworfen, als wäre er nichts weiter als ein Bündel schmutziger Stofffetzen.«

»Warum starrst du mich so an?«, wollte er wissen, als er den Blick von dem Kind wandte.

»Ich habe darauf gewartet, dass du mir sagst, dass ich mich irre oder töricht bin, nichts weiter als eine misstrauische Närrin. Dass niemand dieses arme Kind einfach aussetzen würde.«

Cormac seufzte und fuhr sich mit den Fingern durchs Haar. Elspeth sah erschüttert und verletzt aus. Er konnte ihre Erschütterung gut verstehen, aber nicht ihre Verletzung. Es schien, als habe diese herzlose Handlung sie mitten ins Herz getroffen. Es schien, als würde sie all den Schmerz der Ablehnung empfinden, den dieses Baby aufgrund seines Alters noch nicht selbst empfinden konnte.

»Vielleicht ist seine Mutter oder sein Vater nur für einen

Augenblick entschwunden.« Es war der klägliche Versuch, die hässliche Wahrheit zu verschleiern, aber Cormac fühlte sich seltsam stolz, als ihm Elspeth ein breites, dankbares Lächeln zuwarf und ihn auf die Wange küsste.

»Du bist süß, Cormac«, sagte sie, wurde aber sofort wieder ernst. »Aber jetzt, wo mein Schock nachlässt, kann ich mich mit der Wahrheit konfrontieren. Jemand hat das Kind ausgesetzt, hat es hiergelassen, um ihm dem Tod preiszugeben. Was für eine Grausamkeit! Warum überlässt man das Kind nicht der Kirche? Die mag für ein solches Kind ein schweres Leben bereithalten, aber immerhin ist es ein Leben und damit weitaus besser, als das Mahl irgendeiner Bestie zu werden.«

»Es ist ungewöhnlich, dass ein Junge ausgesetzt wird. Oft sind es die Mädchen, die aufgegeben werden, wenn eine Familie zu viele Münder füttern muss.« Er seufzte. »Elspeth, wir können das Kind nicht mitnehmen.«

»Wir können den armen kleinen Jungen doch nicht hierlassen.«

»Oh nein, das habe ich auch nicht gemeint. Es ist nur so, dass wir vor einem Mörder davonlaufen. Es könnte für den Jungen zu unsicher sein. Er ist kein Kater, den man in eine Tasche stecken und der sich die meiste Zeit selbst versorgen kann.«

»Das Kind stammt offenbar aus jenem Dorf.« Elspeth deutete mit dem Kopf auf eine kleine Ansammlung von Gebäuden, die unmittelbar am Fuß der kleinen Anhöhe lag, auf der sie und Cormac standen.

»Ja, das vermute ich auch. Vielleicht ein uneheliches Kind. Das dunkle Geheimnis eines Mädchens.«

»Das ist kein neugeborenes Kind, Cormac. Ein Mädchen mag vielleicht die Tatsache verbergen können, dass sie das uneheliche Kind eines Mannes trägt, aber es ist fast unmöglich, ein Kind zu verstecken, sobald es einmal auf der Welt ist. Kinder neigen dazu, sehr geräuschvolle Wesen zu sein.«

Sie schaute zurück zu dem Dorf. »Jemand dort unten weiß vielleicht, woher es stammt. Wenn das nichts bringt, findet sich bestimmt jemand, der bereit ist, ein gesundes männliches Kind aufzuziehen.«

Cormac war erleichtert, dass sie davon sprach, dem Kind ein Zuhause zu suchen. »Bist du sicher, dass er gesund ist?«

»Ja, ich habe einen Blick unter seine Windeln geworfen. Ein makelloser Junge. Rundlich, gesunde Farbe und gute Laune, denke ich wenigstens. Oh, und er besitzt unten am Bauch ein ganz süßes, kleines Muttermal. Es sieht aus wie ein Stern.«

Als er in die strahlenden dunklen Augen des Kindes schaute, begann sich Cormac unbehaglich zu fühlen. Ein rundliches, gesundes männliches Kind sollte nicht ausgesetzt werden. So ungerecht es sein mochte, aber Kinder männlichen Geschlechts galten als sehr viel wertvoller als Mädchen. Elspeth hatte recht, wenn sie annahm, dass jemand das Kind aufnehmen würde, aber warum hat es bisher niemand getan?

Er verbarg seine plötzlichen Zweifel und half ihr, zu den Pferden zurückzukehren. Er hielt das Baby, während Elsbeth den Kater in seine Tasche setzte und aufstieg. Als er ihr das Baby reichte, beschlich ihn das bange Gefühl, dass ihr Gefolge eben gewachsen war – um ein völlig hilfloses, anspruchsvolles Kind.

Elspeth krauste die Stirn, als sie ins Dorf ritten. Zuerst schien jeder so weit freundlich zu sein, dann sah die Person, die sie eben gegrüßt hatte, das gurrende Kind und wurde ruhig und argwöhnisch. Sie schauten sie an, als hätte sie eine Todsünde begangen, indem sie das Kind in ihr friedliches Dorf brachte. Man konnte den Eindruck gewinnen, dass sie vor dem hilflosen Baby, das sie im Arm hielt, Angst hatten, doch das alles ergab keinen Sinn. Welcher Mensch, der einigermaßen Verstand besaß, konnte sich vor einem winzigen Kind fürchten?

Während Cormac ihre Pferde in den Stall stellte, machte sich Elspeth auf die Suche nach der Mutter des Kindes. Ihr war bewusst, dass sie das Kind nicht in die Arme der Frau weggeben konnte, die fähig war, ihr eigenes Kind auszusetzen, aber sie wollte diese Frau fragen, warum sie etwas derart Schreckliches machte. Nachdem sie mehrere Leute angesprochen hatte, die einen Blick auf das Baby geworfen und danach einfach weitergegangen waren, bevor sie sie etwas fragen konnte, verstellte Elspeth einer gut gekleideten Frau mittleren Alters den Weg.

»Wage es nicht, dich von mir zu entfernen«, fuhr Elspeth sie an und verhinderte die Versuche der Frau, um sie herumzugehen. »Ich muss nur ein paar Fragen stellen, doch ihr alle flüchtet vor mir, als wäre ich mit Pestbeulen übersät.«

»Na ja, was habt Ihr denn erwartet, wenn Ihr dieses Kind des Teufels hierher bringt?«, entgegnete die Frau, wobei sie sich schnell bekreuzigte, als das Kind sie ansah.

»Kind des Teufels? Was ist denn das für eine Dummheit? Es ist nichts weiter als ein kleines Kind, und ich suche seine Mutter.«

»Die Mutter dieses Kindes wurde gehängt und vor ein paar Tagen als Hexe verbrannt.«

»Guter Gott«, flüsterte Elspeth. »Also war es jemand von euch, der das Kind ausgesetzt hat, damit es stirbt?«

»Ja. Wir können ein solches Kind nicht unter uns lassen. Er trägt das Mal des Teufels.«

»Der kleine Stern auf seinem Bauch?«

Die Frau nickte. »Das ist das Mal des Teufels. Seine Mutter verkehrte mit dem Teufel. Oh ja, sie behauptete, es wäre irgendein kleiner Adliger gewesen, der auf der Durchreise war, um den König zu sehen. Sie wollte uns glauben machen, dass er sie verführt und schwanger zurückgelassen hat, aber sie war schon immer wild und hatte eine scharfe Zunge und keine Moral. Als das da mit seinen schwarzen Haaren und schwarzen Augen dabei rauskam, erkannten wir alle die

Wahrheit. Seine Mutter war so blond, wie man nur blond sein kann, doch schaut Euch das Ding an, das sie aus ihrem Schoß gestoßen hat. Schwarz wie der Satan ist das Kind und vom Teufel geküsst. Nicht einer aus dem Dorf wollte sich mit solch einem elenden Kind den Fluch ins Haus holen, also setzten wir es auf dem Hügel aus.«

»Um es sterben zu lassen. Ihr habt ein kleines Kind auf dem Hügel zurückgelassen, damit es stirbt, damit es grausam von Tieren zerrissen wird oder verhungert oder erfriert.«

»Wir überließen den Erben des Satans seiner Fürsorge oder dem Urteil Gottes.«

Elspeth hätte die Frau liebend gern geschlagen. »Verschwinde!«

»He? Ihr wart es, die von mir verlangt hat, dass ich hier stehen bleibe, so nahe bei diesem kleinen Dämon, und dabei riskiere, meine eigene Seele zu beflecken, nur weil ihr ein paar Fragen stellen wollt. Jetzt knurrt Ihr mich an und sagt mir, ich soll verschwinden.«

»Ja, und wenn du auch nur einen Fetzen Verstand hast, was ich bezweifle, dann wirst du sehr, sehr schnell verschwinden.«

Es überraschte Elspeth nicht, dass die Frau blass wurde und verängstigt wirkte. Ihre Stimme war so hart und kalt, so klirrend vor Wut, dass selbst sie zitterte. Sie hielt das Baby fest an sich, streichelte seine dicken rabenschwarzen Locke und beobachtete, wie die Frau davonhastete. Elspeth wurde es übel angesichts der Gehässigkeit und des abergläubischen Unsinns, die aus dem Mund dieser Frau gekommen waren. Sie dankte Gott, dass das Kind, das sie auf dem Arm trug, zu klein war, um etwas von den hasserfüllten Worten dieser Frau zu verstehen.

Es hatte immer Leute gegeben, die an Hexen glaubten. Aufgrund ihrer Heilkünste waren ihre Mutter und sie nicht selten Gegenstand von derartigen Gerüchten. Aber Elspeth war noch nie zuvor mit einem solch tief gehenden Aberglauben in Berührung gekommen, jener Sorte Aberglauben, der

Menschen dazu brachte, eine der Ihren grausam zu morden oder ein winziges Kind auf einem Hügel dem Tod zu überlassen. Sie war erschüttert vor Wut und Abscheu. Auf keinen Fall würde sie dieses Kind in dem Dorf lassen. Cormac musste das einfach verstehen.

Cormac beobachtete, wie eine ältere Frau geradezu vor Elspeth davonlief. Sie hatte fast den gleichen Ausdruck im Gesicht wie jene Witwe, nachdem er sie kurz mit Elspeth allein gelassen hatte. Er sah wieder zu Elspeth und legte die Stirn in Falten. Man konnte kaum glauben, dass jemand mit einem so süßen Gesicht und zierlichen Körper etwas tun oder sagen konnte, dass einen anderen derart verängstigte. Elspeth allerdings war fähig, so etwas zu tun oder zu sagen, das war deutlich zu sehen.

Als er sich Elspeth näherte, bemerkte er, dass sie angespannt dastand; als er bei ihr war, konnte er sehen, dass sie leicht zitterte. Besorgt legte er den Arm um sie und musterte ihr allzu blasses Gesicht. Sie erwiderte seinen Blick, und er erkannte, dass sie außer sich war vor Wut und noch immer das Kind im Arm hielt.

»Du hast noch nicht herausgefunden, wer seine Mutter ist?«

»Oh, ich weiß es jetzt, nachdem ich jemanden gezwungen habe, mit mir zu sprechen.«

»Aha, ich habe sie gesehen. Es war eindeutig keine erfreuliche Unterhaltung. Sie war nicht die Mutter, oder?«

»Nein, sie war wahrscheinlich eine von denen, die das Feuer unter der Frau, die es war, angezündet haben. Es scheint, dass die Mutter dieses Jungen gefoltert, verurteilt und vor nur wenigen Tagen als Hexe verbrannt wurde. Vermutlich muss man froh sein, dass sie alle gnädig genug waren, die Frau vorher zu hängen. Ich bete nur, dass sie dadurch getötet wurde oder wenigstens nicht mehr bei Bewusstsein war, als man sie in Flammen aufgehen ließ. Danach haben

sie dieses kleine Kind ausgesetzt, um es dem Tod zu überlassen.«

»Gott.« Cormac schaute das Kind an und seufzte. »Was brachte sie dazu, die Frau für eine Hexe zu halten?«

»Oh, eine Menge. Der Beschreibung dieser bösartigen Dorfbewohnerin nach war sie eine wunderschöne Frau. Auffallend blond. Scheinbar war ihr auch die Sünde einer scharfen Zunge gegeben. Die Frau behauptete, sie sei von so einem kleinen Adligen, der auf der Reise zum König hier durchkam, verführt und schwanger zurückgelassen worden, aber sie sei immer schon wild und unmoralisch gewesen, also glaubten ihr die selbstgerechten Frauen des Dorfes nicht. Dann bekam sie dieses sehr dunkle Kind mit seinem Muttermal. Das halten sie für den Beweis, dass sie mit dem Teufel verkehrte. Sie musste sterben, damit die guten Frauen des Dorfes gute Frauen bleiben können. Und sobald die Schlampe tot war, wurde diese Brut des Teufels auf den Hügel gebracht, damit auch sie starb. In meiner Dummheit habe ich diesen schlimmen Teufel in das Dorf zurückgebracht und bedrohe damit ihre kleinen reinen Seelen.«

Er streckte die Hand aus und zauste zärtlich die dunklen Locken des Kindes. »Womit ich annehme, dass wir uns um einen weiteren Streuner vermehren.«

»Selbst wenn ihn jemand aufnehmen würde, könnte ich ihn nicht hierlassen, Cormac. Ich kann es nicht.«

»Nein, natürlich nicht. Komm mit, ich habe uns einen Raum in der Herberge besorgt.«

»Sie lassen uns aus Angst, dass ihnen die Milch im Topf gerinnt, vielleicht nicht hinein, wo wir doch diesen möglichen Teufel bei uns haben.«

»Bei der Stimmung, in der du dich befindest, bezweifle ich, dass es jemand wagt, uns zurückzuweisen«, sagte Cormac gedehnt, als er sie am Arm nahm und mit ihr auf die Herberge zuging, einem Ort, der eindeutig dazu gebaut worden war, um jene, die vom oder zum Hof reisten, zu versorgen.

Obwohl der Wirt, seine Frau und die Mägde sie nicht zurückwiesen, bekreuzigten sie sich, wann immer sie dem Kind nahe kamen. Elspeth musste sich auf die Zunge beißen, um ihnen nicht anzudrohen, dass sie ihnen die Finger brechen würde. Als sie und Cormac sich auf ihrem Zimmer niedergelassen hatten, fütterte Elspeth das Kind mit etwas Haferflocken und Ziegenmilch aus einer Blase, die ihnen eine verängstigte Magd gebracht hatte. Sie nützte die Zeit, die sie mit der Versorgung des Kindes zubrachte, um sich zu beruhigen, und zwar nicht nur, weil ihre Stimmung das Kind aufregen konnte. Ihre Wut war zu heftig und brachte ihr schon Kopfschmerzen und einen schlechten Magen ein. Es war niemand da, an dem sie ihren Ärger auslassen konnte, also musste sie ihn bezwingen.

Cormac saß vor einem niedrigen Feuer, nippte an seinem Bier und beobachtete Elspeth unablässig. Diese Angelegenheit hatte sie äußerst verstört. Er glaubte nicht, dass sie, weil sie so behütet aufgewachsen war, nicht wusste, dass solches Unrecht geschah, und deshalb so reagierte. Es kam, so nahm er an, daher, dass diese Frau so eiskalt über die Ermordung der Mutter dieses Kindes und sogar über den versuchten Mord an dem Kind berichtet hatte. Ihre Mutter und sie waren Heilkundige und damit vielleicht von Zeit zu Zeit solchen Anfeindungen ausgesetzt, was dieser traurigen Geschichte einen schaudererregenden persönlichen Anstrich verlieh. Glücklicherweise waren sie und ihre Mutter solchen Vorurteilen und solchem Aberglauben nicht in ihrer tödlichen Form begegnet.

Er sah wieder zu dem Kind, während Elspeth dem Baby saubere Kleider anzog. Die Mutter hatte behauptet, dass ein kleiner Adliger, der auf dem Weg zum Königshof war, der Vater sei. Obwohl mehrere hundert Männer in Betracht kamen, zweifelte Cormac daran, dass viele so dunkel waren. Außerdem könnte es auch ein einfacher Handwerksbursche in geliehenem Putz gewesen sein, der eine gewandte Zunge hatte.

Widerwillig kam Cormac zu der Überzeugung, dass eine konzentrierte Suche nach dem Vater töricht war. Er würde all die wichtigen Fakten über die Geschichte des Kindes in Erfahrung bringen, eine bessere, genauere Datierung für die Empfängnis erhalten und eine detailliertere Beschreibung der Mutter. All das, zusammen mit dem auffällig dunklen Aussehen des Kindes, würde reichen. Jedes Mal, wenn er auf einen Mann traf, der dem Kind ähnelte, würde er die Geschichte damit vergleichen. War der Vater des Kindes am Leben, konnte er vielleicht eines Tages über ihn stolpern. Wenn nicht, sann Cormac nach, während er zuschaute, wie Elspeth das Kind herzte und süßen Unsinn plapperte, hatte der Junge ein sicheres, liebevolles Paradies für sich gefunden.

»Hat die Frau das Kind bei einem Namen genannt?«, fragte Cormac.

»Nein, doch die Frau, die ihn geboren hat, muss ihm einen gegeben haben, damit er getauft werden konnte.« Elspeth seufzte. »Sofern er überhaupt getauft wurde. Die Gefühle gegen die Mutter könnten damals schon zu stark gewesen sein.«

»Das lässt sich leicht herausfinden.« Cormac trank sein Bier aus und stand auf. »Und es ist heute noch genug Zeit, das zu tun.«

»Vielleicht sollten wir die Dinge besser auf sich beruhen lassen und diese Dummköpfe nicht daran erinnern, dass das Kind noch am Leben und bei uns ist.«

»Engel, meinst du wirklich, die törichte Frau, die du bedroht hast, versteckt sich schweigend und zitternd unter ihrem kleinen Bett? Vielleicht zitternd, aber nie und nimmer schweigend.«

»Und wer sagt, dass ich sie bedroht habe?«

»Ihr Gesicht hat es gesagt. Es war der gleiche Ausdruck darauf zu sehen wie bei der geilen Witwe.« Er grinste, als sie rot wurde und seinem Blick nicht standhielt. »Und das du, mit deinem süßen Gesicht. Tss, tss!« Er kicherte, als sie ihn

anfunkelte. »Ich denke, du musst dich ausruhen, und ich werde losziehen und ein paar eingehende Fragen stellen.« Cormac küsste sie auf die Stirn. »Du siehst ein bisschen blass aus.«

»Ich fürchte, das bin ich auch«, sagte Elspeth, als sie sich auf dem Rücken im Bett ausstreckte und das Kind sicher neben sich legte. »Das kommt von der Wut. Sie war so heftig, dass sie mir Kopfschmerzen verursacht und den Magen durcheinandergebracht hat. Jedes niederträchtige Wort, das diese dumme Frau äußerte, trug dazu nur noch bei. Am liebsten hätte ich ihr die Zunge herausgerissen wegen der schlimmen Dinge, die sie über das kleine Kind gesagt hat.«

»Was bist du doch für eine feurige Verteidigerin der Schwachen, mein Liebes. Es ist eigenartig, dass Muddy ihn gefunden hat und wie er bereits jetzt an ihm zu hängen scheint.«

»Tja, ich finde, wir hatten bereits mehr als genug Beweise dafür, dass Muddy anders als die meisten Katzen ist.«

»Stimmt.« Er strich ihr mit den Fingern ein paar lose Haarsträhnen aus dem Gesicht und küsste sie nochmals zärtlich. »Ruh dich aus.« Er zwinkerte. »Du hast es vielleicht nötig, denn ich habe vor, kräftigen Vorteil aus der Tatsache zu ziehen, dich wieder in einem anständigen Bett zu haben.«

»Wenn das keine Vorstellung ist, die meine Träume versüßt. Was willst du herausfinden, und warum willst du es herausfinden?«

»Wir müssen den Namen für das Kind wissen und herausfinden, ob es getauft ist. Außerdem will ich den Namen und eine bessere Beschreibung der Mutter. Zudem könnte der Tag der Geburt hilfreich sein, dann ließen sich die Zeit der Empfängnis und der Zeitpunkt, wann sein Erzeuger durch die Gegend kam, genauer bestimmen.«

»Du denkst, man sollte nach dem Vater suchen?«

»Keine dringliche Suche. Der Kleine hat ja ein Heim, oder?«

»Ja«, bestätigte Elspeth, die sanft über das volle Haar des Kindes strich.

»Doch man sollte die Auge offen halten für den Vater. Wachsame Augen. Der kleine Kerl hat genug gelitten. Aber er hat nun mal einen Vater, und der könnte ein guter Mensch sein. Vielleicht gibt es ja sogar einen triftigen Grund, warum er niemals wieder hierhergekommen ist. Alles, was ich wissen will, ist die Wahrheit, und sollten wir jemals einen Mann sehen, der der Vater des Jungen sein könnte, können wir entscheiden, ob wir ihm die Geschichte erzählen wollen oder nicht.«

Elspeth nickte. »Ich verstehe. Und wenn der Junge erwachsen wird und keiner ist bis dahin über seinen Vater gestolpert, könnte es sein, dass er selbst nach ihm suchen möchte. Dann haben wir etwas in Händen, das ihm helfen könnte, die Spur des Mannes ausfindig zu machen. Meinen Onkel Eric hat man auf einem Berg ausgesetzt, um ihn dem Tod auszuliefern, als er gerade auf die Welt gekommen war. Bis er die volle Wahrheit über seine Geburt erfuhr, war er ein Junge von dreizehn Jahren, und bis er sich mit den Verwandten seiner Mutter vereinen konnte, war er ein erwachsener Mann.« Sie lächelte leicht über Cormacs entsetztes Gesicht. »Ja, er ist kein Blutsverwandter, aber er wurde als Murray großgezogen, bis die Wahrheit herauskam, und er entschied sich, ein Murray zu bleiben. Auch dieser Junge wird ein Murray sein. Und sofern er sich nicht anders entscheidet, kann er einer bleiben. Zieh los. Ich möchte mich ausruhen, denn ich habe das Bedürfnis, kräftigen Vorteil aus der Tatsache zu ziehen, das du auch in einem Bett liegst.«

Cormac lachte und küsste sie, bevor er sie verließ. Elspeth seufzte und schloss die Augen. Sie fragte sich, ob Cormac sich bewusst war, wie oft er *wir* gesagt hatte, als er davon sprach, dass er ein Auge auf den Vater des Kindes haben wollte. Elspeth erlaubte sich nicht, zu viel Hoffnung in etwas zu legen, das vielleicht ein reiner Versprecher war, aber immerhin

konnte es auch bedeuten, dass Cormac sie beide bereits als Paar sah und akzeptierte und sich trotz Lady Isabel eine gemeinsame Zukunft vorstellen konnte. Sollte das so sein, so hoffte Elspeth, dass dieser Teil von Cormac sich beeilen und ihn bald voll und ganz einnehmen würde, denn Lady Isabel war nicht mehr weit.

Gedankenverloren rieb sie dem Jungen den Rücken, als sie auf den Schlaf wartete. Es wäre schön, wenn das Kind irgendwo da draußen einen Vater hätte, der es willkommen hieß, liebte und dafür sorgte, dass es ein gutes Leben hatte. Sie wusste aber auch, wie selten das einem unehelichen Kind widerfuhr, und freute sich, dass Cormac eine schnelle, intensive Suche nach diesem Mann nicht einmal in Betracht zog. Solche Eile konnte zu Fehlern und Fehlurteilen führen. Sollte in den Jahren, die vor ihnen lagen, eines Tages der Vater des Jungen gefunden werden, dann wollte Elspeth ganz sichergehen, dass er ein guter Mensch war, bevor sie ihm das Leben dieses Kindes anvertraute.

Gerade als sie im Begriff war einzuschlafen, spürte Elspeth, wie sie beobachtet wurde. Es war ein starkes Gefühl und riss sie mit einem schmerzlichen Sprung ihres Herzens zurück in einen Zustand vollkommener Wachheit. Langsam öffnete sie die Augen und fiel zum ersten Mal in ihrem Leben beinahe in Ohnmacht. An ihrem Bett stand, mit einem eisigen Lächeln, Sir Colin MacRae.

10

Cormac verstand Elspeths Wut jetzt, nachdem er mit ein paar Bewohnern gesprochen hatte, noch besser. Solche Bösartigkeiten hören zu müssen, die gegen ein Kind ausgespuckt wurden, das nur ein paar Monate alt war, trieb ihm die Galle in die Kehle. Die Mutter des Kindes hieß Anne Seaton und sie hatte sich offenbar nicht sonderlich angestrengt, die Liebe und Bewunderung der Dorfleute zu gewinnen. Wunderschön und eitel, war sie eindeutig mit zu vielen Ehemännern ins Bett gegangen. Es mochte den einen oder anderen Dummkopf geben, der sie für eine Hexe hielt und wirklich glaubte, dass ein so dunkles Kind, welches von einer so blonden Mutter geboren wurde, ein Beweis für das Böse war. Die meisten Leute aber hatten sich eindeutig überlegt, dass es eine günstige Gelegenheit war, jemanden loszuwerden, den sie nicht mochten – zumindest anfangs.

Zu der Zeit, zu der sie die Frau auf den Scheiterhaufen peitschten, glaubten, so vermutete Cormac, viele der Dorfbewohner das Gerede von Hexenkünsten tatsächlich. In einem Taumel aus Angst und Hass versuchten sie danach, das Dorf auch von dem Kind zu befreien. Ganz bestimmt hatten sie nicht vor, jetzt etwas anderes zu behaupten, nicht, nachdem sie die Frau getötet hatten. Eine Hexe zu verbrennen entsprach den Gesetzen, eine Frau zu töten, die einem nicht sympathisch war, sie auf so grausame Weise umzubringen, nur weil sie ihre Beine und ihren Mund nicht zu lassen konnte und man sie los sein wollte, ging nicht an. Annes Tod war nicht gerechtfertigt, aber wenigstens gab es eine Erklärung dafür.

Für den versuchten Mord an einem Säugling gab es aller-

dings keine Erklärung. Ein so kleines Kind war nicht in der Lage, Böses zu tun. Einige Narren hatten sogar versucht, das sanfte Wesen des Kindes als Beweis für die Abkunft vom Teufel zu sehen. Der junge Priester hatte der Ermordung Annes zugestimmt, und Cormac hatte den starken Verdacht, dass dem so war, weil diesem Dummkopf nach ihr gelüstete, aber er stimmte nie öffentlich dem zu, was man dem Kind angetan hat. Unglücklicherweise war er ein Feigling und besaß nicht das Rückgrat, gegen die Dorfbewohner aufzustehen.

Nur ein Einziger hat den Adeligen niedrigen Standes gesehen, den Anne als Vater ihres Kindes bezeichnete. Ein Mann, so dunkel wie das Kind, groß und sehr abstoßend. Natürlich war der, der ihn gesehen hatte, der arme Esel, den dieser einschüchternde Höfling mit Anne im Bett gefunden hat. Wäre der Mann nicht schwer betrunken gewesen, hätte er zweifelsohne nicht so viel gestanden. Dieser Mann wurde außerdem von seinen Schuldgefühlen belastet, denn er war nicht im Dorf, als man Anne anklagte und ermordete, und seine Frau war eine von denen, die am lautesten nach Annes Blut geschrien hatten. Cormac vermutete, das das Leben des Mannes im Augenblick eine einzige Hölle war.

Als er den Gasthof betrat, legte Cormac die Stirn in Falten. Von oben war eine Menge Lärm zu hören, und am Fuß der Treppe hatte sich eine kleine Menschenansammlung gebildet. Als er sich in Erinnerung rief, wie sich die Leute angesichts des Strandguts fühlten, das Elspeth zu sich genommen hatte, fürchtete er plötzlich, dass dieser Lärm aus ihrem Schlafgemach stammen könnte. Er stieß die Schaulustigen aus dem Weg und stürzte die Treppe hoch.

»Was ist hier los?«, verlangte er vom Wirt zu wissen, der zusammen mit seiner Frau und den beiden Mägden in der offenen Tür zu seinem und Elspeths Raum stand.

»Dorcas ist gekommen, um das Kind zu füttern«, antwortete der Wirt, »und das Biest lässt nicht zu, dass sie es berührt.«

Cormac warf einen Blick auf die füllige, leise weinende Magd, die die Hand auf einem schlimm zerkratzten Arm liegen hatte. »Warum sollte sie kommen, um nach dem Kind zu sehen?«

»Es weinte, und Eure Frau hat es nicht beruhigt. Sieht so aus, als hätte sie Euch verlassen.«

Ein Frösteln lief Cormac den Rücken hinunter, und er kämpfte sich in den Raum durch. Muddy stand neben dem schniefenden Kind auf dem Bett. Sein Fell war aufgestellt, seine verbeulten Augen lagen flach in der Höhle, und er knurrte leise und tief. Von Elspeth war nichts zu sehen.

Einen kurzen Augenblick befürchtete Cormac, dass der Wirt recht hatte und Elspeth gegangen war. Dann schüttelte er den Kopf, verdrängte diesen unlogischen und treulosen Gedanken. Elspeth würde niemals das Kind oder den Kater verlassen. Ihre Sachen befanden sich noch immer im Raum. Das Bett war stark zerwühlt und ein Stuhl umgekippt. Das Fenster stand weit offen. Cormac ging hin. Er sah hinunter, konnte aber nichts sehen. Während er unterwegs war, um ein paar Nachforschungen anzustellen, hatte Sir Colin Elspeth entführt.

»Hat jemand von Euch gesehen, wer meine Gattin mitgenommen hat? Oder seid ihr alle zu beschäftigt damit gewesen, eure armen kleinen Seelen vor einem Kind zu schützen, um zu bemerken, dass einer eurer Gäste verschleppt wurde?« Cormac näherte sich vorsichtig dem noch immer angespannten Muddy.

»Wir haben niemanden gesehen«, fuhr der Wirt auf, und seine ebenfalls dicke Frau nickte heftig. »Sie hat Euch verlassen.«

»Nein, sie ist verschleppt worden.« Cormac streichelte zärtlich die Katze und schaffte es schließlich, sie zu beruhigen. »Elspeth würde niemals das Kind oder den Kater allein zurücklassen. Selbst wenn ich sie falsch einschätzen sollte und sie beides tun könnte, würde sie niemals all ihre Sachen

hier lassen. Außerdem gibt es Spuren von einem kurzen Kampf. Dorcas, du bist bereit, dich um das Kind zu kümmern?«

»Ja, Sir«, antwortete die Magd, »aber der Kater lässt mich nicht in seine Nähe.«

»Jetzt wird er es. Ihn verängstigte das, was hier geschehen ist. Komm, Dorcas.«

»Der Kater mag mich nicht, Sir.«

»Ich schwöre dir, dass er es jetzt tut. Er ist ruhig, und ich mache ihn mit dir bekannt und zeige ihm, dass du vertrauenswürdig bist.«

Es dauerte eine Weile, bis er Dorcas überreden konnte, Muddy zu streicheln. Er brannte darauf, sich auf den Weg zu Elspeth zu machen, wusste aber, dass er erst die Versorgung des Kindes regeln musste. Nach mehreren weiteren Anläufen brachte er Dorcas dazu, das Kind zu berühren. Sie entspannte sich, als Muddy sich hinsetzte und sie einfach nur beobachtete. Das Kind beruhigte sich unter ihrer Berührung, und Cormac stand auf, um ihr mehr Platz für die Pflege des Babys zu geben.

»Du hast keine Angst vor diesem großen, schrecklichen Dämon, oder?«, fragte Cormac, als Dorcas erfolgreich die Windeln des Babys wechselte.

»Es ist nur ein kleines Kind«, entgegnete Dorcas weich, wobei sie einen nervösen Blick auf die drei Leute warf, die sich in der Türöffnung herumdrückten. »Das, was sie tun wollten, war furchtbar, aber ich war ein viel zu großer Feigling, um es zu verhindern oder zu helfen.«

»Ein einziges Mädchen kann nicht viel gegen eine Menge Leute ausrichten, die Blut fordern. Wann hat das Kind angefangen zu weinen?«

»Vor einer Stunde, vielleicht auch weniger.«

»Das war dann, als Elspeth verschleppt wurde. Ich möchte, dass du bei dem Kind bleibst.«

»Ihr werdet nicht verschwinden und diese Brut des Teufels

hierlassen«, sagte der Wirt, wobei sein letztes Wort in einem hohen Quietschen endete, denn Cormac packte ihn an seinem Wams und hob ihn etwas hoch.

»Ich habe genug von diesem blödsinnigen Gerede. Es ist ein Kind. Ein kleines Kind.« Er ließ den kleinen, plumpen Mann so unvermittelt los, dass dieser in seine Frau hineintaumelte und sie beinahe der Länge nach auf den Boden geworfen hätte. »Dorcas wird hierbleiben und sich um das Kind kümmern. Wenn ihm etwas geschehen sollte, werde ich dich zur Strecke bringen und abschlachten.«

»Was ist, wenn Ihr nicht zurückkommt?«, wollte der Wirt wissen – wenn auch in einem respektvolleren Ton. »Wir nehmen es nicht auf.«

»Ich denke gar nicht daran, es euch oder diesem Irrenhaus zu überlassen.« Er warf ein paar Münzen auf einen kleinen Tisch neben dem Bett, froh darüber, dass er seinen Stolz hinuntergeschluckt und Owen um ein kleines Darlehen gebeten hatte. »Wenn weder ich noch meine Frau zurückkehren, schickt den Kater und das Kind zu Sir Balfour Murray und Lady Maldie auf Donncoill. Sagt ihnen, Elspeth hätte gewünscht, dass das Kind in Pflege genommen wird.« Er ging auf sie zu, schob alle drei in die Halle und schloss die Tür hinter sich. »Ich bin sicher, dass Arbeit auf euch wartet. Ihr seid hier nicht länger von Nutzen. Ich würde euch raten, dafür zu sorgen, dass Dorcas alles hat, was sie braucht.«

In der Sekunde, in der sie weg waren, eilte er aus der Herberge und untersuchte den Boden unter Elspeths Fenster. Man konnte unschwer feststellen, dass sie auf diesem Weg aus dem Gemach entführt wurde. Cormac entdeckte nichts, das auf Elspeths Schritte hinwies, aber die Fußspuren, die vom Fenster wegführten, waren tiefer eingesunken als die, die hinführten, und verrieten damit Cormac, dass der Mensch, der von hier weggegangen war, etwas trug, und dieses Etwas war wahrscheinlich Elspeth. Er hastete davon, um sein Pferd zu holen, und betete, dass Sir Colin weiterhin eine so deutliche

Spur hinterließ und das Licht des zu Ende gehenden Tages lang genug anhalten würde, um ihm zu dem Ort zu folgen, an dem er sein Nachtlager aufschlug.

»Ich kann nicht glauben, dass Ihr tatsächlich ein Kind bedroht«, sagte Elspeth, während Sir Colin sie von seinem Pferd zog und in ein kleines Cottage stieß. »Und einen Kater!«

Was Elspeth in Wirklichkeit nicht glauben wollte, war die Tatsache, dass Sir Colin nach all dem Davonlaufen, dem Kämpfen und dem Töten einfach durch ein Fenster in ihr Zimmer eingestiegen war und sie davongetragen hatte. Sie hatte einfach nur dagelegen, zu dumm vor lauter Entsetzen und Müdigkeit, um mehr zu tun, als offenen Mundes den Mann anzustarren, der ein Messer auf das Baby und den fauchenden Muddy gerichtet hielt. Diese Dummheit hatte ihm Zeit gegeben, einen sauberen Kinnhaken zu landen und sie bewusstlos zu schlagen. Sie hatte es ihm so einfach gemacht, dachte sie verärgert, als sie sich ihr pochendes Kinn rieb.

»Es hat funktioniert. Ihr seid hier«, sagte er mit kalter Stimme, während er ein Feuer in dem kleinen Kamin entfachte.

»Cormac wird kommen und mich holen.« Sie klang weitaus zuversichtlicher, als sie sich fühlte.

»Lasst ihn nur. Ich brenne darauf, diesen Mistkerl zu töten.«

»Warum macht Ihr das?«

»Ihr gehört mir.« Er stand auf und blitzte sie an. »Keine Frau sagt Nein zu mir. Glaubt Ihr wirklich, dass ich mich wie ein geschlagener Hund davonschleiche, ohne mich für diese Beleidigung zu rächen?«

»Welche Beleidigung? Ihr habt mich gebeten, Euch zu heiraten. Ich sagte Nein, und zwar, wenn meine Erinnerung mich nicht trügt, äußerst freundlich und höflich.«

»Wer glaubt Ihr denn, wer Ihr seid, dass Ihr mir gegenüber

Nein sagt? Ihr seid fast zwanzig und noch immer nicht verheiratet. Ihr entstammt einem sehr kleinen Clan. Ihr habt eine winzige Mitgift. Eure Mutter ist nichts weiter als das Balg einer Hure. Ich zeichnete Euch aus, indem ich Euch bat, meine Frau zu werden.«

»Sprecht nicht auf diese Weise von meiner Mutter, oder ich schlachte Euch ab wie ein Schwein, was Ihr ja auch seid.«

Elspeth war nicht überrascht, dass ihr ihre eisige Beleidigung einen brutalen Schlag einbrachte, durch den sie hinfiel. Sie hatte immer die Grausamkeit in diesem Mann gespürt. Zwar war es wohl klüger, ihre Zunge im Zaum zu halten, aber sie bezweifelte, dass sie das schaffte. Es fiel ihr schwer zu glauben, dass all diese Toten und all das Chaos der Eitelkeit dieses Mannes geschuldet waren, der kein Nein akzeptieren konnte. Zog man die beleidigenden Dinge in Betracht, die er eben über sie und ihre Familie geäußert hatte, musste sie sich wundern, dass er sie überhaupt gefragt hatte.

Cormac musste inzwischen festgestellt haben, dass sie weg war, überlegte sie sich, als sie über ihren nächsten Schritt nachdachte. Hoffentlich nahm er nicht an, dass sie ihn einfach verlassen hatte, und hoffentlich war ihm klar, dass sie verschleppt und von wem sie verschleppt worden war. Die Frage war, ob er ihr nachkommen würde und, wenn ja, ob Sir Colin eine Spur hinterlassen hatte, die deutlich genug war, um ihr zu folgen. Schließlich befahl sie sich streng, nicht ein solcher Dummkopf zu sein. Cormac würde sein Bestes geben, um sie zu retten. Er hatte versprochen, sie zu beschützen, und aus leidvoller Erfahrung wusste sie ja, wie hartnäckig sich Cormac an jedes Versprechen klammerte, das er gab. Sie konnte nur beten, dass er bei der Erfüllung dieses Versprechens nicht umgebracht würde.

»Ich vermute, dass Euch der junge Cormac besessen hat«, sagte Sir Colin mit fast erfreuter Stimme. »Selbst wenn er sein Leben damit verbringt, hinter dieser Hure Lady Isabel her

zurennen, seid Ihr zu süß, als dass er Euch widerstehen könnte. Hat er Eure Jungfräulichkeit bekommen?«

Trotz des fast freundlichen Klangs seiner Stimme wurde Elspeth von einer inneren Stimme gewarnt, die ihr sagte, dass die Wahrheit ihn außer sich vor Wut geraten ließe. Es war etwas Angespanntes, Wartendes in ihm. Er zügelte irgendein Gefühl, und sie hatte den starken Verdacht, dass es Zorn war.

Indem sie aufstand und sich die Röcke glatt strich, antwortete Elspeth arrogant: »Ich glaube nicht, dass dies eine angemessene Frage für einen Gentleman gegenüber einer Lady ist.«

»Oh, Ihr seid gut, Schlampe.« Sir Colin lächelte flüchtig, aber seine Augen blieben hart und kalt. »Ihr könnt vorhersagen, was eine Person denkt oder fühlt, nicht wahr? Das ist einer der Gründe, warum ich Euch haben will. Solch eine Fähigkeit ist für einen Mann wie mich, der nach Macht strebt, von unschätzbarem Wert.«

»Ich kann solche Dinge nicht vorhersagen«, widersprach sie. »Ich spüre nur starke Gefühlsbewegungen in einem Menschen. Das können viele Leute, nur achten sie nicht darauf.«

»Was tut es zur Sache, ob es eine Gabe oder nur ein gutes Auge für ein verräterisches Zucken ist? Ihr könnt in diesem Augenblick vorhersagen, dass ich wütend bin, sehr, sehr wütend.«

»Dazu braucht man keine seltsamen Fähigkeiten. Ihr stinkt richtig danach.«

Elspeth fluchte innerlich, als ihr sein schwaches Lächeln verriet, dass ihre Worte seine Annahme nur noch bestärkt hatten. Auf gewisse Weise hatte er recht. Sie konnte vieles an Menschen wahrnehmen. So schaffte es kaum einer, sie erfolgreich anzulügen. Elspeth war sich nicht sicher, woher sie zu so etwas fähig war, warum sie so feinfühlig auf die Gefühle anderer reagierte, egal wie versteckt sie waren, aber sie hatte diese befremdliche Gabe vor langer Zeit akzeptiert.

Allerdings würde sie nicht zulassen, dass Sir Colin dies zu seinen Gunsten missbrauchte.

»Und wie kommt Ihr auf die Idee, dass ich wütend bin?«, fragte er fast beiläufig. »Könnte es sein, weil meine mir versprochene Braut sich fröhlich mit Sir Cormac Armstrong quer durch die Landschaft geschlafen hat? Mit einem Armstrong, meine Liebe? Und zwar mit einem jener ganz gewissen Armstrongs?« Er schüttelte den Kopf. »Schurken und Diebe, dieses Pack. Und dieser gewisse Armstrong muss einer der Armseligsten aus diesem armseligen Pack sein. Doch nein, er ist so verhext von Lady Isabel, dass ich bezweifle, dass er steif genug wird für eine andere Frau.«

»Von solchen Dingen weiß ich nichts.« Es war klar, dass Sir Colin ihr die Pose der arroganten Unschuldigen nicht glaubte, aber es war viel zu spät, um jetzt noch das Spiel zu ändern.

»Natürlich nicht, aber Ihr habt versucht, es auszuprobieren, nicht wahr? Immerhin ist Sir Cormac der tapfere Ritter Eurer Mädchenträume. Der hübsche Junge, an den Ihr im Dunkel der Nacht denkt, um Euch selbst vor Sehnsucht feucht zu machen.«

»Wie ausgesprochen gemein Ihr seid. Ich bin entsetzt über Euren völligen Mangel an guten Manieren.«

Was Elspeth wirklich entsetzte, war, dass er selbst dieses kleine Geheimnis kannte, dass er wusste, dass sie sich jahrelang nach Cormac gesehnt hatte. Nur wenige Menschen hatten Ahnung von diesen Träumen. Offensichtlich gab es auf Donncoill eine Schwachstelle, eine empfindliche Stelle, die er gefunden und benutzt hatte, um alle möglichen Information auszuspionieren. Vermutlich war es eine der Mägde, verführt und in dem Glauben, dass sie verliebt sei. Elspeth hatte Verständnis dafür, aber sobald sie konnte, würde sie ihre Familie warnen, dass jemand auf Donncoill entweder leichtsinnig offen mit den Geheimnissen des Clans umging oder unloyal. Und da es dieses Mal eines ihrer am meisten gehüteten Ge-

heimnisse war, musste es eigentlich jemand sein, der ihr nahestand – eine Vorstellung, die sie traurig und wütend zugleich machte.

»Wir werden ein schönes Paar abgeben, Ihr und ich.« Sir Colin ging auf sie zu. »Ihr habt einen scharfen Verstand, Mädchen. Ich werde Euch nur ein paar Sachen beibringen müssen.«

Elspeth versuchte außerhalb seiner Reichweite zu bleiben, ohne dabei zu wirken, als würde sie vor ihm davonlaufen. »Oh ja, Sachen wie lügen, morden, rauben und süß zu lächeln, während ich einem Mann das Messer in die Rippen jage.«

»Stimmt. Ich glaube, Ihr erweist Euch als äußerst geschickt.«

Seine ruhige Antwort auf ihre Beleidigung überraschte Elspeth so sehr, dass sie über einen Stuhl stolperte. Colin war im selben Augenblick auf ihr. Dieser Mann war sehr viel klüger, als sie gedacht hatte. Er hatte gesehen, wie sie versuchte, seine Neigung zu blindwütigem Jähzorn gegen ihn zu verwenden, hatte das Fangnetz aufgetrennt und es sogar geschafft, dieses Spiel auf sie selbst anzuwenden.

Elspeth schlug so hart auf dem Boden auf, dass es ihr den Atem verschlug. Trotzdem wehrte sie sich, von Sir Colin völlig niedergedrückt zu werden. Gleichzeitig kämpfte sie dagegen an, sich durch das Wissen, dass sie ihn nur aufhalten, nicht aber besiegen konnte, schwächen zu lassen.

»Runter von mir, Ihr Riesendummkopf«, fuhr sie ihn an. Sie weigerte sich, diesem Mann das wirkliche Ausmaß ihrer Angst zu zeigen.

»Du wirst mir geben, was du Armstrong gegeben hast«, sagte er und schlug heftig zu, als sie es schaffte, eine Hand freizubekommen und ihn seitlich am Kopf zu treffen. »Dieses Mal wirst du mir nicht entkommen, warum lehnst du dich also nicht einfach zurück und genießt es?«

»Eine Vergewaltigung genießen? Ihr seid verrückt. Wenn

Ihr das macht, versuchen so viele, Euch umzubringen, dass Ihr in ganz Schottland kein Loch findet, das tief genug ist, um Euch darin zu verstecken. Ja, und ich bin ganz vorne dabei.«

Selbst während sie ihn verfluchte und bedrohte, wehrte sich Elspeth mit aller Kraft gegen ihn. Allerdings war jede Finte, die sie anwandte, nur teilweise erfolgreich. Sie brachte ihr Bein zwischen seine Beine und rammte ihr Knie hoch, aber er bewegte sich gerade rechtzeitig, um den Schlag gegen sein Bein und nicht in seine Leisten zu bekommen. Sie bekam eine Hand frei und versuchte ihm die Augen auszukratzen, aber er drehte den Kopf, und sie erwischte stattdessen seine Wange. Ihr wurde schnell klar, dass Sir Colin in Sachen Vergewaltigung einer Frau kein Neuling war, und allmählich zweifelte sie daran, dass sie eine Finte oder eine Bewegung kannte, die er nicht auch schon kannte und mit der er nicht rechnete, sodass er dadurch das Schlimmste vermeiden konnte.

Sie versuchte sich nur auf den Kampf zu konzentrieren und zu ignorieren, dass er ihr unbarmherzig die Kleider vom Leib riss. »Cormac wird Euch in winzige Stücke hauen und an die Raben verfüttern.«

»Cormac wird sich diesem Ort nicht auf zehn Schritte nähern, draußen warten vier Männer, sehnsüchtig und bereit, ihn zu töten.« Sir Colin schaffte es schließlich, ihr Mieder aufzumachen, und ließ nur das dünne Leinenhemd zurück, das ihre Brüste schützte. »Ah, solche Schönheiten haben wir da. Du wirst einen netten Ritt abgeben.«

Als er seinen Kopf in Richtung ihrer Brüste senkte, gab es einen kurzen Augenblick, indem sein Kopf nah an ihrem war, und schnell nutze Elspeth diesen Vorteil aus. Sie schlug mit ihrem Kopf in seinen. Er heulte auf und lockerte seinen Griff genug, damit sie ihn von sich schieben konnte. Benommen von dem Schlag, der ihr wohl ebenso wehgetan hatte wie ihm, konnte Elspeth nicht aufstehen, also kroch sie von ihm

weg. Sie fluchte, als sie spürte, dass er nach ihren Röcken griff und sie zerriss.

Elspeth ließ sich auf den Rücken fallen und schlug ihm mit dem Fuß ins Gesicht, womit sie ihn einmal mehr wegstieß. Dieses Mal schaffte sie es aufzustehen, konnte aber nur ein paar Schritte machen, bevor er sie wieder auf den Boden zerrte. Geschwächt und schwindelig, konnte Elspeth ihn nicht mehr davon abhalten, sie nun fest unter sich zu fixieren. Sein triumphierendes Lächeln sagte ihr, dass er wusste, dass er am gewinnen war, und sie sehnte sich danach, ihm ins Gesicht zu schlagen.

In dem Versuch, die anbrandenden Gefühle der Niederlage und Verzweiflung zurückzuhalten, die drohten, ihr Herz und ihren Verstand völlig zu überschwemmen, sagte sie sich, dass es noch immer eine Chance gab. Er würde sich ein wenig bewegen müssen, um sich in eine passende Stellung zu bringen, vielleicht sogar seinen Griff um ihre Handgelenke und Beine lockern müssen, und dann würde sie sich erneut wehren. In dem Augenblick, in dem sie allerdings ihre Position zu verändern versuchte, schlug er hart zu. Er riss an ihren Röcken und Unterröcken, und sie versuchte sich erneut zu bewegen. Er schlug sie wieder. Als sie sich diesmal von seinem Schlag erholt hatte, trug sie nichts weiter als ihr Hemd und ihre Strümpfe. Elspeth begriff, dass Sir Colin vorhatte, sie so lange zu betäuben, bis es zu spät für sie war, sich selbst zu schützen.

Sie begann zu beten. Elspeth betete darum, noch eine Chance zur Flucht zu erhalten – eine, die eine gewisse Aussicht auf Erfolg hatte. Sie betete, dass es, falls sie einer Schändung durch Sir Colin nicht entkommen konnte, nicht allzu wehtun und sie in Kopf und Herz nicht so stark zeichnen würde, dass sie bei der bloßen Berührung durch einen Mann kalt wurde. Und sie betete, dass Sir Colin die vier Männer, die draußen warteten, um Cormac zu töten, erfunden hatte.

Cormac starrte auf das kleine Cottage, als er sich im Gestrüpp zusammenkauerte. Er war so darauf konzentriert gewesen, Sir Colins Spur zu folgen, dass er beinahe bis vor die Tür geritten wäre. Das Geräusch von lautem Niesen, das durch die Luft schallte, hielt ihn davon ab. Er band sein Pferd an und kroch zu einer geschützten Stelle, von der aus er das Cottage sehen konnte.

Obwohl er am liebsten sofort hineingerannt wäre und Elspeth gerettet hätte, zwang sich Cormac zu warten. Sir Colin hatte sich nach der Entführung von Elspeth nicht sehr weit vom Dorf entfernt, kaum eine Meile. Er hätte noch mehrere Stunden reiten können. Cormac beschlich das ungute Gefühl, dass Sir Colin hier angehalten hatte, weil er nicht länger darauf warten konnte, Elspeth zu besitzen. Der Gedanke daran, dass dieser Mann sie berührte, gefährdete ernsthaft seine Selbstbeherrschung. Cormac wollte etwas unternehmen, mehr tun, als nur im Dunkeln zu kauern und die vier bewaffneten Männer zu beobachten, die zwischen ihm und Elspeth standen. Er wartete, wobei er sich unablässig sagte, dass blinde Hast ihn nur töten und Elspeth völlig Sir Colins Gnade ausliefern würde.

Als einer der Männer gleich links von ihm in den umliegenden Wald spazierte, zuckte er zusammen. Cormac folgte ihm lautlos. Er erwischte den Mann, als er gerade mittendrin war, sich gegen einen Baum zu erleichtern, schoss hinter ihm hoch und legte ihm seine Hand in dem Augenblick auf den Mund, in dem er ihm sein Messer in die Rippen jagte. Als er die Leiche zu Boden ließ, empfand er keine Genugtuung. Er verabscheute es, auf solche Art zu töten, hatte aber vor langer Zeit gelernt, dass es manchmal nötig war. Die Erinnerung daran, dass dieser Mann nicht gezögert hätte, das Gleiche mit ihm zu tun, linderte sein Schuldgefühl genauso wie die Erkenntnis, dass er bei der Schändung Elspeths Wache gestanden hätte. Für ein paar Münzen wäre er der bereitwillige Partner bei der Zerstörung einer Frau geworden.

Cormac kehrte zu seinem Versteck zurück und wartete auf eine weitere Gelegenheit. Drei Wachen waren immer noch zu viel, um ihnen offen entgegenzutreten. Wenn auch nur einer dumm genug war, seinem Freund zu folgen, würde das reichen. Er hatte schon einmal zwei Männer mit einem Dolch und einem Schwert besiegt.

Das Warten wurde unerträglich, und Cormac überlegte sich Möglichkeiten, wie er drei Männer schnell niederstrecken und trotzdem lebend ins Cottage gelangen konnte, als nach einer kurzen Unterredung mit seinen Genossen ein weiterer Mann in den Wald schlüpfte. Cormac erwischte ihn, während er sich über die Leiche des anderen beugte. Er ließ diese Leiche neben die des anderen gleiten.

Während er lautlos zurück zum Cottage schlich und sich dabei die tiefer werdenden Schatten des späten Abends zunutze machte, zog er Messer und Schwert. Auch wenn er nie gedacht hätte, dass er einst für all die Jahre des Flüchtens und Versteckens vor den Douglas dankbar sein würde, musste er zugeben, dass er eine Menge gelernt hatte. Die harten Lektionen in Sachen Heimlichkeit erwiesen ihm jetzt ihre Dienste. Er hasste es zu töten, war aber froh, dass er gelernt hatte, dabei schnell und leise vorzugehen.

Als er nahe genug war und die zwei verbliebenen Wachen sehen konnte, hätte er wohl gelächelt, wäre er nicht gezwungenermaßen in die Lage versetzt worden, Menschen töten zu müssen. Sie standen beieinander und unterhielten sich offensichtlich darüber, was wohl mit den beiden anderen geschehen sein mochte und wie sie sich am besten selbst schützen konnten. Sie würden es ihm leicht machen.

Ein tiefer, beruhigender Atemzug, und Cormac hielt mit gleichmäßigen Schritten auf das Cottage zu. In dem Augenblick, in dem ihn die Männer sahen, warf er sein Messer und traf den einen in die Kehle. Bis er bei dem anderen war, hatte sich dieser auf ihn vorbereitet; er stand mit dem Schwert in der Hand da und nahm Kampfhaltung ein. Cormac fluchte,

als die Schwerter klirrten. Dieses Mal würde es keinen lautlosen Tod geben. Alles, was er tun konnte, war, darum zu beten, dass es ein schneller war – schnell genug, damit Sir Colin, falls er durch das Geräusch gewarnt würde, nicht genug Zeit blieb, um zu flüchten oder eine hinlängliche Verteidigung vorzubereiten.

»Aha, du bist wieder wach. Gut.«

Elspeth zwinkerte und starrte Sir Colin an. Offenbar hatte er sie einmal zu viel und zu fest geschlagen. Sie war so betäubt vor Schmerzen, dass sie nicht wusste, wann und warum sie das Bewusstsein verloren hatte.

Ihr Kopf wurde schnell klarer, als sie bemerkte, dass sie nicht mehr auf dem Boden lag und ihre Hände und Füße nicht mehr bewegen konnte. Sie sah an sich hinunter, und ihr gefror das Blut in den Adern. Sie war an Hand- und Fußgelenken an die vier grob gezimmerten Pfosten des großen Bettes gefesselt. Was sie allerdings am meisten entsetzte, war ihre Blöße. Es würde keine Fluchtmöglichkeit mehr geben. Sie zuckte innerlich zusammen, als Sir Colin die Hand ausstreckte, um mit seinen Fingern die Rundung einer ihrer Brüste zu berühren.

Dies würde sie vernichten. Bis zum Letzten zu kämpfen und dennoch zu verlieren, dennoch gegen ihren Willen genommen zu werden schien ihr nicht so fürchterlich wie das hier. Ihr wäre wenigstens der Trost geblieben, dass sie gegen ihr Schicksal gekämpft und dabei vielleicht ihrem Schänder auch Schaden zugefügt hätte. Das hier aber machte sie völlig hilflos. Sie war aufgebahrt wie ein Menschenopfer der Vorzeit. Er musste sie nicht mehr schlagen, was hieß, dass sie sich ihrer eigenen Erniedrigung die ganze Zeit bewusst blieb. Plötzlich fühlte sie sich restlos in Angst und Schrecken versetzt, kämpfte aber dagegen an, weil sie Sir Colin nicht diese Genugtuung verschaffen wollte.

»Leider ja, es scheint, als sei ich wirklich wach, obwohl

man mir gewiss verzeihen würde, wäre ich der Meinung, dass ich mich in einem der schlimmsten Albträume befinde«, sagte sie, froh über die eisige Ruhe in ihrer Stimme.

»Hilflos und nackt, und doch versucht sie noch immer, mich anzuspucken.« In Sir Colins Gesicht funkelte ein Schimmer Belustigung. »Wir werden ein paar wunderbare Söhne zeugen, Männer, die es wert sind, Schottland zu regieren.«

»Ich dachte immer, es würde bereits ein König auf dem Thron sitzen und sich eine Dynastie etabliert haben.«

»Mit der Geburt unseres ersten Sohnes zerstöre ich sie. Weißt du, wem dieses Haus gehört?«

Elspeth brauchte einen Augenblick, um ihn zu verstehen, sein Themenwechsel war zu unvermittelt gekommen. »Nein, sollte ich?«

»Du hast das Kind der Hexe aufgenommen, nicht wahr?« Sir Colin setzte sich auf die Bettkante und zog die Stiefel aus.

»Ihr könnt nicht der kleine Adelige sein, der sie verführte und mit einem Kind sitzen ließ.« Elspeth griff verzweifelt nach dem Gesprächsgegenstand, weil sie eine Ablenkung brauchte, schließlich wusste sie ganz genau, warum Sir Colin seine Kleider ablegte. »Ihr seid nicht dunkel genug.«

»Nein, ich habe ihr kein Kind gemacht.«

Er kicherte.

»Sie behauptete, verführt worden zu sein? Die Dorfbewohner haben sie vermutlich einfach nur wegen dieser ungeheuren Lüge getötet, und was noch schlimmer ist, weil sie alle für dumm genug hielt, darauf hereinzufallen. Nein, dieses Mädchen war die geborene Hure. Die meisten Männer hier in der Gegend und viele von denen, die regelmäßig an den Hof reisen, kannten sie durch und durch.« Er sah sich anerkennend in dem ordentlichen kleinen Cottage um, während er sein dick gepolstertes Wams aufschnürte. »Sie war schön genug, um sehr gut auf eigenen Beinen zu stehen.«

»Aber nicht genug für jene, die ihre Gunst genossen, um diesem Mord Einhalt zu gebieten.«

»Natürlich nicht. Sie war eine Hure und noch dazu eine übellaunige. Und vielleicht war sie nicht wirklich eine Hexe, aber sie hat ganz sicher so viel angestellt, dass eine anständige Hinrichtung gerechtfertigt ist. Glaubst du denn, der kleine schwarzäugige Teufel ist das einzige Kind, das sie ausgetragen hat? Nein, sie wollte keine Kinder, war aber verdammt fruchtbar. Die meisten von ihnen hat sie aus ihrem Körper befördert, sobald sie wusste, dass sie darin waren. Wenn es zu spät war, das ohne Risiko zu tun, hat sie sie zur Welt gebracht und sich dann von ihnen befreit. Zwei hat sie umgebracht, vielleicht auch mehr. Sie sind hinter diesem hübschen kleinen Cottage begraben, gemeinsam mit dem einen oder anderen Mann, der sie verärgert hat. Nein, nicht der Vater«, erwiderte er auf die unausgesprochene Frage, die Elspeth nicht verbergen konnte. »Meine kleine Cousine war eine harte Frau.«

»Natürlich, es hätte mir klar sein müssen, dass das der Grund ist, warum Ihr ihr so ähnlich seid. Was haben wir doch für eine nette Unterhaltung. Gerade so wie alte Freunde. Vielleicht solltet Ihr mich losbinden, und ich bringe uns beiden ein Bier.«

Sir Colin lachte, als er sein Wams beiseitewarf und sein Hemd aufzuschnüren begann. Dann spannte er sich plötzlich an. »Was war das?«

Auch Elspeth hörte es. Das deutliche Geräusch eines Schwertkampfs erschütterte den Frieden vor der Tür. Da draußen konnte alles Mögliche geschehen, sogar ein Streit unter Sir Colins Wachen. Sie wollte lieber glauben, dass Cormac es war, und lachte leise, als Sir Colin gerade in dem Augenblick hochschoss, um sein Schwert zu holen, in dem so ungestüm gegen die Cottagetür getreten wurde, dass sie aufsprang.

»Aha, Sir Colin, ich fürchte, der Tod ist eben an Eurer Tür angekommen.«

11

Der Anblick, der Cormac begrüßte, als er die Tür zum Cottage auftrat, hätte ihn fast vor Wut brüllen lassen. Das Einzige, was ihn davon abhielt, zu schnell und zu blindlings zu handeln und ihn und Elspeth mit seinem Leichtsinn zu gefährden, war Elspeth selbst. Ihre beinahe schon fröhlichen Worte hätten ihn beinahe zum Lachen gebracht. Und sie lächelte ihn an. Sie war ans Bett gefesselt und mit bleifarbenen Blutergüssen übersät, doch sie lächelte.

»Ich weiß nicht, wer verrückter ist, Mädchen, du oder ich«, sagte Cormac, der den größten Teil seiner Aufmerksamkeit auf Sir Colin richtete, der, wie Cormac erleichtert feststellte, beinahe noch vollständig angezogen war.

»Du natürlich. Ich platze nicht mit einem Fußtritt gegen die Tür der Leute ins Haus«, erwiderte sie, fast schwindlig vor Erleichterung, ihn lebend zu sehen und bereit, Sir Colins Wahnsinn ein Ende zu machen. »Ich nehme nicht an, dass du Zeit hast, mir die Fesseln aufzuschneiden, bevor du mit diesem Idioten kämpfst.«

»Falls ich in deiner Nähe herumtänzle, während ich diesen Verrückten mit meiner Geschicklichkeit und meiner Anmut blende, kümmere ich mich gewiss darum.«

»Danke. Gut, dann geh es an. Bring ihn um.«

»Blutrünstiges Frauenzimmer.«

»Wo Ihr beiden Euch jetzt begrüßt habt«, blaffte Sir Colin, »können wir vielleicht mit dem Geschäft, Euch zu töten, fortfahren, Armstrong?«

»Oh ja? Glaubt Ihr denn, dass Ihr es besser versteht als Eure angemieteten Grobiane?«

»Ihr habt sie alle umgebracht, oder?« Sir Colin schüttelte

den Kopf und ließ ein »Tss!« verlauten. »Dein Liebhaber ist ziemlich blutrünstig, nicht wahr, Elspeth?«

»Ich habe Euch nicht erlaubt, derart vertraulich mit mir zu sprechen«, antwortete sie.

»Eine sehr scharfe Zunge für ein Mädchen, das nackt und gefesselt in einem Bett liegt«, murmelte Sir Colin, bevor er, fast süßlich, Cormac anlächelte. »Ihr habt doch gesehen, dass sie nackt ist, oder? Eine sehr schöne Haut hat das Mädchen. Weich. Sehr weich. Allerdings bekommt sie zu leicht Blutergüsse. Ah, aber so süß im Geschmack. Wie Honig auf der Zunge.«

Es war nicht schwer, Sir Colins Spiel zu erraten. Cormac wehrte sich gegen die Wut, die seine Worte in ihm erregten. Ein Kampf musste kalt und logisch angegangen werden. Ein bisschen Gefühlsbewegung war in Ordnung, sie gab einem den Ansporn, trotz Schmerzen weiterzumachen und zu töten, wenn es nötig war. Ein wenig Umsicht und Vorsicht gegenüber dem eigenen Leben waren gleichfalls eine gute Sache. Aber nicht rasende Wut. Wut brachte einen dazu, leichtsinnig zu werden, blind gegenüber allem, außer dem Bedürfnis, zu verwunden oder zu töten. Wut konnte einem Mann die Geschicklichkeit rauben.

Cormac wusste das alles und sagte sich die Lektionen, die er gelernt hatte, immer und immer wieder vor. Es half nicht viel. Jedes vergiftete Wort, das von Sir Colins Zunge tröpfelte, nährte seine Wut. Das bloße Bild, wie Sir Colin Elspeths Schönheit betrachtet, verstärkte die brennende Sehnsucht, diesen Mann zu töten. Die Vorstellung, dass er sie vielleicht berührt hatte, ihre weiche Haut geschmeckt hatte, ließ ihn vor lauter Bedürfnis erbeben, ihn langsam in kleine Stücke zu hauen.

Elspeth konnte den Kampf, der in Cormac tobte, sehen. Seine Wut gewann Oberhand, und genau das wollte Sir Colin erreichen. Etwas in ihr war aufgewühlt, weil Cormac bei dem Gedanken, dass ein anderer Mann sie berührt hatte, so

wütend wurde, aber sie hatte genug Unterweisungen in der Kunst des Kämpfens mitbekommen, um das Risiko solch unkontrollierter Gefühlsregungen zu verstehen. Ein klarer Kopf und ein kaltes Herz, hatte Payton immer gesagt, und er kannte den Wert dieser Worte sehr gut, denn er hatte sich lang und schwer angestrengt, diese Lektion zu erlernen. Irgendwie musste sie die Wirksamkeit von Sir Colins Gift abschwächen. Sie musste den Bann, den dieser Mann so klug schuf, brechen.

»Oh, seid doch still, Sir Colin«, tadelte sie ihn mit gereizt klingender Stimme. »Ihr prahlt wie ein unerfahrener Junge, der sich auf die Bettlaken ergießt, wenn er sich seiner ersten Frau gegenübersieht, mit Euren angeblichen Eroberungen.«

Das Erstaunen, das sich auf Sir Colins Gesicht abzeichnete, hätte Cormac beinahe zum Lachen gebracht. Seine Wut war noch immer da, aber Elspeths schneidende und gemeine Worte hatten ihn wieder zur Räson gebracht. Würde er getötet, weil er in eifersüchtiger Wut wild um sich schlug, war ihr nicht geholfen. Es war die Gelegenheit für ihn, der Bedrohung, der sie ausgesetzt war, ein Ende zu bereiten, und er würde nicht versagen.

Sir Colin holte aus, und Cormac wehrte den Hieb problemlos ab. Anschließend war Cormac so in den Kampf verwickelt, dass er keine Zeit mehr hatte, über die Kränkungen, die man Elspeth zugefügt hatte, nachzudenken. Zwischendrin hatte er einen Augenblick Zeit, eine der Fesseln, mit denen ihre Handgelenke an das Bett gebunden waren, aufzuschneiden. In der Hoffnung, dass sie sich jetzt selbst befreien konnte, bedrängte er Sir Colin, bis er weit weg vom Bett war, so heftig wie möglich.

Ohne auf die Schmerzen und Qualen in ihrem Körper zu achten, bemühte sich Elspeth, die Fesseln um ihr anderes Handgelenk zu lösen. Sie wehrte sich dabei gegen das Bedürfnis, Sir Colin und Cormac beim Kampf zuzusehen, in der Hoffnung, dass Cormac unverletzt blieb. Das Klirren der

Schwerter, das Ächzen und Fluchen der Männer sorgten für bedrückende Hintergrundgeräusche, während sie langsam ihre Fesseln löste. Ihre Arme und Beine schmerzten, ihre Blutergüsse pochten, und ihre Hand- und Fußgelenke brannten von den straffen Fesseln, aber Elspeth überging alles. Als sie endlich frei war, fand sie ihr Hemd dort auf dem Boden, wo Sir Colin es hingeworfen hatte, und zog es sich über. Sie saß auf dem Bett, sah den beiden Männern zu, die einander ebenbürtig schienen, und fragte sich, ob es etwas, irgendetwas, gab, was sie tun konnte, um Cormac zu helfen.

Sie schlug sich die Hände vor den Mund, um einen Aufschrei zu unterdrücken, als Sir Colins Schwert Cormacs rechten Arm traf. Es war eine oberflächliche Wunde, die von seiner Schulter bis fast zum Ellbogen verlief, aber sie blutete reichlich. Elspeth wusste nur zu gut, wie sehr ein solcher Blutverlust einen Mann schwächen konnte. Selbst wenn er Cormac nicht die ganze Kraft kosten sollte, raubte es seinem Schwertarm die Kraft und verschaffte Sir Colin einen tödlichen Vorteil.

Gerade als ihr diese Sorge durch den Kopf ging, nahm Cormac das Schwert in die linke Hand und kämpfte ohne auffällige Beeinträchtigung seiner Fähigkeiten weiter. Beinahe hätte sie über den verblüfften Ausdruck auf Sir Colins schweißgebadetem Gesicht gelacht. Allerdings wusste Elspeth, dass es zu früh war, um beruhigt zu sein. Cormac blutete noch immer heftig aus seiner Wunde.

Ihre Augen fingen an, von dem andauernden Beobachten Cormacs wehzutun, wobei sie, aus Angst, etwas zu verpassen, so wenig wie möglich zwinkerte. Dann sah sie, was sie befürchtet hatte – ein kaum merkliches Zögern in Cormacs Schritten, ein kaum merkliches Nachlassen der tödlichen Anmut, die er bisher an den Tag gelegt hatte. Auch Sir Colin sah es, denn er lächelte. Bevor sie etwas unternehmen konnte, um Cormac zu helfen, hieb Sir Colin auf sein Bein. Ein Aufschrei blieb ihr würgend in der Kehle stecken, als Cormac stolperte

und fiel. Sir Colin eilte herbei, begierig darauf, den tödlichen Streich zu tun, aber Cormac rollte sich weg. Sir Colin fluchte und holte erneut aus, sah Cormac bereits als geschlagen, da er auf der Seite lag und sich offensichtlich darum bemühte, dem Verhängnis zu entrinnen. Dies erwies sich als Fehler. Er hob sein Schwert zum Todesstoß, und plötzlich bewegte sich Cormac so flink, dass selbst Elspeth der Atem stockte. Er schnellte herum, setzte sich auf und senkte mit einer einzigen sauberen Bewegung sein Schwert tief in Sir Colins ungeschützte Brust.

Elspeth hatte den Eindruck, dass alles um sie herum mit ihrer Fähigkeit zu atmen zum Stillstand kam. Einen schrecklichen Moment lang stand Sir Colin da, sein Schwert noch immer zum Schlag erhoben, und starrte auf das Schwert, dass in seinem Körper steckte. Schließlich entglitt das Schwert seinen schlaffen Händen, und er fiel zu Boden. Cormac konnte sein Schwert gerade noch aus dem Körper des Mannes ziehen, bevor er durch Sir Colins Fallen niedergezogen wurde.

»Cormac!«, schrie sie und hastete zu ihm, während er rücklings auf den Boden fiel.

Als sie sich neben ihn kniete, ergriff Cormac ihre Hand. Benommen und schwach von seinem Blutverlust und jetzt auch des brennenden Schmerzes in seinen Wunden allzu bewusst, war er nach wie vor nur an einem interessiert. Alles andere konnte warten, bis er die Versicherung aus Elspeths eigenem Mund gehört hatte.

»War ich zu spät?«

»Nein«, antwortete sie. »Obwohl ich wie ein ausgenommener Lachs dalag, hat Sir Colin nichts weiter gemacht, als mich ein wenig betätschelt. Es war widerlich, aber ich werde mich davon erholen. Er war zu sehr mit seiner hämischen Freude beschäftigt und schlug mich einmal zu viel. Bewusstlosigkeit machte ihn aber nicht an.«

»Gott sei Dank.« Er schloss die Augen. »Ich glaube, ich schlafe jetzt.«

»Meinst du, du könntest es bis aufs Bett schaffen, bevor du ohnmächtig wirst?«

»Hilf mir dabei.«

Er konnte kaum ein Stöhnen unterdrücken, als sie ihre Arme um ihn legte und ihm auf die Beine half. »Ich sagte schlafen.«

»Natürlich.« Sie taumelte ein wenig unter seinem Gewicht, brachte ihn aber zum Bett. Fast hätte sie es nicht verhindern können, auf ihn zu fallen, als er auf dem Bett zusammenbrach. »So, jetzt kannst du *schlafen,* und ich werde deine Wunden versorgen.«

Erst als er wieder die Augen öffnete und entdeckte, dass Elspeth ein sauberes Leintuch um die gesäuberte und genähte Wunde auf seinem Bein legte, erkannte Cormac, dass er das Bewusstsein verloren hatte. Er stellte fest, dass er nackt war und sauber und auch, dass er eine Bandage um seinen Arm trug, und ihm wurde klar, dass er weitaus länger ohnmächtig gewesen war, als er gedacht hatte. Mit einem schnellen Blick quer durch den Raum entdeckte er die Leiche Sir Colins, die mit einem Tuch zugedeckt war.

»Aha, gut«, murmelte er. »Ich habe gewonnen.«

Sie zog eine saubere Decke über ihn und schüttelte den Kopf. »Ich bin langsam des Versuchs ausgesprochen überdrüssig, das Blut in deinem Körper zu halten, Cormac. Allmählich glaube ich, du willst in Erfahrung bringen, wie viel du davon hast, indem du es auf den Boden gießt.«

Er lächelte matt und hob seine rechte Hand, um ihr zärtlich über die blutunterlaufene Wange zu streicheln. »Du hast dich heftig gewehrt, nicht wahr, mein Engel?«

»Natürlich.« Sie seufzte, als sie sich auf die Bettkante setzte. »Ich wusste, dass ich nicht gewinnen konnte, aber, ja, ich wehrte mich gegen ihn. Deshalb hat er mich immer wieder geschlagen. Einmal schlug er mich zu stark, und als ich wieder aufwachte, musste ich feststellen, dass er sich meine Bewusstlosigkeit schnell und schonungslos zunutze gemacht hat. Als

ich mich festgebunden und nackt wiedergefunden habe«, sie zitterte, »fühlte ich mich so hilflos. Mir wurde klar, dass der größte Teil meiner inneren Ruhe aus meinem Kampf gegen ihn rührte, obwohl ich meiner Meinung nach resigniert meiner Schändung entgegensah. Ich verstehe nicht, warum, aber ich wusste, dass er mich, sollte er mich vergewaltigen, während ich hilflos dalag, problemlos vernichten konnte. Er beraubte mich jeglicher Möglichkeit, mich damit zu trösten, dass es ihm nicht leichtfallen würde, mich zu entehren.«

»Vielleicht hättest du bei einem Kampf bis zum bitteren Ende nicht das Gefühl entwickelt, all deine Ehre verloren zu haben. Er hätte sie dir aber niemals nehmen können, Elspeth, egal wie sehr er dich verletzt hätte.« Er erwiderte ihr etwas zittriges Lächeln. »Hat er gesagt, warum?«

»Alles, weil ich ihn abgewiesen habe. Er glaubte, mir die größte Ehre zu erweisen, wenn er mich fragt, ob ich seine Frau werden möchte, und ich hätte darauf gespuckt. Er sagte mir, was für eine elende Partie ich sei, und hatte offensichtlich den Eindruck, dass er für das Opfer, das er brachte, indem er daran dachte, mich zu heiraten, meine demütigste Dankbarkeit verdiente. Meine Weigerung war eine Beleidigung, die er nicht ertrug. Außerdem glaubte er, dass ich eine besondere Gabe habe.«

»Eine Gabe?«

»Ja.« Sie verzog das Gesicht. »Ich scheine die Fähigkeit zu besitzen, na ja, zu spüren, was Menschen fühlen. Aus diesem Grund konnte ich fast immer sagen, wenn mich jemand anlügt. Kann es noch immer. Bei Sir Colin spürte ich, egal wie freundlich er sprach oder wie süß er lächelte, wenn ich ihn wütend machte. Es ist schwierig zu erklären.«

»Ich weiß, was du sagen willst. Du empfindest stärker als andere. Oder siehst schärfer. Oder riechst besser. Was soll's? Du kannst hinter die Masken schauen. Das ist eine schöne Gabe.«

»Oh ja. Es ist eine Gabe, die von meiner Mutter stammt,

obwohl sie behauptet, dass meine viel ausgeprägter sei als ihre. Sie hat meiner Familie geholfen, der einen oder anderen Falle zu entgehen. Manchmal hilft sie mir bei meiner Heilkunst, denn auch Schmerz ist ein Gefühl, und ab und zu kann ich spüren, wo er sitzt. Leider fühle ich auch, wenn ein Mensch oder ein Tier stirbt. Dann ist oft ein ganz bestimmter Ausdruck in den Augen zu sehen, da ist ein Geruch, die Haut fühlt sich anders an, irgendetwas sagt mir, dass derjenige, selbst wenn er noch mit allen Mitteln dagegen kämpft, nicht gewinnen wird, dass er bald sterben wird. Ich bemühe mich, diesen Teil von mir nicht allzu vielen Menschen zu zeigen. Aber Sir Colin kannte fast alles, dessen ich fähig bin, und wollte es für sich haben, wollte es benützen, um zu Macht und Reichtum zu gelangen.«

Cormac nickte. »Ich kann verstehen, wie das einem Mann dabei helfen kann.« Er wollte sich mühsam aufsetzen, wurde aber von Elspeth niedergedrückt, und die Leichtigkeit, mit der sie das tat, war erschreckend. »Wir müssen schnell zum Dorf zurück. Ich habe dort all unsere Habseligkeiten, das Kind und den Kater zurückgelassen. Ja, und auch dein Pferd.«

»Wie weit sind wir vom Dorf entfernt?«, fragte Elspeth, als sie aufstand, um ihm einen sehr sanften Schlaftrunk zu mischen.

»Eine Meile, vielleicht auch weniger. Es hat mich sehr überrascht, dass er so nah blieb.«

»Dann werde ich gehen und alles holen.«

»Nein, wir können hier nicht bleiben. Es sei denn ... Hat Sir Colin die arme Seele, die hier gelebt hat, ermordet?«

»Nein, das taten die Dorfbewohner. Es ist das Heim der Hexe.«

»Ihr Name war Anne Seaton. Also gehört es jetzt wahrscheinlich dem Kind.«

»Stimmt, und wir werden es benützen, bis du kräftig genug bist, um zu reisen.« Sie legte ihm einen Arm um die Schultern

und half ihm dabei, sich so weit aufzusetzen, dass er den Trank, den sie für ihn bereitet hatte, trinken konnte.

»Sir MacRae schlug hier sein Lager auf, damit er es bequemer hatte, seine Verbrechen zu begehen. Mistress Anne war wohl eine Cousine von ihm.«

»Das Blut verrät es. Sie war keine gute Frau, Mädchen, obwohl sie den Tod, den man ihr bereitete, nicht verdient hat.«

»Na ja, ich bin mir nicht mehr so sicher, ob sie ihn nicht verdient hat. Sir Colin sagt, dass hier Leichen begraben sind. Diesem kleinen Kind war sicher auch dieses Schicksal zugedacht. Seine Mutter befreite ihren Schoß von mehreren Kindern, und wenn es dazu zu spät war, brachte sie sie um, bevor sie so lange lebten, dass man sie hätte sehen können. Sir Colin machte eine Andeutung, dass hier auch der eine oder andere Mann begraben liegt. Aus irgendeinem Grund wollte sie, dass dieses Kind vorerst lebt. Trink das.«

»Was ist das für eine widerliche Brühe?«

»Etwas, das deine Schmerzen lindert.«

Er trank und verzog angesichts des bitteren Geschmacks das Gesicht. »Sie hat dieses Kind behalten, um den Vater zu quälen. Sie hat den Jungen nicht taufen lassen, weil, so erzählte sie dem Priester, viele Kinder sterben, und sie wollte, dass der Vater erfuhr, dass sein Sohn ohne Namen und ohne den Segen der Kirche gestorben ist.«

Während sie es ihm im Bett bequemer machte, zitterte sie bei seinen Worten. »Nein, sie war ganz gewiss keine gute Frau.«

»Wirst du es den Dorfbewohnern sagen?«

»Ich hasse es, ihnen einen Anlass zu geben, der sie in ihrer Meinung bestätigt, dass das, was sie getan haben, gerechtfertigt ist, aber, ja, ich sage es. Wenn der eine oder andere Mann hinter dem Cottage begraben liegt, könnte er oder könnten sie eine Familie haben, die sich sorgenvoll fragt, was ihm zugestoßen sein mag, die sich danach sehnt, sein Schiksal zu erfahren, sei es gut oder schlecht.«

Cormac fühlte sich zunehmend benommen. »Das Gebräu war nicht nur für die Schmerzen, oder?«

»Nein, es wird dich für kurze Zeit schlafen lassen«, antwortete sie und musste lachen, als er fast im selben Moment einschlief. Sie beeilte sich und zog sich an.

Elspeth beschloss, zuerst die Leichen zu beseitigen. Sie benutzte das Tuch, mit dem sie Sir Colin zugedeckt hatte, und zerrte ihn und die zwei Wachen nacheinander in den Wald. Trotz alldem, was sie ihr angetan hatten, tat es ihr leid, dass sie nicht die Kraft hatte, sie zu bestatten. Falls ihre Erzählung von den Leichen hinter Annes Cottage Männer aus dem Dorf hierher führte, um der Sache nachzugehen, würde sie dafür sorgen, dass sie sich darum kümmerten.

Auf der Suche nach Cormacs Pferd fand sie die anderen beiden Wachen und seufzte. Dank ihrer Probleme hatte Cormac eine Menge Blut an seinen Händen kleben. Sie versuchte sich mit dem Wissen zu trösten, dass es Notwehr war, ein Kampf um Leben und Ehre. Die Männer waren Söldner, und dazu die schlimmsten ihrer Gattung, die, die sich nur für das Geld interessierten. Kein Mann, der Ehre besaß, hätte mit Sir Colin gemeinsame Sache gemacht. Sie war froh, dass er solche Männer beauftragt und nicht seine Clanmitglieder hineingezogen hatte.

Für den Ritt ins Dorf brauchte sie all ihren Mut. Es war schon mehr Nacht als Tag, und sie musste dagegen ankämpfen, nicht in jedem Schatten eine Gefahr zu sehen. Als sie den Gasthof betrat, lachte sie fast darüber, wie der Wirt und seine Frau sie offenen Mundes anstarrten. Gewiss sah sie entsetzlich aus mit ihrem zerfetzten Kleid und dem grün und blau geschlagenen Gesicht, aber gelassen bezahlte sie die Rechnung und ging nach oben, um ihre Sachen, das Baby und Muddy zu holen.

»Oh, Mylady!«, schrie Dorcas auf, als Elspeth den Raum betrat. »Was ist mit Euch geschehen, und wo ist Euer hübscher Mann?«

»Eine lange und schlimme Geschichte, wie ich fürchte, Dorcas. Ich wurde verschleppt, und Sir Cormac hat mich gerettet. Er hat ein paar Wunden, deshalb bin ich gekommen, um unsere Sachen, das Kind und den Kater zu holen.« Elspeth lächelte, als sie zum Bett ging, wo ein laut schnurrender Muddy nach ihrer Aufmerksamkeit verlangte. »Du bist ein guter Kater«, sagte sie zu ihm und kraulte ihm den Kopf. »Du hast versucht, das Kind zu beschützen, nicht wahr?«

»Das hat er gemacht.« Dorcas zeigte Elspeth die Kratzer auf ihrem Arm. »Sogar vor mir.«

»Das tut mir leid.«

»Nein, er hat es nicht böse gemeint, und Euer Mann hat ihn schnell beruhigt.«

»Wer sich so um das Kind kümmert wie du, der hat eine gute Seele.«

»Er ist doch nur ein kleines Kind. Schwarz wie der Teufel selbst, stimmt schon, aber nur ein Kind. Was sie gemacht haben, war falsch.«

»In Bezug auf das Kind schon. Aber ich glaube allmählich, dass die Mutter längst fällig war für eine Hinrichtung. Es ist nur eine Schande, dass diese aus falschen Gründen vollzogen wurde. Kannst du mir Euren Priester holen, Dorcas? Es gibt ein paar Dinge, die ich ihm erzählen muss.«

Als Dorcas mit dem jungen Priester zurückkehrte, hatte Elspeth gepackt und war mehr als bereit zu gehen. Während sie ihm alles, was sie über Anne Seaton erfahren hatte und was ihr und Cormac zugestoßen war, berichtete, hatte sie Angst, er würde ohnmächtig werden. Es wurde deutlich, dass er in einem so winzigen Dorf niemals mit derart finsteren Ereignissen gerechnet hatte. Er sagte ihr zu, am Morgen mit ein paar Männern und vielleicht jemandem vom Laird, der das meiste Land hier in der Gegend besaß, zum Cottage zu kommen. Sie brachte ihn dazu, das Baby zu taufen, dem sie den Namen Alan gab, und nannte ihren Cousin Payton und ihre

Cousine Sorcha als Paten. Elspeth dankte Dorcas, gab dem Priester etwas Geld und machte sich wieder auf zum Cottage, wobei sie bei jedem Schritt gegen ihre Erschöpfung ankämpfen musste.

»Wo warst du?«, fragte Cormac fordernd, als sie, Alan und den Kater auf den Armen, in das Cottage taumelte.

Elspeth zwinkerte und starrte Cormac an, der es geschafft hatte, sich aufzusetzen, und den Eindruck erweckte, als wolle er aus dem Bett klettern. »Du hast gar nicht lange geschlafen«, sagte sie, indem sie Muddy absetzte und Cormac das Kind reichte. »Lass mich erst nach unseren Habseligkeiten und den Pferden sehen, bevor du mit mir zankst.«

Benommen und geschwächt von dem anstrengenden Sitzen, befürchtete Cormac, er könnte das Kind vielleicht fallen lassen. Vorsichtig ließ er sich zurücksinken und legte sich das Baby auf die Brust. Als Muddy auf das Bett sprang und sich laut schnurrend neben ihm ausstreckte, lächelte er. Es war seltsam, aber trotz seiner schmerzenden Wunden fühlte er sich zufrieden, als wäre nun alles so, wie es sein sollte, und damit so, dass er jetzt schlafen konnte.

Sobald Elspeth mit dem Auspacken fertig war, die Pferde versorgt, Alan in sein Bettchen gelegt und Cormacs Wunden überprüft hatte, zog sie sich bis auf das dünne Hemd aus und kletterte neben Cormac ins Bett. Es schien keine Stelle an ihr zu geben, die nicht schmerzte. Sie war froh, dass sie trotz der schrecklichen Blutergüsse und hässlichen Abdrücke, die die Fesseln hinterlassen hatten, keine Wunden hatte, die versorgt werden mussten, denn dazu wäre sie einfach zu müde gewesen. Sie ergriff Cormacs Hand und erzählte ihm alles, was sie während ihres Aufenthalts im Dorf erledigt hatte.

»Alan. Ein guter Name«, sagte Cormac, als er seine Hand aus ihrer löste, seinen Arm um ihre Schultern legte und sie an sich zog. »Armes Mädchen.« Er drückte ihr einen Kuss auf das Haar. »Und armer Cormac. Ich hatte so herrliche Pläne für die Nacht.«

Elspeth lachte weich und gähnte. »Ich auch. Selbst wenn mir nicht alles wehtäte, wäre ich zu müde dazu.«

»Und ich würde dich vermutlich überall vollbluten.«

»Ja, das würdest du.« Sie küsste seine Brust, rieb ihre Wange an seiner warmen Haut und genoss die Tatsache, dass er am Leben und an ihrer Seite war. »Es ist vorbei.«

Cormac legte seine Wange an ihr Haar. »Ja, du bist jetzt in Sicherheit.«

»Meinst du nicht, dass sein Erbe oder seine Clanmitglieder Rache üben wollen?«

»Nein. Sein Erbe ist der Junge, mit dem meine Cousine Mary inzwischen vermutlich verheiratet ist. Und obwohl ich nicht sehr lange da war, habe ich nicht den Eindruck, dass sein Clan sonderlich viel an Sir Colins Grab weinen wird. Es war unter ihnen kein Geheimnis, was er mit dir gemacht hat oder vorhatte zu tun. Sie sind bestimmt nicht überrascht, dass er deswegen den Tod gefunden hat. Schlaf ein wenig, Engel. Es sieht so aus, als würdest du morgen ziemlich viel zu tun bekommen. Und ich fürchte, ich bin dir keine große Hilfe.«

»Du wirst imstande sein zu sprechen. Sollte jemand Antworten auf ein paar Fragen haben wollen, schicke ich ihn zu dir.«

»Na gut. Erzählst du Alan von seiner Mutter, wenn er alt genug ist, um nach ihr zu fragen?«

Elspeth seufzte. »Ich weiß es nicht. Das ist keine Geschichte, die man gerne über seine Mutter hört. Andererseits kennt jeder hier die Wahrheit, was würde es also bringen, wenn man sie verbirgt? Ich bin allerdings viel zu müde, um mir jetzt darüber Sorgen zu machen. Schlaf gut, Cormac.«

»Schlaf gut, Engel.«

Cormac starrte zur Decke und lächelte darüber, wie schnell Elspeth in seinen Armen einschlief. Seit er ihr begegnet war, verlief sein Leben sehr kompliziert. Als er sie an das Bett gefesselt, nackt und hilflos gesehen hatte, war ihm be-

wusst gewesen, was Sir Colin beabsichtigt oder bereits vollendet hatte, und er war beinahe außer sich geraten vor Wut. Es waren nicht nur Elspeths Schwierigkeiten, in denen er sich tief verstrickt hatte, sondern es war auch Elspeth selbst. Er wagte es nicht, einen Blick in sein Herz zu werfen. Er war nicht frei. Dennoch wusste er, dass es wehtun würde, wenn sie ging.

Etwas in ihm wollte sein Versprechen brechen und mit Elspeth davonlaufen. Er erinnerte sich kaum mehr an die Gefühle, die vor Jahren das Versprechen gegenüber Isabel ausgelöst hatten. Dennoch konnte er es nicht brechen. Seine Eltern taten unablässig alles, um ihren Namen in Verruf zu bringen, und dieser Makel haftete ihren Kindern an. Sie spielten, hurten, zeugten Kinder und kümmerten sich nicht um sie, sie brachten ihre Leute fast an den Bettelstab und waren allseits als Lügner und Betrüger bekannt. Vor langer Zeit hatte Cormac sich entschlossen, der Welt zu zeigen, dass nicht alle Mitglieder seiner Familie so ehrlos waren, und sein Bestes gegeben, um seinen Geschwistern den Wert eines gehaltenen Versprechens zu demonstrieren. Er hatte sein Wort gegeben, Isabel beizustehen, hatte gelobt, sie zu lieben und zu ehren. Sie verließ sich darauf, dass er sein Wort hielt. Auch wenn er im Augenblick hinsichtlich seiner Gefühle höchst verwirrt war, war er sich einer Sache gewiss: Er hatte ein Versprechen gegeben, und er würde dazu stehen. Er konnte nur beten, dass er sie dadurch nicht alle zerstörte.

Es brauchte mehr als einen Tag, um alles in Ordnung zu bringen. Von Zeit zu Zeit hatte Elspeth das große Bedürfnis, jedem zu sagen, er solle gehen, aber sie wusste, dass Anne Seatons Verbrechen des Beweises bedurften und ebenso die Geschichte, die Cormac und sie über Sir Colins Tod erzählten. Die Leichen von zwei Männern und drei Babys wurden in Anne Seatons Küchengarten gefunden. Elspeths Herz schlug schmerzlich für alle, aber am meisten für

den kleinen Alan. Eines Tages musste er die Wahrheit über seine Mutter erfahren, und es würde eine herbe Wahrheit sein, die er akzeptieren musste. Sie würde dafür sorgen, dass er tief und innig geliebt wurde. Vielleicht konnte das den Schlag mildern und er dadurch leichter begreifen, dass die Sünden seiner Mutter ganz allein ihre waren, dass er keine angeborene Schuld trug und keinen Makel, der an seine Kinder weitervererbt würde.

Der Vertreter des Laird stellte die Papiere aus, die bewiesen, dass das Cottage und das dazugehörige Land nun Alan gehörten. Es war nicht viel, aber es war mehr, als viele andere uneheliche Kinder besaßen. Der Vertreter des Laird weigerte sich, ihr zu erzählen, wer das Cottage und das Land für Anne Seaton gekauft hatte, denn er wollte keine vertraulichen Mitteilungen preisgeben. Elspeth fand einen Kompromiss, indem sie dem Mann sagte, dass er ihr, sollte er jemals das Gefühl haben, dass er ihr den Namen nennen konnte, diese Information nach Donncoill melden sollte. Flüchtig zog sie in Erwägung, dem einstigen Käufer die Nachricht zukommen zu lassen, dass er eventuell einen Sohn hatte, kam aber zu der Überzeugung, dass sie jeden Mann, der das Kind vielleicht als seines beanspruchen konnte, treffen und kennenlernen musste. Alans Mutter hatte ihm genug Bürden auferlegt. Elspeth hatte nicht die geringste Absicht, jemandem das Kind zu überlassen, bevor sie ihn nicht gebilligt hatte und sich sicher war, dass Alan geliebt würde.

Fünf Tage waren an ihnen vorübergezogen, bis sie und Cormac sich wieder allein fanden. Obwohl sie nicht miteinander geschlafen hatten, hatte Elspeth den Eindruck, dass sie sich näher denn je standen. Wenn sie nicht mit den Dorfleuten, dem Vertreter des Laird oder dem Priester zu tun hatten, unterhielten sie sich. Elspeth lernte endlich mehr über Cormac und seine Vergangenheit kennen. Obgleich Isabels Name gelegentlich in das Gespräch einfloss, kam sie nur als

Teil einer Geschichte über jemand anderen vor, hastig erwähnt und hastig vergessen.

Als Elspeth am sechsten Tag vom Wasserholen zurückkehrte und Cormac vollständig angezogen vorfand, wusste sie, dass ihre Zeit im Cottage ein Ende hatte. Er war noch unsicher und musste sich an den Bettpfosten klammern, um aufrecht zu stehen, aber er würde darauf beharren, kräftig genug zu sein, um die letzten paar Meilen zum königlichen Hof und damit zu Isabel zurückzulegen. Einen Augenblick lang versuchte sie sich einzureden, er beeile sich, den Königshof zu erreichen, weil er ihrer Familie hatte ausrichten lassen, dass sie dort zu finden sei, aber sie konnte sich nicht wirklich überzeugen. Sie hatte gehofft, dass er so lange in dem Cottage bleiben würde, bis es ihm wieder gut genug ging, um wenigstens einmal mit ihr zu schlafen, bevor sie sich dem Problem namens Isabel gegenübersahen, aber das war eindeutig nicht der Fall.

»Du wirst flach auf dein Gesicht fallen.« Sie stellte den Eimer voll Wasser auf den Tisch.

»So schwach bin ich nicht.« Er schnitt eine Grimasse, als er sich auf das Bett setzte. »Ich kann reiten. Wir haben es nicht mehr weit.«

»Warum warten wir nicht noch ein oder zwei Tage? Die Wunde an deinem Bein ging tief, und du hast viel Blut verloren. Ja, du bist wieder ein Stück weit zu Kräften gekommen, aber wenn du jetzt versuchst zu reiten, verbrauchst du sie vielleicht restlos.«

»Dann werde ich mich ausruhen, wenn ich dort angekommen bin.« Er seufzte und fuhr sich mit den Fingern durchs Haar. »Paul und Owen haben inzwischen sicher deiner Familie unsere Botschaft überbracht. Deine Angehörigen suchen vielleicht schon nach dir. Wenn du nicht, so wie wir ihnen ausrichten ließen, bei Hof bist, könnte leicht der Fall eintreten, dass sie gierig nach Blut zu Sir Colins Land reiten. Du musst dort sein, wenn sie kommen, um dich zu

holen, oder die Fehde, die wir vielleicht verhindert haben, könnte doch noch ernsthaft ausbrechen. Das willst du doch nicht, oder?«

»Nein, natürlich nicht. Also reisen wir morgen ab?«

»Ja, beim ersten Tageslicht.«

Als sie sich nachts neben ihm ins Bett legte, klammerte sich Elspeth an ihn und bemühte sich, ihre Ängste zu beschwichtigen.

Sie liebte ihn so sehr, dass sie nicht glauben wollte, dass er sie nicht auch lieben konnte.

Eine Leidenschaft, die so heftig war wie die, die zwischen ihnen herrschte, musste aus Liebe geboren sein.

Elspeth hoffte nur inständig, dass dies ausreichte, damit er Isabel endlich verließ, aber sie war sich nicht sicher, dass dem so sein würde.

Bei ihren Gesprächen hatte Elspeth etwas äußerst Bestürzendes erfahren: Cormacs Eltern waren nichts weiter als Huren, Räuber und Lügner.

Sie empfand Mitleid mit Cormac und seinen Geschwistern, die von ihren berüchtigten Eltern nicht geliebt wurden und sich für diese schämten, aber offensichtlich hatte er diese schwere Kindheit überlebt.

Sorgen machte ihr, dass Cormac anscheinend den Eindruck hatte, die Last, die Familienehre wiederherzustellen, liege auf seinen breiten Schultern.

Allen edlen Männern war ihre Ehre teuer, aber Cormac war sie teurer als den meisten, so teuer, dass er nicht einmal daran denken mochte, sein Wort zu brechen.

Es war nicht nur seine eigene Rechtschaffenheit, die er verzweifelt bewahren wollte, sondern auch die seiner Geschwister.

Seine Eltern hatten dafür gesorgt, dass die Ehre ihres Clans kaum mehr war als ein Scherz, und Cormac war blindlings entschlossen, das zu ändern.

Ihm erschien jedes Schwanken als der Beginn des ab-

wärtsführenden Wegs, den seine Eltern gegangen waren, und das konnte er nicht zulassen.

Für Cormac gab es kein Grau, sondern nur Schwarz oder Weiß.

Entweder man hielt sein Wort und behielt damit seine Ehre, oder man brach es und verlor seine Ehre. Daran gab es für ihn nichts zu deuteln.

Das bedeutete, so grübelte sie, während sie das Bedürfnis unterdrückte zu weinen, sein Versprechen gegenüber Isabel war so gut wie in Stein gemeißelt.

12

»Ich habe dir doch gesagt, dass es verrückt ist, sich schon so bald wieder aufs Pferd zu setzen«, schimpfte Elspeth, als sie einem blassen, schwitzenden Cormac ins Bett half.

Sie hatten es kaum bis zu der Herberge geschafft, in der Cormac jedes Mal abstieg, wenn er am königlichen Hof weilte. Auf den letzten beiden Meilen hatte Elspeth bei jedem Schritt erwartet, dass Cormac vom Pferd stürzen und bäuchlings im Schlamm landen würde. Sie hatte sich so sehr auf die Zunge gebissen, um ihre Beschwerden und Sorgen nicht laut werden zu lassen, dass es sie überraschte, noch immer eine Zunge in ihrem Mund vorzufinden. Das Einzige, was sie hatte tun können, war, sorgsam darauf zu achten, ob neue Blutungen auftraten.

»Es mag nicht das Klügste gewesen sein, was ich je getan habe«, gestand ihr Cormac zu und lächelte matt, als ihm eine murrende Elspeth die Kleider auszog. »Du kannst mich mit klarer, deutlicher Stimme ausschimpfen, Elspeth. Ich denke, ich bin Manns genug, es auszuhalten.«

Sie schüttelte nur den Kopf und löste seine Verbände, säuberte die Wunden und verteilte Salbe darauf, bevor sie sie wieder mit sauberen Leinenstreifen überdeckte. Als sie fertig war, hatte er die Augen geschlossen, aber seine Gesichtsfarbe machte einen besseren Eindruck. Sie zog die Decken über ihn, verärgert über seinen Eigensinn und dennoch zutiefst erleichtert, dass er sich keinen ernsthaften Schaden zugefügt hatte.

Elspeth wandte ihre Aufmerksamkeit dem Auspacken und den Bedürfnissen von Klein-Alan zu. Ihr war bewusst, dass ein Teil ihrer Wut auf Cormac der Tatsache zuzuschreiben

war, dass sie sich nicht sicher war, warum er seine Gesundheit riskierte, um hierherzukommen. Er behauptete, es sei, um ihre Familie zu treffen und zu gewährleisten, dass sie keinen Grund hatte, gegen Sir Colins Clan vorzugehen. Dennoch war das hier sein Bestimmungsort; als sie sich zusammengetan hatten, hatte er eilig Isabels Ruf hierher folgen wollen. Elspeth war klar, dass sie ihn gebremst, ihn zum Zögern gebracht hatte, aber sie wusste nicht, ob sie ihn davon abgebracht hatte, zu dieser Frau zurückzukehren.

Cormac verschlief das Essen, das die Magd servierte, ebenso wie das Bad, mit dem sich Elspeth verwöhnte, und sie war froh darüber, auch wenn sie sich ein wenig verlassen fühlte. Als sie sich neben ihn ins Bett legte, murmelte er ihren Namen, legte ihr seinen gesunden Arm um die Schultern und zog sie an sich. Danach wurde er mit einem Seufzer, der sich sehr nach Zufriedenheit anhörte, wieder ruhig. *Er streckt in seinen Träumen die Hand nach mir aus,* dachte sie und versuchte darin einen Hoffnungsschimmer zu sehen.

Cormac zuckte zusammen, denn das strahlende Sonnenlicht tat seinen Augen weh. Er brauchte einen Moment, um seine Augen daran zu gewöhnen, bevor er sich umschaute und die Herberge erkannte, in der er schon so oft abgestiegen war. Elspeth hatte ein hübsches grünes Kleid an und beendete gerade eine ziemlich komplizierte Flechtfrisur. Alan lag in dem Korb, den sie vom Cottage mitgebracht hatten, und brabbelte vor sich hin, während er mit seinen Zehen spielte. Muddy lag ausgestreckt auf dem Rücken am Ende des Bettes in der Sonne, wirkte groß und unansehnlich. Cormac lächelte. Sie waren eine seltsame kleine Gemeinschaft, aber ihr Anblick schenkte ihm ein Gefühl der Zufriedenheit.

»Aha, du bist endlich aufgewacht.« Elspeth lächelte ihn an, als sie neben das Bett trat.

»Lass mich versuchen, mich ohne Hilfestellung aufzusetzen.« Er verspürte mehrmals brennendes Stechen, aber er

fühlte sich kräftiger als seit Tagen. »Wie lange habe ich denn geschlafen?«

»Na ja, du bist kurz nach unserer Ankunft eingeschlafen. Dann bist du gestern aufgewacht, um zu essen, und hast dir von einem Jungen helfen lassen, deinen Bedürfnissen nachzukommen. Anschließend hast du die ganze Nacht durchgeschlafen. Jetzt haben wir den Mittag des zweiten Tages.«

»Großer Gott.« Er schüttelte den Kopf. »Kein Wunder, dass ich beinahe verhungere.«

»Der Junge sollte bald mit dem Essen da sein, und wenn du möchtest, wird er dir dabei helfen, dich ein wenig zu waschen.«

»Das wäre mir sehr recht.« Er krauste die Stirn, als sie ihren Umhang überstreifte. »Wohin gehst du?«

»An den Hof. Ich denke, das ist der beste Ort, um meinen Verwandten eine Nachricht zu hinterlassen, oder nicht?«

»Oh ja.« Cormac tadelte sich insgeheim, weil er sich fühlte, als würde sie ihn verlassen und dabei auch noch aussehen, als sei sie begierig darauf. »Pass auf, dass diejenigen, denen du es sagst, eine Zeit lang hier bleiben. Noch besser wäre jemand, der deine Familie kennt. Vielleicht ein Verwandter.« Er legte einmal mehr die Stirn in Falten, als er sich vorstellte, wie Elspeth unter all den lüsternen Höflingen herumwanderte. »Vielleicht solltest du warten, bis ich dich hinbringen kann.«

Elspeth lachte leise und küsste ihn auf die Wange. »Es wird mir gut gehen. Wenn du möchtest, kann der Junge auf Alan aufpassen, allerdings müsste er bald einschlafen, und ich habe nicht vor, lange wegzubleiben.«

Gerade als Elspeth hinausging, kam Robbie, der junge Sohn des Wirts, herein und brachte ein großes Tablett mit Essen. Cormac schob seine Bedenken beiseite, während er sich um seine persönlichen Bedürfnisse kümmerte, seinen leeren Bauch füllte und sich so gründlich wusch, wie es nur möglich war, wenn man nicht in einen Zuber stieg. Er fühlte sich

nach all diesen Aktivitäten nur ein wenig müde, und dies stimmte ihn froh. Offenbar war ein langer, ununterbrochener Schlaf genau das gewesen, was er gebraucht hatte. Mit Robbies Hilfe ging er ein paar Mal um das Zimmer herum, bis er feststellte, dass er sich mehr auf den Jungen lehnte, als wirklich selbst zu gehen.

Nachdem er sich den Schweiß, den diese Kraftanstrengung hervorgebracht hatte, abgewaschen hatte, kletterte er wieder ins Bett – erschöpft, aber zufrieden. Es würde noch ein paar Tage dauern, bis er wieder sehr weit laufen konnte, weil er erst zu Kräften kommen musste, aber seine Heilung ging in annehmbarer Geschwindigkeit voran. Nach einem kurzen Schlaf würde er, dessen war er sich ganz sicher, genug erholt sein, um sich einer ganz bestimmten Sache zu widmen. Es war viel zu viel Zeit vergangen, seit er und Elspeth sich geliebt hatten, und er sehnte sich danach. Die Wunde an seinem Arm war so weit abgeheilt, dass Elspeth bereits die Fäden, mit der sie sie genäht hatte, entfernen konnte. Sie hatte gesagt, dass sie in erster Linie dazu dienten, die Narbe, die ihm bleiben würde, zu verkleinern. Sein Bein aber würde ihm einige Unannehmlichkeiten bereiten. Doch er schmunzelte. Elspeth würde eben die meiste Arbeit verrichten müssen.

Als Robbie sich entfernte, fiel Cormacs Blick auf das blonde Haar des Jungen. Unvermittelt erinnerte er sich daran, warum er eigentlich hierherkommen wollte. *Isabel.* Er seufzte und bat den Jungen, ihm Federkiel, Tinte und Pergament zu bringen. Innerhalb von wenigen Augenblicken hatte er eine kurze Nachricht für Isabel geschrieben, und er schickte den Jungen, um sie ihr zu überbringen. Anschließend lag er im Bett, starrte an die Decke und wunderte sich, warum er das Gefühl hatte, Elspeth gerade betrogen zu haben.

Elspeth legte die Stirn in Falten, als sie durch die Menschenmenge, die überall zu sein schien, im Vorhof, in den Hallen, in den Gemächern des königlichen Hofes, einen Weg bahnte.

Als sie eben zu der Überzeugung gelangte, dass sie nur ihre Zeit verschwendete, dass in diesem Haufen von gut gekleideten Bettlern niemand wäre, dem sie eine Botschaft auftragen konnte, entdeckte sie ihren Pflegecousin James Drummond. Sie schob sich ungestüm durch die Menge und atmete erleichtert auf, als sie ihn gerade noch erreichte, bevor er zusammen mit zwei Männern weggehen wollte.

»James«, schrie sie, stolperte vorwärts und packte ihn am Arm.

»Um Gottes willen, Elspeth!« Er lachte, umarmte sie und küsste sie auf jede Wange. »Ich habe schlimme Geschichten über dich gehört – so schlimm, dass ich im Begriff war, bald auf Donncoill zu reiten und nachzuschauen, was nicht stimmt.« Er warf einen Blick auf seine beiden Begleiter. »Ich komme nicht mit Euch, Jungs. Vielleicht sehen wir uns später.«

Nachdem sie beobachtet hatte, wie die beiden jungen Männer sich entfernten, sah Elspeth ihren gut aussehenden Cousin an und lächelte schwach. »Du hast mich nicht deinen Freunden vorgestellt, James.« Ihr Lächeln wurde breiter, als er ein wenig rot wurde und beklommen aussah. »Lüstern?«

James seufzte und nickte. »Gute Freunde, und ich würde ihnen jederzeit meine Rückendeckung während eines Kampfes anvertrauen.«

»Aber du weißt nicht so recht, ob du ihnen in der Nähe eines der Mädchen aus deiner Familie vertrauen kannst.« Sie lachte angesichts seines widerwilligen Nickens, wurde aber ernst, als sie sich zusammenriss und fragte: »Hast du etwas von Payton gehört?«

»Ich habe ein paar Gerüchte gehört, nach denen er tot sein soll, was, wenn du mich fragst, viel zu viele Frauen zum Weinen veranlasst, aber ich habe sie nicht geglaubt.«

»Ich will sie auch nicht glauben, aber ich habe gesehen, wie er, von einem Pfeil getroffen, gefallen ist.« Sie erstattete

James kurzen Bericht von ihren Schwierigkeiten mit Sir Colin und freute sich über seine tröstende Umarmung.

»Jeder weiß, dass ich hier bin, Elspeth. Wenn Payton gestorben oder noch immer vermisst wäre, hätte ich etwas gehört.«

»Du hast nichts über mich gehört.«

»Tja, ich vermute, dass sie genau wissen, was dir widerfahren ist, und selbst wenn sie denken, dass du noch bei Sir Colin bist, wissen sie, dass du lebst. Sobald sie sich entschieden haben, was zu tun ist, schicken sie bestimmt nach mir. So wie sie nach mir geschickt hätten, wenn Payton tot wäre oder eine Suchaktion nach ihm stattfinden würde.«

»Natürlich. Danke! Ich muss zugeben, dass meine Hoffnung schon ein wenig schwand. Aber du hast vollkommen recht. Wäre Payton getötet worden oder noch immer vermisst, hätte dich unsere Familie nicht hiergelassen, damit du mit deinen lüsternen Freunden spielen kannst.«

»Lüsternheit kann sehr schwere Arbeit sein.« James kicherte, als sie ihm einen empörten Blick zuwarf. »Nun muss ich unbedingt einen Ort für dich finden, wo du bleiben kannst. Ich glaube nicht, dass es hier noch freie Räume gibt, aber es wird nicht lange dauern, bis ich einen finde.«

»Ich habe ein Zimmer, James«, sagte sie leise, geduldig darauf wartend, bis er alles verstand.

»Elspeth, du kannst nicht einfach mit einem Mann einen Raum in einer Herberge teilen«, sagte James mit leiser Stimme, wobei er die Menschen um sie herum beobachtete, um sicherzugehen, dass niemand nah genug war, um sie zu hören. »Du musst doch wissen, was die Leute denken.«

»Ja.« Sie zuckte die Achseln, warf einen Blick über die Menge und hob die Augenbrauen, als sie eine ziemlich üppige Blondine entdeckte, die sie aufmerksam musterte. »Sie können sagen, was sie wollen, reden, bis ihnen ihre dummen Zungen aus dem Mund fallen. Es interessiert mich nicht. Ich bleibe bei Cormac.«

James starrte sie lange Zeit an, dann fluchte er. »Er ist derjenige, welcher, oder nicht?«

Sie lächelte ein wenig traurig und nickte. »Er ist es.«

»Aber er ist – na ja, man sagt, dass er sich sehr tief mit einer Frau eingelassen hat. Seit Jahren schon, obwohl nur Gott weiß, warum.«

»Das ist mir nicht neu. Lady Isabel Douglas, die mit den vier toten Ehemännern. Er hat sich durch ein Versprechen an sie gebunden, als er noch ein junger Kerl war, doch jugendlicher Unsinn oder nicht, Cormac ist fest davon überzeugt, dass man ein Versprechen halten muss.« Sie schüttelte den Kopf. »Ich kann das alles verstehen – wirklich –, und mein gesunder Menschenverstand hätte mir sagen sollen, dass ich mich von einem solchen Wirrwarr sehr fernhalten soll.«

»Aber du hast keinen gesunden Menschenverstand besessen.«

»Oh doch, ich ignorierte ihn nur. Ich liebe ihn. Ich glaube, ich habe ihn geliebt, seit ich ein Kind war. Das hier mag vielleicht das größte und dümmste Risiko sein, das ich jemals eingegangen bin, aber ich musste es versuchen. Kannst du das verstehen, James?«

»Ja, das kann ich. Ich wünsche nur, du hättest dir ein Glücksspiel ausgesucht, bei dem du bessere Gewinnchancen hast. Jeder Mann, der dich für eine Frau wie Lady Isabel aufgibt, ist ein Esel, aber, meine Süße, ich glaube, du hast dein Herz an einen Esel verloren.«

»Tja, es gibt ein paar Dinge, die ich lernte, seit ich das hier angefangen habe, und die mich vielleicht hätten zögern lassen, hätte ich sie zu Beginn gekannt.« Sie sah nachdenklich aus, dann schüttelte sie den Kopf. »Nein, ich hätte die Würfel trotzdem geworfen. Ich hätte dabei nur ein wenig eindringlicher gebetet.« Sie sah, wie sich der junge Robbie einen Weg durch die Leute bahnte und der fülligen Blondine eine Nachricht überreichte. »Wer ist diese Frau? Die, bei der der blonde Junge steht?«

»Das ist die berüchtigte Lady Isabel. Elspeth, ist dir schlecht? Du bist ganz blass?«

Das überraschte sie nicht, Elspeth war ziemlich schlecht. Sie wusste tief in ihrem plötzlich schmerzenden Herzen, dass Cormac Isabel eine Botschaft geschickt hatte. Er hatte diese Frau nicht aufgegeben. Elspeth wollte ja gern glauben, dass er einfach nur etwas Ehrenhaftes machte, dass er Isabel treffen wollte, um ihre lange, wirre Beziehung zu beenden, aber sie wagte es nicht, diese Hoffnung zu nähren.

»Ich glaube, ich bin nur müde.« Sie küsste James auf die Wange und konnte an seinem mitfühlenden Augenausdruck ablesen, dass er wusste, was ihr zusetzte. »Ich bin sicher, dass wir uns wiedersehen, während wir beide an diesem Ort herumspazieren. Bitte sorge dafür, dass die Familie, wenn sie ankommt, erfährt, dass alles in Ordnung ist und ich dich getroffen habe, bevor ich sie traf.«

»In Ordnung. Elspeth, pass auf dich auf. Isabel ist keine Frau, mit der man die Klingen kreuzen sollte. Die meisten Leute glauben, dass sie mindestens einen ihrer Ehemänner, wenn nicht sogar alle getötet hat. Sie ist eine Hure, aber eine kluge. Sie hat mit fast jedem mächtigen Mann am Hof geschlafen und zögert nicht, diese für ihre eigenen Interessen zu nutzen. Diese Frau könnte dich zerstören.«

»Ich weiß. Und um die Wahrheit zu sagen: Sie könnte den König herumkommandieren, und es würde mir nichts ausmachen. Sie muss nur eine einzige Sache tun.«

»Aha, mit deinem schönen Ritter ins Bett gehen.«

»Das könnte reichen.« Der Gedanke an eine leidenschaftliche Umarmung zwischen Isabel und Cormac trieb ihr die Galle in die Kehle. »Eigentlich dachte ich, sie müsse Cormac nur an sein Versprechen binden.« Sie sah Robbie gehen. »Bis später. Mach dir keine Sorgen wegen mir.«

»Leichter gesagt als getan«, knurrte er, als er zusah, wie Elspeth sich entfernte, und bemerkte, wie eingehend Lady Isabel sie beobachtete.

Elspeth sank gegen eine kalte Steinwand der Herberge und versuchte ihre rebellierenden Gefühle unter Kontrolle zu bringen. Sie hatte Robbie abgefangen, und da er nicht zum Stillschweigen verpflichtet war, hatte er ihr schnell erzählt, dass Cormac Isabel tatsächlich eine Nachricht geschickt und was Isabel ihm geantwortet hatte. Ungefragt hatte er noch ein paar gut ausgewählte Gerüchte über die Frau hinzugefügt, worauf Elspeth sich umso mehr über Cormacs Blindheit wunderte. Wenn schon bartlose Jungen wussten, was Isabel war, war es höchste Zeit, dass dieser Mann darauf aufmerksam wurde. Obwohl der Junge keine Ahnung hatte von dem, was in Cormacs Nachricht stand, reichte Isabels Antwort aus, um Elspeth eine klare Vorstellung davon zu geben. Cormac hatte Isabel geschrieben, dass er hier wäre, ihrem Ruf gefolgt und bereit sei, sie zu treffen. Isabel ließ ihm ausrichten, dass er nicht zu ihr kommen sollte, sie würde nach ihm schicken. Ein paar kleine Münzen reichten aus, um Robbie das Versprechen abzunehmen, Cormac nichts von ihrer Unterhaltung zu erzählen.

Kein romantischer Briefwechsel, dachte sie bei sich, aber doch eine Bedrohung. Es fiel ihr schwer, ihre Verletzung und ihre Verärgerung zu überwinden, doch vorher konnte sie Cormac nicht unter die Augen treten. Noch hatte sie die Möglichkeit zu gewinnen. Eine innere Stimme sagte ihr, dass Isabel Cormac niemals freigeben würde, aber er war vielleicht bereit, ihre lange Beziehung zu beenden. Konnte er sich denn trotz seiner Einstellung wirklich an ein Versprechen klammern, dass ihm nach zehn langen Jahren so wenig eingebracht hatte?

Elspeth richtete sich auf und atmete tief durch, um ruhig zu werden. Noch hatte sie eine Chance. Solange er sich nicht wirklich für Isabel entschieden hatte, war es töricht aufzugeben. Sie hatte gewusst, dass er hierherkam, um Isabel zu treffen, und dass diese Frau nach ihm geschickt hatte. Es war töricht zu glauben, dass ein einziger kleiner Austausch von

Nachrichten schon heißen würde, dass sie das Spiel verloren hatte. Elspeth ging auf die Tür der Herberge zu. Sie hatte eine Nacht, vielleicht sogar mehrere, um ihre Spur zu hinterlassen. Selbst wenn er sie einer alten Geliebten und eines alten Versprechens wegen verlassen sollte, würde sie die wenige Zeit, die ihr mit Cormac noch blieb, nicht verschwenden, indem sie sich in Angst und Bedauern wälzte. Isabel lag noch nicht in seinem Bett, und Elspeth beabsichtigte es so restlos auszufüllen, dass Isabel ein ziemlich volles Bett vorfinden würde, und zwar selbst dann, wenn Cormac sich für diese Frau entscheiden sollte.

Als sie das Zimmer betrat, fand sie einen an die Decke starrenden und nachdenklichen Cormac vor. Isabels Antwort hatte ihn wohl nicht erfreut. Gut. Vielleicht beging Isabel in ihrer Arroganz einen Irrtum. Jeden Mann würde es verärgern, wenn man nach ihm schickte und ihn dann warten ließ. Elspeth schüttelte innerlich den Kopf. Sie würde sich keine Hoffnung machen, würde keine Verheißung sehen, wo keine war. Sie würde es auf sich zukommen lassen. Das Beil war vielleicht im Begriff zu fallen, aber bis es so weit war, würde sie ignorieren, dass es über ihrem Kopf hing.

Cormac beobachtete, wie Elspeth ihren Umhang ablegte und nach dem schlafenden Alan sah. Jetzt, wo er mit Isabel Kontakt aufgenommen hatte, konnte er seinen Weg deutlicher sehen. Elspeth war wie Fieber in seinem Blut, aber Isabel war die Frau, die er seit zehn Jahren liebte. Er konnte nicht abstreiten, dass er etwas für Elspeth empfand. Zweifelsohne war er von diesem Mädchen betört, aber er durfte sein Wort gegenüber Isabel nicht deswegen brechen. Es klang alles so vernünftig, dennoch half ihm das nicht, sein plötzliches Unbehagen zu überwinden.

Als Elspeth ihm erzählte, dass sie ihren Cousin James bei Hof getroffen hatte, entspannte er sich. Der restliche Tag verging in angenehmer Unterhaltung, im Spiel mit Alan und bei einem guten Essen. Während Elspeth das Baby in sein Bett-

chen legte, kehrte Cormacs Unsicherheit allerdings zurück. Er fühlte sich, als stünde er, einen gefährlich starken Wind im Rücken, an einem großen Abgrund.

Eben hatte er ein baldiges Zusammentreffen mit einer Frau verabredet, mit der er seit zehn Jahren eine Beziehung hatte, einer Frau, die frei war und der er die Ehe versprochen hatte, und doch würde er, dessen wurde er sich bewusst, als er Elspeth beim Ausziehen beobachtete, weiterhin seinen Plan verfolgen und sich mit ihr einer langen, lustvollen Nacht hingeben. Schließlich hatte sich Elspeth von selbst in sein Bett begeben und keinerlei Versprechungen verlangt. Sie teilte die Leidenschaft, die an ihm nagte, und hatte nie um mehr gebeten. Außerdem wusste sie alles über Isabel, über das Versprechen, das er ihr gegeben hat. Trotz all dieser strengen Vorhaltungen überkam ihn, als Elspeth neben ihm ins Bett schlüpfte und er sie in den Arm nahm, das quälende Gefühl, dass er jemanden betrog. Aber wen? Isabel, weil ihm nach Elspeth verlangte und er tatsächlich in Betracht gezogen hatte, ihr zuliebe sein Versprechen zu brechen? Oder Elspeth, weil er mit ihr schlief, obwohl ihm bewusst war, dass er sie bald aufgeben würde?

»Du siehst bedrückt aus, Cormac«, sagte Elspeth, als sie sich in seine Wärme schmiegte.

»Tu ich das? Vielleicht weil ich ein brennendes Verlangen spüre, aber nicht so recht weiß, ob ich die Kraft oder Geschicklichkeit habe, diesen Hunger zu stillen«, antwortete er, während er seine Hände über ihren Rücken gleiten ließ und zärtlich ihre festen kleinen Pobacken streichelte.

Elspeth strich mit ihrer Hand über seinen Bauch, lächelte über die Art und Weise, wie er unter ihrer Berührung leicht zitterte. Sie entdeckte, dass er erregt war und Verlangen nach ihr empfand. Beinahe selbstvergessen streichelte sie ihn, genoss, wie er seine Begeisterung murmelte, wie sein Atem unregelmäßiger wurde und sein Herzschlag unter ihrem Ohr schneller und schneller zu vernehmen war.

An seinem Verlangen nach ihr bestand kein Zweifel. Elspeth entschloss sich, die Würfel ein letztes Mal zu werfen, indem sie dieses Verlangen in vollen Zügen ausnützen, darin schwelgen und Cormac zwingen würde, das Gleiche zu tun. Sie hatte vor, ihn so zufrieden, so angefüllt mit heißen, köstlichen Erinnerungen zurückzulassen, dass er nie wieder loskommen würde von ihr, egal wie weit weg er sie schicken mochte.

Cormac stöhnte, als sie seinen Bauch mit sanften Küssen und lockenden Schlägen ihrer Zunge bedeckte. Als sie ihre Küsse weiter nach unten führte, zitterte er. Er stützte sich auf den gesunden Ellbogen und beobachtete sie dabei, wie sie ihn mit dem Mund liebte. Er schlang seine Finger in ihr Haar und schob es zur Seite, damit er sehen konnte, wie ihre Zunge ihn streichelte und er in ihren Mund hinein- und wieder herausglitt. Er erinnerte sich an nichts in seinem Leben, das ihm derart großen Genuss bereitet hätte, und kämpfte um die Kraft, es so lang wie möglich auszuhalten.

Endlich, als er nicht mehr konnte, zog er sie zu sich hoch. Beiden stockte vor Lust der Atem, als sie sich auf ihn hinunterschob. Cormac zog ihr Gesicht zu seinem und küsste sie – es war ein langer, ausgiebiger Kuss, der sein Begehren enthüllte und ihres weckte.

Mit den Händen auf ihren schlanken Hüften drängte er sie, sich zu bewegen, doch sie lächelte nur. »Willst du mich in den Wahnsinn treiben, mein Engel?«

»Ja, vielleicht will ich das.« Sie liebkoste seine breite Brust mit ihren Händen und bewegte sich unendlich langsam. »Es geht immer so schnell. Ich wünsche mir jedes Mal, dass es viel länger dauert. Jetzt möchte ich einfach nur regungslos verharren und spüren.«

»Was spüren, Liebling?«

Er beobachtete, wie sie die Augen schloss. Ihr Kopf war ein wenig nach hinten gestreckt, ihr langes Haar strich über seine Oberschenkel. Auf ihrem Gesicht lag ein solcher Aus-

druck von Freude, ein so wunderschöner Ausdruck von Unschuld und doch Sinnlichkeit, dass er allein dadurch schon beinahe zum Ende gekommen wäre.

»Dich in mir zu spüren«, flüsterte sie. »Zu spüren, wie du mich erfüllst.«

Die köstliche Belegtheit ihrer Stimme steigerte sein verzweifeltes Verlangen nach ihr nur noch mehr, und ohne dass er von seiner zittrigen Stimme überrascht gewesen wäre, sagte er: »Elspeth, mein süßer Engel, wenn du auch nur im Mindesten möchtest, dass wir diese Reise zusammen machen, bewegst du dich lieber. Und zwar jetzt!«

Elspeth bewegte sich. Zuerst langsam und leicht, da sie sich beide bemühten, sich so lange wie irgend möglich auf des Messers Schneide zu halten. Dann wurden sie beide von ihrem Hunger aufgezehrt. Sie brauchte keine Aufforderung seitens Cormacs, sondern wusste instinktiv, dass es an der Zeit war, das wechselseitige Spiel zu beenden. Seine anfeuernden Worte waren nicht nötig, aber sie liebte ihren Klang. In dem Moment, in dem ihr Körper von seiner Anspannung erlöst wurde, packte er sie an den Hüften und hielt sie ruhig, während er seine Saat tief in sie hineinversenkte. Noch immer zitternd von der Gewalt des Ganzen, brach sie in seinen Armen zusammen.

»Ach, Liebling, du wirst mich vor der Zeit altern lassen.« Cormac hauchte ihr einen Kuss auf die Stirn. »Wenn ich es mir genau überlege, muss ich die Anzahl der Tänze, die wir heute Nacht genießen können, noch einmal überdenken.«

»Aha? Wie viele *Tänze* hattest du denn geplant?«

»Fünfzehn.« Er lachte über ihren entsetzten Gesichtsausdruck und küsste sie, während sie ihn tadelte, wobei ihre Augen vor Lachen funkelten.

»Wir könnten einen Monat lang nicht mehr laufen«, sagte sie, indem sie aus dem Bett schlüpfte und ein feuchtes Tuch holte, um sie beide abzuwaschen. »Ich denke, allerhöchstens sechs.«

Er lachte einmal mehr, und nachdem sie sich beide gewaschen hatten, sah er ihr zu, wie sie sich zum Bettrand schob, um das Tuch in eine Schüssel mit Wasser, die neben dem Bett stand, zu legen. Als sie sich wieder zu ihm umdrehte, umfing er ihre Hüften und zog sie zu sich. Ihre wunderschönen Brüste waren auf gleicher Höhe mit seinem Mund, und er machte es sich schnell zunutze.

Elspeth fuhr mit ihren Fingern durch sein Haar, während er an ihren Brüsten schwelgte. Sie murmelte in einer Mischung aus Freude und Bedauern vor sich hin, als er seine Küsse an dieser Stelle beendete, um sie stattdessen über ihre Rippen tanzen zu lassen. Als er ihre Magengrube mit zärtlichen Bissen und brennenden Schlägen seiner Zunge bedeckte, überkam sie Begeisterung. Doch erst als er sich ihr Bein über die Schulter legte, erkannte sie, was er vorhatte. Plötzlich wurde ihr allzu bewusst, welche Stellung sie einnahmen, wie viel er sehen konnte, wie hell die Kerzen leuchteten, und sie zuckte zusammen.

»Nein, Engel, nein«, murmelte er und leckte die Innenseite ihres Oberschenkels. »Lass mich dich befriedigen. Lass mich deine Süße kosten.«

Es war eine Nacht, rief sie sich ins Gedächtnis, an die sie sich erinnern sollten, sowohl er als auch sie. Es war kein Platz für Schüchternheit oder Zögern. Sie befand sich mitten im Kampf um sein Herz. Sie schloss die Augen und wollte entspannen, wollte nicht an das denken, was er sehen konnte, sondern nur an die Gefühle, die er in ihr erregte. Wortlos gab sie ihm die Erlaubnis, zu tun, was ihm gefiel.

Er fuhr fort, sie in den Wahnsinn zu treiben. Mehrmals streckte sie die Hand nach dem großen Vergnügen der sich lösenden Anspannung aus, jedes Mal hielt er sie zurück. Er reizte und neckte sie mit diesem herrlichen Preis, bis sie fast darum bettelte, und dann ließ er sie in die Höhen schnellen. Als sie noch vor lauter Begeisterung zitterte, fing er wieder von vorne an. Ein zweites Mal. Ein drittes Mal. Bis Elspeth

zusammenbrach – fast besinnungslos. Als sie sich erholte, zahlte sie es ihm in gleicher Münze zurück.

Sie nickten ein und liebten sich erneut. Elspeth wunderte sich, wie oft sie nacheinander verlangten. Sie waren wie gierige Kinder, die sich mit Süßigkeiten den Bauch vollschlugen. In Cormac war das gleiche verzweifelte Verlangen zu spüren, das sie antrieb. Die Morgendämmerung färbte den Himmel, als sie sich wieder zu den Gipfeln der Lust aufschwangen. Sie brach in seinen Armen zusammen, sicher, keinen Finger mehr rühren zu können.

»Wie geht es deinem Bein?«, fragte sie schließlich, bevor sie gähnte, von ihm herunterglitt und sich neben ihm zusammenrollte.

»Dem linken geht es gut. Das rechte tut ein bisschen weh. Das mittlere braucht eine Schiene.«

Elspeth lachte und gab ihm träge einen Klaps. »Schuft. Du kannst nicht mir die Schuld geben. Ich entsinne mich, friedlich geschlafen zu haben, als du mich geradezu vergewaltigend aufgeweckt hast.« Beiläufig dachte sie, dass es an ein Wunder grenzen würde, sollte sie, nach der Nacht, der sie gerade gefrönt hatten, noch einen winzigen Faden Sittsamkeit übrig haben.

»Vergewaltigend aufgeweckt, hm? Das hört sich gut an.« Er gähnte, als er eben sagte: »Alan summt.«

Sie hörte ein leises Summen aus Alans Korb, lächelte und schloss die Augen. »Das ist gut so. Er macht das für kurze Zeit, schläft noch die eine oder andere Stunde und fängt wieder an. Mir bleibt Zeit für ein nettes Nickerchen.«

»Du kannst dabei schlafen?« Er glitt mit seiner Hand über ihren Rücken und ließ sie auf der weichen Rundung ihrer Pobacke liegen.

»Es ist ein zufrieden klingender Ton.«

»Vielleicht verlangt er nach Aufmerksamkeit.« Cormac hatte den Eindruck, noch nie so restlos erschöpft und befriedigt gewesen zu sein.

»Schon, aber wenn ich sie ihm gebe, wird er sie jeden Morgen um diese Zeit verlangen.«

»Aha, gut, dann lass ihn.« Er lächelte, als er ihr schläfriges Kichern hörte. »Schlaf, Engel. Ich verspreche dir, dich nicht zu vergewaltigen. Um ehrlich zu sein, gibt es in mir wohl nichts mehr, das vergewaltigen könnte.«

Ein paar Stunden später erwachte Cormac durch Alans Summen und Saugen an den Fingern. Zur selben Zeit brachten Elspeths Finger und Zunge Cormac rasch an den Punkt brennenden Verlangens. Er streckte die Hand aus, packte sie am Fußgelenk und drehte sie herum, damit er dieses Geschenk erwidern konnte. Ihren ersten Höhepunkt erlaubte er ihr schnell, dann legte er sich zurück und stellte sich auf ein langes, gemächliches Vergnügen ein, dieses Mal würden sie, dessen war er sich sicher, beide die Kraft haben, die Gefühle, die sie im anderen auslösen konnten, langsam zu genießen. Schließlich machte Elspeth etwas sehr Kluges und Aufregendes mit ihrer Zunge, und Cormac stellte fest, dass er sein Durchhaltevermögen vielleicht falsch eingeschätzt hatte.

Elspeth hob ein wenig die Augenbrauen, als sie sich dem lockeren Griff Cormacs entzog und aus dem Bett glitt, um sich anzuziehen, denn es tat an einigen sehr interessanten Stellen weh. Sie wusch sich und zog sich schnell die Kleider über, denn die Luft war nasskalt. Als sie Alan fütterte, beobachtete sie Cormac im Schlaf. Sie war sonderbar stolz darauf, ihn völlig erschöpft zu haben, aber auch ein wenig peinlich berührt, angesichts einiger Dinge, die sie getan hatte, um ihn in diesen Zustand zu befördern.

Sie schüttelte die Zweifel von sich ab. Sollte sich dieser Mann nicht voller Zuneigung und mit einer Wiederkehr der Leidenschaft, die zwischen ihnen geherrscht hatte, an diese Nacht erinnern, verdiente er keine weitere Nacht wie diese. Sie hatte ihr Bestes gegeben und, Elspeth lächelte, sie hatte jede ausgelassene, süße Minute genossen.

Jetzt, überlegte sie, während sie Alan wieder in seinen

Korb legte, war es an der Zeit, Cormac allein zu lassen. Sie war sich in Anbetracht von manchem, was sie getan und was sie ihm erlaubt hatte, nicht sicher, ob sie ihm sofort gegenübertreten wollte. Vermutlich würde es am besten sein, wenn sie sich für einige Zeit entfernte, um sich zu beruhigen und ihr eigenes Verhalten akzeptieren zu lernen. Das Wichtigste aber war, Cormac einige Zeit des Alleinseins und Nachdenkens zu geben. Davon hatte er nicht viel gehabt, seit er sie aus Sir Colins Turmgemach geholt hatte. Sie waren andauernd zusammen gewesen, hatten gegen Sir Colin gekämpft und mit ihrer eigenen Leidenschaft. Als sie sich aus dem Raum schlich, entschlossen, sich etwas zum Essen zu verschaffen, flehte sie darum, dass Cormacs Nachdenken, wie immer es aussehen mochte, ihn auf den Pfad führte, den sie sich wünschte und den sie unbedingt mit ihm gehen wollte.

13

Obwohl ihr Körper noch immer schmerzte, lächelte Elspeth schwach, als sie die Herberge verließ und sich auf den Weg zum Hof machte. Es waren die erfreulichen Schmerzen, die von lebhaften Liebesspielen herrührten, und sie genoss die Erinnerungen, die bei jedem Stich geweckt wurden. Ihre Haut fühlte sich noch immer an, als sei sie gerötet von den Küssen und süßen Worten, die Cormac gegen ihren Körper gehaucht hatte. Elspeth war sich sicher, dass sie endlich sein Herz erreicht hatte, dass sie schließlich sehr viel mehr erregt hatte als seine niederen Gelüste. Ganz gewiss konnte ein Mann nicht solch berauschende Worte gegenüber einer Frau aussprechen oder so zärtlich mit ihr schlafen, wenn er sie nicht liebte. Bald würden die drei kleinen Worte, nach denen sie sich sehnte, folgen. Cormac musste nur Zeit haben, um über alles nachzudenken und die Wahrheit zu sehen. Und sie würde, sollte es nötig sein, den ganzen Tag verbummeln, um ihm diese Zeit zu geben.

»Du lebst also«, erklang eine tiefe, schleppende Stimme direkt hinter ihr.

Elspeth kreischte vor Entsetzen, wirbelte herum und kreischte dann vor Freude, als sie entdeckte, wer da stand. »Payton! Gott sei gedankt!« Sie warf sich in seine Arme und bedeckte sein Gesicht mit Küssen. »Ich hatte solche Angst, dass dieser widerliche Kerl dich umgebracht hat.«

»Das war nah dran, Mädchen. Sie haben die beiden Jungen getötet, die mit uns ritten. Bevor ich verblutet bin, hat mich ein Schäfer gefunden und gepflegt, und man hat eine Nachricht auf Donncoill geschickt.« Payton sah sich um, nahm Elspeth am Arm und zog sie auf eine Bank, die vor

einer Schänke stand. Leise drängte er die vier Männer, die bei ihm waren, zu gehen und ein Bier zu trinken, dann wandte er sich wieder Elspeth zu. »Hat dich Sir Colin verletzt?«

»Nein. Er hatte keine Zeit, bevor Cormac mich rettete.« Elspeth nahm Paytons Hände fest in ihre, sie hatte beinahe Angst zu glauben, dass er wirklich hier war, noch immer ein bisschen blass, aber am Leben und wohlauf.

»Das haben seine Freunde erzählt. Aber warum hat er dich hierher gebracht und nicht zu uns?«

»Cormac glaubte, dass es der kürzeste und sicherste Weg sei. Außerdem war das sein Ziel, bevor ich zu ihm stieß.«

»Aha, ich verstehe, die schöne Isabel.«

In seiner Stimme schwang ein harter, fast hämischer Ton mit, und sie krauste die Stirn. »Kennst du die Lady?«

»Ein wenig.«

Die Art und Weise, wie Payton diese Worte aussprach und dabei ihrem Blick nicht begegnen konnte, verriet Elspeth eine ganze Menge. »Du hast mit ihr geschlafen.«

»Einmal.«

»Nur einmal?«

»Das hat gereicht.« Payton seufzte und fuhr sich mit der Hand durch das volle rotblonde Haar. »Ich weiß nicht, Mädchen, wie ich es dir erklären soll. Sie verschlingt einen Mann. Ich hätte es sicher nicht sehen sollen, aber in ihren Augen lag jener Ausdruck, der einem alle Freude raubt. Ich habe nie an solche Kreaturen geglaubt, aber wenn es so etwas wie einen Succubus, einen buhlenden weiblichen Teufel, gibt, dann ist sie einer.

»O armer Cormac«, murmelte sie.

»Wie kannst du diesen Dummkopf bedauern? So, wie du seinen Namen aussprichst, empfindest du etwas für ihn, aber wie kannst du für ihn Mitleid haben, wenn er einer Hure wie Isabel nachrennt?«

»Wie denn nicht? Und es ist nicht Mitleid, wirklich – nur Mitgefühl. Ja, ich habe ihn gerne. Ich liebe diesen armen,

blinden Dummkopf und glaube, dass er mich lieben kann, aber er merkt es noch nicht. Zehn Jahre der Treue zu Isabel machen ihn blind für alles andere. Er hat ihr ein Versprechen gegeben. Es würde zu lang dauern, dir alles zu erklären, aber vertraue mir, es kann durchaus sein, dass es mehr braucht, als ich tun oder ihm geben kann, um ihn ein Versprechen brechen zu lassen. Ich habe es meiner Meinung nach geschafft, dass er anfängt, die Wahrheit zu erkennen, aber ich bin mir nicht sicher, ob ich es jetzt schon auf die Probe stellen möchte. Leider bleibt mir wohl keine Zeit mehr, das Spiel weiterzuspielen. Du bist hier, und wahrscheinlich sah ich eben den Succubus zur Herberge schleichen, wo ich Cormac bettlägerig und schutzlos zurückließ.« Elspeth stand schnell auf, einen nachdenklichen Ausdruck im Gesicht. »In Wirklichkeit dürfte diese Hexe mit ihrem schwarzen Herzen überhaupt nicht in seine Nähe kommen. Sie sagte, sie würde nach ihm schicken, aber nicht kommen und ihn aufsuchen.«

»Hast du sie getroffen?«, fragte Payton, der gedankenverloren Isabels herausfordernd schwingenden Hüften nachsah, während sie auf die Herberge zuging.

»Ja.« Elspeth knuffte ihn in den Arm, um seine Aufmerksamkeit auf sie zu lenken, und wunderte sich über sein reueloses Grinsen.

»Es ist nichts Schlimmes daran, wenn man diese Schönheit ansieht, Mädchen.« Er wurde wieder ernst. »Sie sieht dich als Bedrohung.«

»Mich?« Elspeth fand das fast lachhaft, denn in ihren Augen war Isabel alles, was sich Männer angeblich ersehnten.

»Ja, dich.« Er lächelte und küsste sie auf die Wange. »Du bist eine wunderschöne Frau, Elspeth.«

»Aber sie –«

»Ich weiß. Sie besitzt eine Schönheit, wie sie von Dichtern und Minnesängern besungen wird. Aber das ändert nichts an der Tatsache, dass auch du schön bist. Und Isabel hat ein aus-

gesprochen hässliches Inneres, Mädchen. Das weiß sie, und sie sieht auch, dass deine Schönheit bis ins Mark reicht.«

»Cormac war ihr in den vergangenen zehn Jahren nicht ganz treu.«

»Stimmt, aber ich wette, dass darunter keine war, wie du es bist. Du bist keine Schänkenschlampe und kein käufliches Mädchen. Du bist jemand, den er heiraten könnte, jemand, der das Herz gewinnen könnte, das diese Hure seit so langer Zeit mit ihrer Faust umklammert. Sie ist jetzt auf dem Weg, diesen Griff zu festigen, ihn an die Liebe zu erinnern, die er ihr geschworen hat.«

»Oh. Und um ihn an sein Versprechen zu erinnern. Das ist ein Jammer«, murmelte sie. Aber Kopf und Herz brüllten ihr zu, sie solle sich in Bewegung setzen, solle zur Herberge laufen und versuchen, Isabels Vorhaben zu verhindern.

»Ich werde hier auf dich warten.«

Elspeth seufzte, sie war nicht überrascht, dass Payton ihre Gefühle erriet, wusste aber nicht so recht, ob ihr das gefiel. »Ich bin mir nicht sicher, ob es klug ist, hinüberzulaufen. Ich könnte in Versuchung geraten und mich anstrengen, dass er sein Versprechen bricht, das könnte aber am Ende von Nachteil sein. Ich kann auch nicht sein Schutzschild sein, selbst wenn er es wollte, um sich gegen ihre Anziehungskraft zu wehren.«

»Und warum nicht? Dieser Mann hat ihr zehn Jahre seines Lebens geschenkt. Während der Rest von uns frei durch die Felder der Lust tollte, folgte er ihr in dem Glauben, sie sei das arme Opfer ihrer habgierigen Verwandten. Nur weil er diesen Weg weiterwandelt, heißt das nicht, dass er ihn noch immer gern geht, dass er keine Zweifel hat und dass das Band nicht geschwächt oder sogar zerschnitten ist. Keiner gesteht sich gern ein, dass er zehn Jahre verschwendet hat, dass er trotz all seiner Opfer und Verletzungen nicht mehr in Händen hält als zu Beginn seines Leidenswegs.«

»Lass uns mal annehmen, dass er endlich über einen Weg

nachgedacht hat, sein Versprechen zu lösen und doch seine Ehre nicht zu verlieren. Alles, was du gerade gesagt hast, sollte ihm die Kraft geben, sie zu verlassen.«

»Ja und nein. Er könnte den Wunsch haben, das zu tun, aber wenn es so ist, gibt er zu, dass er zehn Jahre vergeudet hat. Der Mann braucht vielleicht sehr wohl einen starken Anstoß, um das zu tun. Geh hin, Mädchen. Zeig ihm, was er haben könnte. Zeig ihm den Wert von dem, was er jetzt in Händen hält, verglichen mit dem, nach was er andauernd die Hände ausstreckt. Wenn du nicht gehst, wirst du dich immer fragen, ob es geholfen hätte.«

»Ich möchte eigentlich nicht sehen oder hören, wie übel ich mein Spiel verloren habe«, flüsterte sie.

»Weil du ihm alles gegeben hast, was ein Mädchen einem Mann geben kann?«

»Woher weißt du das?« Elspeth machte sich Sorgen, dass etwas an ihrem Gesichtsausdruck Payton verraten haben könnte, dass sie nicht mehr Jungfrau war.

»Ich weiß, was du denkst, Mädchen, denn wir haben immer sehr ähnliche Gedanken. Du willst diesen Mann haben – einen Mann, der sich an eine andere gebunden fühlt. Ich nehme an, du hast dir das Problem Isabel angesehen, hast über sie in Erfahrung gebracht, was zu erfahren war, und hast sehr schnell diese Hure als das erkannt, was sie ist. Da man den Anspruch dieser Frau auf Cormac nicht achten muss, hast du beschlossen, ihn für dich zu gewinnen. Und wie macht man das, wie kann man einen Mann einfangen und festhalten, der glaubt, eine andere zu lieben? Indem man ihm alles gibt, indem man ihn nah bei sich und warm hält, indem man in sein Herz und in sein Blut einsickert und indem man sein Verlangen stillt, bis auch das einem gehört.«

»Du hältst dich für sehr klug, nicht wahr?«, knurrte sie.

»Ja doch, das bin ich.« Er begegnete ihrem empörten Blick mit einem breiten Grinsen. »Ich würde genau das tun, Mädchen. Ich würde möglichst dafür sorgen, dass meine Geliebte

nur noch mein Gesicht vor Augen hat, sich nur noch nach meiner Berührung sehnt. Wenn meine Geliebte ins Schwanken gerät, unentschlossen ist, würde ich mich versichern wollen, dass ich genug Verlangen und Freude in Herz und Kopf zurücklasse, dass sich, sollte ich gehen müssen, die Erinnerung an mich nicht abschütteln lässt. Vielleicht würde ja der Sinneswandel, den ich bei meiner Geliebten erhoffe, eintreten, sobald ich weg bin.«

»Ich bin ein Feigling.«

Payton lachte weich und umarmte sie. »Nein, nur nicht gewillt, verletzt zu werden. Nur ein Narr würde nicht zögern, sich das Herz brechen zu lassen. Du bist aber kein Narr. Ich wünschte, ich könnte dir versprechen, dass es keine Verletzung geben wird, aber ich habe dich und diesen Dummkopf nicht zusammen gesehen. Ich kann es nicht beurteilen. Alles, was ich dir raten kann, ist, straffe dein hübsches Rückgrat und stelle dich der Sache, trete ihm vor die Augen und erinnere ihn daran, dass er jetzt eine Alternative hat. Wenn er zu dumm ist, um sie zu ergreifen, wenn er nicht einsieht, dass ein Versprechen, das man einer Hure gegeben hat, kein Versprechen ist, das man halten sollte, werde ich hier, an Ort und Stelle, stehen, Mädchen, bereit, dich nach Hause zu bringen.«

Sie lehnte sich zurück und sah ihn eindringlich an. »Und du wirst nicht gehen und mit ihm sprechen, falls er sich als Dummkopf erweist?«

»Darf ich das nicht?«

»Nein, du darfst nicht. Das ist meine Angelegenheit. Ich habe gesehen, was ich haben wollte, und habe die Hand danach ausgestreckt. Wenn meine Hand weggeschlagen wird, ist es meine Schuld. Ich habe selbst dann nicht aufgehört, als ich feststellte, dass ich gegen viel mehr als nur eine andere Frau zu kämpfen habe, dass es dieses Durcheinander gibt aus Versprechen und Ehre und Cormacs Bedürfnis, die Flecken zu tilgen, die seine Eltern ihrem Namen zugefügt haben. Ich brauche keine Verwandten, die hereinstürzen, um mit ihren

Fäusten oder Schwertern eine vermeintliche Beleidigung zu vergelten. Es war meine Entscheidung, ganz allein meine. Um ehrlich zu sein: Dieser Mann war sehr schwer zu verführen.« Sie lächelte ein wenig, als Payton lachen musste.

»Ein Gentleman, he?«

»Durch und durch, und das alles fest verknotet mit dem Gedanken an das, was er mir und den Murrays schuldet.«

»Aber du hast all das überwunden.«

»Ja.« Sie errötete. »Ich entdeckte, dass das, was mir meine Mutter erzählt hat, der Wahrheit entsprach. Ich bin wie sie. Ich fühlte, was er fühlte. Ich wusste, dass er mich begehrte. Es war sonderbar und ein kleines bisschen wie ein Schock, als er mich das erste Mal küsste.«

»Ich habe mich immer gefragt, ob das stimmt«, sagte Payton. Seine wunderschönen Augen leuchteten interessiert auf. »Ich fürchte, ich habe über solche Dinge gespottet. Ich hatte den Eindruck, dass das alles den Anstrich von Magie hat, von romantischen Fantastereien.«

Elspeth nickte. »Ich auch. Und ich war höchst entsetzt, als ich meine eigene Mutter von solchen Dingen sprechen hörte. Aber ich schwöre dir, Payton, es ist wahr. Ich spürte sein Verlangen. Es nährte mein eigenes, verflocht sich damit, und ich glaube, in gewisser Hinsicht ging es ihm genauso. Es ist sehr schwer zu erklären, denn ich weiß nicht einmal, ob ich selbst es verstehe.«

»Es könnte aus der gleichen Quelle stammen, aus der heraus du sagen kannst, wenn jemand lügt.«

»Ja, eine seltsame Gabe, die mir dabei hilft, das zu fühlen, was andere fühlen. Es würde eine Menge erklären.«

»Umso selbstsicherer solltest du sein, umso leichter solltest du Cormac gegenübertreten, denn du musst wissen, was er empfindet.«

»Bis zu einem gewissen Grad, ja. Das Verlangen, die Sanftmut, sogar ein liebevolles Interesse an mir. Aber ich spüre auch seine Verwirrung, seine Zweifel. Und seinen Schmerz.

Ich weiß, dass ich ihn glücklich gemacht habe, und wäre da nicht Isabel und das Versprechen, gehörte er ohne Frage mir. Diese beiden sind aber da, und die Konflikte, die ich in ihm hinsichtlich dieser Frau und vielleicht hinsichtlich seiner eigenen Ehre geweckt habe, machten ihn sehr unglücklich. Ich fürchte, ich habe nicht genug Zeit, um ihn völlig mir zuzuwenden, und ich fürchte auch, er hat nicht genug Zeit, sich zu entscheiden, was er haben will oder was er wirklich braucht. Doch du hast recht: Ich muss mich dem stellen.« Sie entzog sich seiner leichten Umarmung und atmete tief durch, um sich zu beruhigen. »Der Augenblick der Wahrheit ist gekommen, und ich kann nicht hier stehen bleiben und mich davor verstecken.«

»Ich hoffe inständig, dass du die Wahrheit findest, die du brauchst.« Payton küsste sie auf die Wange.

»Das hoffe ich auch, aber sei darauf vorbereitet, diesen Ort verlassen zu müssen. Wenn sich herausstellt, dass er noch immer fest in Isabels Netz gefangen ist, dass er nicht einmal darüber nachdenken will, ob es einen Weg gibt, das feste Band seines jugendlichen Versprechens zu lösen, möchte ich nicht hierbleiben.«

»Nicht einmal, um um ihn zu kämpfen?«

»Das habe ich getan, seit ich Sir Colins Fängen entkommen bin. Wenn all das, was ich unternahm, noch immer nicht ausreicht, um ihn in Hinsicht auf die Rückkehr zu Isabel wenigstens zögern zu lassen, bleibe ich nicht an seiner Seite.« Sie ging auf die Herberge zu. »Ich bete nur darum, dass ich, sollte er sich entscheiden, an dieser Hure festzuhalten, meine Verletzung und meine Wut weit genug beherrschen kann, um mit einem Fetzen Würde zu scheiden.«

»Isabel!«, schrie Cormac überrascht auf, als diese Frau wortlos den Raum betrat. »Du sagtest, du würdest nach mir schicken.«

Er zog sich zum Sitzen auf und lehnte sich in die Kissen.

Eben war er herumgegangen, was seine Beine tatsächlich gestärkt haben mochte, aber im Augenblick war er davon so müde wie ein kleines Kind, und er verfluchte den ungünstigen Zeitpunkt ihres Besuches. Cormac hätte es vorgezogen, ihr mit klarem Kopf und auf sicheren Beinen gegenüberzustehen. Zudem wäre es ihm lieber gewesen, wenn sie nicht zu ihm auf das Zimmer gekommen wäre, das er mit Elspeth bewohnte. Rätsel gab ihm auf, warum es ihm nicht peinlich war, dass Isabel ihn ausgestreckt auf dem Bett liegen sah, welches er mit seiner Geliebten teilte, während er das Gefühl hatte, Elspeth auf gewisse Weise zu betrügen.

»Ich konnte es nicht erwarten, dich zu sehen, mein Liebster«, sagte Isabel, als sie an seine Seite eilte und seine Hände in ihre nahm.

»Nein? Du warst es, die sagte, ich müsse darauf warten, dich zu sehen.«

Sie spannte sich an, als sie das deutliche Geräusch eines brabbelnden Kleinkindes vernahm. Ihr Blick fiel auf den großen Korb und das kleine Kind, das zufrieden mit seinen Zehen spielte. Sie verzog das Gesicht bei seinem Anblick und auch beim Anblick der riesigen grauen Katze, die neben dem Kind saß und sie mit einem, wie sie den Eindruck hatte, unverwandten, bösartigen Ausdruck in den gelben Augen beobachtete.

»Deine?«, fragte sie.

»Oh nein, Elspeth rettete sie. Das Kind wurde ausgesetzt, um zu sterben, und der Kater wurde gefoltert.«

Isabel musterte ihn durch ihre Augenschlitze, wobei sie hoffte, dass er ihren Blick als koketten Blick unter niedergeschlagenen Wimpern hervor interpretierte und nicht als das misstrauische Prüfen, das er in Wirklichkeit war. Die Dinge lagen schlimmer, als sie gedacht hatte. Cormac hatte sie noch nicht geküsst, hatte noch nicht einmal den Versuch gemacht, es zu tun. Sie konnte nichts von dem verzweifelten Verlangen in seinem Blick finden, das ihr so vertraut

war. Die kleine Murray-Hure hielt ihn offensichtlich gut satt. Doch sollte sie eifersüchtige Wut zur Schau stellen? Oder sollte sie sich verletzt und tränenreich geben? Oder sollte sie einfach so tun, als würde diese Murray einfach nicht existieren?

Sie beschloss, zunächst einmal wütend zu werden. Wenn er böse reagierte, konnte sie immer noch zu Tränen Zuflucht nehmen und vorgeben, dass die Wut ihrem Schmerz zuzuschreiben sei. Cormac wurde immer weich, wenn sie weinte. Er hatte viel Mitgefühl, und wenn er versuchte, sie zu trösten, hatte sie es immer geschafft, ihn in die Richtung zu lenken, in der sie ihn haben wollte. Im Augenblick hieß das, so weit von dieser dürren Elspeth Murray weg wie nur möglich. Sie wollte versuchen, das zu erreichen, ohne ihr Geheimnis verraten zu müssen, sollte sie allerdings dazu gezwungen sein, hatte sie eine sehr starke Waffe zur Hand – eine Waffe, die Cormac ganz sicher an ihre Seite zurückbringen und ihn dort verweilen lassen würde.

Cormac gehörte ihr. Sie hatte ihm seine Unschuld genommen, und sie ging davon aus, dass er ihr zwar nicht völlig treu war, aber doch nur ein paar Mal abgeirrt war. Er sah sie als süßes Unschuldslamm, ein Opfer, das von der Familie und den vier Ehemännern missbraucht wurde. Isabel fand das sowohl amüsant als auch hinreißend. Zudem sah Cormac gut aus, war jung, kräftig und männlich. Vielleicht ein bisschen zu männlich, dachte sie bei sich, denn sie hatte dreimal versucht, sein Kind loszuwerden. Er war ihr Werk, und zwar das einzig wirklich beständige Werk in ihrem Leben. Er schenkte ihr Liebe, mehr Ergebenheit als jeder andere, Ehre und Ritterlichkeit, dabei verdiente sie nichts von alldem. Sie hatte nicht die Absicht, das alles zu verlieren, und schon gar nicht an irgendeine kleine Frau von einem Clan, dessen einziger Anspruch auf Ansehen aus der Fähigkeit, Kinder zu zeugen, bestand.

»Hast du Angst, dass uns deine Geliebte zusammen er-

wischt?«, fragte sie mit einer Stimme, aus der eine gemäßigte Schärfe herauszuhören war.

»Isabel«, begann Cormac. Dann hielt er inne, um seine heftige Verstimmung zu unterdrücken, denn er wusste nun, dass Isabel keine Jungfrau mehr gewesen war, als sie das erste Mal miteinander geschlafen hatten. Außerdem hatte sie mit vier Ehemännern geschlafen und, schenkte man den Gerüchten Glauben, auch ein paar Geliebten. Sie hatte nicht das Recht, ihn zu verurteilen, vor allem da sie mehr voneinander getrennt als zusammen waren.

Dann aber musste er an das Verständnis denken, dass er bisher immer für sie empfunden hatte. Isabel hatte keinen ihrer Ehemänner selbst gewählt, und er hatte keinen Beweis dafür, dass sie sich Liebhaber genommen hätte. Die Prüfungen, denen sie ausgesetzt war, hatte nicht sie zu verantworten. Cormac konnte Mitleid entwickeln, aber ihm war plötzlich bewusst, dass er ihr nicht erlauben würde, schlecht über Elspeth zu reden oder das herabzusetzen, was ihn und Elspeth miteinander verband. Möglicherweise war es an der Zeit, dass Isabel ihm etwas von dem großen Verständnis, das er ihr immer entgegengebracht hatte, zurückerstattete.

»Elspeth geht dich nichts an«, sagte er kühl, wobei er den Rücken ihrer Hand streichelte. Es war eine zärtliche Liebkosung, die die Härte seiner Worte abschwächen sollte.

»Wie kannst du das sagen, mein Gelieber?«

Er zuckte die Achseln. »Ich bezweifle, dass du das verstehst. Elspeth hat mir nicht nur einmal, sondern zweimal das Leben gerettet. Ich schulde ihr und ihrem Clan mehr, als ich jemals wiedergutmachen kann. Sie und ich sind Freunde.« Er war etwas überrascht, als er bemerkte, dass er das von ganzem Herzen meinte. »Mehr musst du nicht wissen.«

Freunde?, dachte Isabel. Sie hatte den Eindruck, dass Cormac sie niemals als Freundin bezeichnen würde. Das bedeutete, das Elspeth bereits einen Teil von ihm besaß, an den sie selbst niemals herangekommen war, und das machte Isabel

wütend. Er entglitt ihr. Sie konnte es spüren, es an der Kälte seiner Stimme merken. Krampfhaft festigte Isabel ihren Griff um seine Hand, ohne auf das Stirnrunzeln zu achten, mit dem er sie bedachte.

»Es tut mir leid«, sagte sie in der Hoffnung, dass es nach angemessener Zerknirschung klang. »Ich fürchte, ihre Anwesenheit an deiner Seite hat mich meines Verstandes beraubt. Seit ich sie sah, habe ich die ganze Zeit Angst, dass sie dich mir nimmt. Deshalb stieß ich dich anfangs weg und wollte ich dich warten lassen. Daraus sprach nichts anderes als Eifersucht.«

Ihre offensichtliche Traurigkeit pochte an sein Schuldgefühl, obwohl es weder so stark noch so schnell zu wecken war, wie er es eigentlich für richtig erachtet hätte. Das war die Frau, der er sich versprochen hatte, die Frau, die er womöglich bald heiraten würde. Zwischen ihnen sollte es keine Geheimnisse geben, und dennoch hatte er nicht das Bedürfnis, ihr alles zu gestehen oder sich zu entschuldigen.

Er zog sie enger an sich, legte ihr seinen Arm um die Schultern, als sie sich auf das Bett setzte, und drückte sie sanft an sich. Doch obwohl er sie seit fast einem Jahr nicht mehr im Arm gehalten hatte, flackerte in ihm nicht die geringste Leidenschaft auf. Er redete sich ein, es rühre aus ihrem Unglücklichsein, sie brauche Trost und nicht Verführung, aber er glaubte sich selbst nicht.

»Du hast keinen Grund, eifersüchtig zu sein«, log er sie an, auch das zum ersten Mal, und auch das bereitete ihm nicht so viel Unbehagen, wie es eigentlich sollte.

»Ich könnte es nicht ertragen, dich zu verlieren, Cormac.«

»Das wird nie geschehen, Isabel. Wir sind einander versprochen.«

»Ich weiß, dass ich kein Recht darauf habe, an dir festzuhalten. Ich sollte dich von diesem Versprechen entbinden, das wir einander gaben, als wir beinahe noch Kinder waren. Es ist egoistisch, dass ich es nicht mache und dich zwinge, allein

zu bleiben. Aber ich brauche dich so sehr. Du bist das einzig Gute in meinem traurigen Leben, meine einzige Quelle der Freude. Hätte ich nicht deine Liebe, die mich stärkt, würde ich einfach verwelken und dahinsterben. Aber ich darf dich nicht dazu verdammen, mein Elend zu teilen.«

Ihre Worte wurden mit sanfter, zittriger Stimme gesprochen, ihre Traurigkeit war deutlich zu hören. Cormac wusste, das er ihr unverzüglich seine Zuneigung versichern, sein Versprechen wiederholen und danach mit ihr schlafen sollte, doch plötzlich hatte er das Gefühl, dass sie ein seltsames, nahezu krankhaftes Spiel spielten. Er wurde älter und veränderte sich, Isabel wurde älter und veränderte sich. Ehemänner und Geliebte kamen und gingen, doch das hier blieb dasselbe. Isabel beklagte ihren Egoismus und machte Andeutungen, ihn freizugeben, und er versicherte ihr, dass er nur mit ihr zusammen sein wollte. Im Augenblick stand ihm nicht der Sinn danach, es zu tun, und das erstaunte und bestürzte ihn gleichermaßen.

Zehn lange Jahre hatte er treu und brav die Worte ausgesprochen, auf die sie jetzt wartete. Eigentlich hätten sie ihm leicht über die Lippen gehen sollen, doch sie blieben in ihm verschlossen. Ihre Forderungen ärgerten ihn. Hatte er sie nicht während all dieser Jahre immer und immer wieder seiner Zuneigung versichert? War er nicht hier, war er nicht wieder an ihre Seite geeilt? Und hatte er Isabel nicht trotz Elspeths Platz in seinem Leben sofort die Nachricht zukommen lassen, dass er angekommen war, und dann widerspruchslos ihre Bedingung hingenommen, dass er warten solle, bis er gerufen werde? Wie viel Bestätigung brauchte diese Frau denn noch?

Etwas war ernstlich nicht mehr in Ordnung. Etwas hatte sich verändert. Cormac spürte nichts mehr von dem quälenden Hunger, den er immer verspürt hatte, wenn er Isabel sah. Er hatte nicht einmal den Eindruck, dass dieser Mangel an Lust allein der Tatsache zuzuschreiben war, dass er sich erst

vor wenigen Stunden in Elspeths Armen verausgabt hatte, dennoch lieferte es ihm eine akzeptable Entschuldigung, und daran klammerte er sich. Eine leise Stimme in seinem Kopf riet ihm, genauer hinzuschauen, seine Augen zu öffnen und zu sehen, dass er von Isabel frei war, sie deutete sogar an, dass es Möglichkeiten gäbe, sein Versprechen zu lösen, ohne seine Ehre zu verlieren, aber er brachte sie unerbittlich zum Schweigen.

Cormac weigerte sich einzusehen, dass er zehn Jahre seines Lebens verschwendet oder, noch schlimmer, so lange den treuen Esel gespielt hatte. Er wollte nicht darüber nachdenken, dass er sich fälschlicherweise an ein Versprechen gefesselt hatte, das er nicht brechen konnte, nicht brechen wollte. Es war nur so, dass er müde war, sich in Elspeths weichen Armen gründlich gesättigt hatte. Die Verliebtheit, an der er litt, musste weichen, und schon bald würden all die alten Gefühle, die Isabel immer in ihm geweckt hatte, zurückkehren. Alles würde ganz schnell in Ordnung sein. Er musste nur ein bisschen warten.

»Cormac?«, bedrängte ihn Isabel, als er weiterhin nur dasaß, still und in sich gekehrt.

Sie küsste das Grübchen unter seinem Ohr, was er, wie sie wusste, sehr gern hatte. Isabel war fassungslos, als er sich unter ihren Lippen verspannte. Er bewegte sich nicht wirklich weg, trotzdem spürte sie, dass er sich auf gewisse Weise entzog. Die Dinge standen viel, viel schlechter, als sie gedacht hatte. Plötzlich vernahm sie ein leises Geräusch nahe der Tür, ein leises Rascheln von Röcken auf dem mit Binsen bedeckten Boden. Es war vielleicht eine Magd, aber ihr Instinkt sagte Isabel, dass es Elspeth Murray war. Es mochte schwierig sein, Cormac wieder auf ihre Seite zu ziehen, aber mit der Zeit war es möglich. Es konnte sehr viel schneller geschehen, wenn die kleine Elspeth Murray weg war, und dazu fühlte sich Isabel imstande. Alles, was sie brauchte, waren ein paar Minuten, bevor Cormac sah, dass Elspeth zurück war. Sie

legte ihre Hände an Cormacs Wangen und zog seinen Mund zu ihrem, musste allerdings die Wut bezähmen, die sie empfand, als er ihren feurigen Kuss nur langsam erwiderte.

»Ach Cormac, mein Liebster«, flüsterte sie laut genug, damit jemand, der in der Nähe der Tür stand, es hören konnte, »wie habe ich mich nach dir gesehnt.« Sie ließ ihre Hände auf seinen Wangen liegen, damit er sie ansehen musste, obwohl sie bemerkte, dass sein Blick ein wenig wanderte. »Zwischen uns lodert noch immer ein Feuer.«

Er hatte keines gespürt, hörte sich aber erwidern: »Ja, Isabel, das war immer da.« Cormac sagte sich, dass es keine richtige Lüge sei, denn ganz bestimmt würde es erneut aufflackern, sobald er wieder er selbst war.

Da sie wusste, dass es im Augenblick schwer war, ihm glühende Bekenntnisse zu entlocken, bemühte sich Isabel, ihre Unterhaltung in die Richtung zu lenken, die sie brauchte. Wenn sie nur die passenden Fragen stellte oder ihre Sätze richtig verpackte, konnte sie ihm Worte entringen, die man leicht für glühend und voller Liebe halten würde. Cormac musste genau genommen nicht erklären, dass sein Herz ihr gehörte, und zwar ihr allein, denn Isabel war sich sicher, dafür sorgen zu können, dass es sich ganz danach anhörte. Sie unterdrückte das Bedürfnis, sich umzudrehen und zu vergewissern, dass diejenige, die alles mit anhören sollte, tatsächlich dastand.

»Nach so vielen Jahren, so vielen gemeinsamen Nächten, wirst du mich doch ganz gewiss nicht wie einen restlos abgenagten Knochen wegwerfen?«, sagte sie.

»Nein, natürlich nicht«, fing Cormac an, gereizt, weil er sie einmal mehr daran erinnern musste, dass er nicht der Mann war, der sein Wort nicht hielt.

»Oh, du machst mich so glücklich. Ich hatte solche Angst, Cormac.«

»Es gibt keinen Grund, Angst zu haben, Süße«, sagte Cormac, als er ihr das Haar streichelte. »Ich bin wie immer für dich da. Wie ich versprochen habe.«

»Ich kann mich immer auf deine Liebe verlassen, oder nicht?«

»Natürlich.«

Cormac antwortete zerstreut, fast schon aus Gewohnheit. Das hatte er immer getan. Deswegen war er hergekommen. Trotzdem schenkte er dem, was sie sagte, wenig Beachtung, denn seine Gedanken verweilten bei dem Kuss, den sie sich eben gegeben hatten. Er war nett gewesen, aber mehr nicht, und allmählich begann er zu glauben, dass die Gründe bei Weitem nicht nur Müdigkeit und vollauf befriedigte Leidenschaft waren. Er hatte sich währenddessen Sorgen gemacht, dass er dabei entdeckt werden könnte, wie er Isabel küsste, dass Elspeth sie zusammen entdecken könnte. Tatsache war, dass er wollte, dass Isabel ging, und da er seit Monaten von ihrem Wiedersehen geträumt hatte, ergab das alles keinen Sinn. Er beschloss, diesem Bedürfnis nachzugeben. Er würde ihr alles sagen, was nötig war, um sie zu beruhigen und sie dazu zu bringen zu gehen. Danach würde er fähig sein, mit klarem Kopf nachzudenken.

»Ich bin so froh, dass du gekommen bist, um mich wiederzutreffen, mein Liebling«, sagte Isabel und strich mit ihren Lippen über seine. »Ich glaube, dass dieses Mal Hoffnung für uns besteht und wir endlich so zusammen sein können, wie wir es uns immer gewünscht haben. Bist du nicht glücklich?«

»Natürlich, Isabel. Wie sollte ich es nicht sein? Habe ich nicht zehn lange Jahre danach gesucht?« *Warum fühlte er sich plötzlich so in der Falle?,* fragte er sich, ohne aber eine Antwort zu finden. »Aber vielleicht solltest du von hier fortgehen, bevor wir entdeckt werden.«

»Oh, das macht mir nichts aus«, erklärte sie mit, wie sie meinte, bewundernswerter Zurschaustellung von Leidenschaft. »Mir reicht es, ich mag meine Gefühle für dich, unsere Gefühle füreinander nicht mehr verstecken müssen. Es ist höchste Zeit, dass wir das ergreifen, wonach wir uns so sehr sehnen, und alle Schicklichkeit und Angst vor der Ge-

fahr beiseiteschieben. Wir sollten unsere Liebe von der Nordsee bis zur Themse verkünden.«

Cormac konnte sich kaum davon abhalten, *Geh jetzt!* zu schreien. Er sollte begeistert sein, dass Isabel endlich mutig genug war, ihre Liebe offen zuzugeben, aber das Einzige, was er denken konnte, war, dass Elspeth das hören und verletzt sein könnte. Einmal mehr überlegte er sich, dass etwas Seltsames geschah und er sich verzweifelt danach sehnte, allein zu sein, um sich über alles klar zu werden.

»Ich freue mich, Isabel, wie oft habe ich mir gewünscht, dass wir das tun können. Trotzdem, ich finde, dass gerade jetzt ein wenig Vorsicht angebracht ist«, sagte er sanft. Dann fiel ihm auf, dass sie wirkte, als wollte sie zu weinen anfangen, und er küsste sie schnell. »Wir sind jetzt älter, zu klug, um uns solcher Kopflosigkeit hinzugeben, solchen übereilten Handlungen. Lass uns einfach nur mit ein bisschen Diskretion vorgehen.«

»Und du musst mit deiner Hure sprechen. Ich habe Verständnis und warte. Aber nicht lange, Liebling.«

Bevor Cormac sie wegen ihrer rohen Worte über Elspeth zurechtweisen konnte, ertönte eine schreckenerregend bekannte, raue Stimme: »Warum warten? Lasst uns die Sache hier und jetzt ins Reine bringen.« Und Cormac hatte das Gefühl, dass etwas in ihm vor Panik und Enttäuschung laut aufschreien wollte.

14

Elspeth meinte zu zerbrechen. Mit jedem Herzschlag pochte Schmerz durch ihren Körper. Sie wusste nicht genau, was ihr mehr Qualen verursachte: der Anblick von Cormac und Isabel, wie sie sich umarmten, oder Cormacs Worte. Sie vermutete, dass es wahrscheinlich Letzteres war, denn darin ertönte die Totenglocke für all ihre Hoffnungen und Träume. Sie hatte ihr Spiel verloren.

Das Verlangen, etwas Gewalttätiges zu tun, und sei es noch so wenig, war so stark, dass Elspeth bebte. Sie wollte am liebsten Isabel von Cormac losreißen. Sie wollte diese Frau besinnungslos schlagen, weil sie Cormac und ihr jede Möglichkeit auf Glück raubte. Sie wollte Cormac grün und blau schlagen, vorzugsweise mit einem großen stumpfen Gegenstand, weil er ein solch blinder Esel war. Aber es würde ja nichts helfen. Dessen war sich Elspeth bewusst, und so stand sie einfach nur da und klammerte sich an den Türrahmen, bis dieses Bedürfnis nachließ.

»Elspeth«, begann Cormac, der sich Isabels Umarmung entzog, aber weiter fiel ihm nichts ein. »Wie lange hast du da gestanden?«

»Lange genug«, erwiderte Elspeth.

Zu lang, dachte Cormac bei sich. Der blasse, angespannte Ausdruck, der auf ihrem Gesicht lag, verriet ihm, dass sie vermutlich alles, was Isabel und er zueinander gesagt hatten, mit angehört hatte. Am liebsten wäre er zu ihr geeilt, um ihr laut und deutlich zu erklären, dass das alles nur Lügen waren, um zu versuchen, jedes Wort, das er eben gesagt hatte, zurückzunehmen. Alles, um diesen schmerzerfüllten Ausdruck aus ihren wunderschönen Augen zu löschen. Indessen konnte er

Isabel das nicht antun. Sie verdiente es genauso wenig wie Elspeth, verletzt zu werden. Und im Moment war er sich gar nicht wirklich sicher, ob er Isabel angelogen hatte. Er brauchte Zeit, um sein eigenes Herz zu erforschen, und es war unschwer zu erkennen, dass ihm dieser Luxus nicht vergönnt sein würde.

»Elspeth, wir müssen miteinander sprechen«, sagte er und stand auf, wobei er Isabel nur flüchtig ansah.

»Ich glaube nicht, dass wir einander noch etwas zu sagen haben.«

»Natürlich habt ihr, Kind«, warf Isabel ein, die sich Zeit nahm, ihr Kleid glatt zu streichen, um wortlos darauf hinzuweisen, dass aufgrund des feurigen Verhaltens zwischen ihr und Cormac ein derart nervöses Inordnungbringen nötig war. »Ich werde euch verlassen, damit ihr euch unterhalten könnt.« Sie hauchte Cormac einen Kuss auf den Mund und verfluchte insgeheim seine unverhohlene Unaufmerksamkeit. »Schick mir später eine Nachricht, Liebling. Wenn du frei bist. Dann können wir uns wiedersehen.«

Es fiel ihr nicht leicht, aber Elspeth widerstand der Versuchung, Isabel stolpern zu lassen, als sie an ihr vorbeirauschte. Der Ausdruck selbstgefälligen Triumphes auf Isabels vollkommenen Gesichtszügen brachte Elspeth beinahe zum Schreien. Isabel hatte gewonnen. Sie wussten es beide. Sie musste nicht hämisch dreinschauen.

Und was hatte Isabel gewonnen?, überlegte Elspeth, als sie wieder zu Cormac sah. In ihrem Herzen brandete aufs Heftigste Wut und drängte für kurze Zeit den Schmerz in den Hintergrund, und daran klammerte sie sich. Er war ein blinder Esel. Sie war bereit gewesen, ihm alles zu geben, alles, was sich ein Mann nur wünschen konnte, und dennoch hielt er an einer Frau fest, die nur mit ihm spielte. Er hielt aus Ehrgefühl an seinem Versprechen fest, und Isabel benützte das, damit er weiterhin ihr Gefangener blieb. Elspeth stellte sich die Frage, wann auch sie zu einem Esel geworden war. Denn

das war die einzige Erklärung für ihr heftiges Bemühen, einen Mann für sich zu gewinnen, der nicht hinter eine hübsche Larve sehen konnte, für ihre Liebe zu einem Mann, der Isabel wahrscheinlich selbst dann noch für ein liebenswertes Opfer hielt, wenn er sie dabei erwischen würde, wie sie mit einem blutigen Dolch in ihrer weichen, weißen Hand über der Leiche ihres Ehemannes stand. Er hielt aus Blindheit ein Versprechen gegenüber einer Frau in Ehren, die ihrerseits Ehre selbst dann nicht erkennen würde, wenn sie ihr vor die Füße fiel.

Cormac verfluchte seine Schwäche, als er seine Beine über die Bettkante schwang, doch entdecken musste, dass er nicht stehen konnte, ohne ein wenig zu taumeln. Er hätte sich nicht zu Gehübungen antreiben sollen, nachdem er sich vergangene Nacht derart köstlich verausgabt hatte. Jetzt wäre es besser, wenn er sicher auf den Beinen stehen, sich schnell bewegen und Elspeth notfalls festhalten könnte. Stattdessen musste er sich auf die Kraft seiner Worte verlassen, und er hegte kein großes Vertrauen in seine Fähigkeit, ihre Wut zu besänftigen. Er überlegte sich seine einleitenden Sätze, wurde aber abgelenkt, als Elspeth ihre Sachen einzusammeln begann.

»Was machst du da?«, fragte er fordernd.

»Gehen«, antwortete sie, während sie ihre wenigen Habseligkeiten in ihren kleinen Beutel zwängte.

»Wir müssen miteinander sprechen, Elspeth.«

»Worüber?«

»Über das, was du hier gesehen und gehört hast.«

»Ich habe ein altes Liebespaar gesehen, das seine Beziehung erneuert hat. Ich habe gesehen, dass du ein Versprechen nicht lösen kannst, egal wie alt es ist und wie sehr sich die Dinge für euch beide geändert haben. Was sollte ich sonst noch sehen?«

Er raufte sich die Haare. »Ich habe die Beziehung mit Isabel nicht erneuert.«

»Nein?« Elspeth schob das letzte Stück in den Beutel und zog ihn zu – sehr fest, während sie sich den oberen Teil des Beutels als Cormacs Hals vorstellte. »Sie hat dir ihre Zunge in die Kehle gesteckt, weil sie sich so sehr darüber freute, dass du ihr Lebewohl gesagt hast, nicht wahr?«

»Du hast gewusst, dass ich hierhergekommen bin, um mich mit ihr zu treffen.«

»Ja, das stimmt. Es steht fest, dass ich eine große Närrin bin, weil ich glaubte, dass das, was zwischen uns geschehen ist, die eine oder andere kleine Änderung in deinen Plänen veranlasst hätte. Nun, es hat den Anschein, als hätte deine Angebetete recht. Es ist an der Zeit, deiner Hure Lebwohl zu sagen.«

»Isabels Worte waren herzlos«, begann er.

»Entschuldige dich nicht für sie. Ja, ihre Worte waren herzlos, aber sag bloß nicht, dass sie es nicht so gemeint hätte. Sie hat.«

»Sie hätte niemals so herzlos gesprochen, hätte sie gewusst, dass du es hören könntest.«

Elspeth wunderte sich, wie ein ansonsten kluger Mann so unendlich dumm sein konnte. »Sie wusste, dass ich es höre, denn sie wusste, dass ich dastand.« Sie legte Alan in seine Trageschlinge und lockte Muddy in seine Tasche.

»Nein.« Er hielt inne, als sie ihn empört anschaute. »Elspeth, du musst versuchen zu verstehen. Ich bin ihr versprochen. Isabel hatte ein sehr hartes, unglückliches Leben. Sie braucht mich.«

Es geschah, bevor sie sich unter Kontrolle bringen konnte. Sie schlug ihn mit ihrem Beutel, zweimal. Einen Augenblick lang war sie entsetzt darüber, einen verletzten Menschen geschlagen zu haben. Dann richtete er sich auf, rieb sich den Kopf und starrte sie wütend an. Als sie feststellte, dass sie ihm nicht ernstlich wehgetan hatte, musste sie mit aller Macht das Bedürfnis unterdrücken, es noch einmal zu tun. Sie wollte ihn verletzen, und da sie es nicht seelisch tun

konnte, brannte sie darauf, es körperlich zu tun. Es war an der Zeit zu gehen. Da ihr der normale Weg der Entlastung versagt blieb, fand die Gewaltbereitschaft, die Elspeth empfand, einen Weg in die wütenden Worte, die sie ihm entgegenschleuderte.

»Ja, die arme kleine gequälte Isabel«, höhnte sie. »Schön. Lauf zu ihr, wie du es schon so lange machst, und verfluch mich doch, weil ich sehe, was du für deine zehn Jahre voller Märtyrertum bekommen hast. Die meisten Männer hätten in Betracht gezogen, dass das Versprechen mit ihrer ersten Ehe keine Gültigkeit mehr besaß, geschweige denn mit ihrer vierten.«

»Ehen, die ihr aufgezwungen wurden. Es ist nicht ihre Schuld, dass wir so oft voneinander getrennt sein müssen. Es tut mir leid, wenn du den Eindruck hast, dass ich dich ungerechterweise benutzt habe.«

»Natürlich hast du das.«

»Na ja, mir ist nicht aufgefallen, dass du sonderlich oft geweint hast«, raunzte er sie an, wütend auf sich, weil er ein solches Durcheinander verursacht hatte, und auf sie wegen ihrer harten Worte, die ihn bis ins Mark erschütterten.

»Ich habe mich nicht auf all das körperliche Gerangel bezogen, dem wir gefrönt haben. Das Ungerechte kommt daher, dass du nicht ein einziges Mal in Erwägung gezogen hast, deinen Weg zu ändern. Du hast nicht ein einziges Mal versucht, mehr von mir zu nehmen als Lust oder mir mehr als das zu geben. Ich war für dich nichts weiter als ein Paar bequem gespreizter Schenkel, und du hast mir nie die Gelegenheit gegeben, mehr als das zu sein.«

»Ich dachte nicht, dass du mehr sein wolltest«, flüsterte er, und er wusste, dass das nicht die volle Wahrheit war.

»Dann bist du ein noch größerer Esel, als ich glaubte. Oder ein Lügner.« Als sie sah, dass er rot wurde, kam ihr zu Bewusstsein, dass ihr Lächeln dem Gesagten eine gemeine Note

verlieh. »Ja, ich glaube, eine Zeit lang war ich ein ebenso großer Esel wie du. Ich bin etwas hinterhergejagt, das ich niemals haben konnte. Mein einziger Trost ist, dass ich, anders als du, den Verstand besitze zu erkennen, dass ich meine Zeit nur verschwendet habe.«

Cormac stand auf und streckte die Hand nach ihr aus. »Bleib noch einen Weile, Elspeth, wenigstens solange, bis du wieder ruhiger geworden bist.«

»Rühr mich nicht an«, fuhr sie ihn an und schlug seine Hand weg. »Bleiben? Ich glaube nicht. Mir ist nicht danach zumute, dir dabei zuzuschauen, wie du versuchst zu entscheiden, was du mit mir machst, während du Isabel hinterherrennst. Du wirst es nicht glauben, aber ich besitze etwas Selbstachtung. Ich werde nicht zulassen, dass du noch länger darauf herumtrampelst. Ich weiß, dass ich sagte, du müsstest mir gegenüber kein Versprechen leisten, aber das heißt nicht, dass du auch keine Achtung vor mir haben musst. Du hast deine Wahl getroffen.«

»Du kannst nicht von einem Menschen erwarten, dass er zehn Jahre mit einer Frau in ein, zwei Tagen so abtut. Nicht, wenn ein feierliches Versprechen existiert.«

»Nein? Ich habe dich *geliebt.* Ich habe dir alles gegeben, was eine Frau einem Mann geben kann. Ich habe dir meinen Stolz, meine Jungfräulichkeit und mein Herz vor die Füße geworfen, und ich war bereit, nein, ich sehnte mich danach, dir alles, was mir sonst noch möglich war, zu geben, hättest du nur gefragt.« Während sie sprach, verstärkte sich ihre Wut, und ihr Schmerz begann, sich langsam aus den starken Fesseln, die sie ihm angelegt hatte, zu lösen, was ihrer Stimme den Klang leiser Qualen hinzufügte. »Aber ich frage mich, ob du weißt, was Liebe ist? *Ich* hätte dich niemals verlassen. *Mich* hätte man hinschleifen und in Ketten legen müssen, und ich hätte wie am Spieß geschrien, hätte ich mit einem anderen Mann vor den Altar treten sollen. *Ich* wäre an deiner Seite gewesen, während du vor den Douglas geflohen bist,

und hätte jeden Stein umgedreht, um den wahren Mörder zu finden. *Ich* hätte deine Unschuld laut von einem Ende Schottlands zum anderen verkündet. Das ist Liebe. Sie ist kein armseliges Wandern von einem Ehemann zum anderen und kein Ruf, den man nur dann ertönen lässt, wenn sich Ärger zusammenbraut.

Schön, du hast das Bett gewählt, in dem du liegen möchtest. Du wirst deine wertvolle Ehre bekommen. Trotz allem, was ich an Schmerz und Wut empfinde, hoffe ich inständig, dass wir alle uns in Isabel täuschen, dass sie wirklich die arme, süße Madonna ist, für die du sie hältst. Aber ich fürchte, du wirst ein steiniges Bett vorfinden. Vielleicht wirst du an mich denken und an all das, was ich dir angeboten habe und was du so herzlos behandelt, ja weggeworfen hast. Denn weggeworfen hast du es, und es wird mehr bedürfen, als du zu bieten hast, um es jemals wieder aufzuheben. Ja, hör auf diese Worte, mein gut aussehender Geliebter: Solltest du dich zu meinen Gunsten entscheiden, nachdem ich weg bin, wird es mehr als eines hübschen Lächelns und schöner Worte bedürfen, um mich dazu zu bringen, diese Qual ein zweites Mal zu riskieren. Solltest du dich für mich entscheiden, wirst du kriechen müssen, so wie du zehn lange vergeudete Jahre zu Isabel gekrochen bist.«

Sie bemerkte, dass er wie gelähmt wirkte, seine Augen aufgerissen waren und sein Gesicht blass war. Elspeth schüttelte den Kopf und ging, die Tür leise hinter sich zuziehend. Das Einrasten des Riegels klang so endgültig, dass sie es tief in ihrer Seele spürte. Sie zwang sich zur Ruhe und verließ die Herberge. Es überraschte sie nicht, dass Isabel unmittelbar vor dem Tor zur Herberge auf sie wartete.

»Ihr seid nicht weit gegangen«, sagte Elspeth, die sich bemühte, ihre extreme Abneigung gegen diese Frau zu verbergen.

»Ich wollte nur sehen, dass Ihr – weit weggeht, das ist alles.« Isabel lächelte flüchtig.

»Ihr zeigt gern Eure Schadenfreude, wenn Ihr gewinnt, nicht wahr? Ein ausgesprochen unwürdiges Verhalten.«

Isabel richtete sich auf und funkelte sie an. »Ja, ich habe gewonnen. Ich zeige meine Freude darüber, dass Ihr den Verstand habt, das zu erkennen und zu gehen. Manche Frauen versuchen um den Mann, den sie haben wollen, zu kämpfen.«

»Und Ihr glaubt, ich hätte das nicht gemacht? Ich habe sehr stark gekämpft. Dennoch, es ist schwer, zehn Jahre Versklavung zu überwinden. Zehn Jahre, in denen man glaubte, eine Frau zu lieben, die es nie wirklich gegeben hat. Zehn Jahre, in denen man ein Versprechen achtete, das es von vornherein nicht hätte geben sollen. Ja, Ihr mögt lächeln. Ihr habt das Recht gewonnen, mit diesem elenden, blinden Narren zu spielen. Doch wie lange? Madame, Ihr spielt ein gemeines und riskantes Spiel. Cormac ist der Einzige, der glaubt, dass Ihr nichts weiter als ein armes, süßes Mädchen seid, welches gezwungen ist, sich dem Willen seiner habgierigen Familie zu beugen. Im Augenblick ist, wie ich glaube, sein jämmerliches Ehrgefühl alles, was ihn an Euch bindet. Seine Verwandten sehen Euch so, wie Ihr wirklich seid, ebenso seine Freunde und so auch fast jeder andere. Ihr versteckt vor anderen Euer wahres Gesicht nicht, und eines Tages wird es Euch auch nicht mehr möglich sein, es vor Cormac zu verstecken.«

»Und Ihr glaubt, er wird dann zu Euch zurücklaufen?«

Elspeth zuckte die Achseln. »Vielleicht. Das tut nichts zur Sache. Er wird Euch weglaufen, und Ihr solltet besser hoffen, dass er es tut. Immerhin könnte er sich entschließen, Euch für Euren Betrug bezahlen zu lassen, und ich beneide Euch ganz gewiss nicht, wenn Ihr vor einem Mann stehen müsst, der einsieht, dass Ihr fast sein gesamtes Erwachsenenleben hindurch einen vollkommenen Esel aus ihm gemacht habt.«

»Cormac liebt mich. Er hat mich immer geliebt. Ihr konntet mir das nicht rauben, und das zerfrisst Euch, nicht wahr?«

»Vielleicht. Obwohl ich glaube, dass Ihr Euch bereits die

Frage stellt, ob es noch immer Liebe ist oder ob er einfach nicht fähig ist, sein Wort zu brechen. Und auch wenn es den Anschein macht, als hätte er Euch gewählt, werde ich nicht so voll und ganz verschwinden, wie Ihr Euch das wünscht. Nein, Madame, ich existiere in seinem Blut, in seiner Erinnerung und ein kleines bisschen in seinem Herzen. Oh ja, ich weiß sehr gut, dass er sich an mich erinnern wird, und Ihr könnt Euch nie sicher sein, wann die Erinnerung an mich einsetzt oder warum und ob er Euch mit mir vergleicht.«

Isabels Lachen tönte kurz und kalt. »Und Ihr glaubt, dass Ihr möglicherweise einen solchen Vergleich gewinnen könnt?«

»Ja, denn Ihr müsst wissen, ich habe ihm etwas gegeben, was ihr nie besessen habt und nie besitzen werdet, das, was Ihr vermutlich keinem geben könnt.«

»Wenn Ihr glaubt, Cormac und ich hätten uns sittsam geliebt, dann seid Ihr wirklich eine Närrin.«

»Ich spreche nicht von körperlicher Leidenschaft, Madame, sondern von Liebe. Ich habe ihn vorbehaltlos geliebt, ohne Forderungen, ohne Zurückhaltung. Er weiß, dass ich ihn liebte, denn ich habe es ihm gesagt. Und in diesem Punkt könnt Ihr mich nicht besiegen, denn Ihr habt ihn nie geliebt. Zehn Jahre lang habt Ihr auf ein Geschenk gespuckt, für das viele Frauen morden würden. Ihr habt seine Ehre und seine Liebe missbraucht. Und deshalb, Madame, verachte ich Euch und werde es immer tun. Deshalb halte ich Euch für einen noch größeren Esel als den armen Cormac.« Elspeth konnte an dem kalten, spöttischen Gesichtsausdruck Isabels ablesen, dass diese Frau sie schlicht und einfach nicht verstand.

»Eine sehr hübsche Rede«, antwortete Isabel gedehnt, doch ihre Augen verengten sich vor Abneigung, »aber ich glaube, Ihr wolltet eben gehen?«

»Ja, Payton wartet auf mich. Ich glaube, Ihr kennt meinen Cousin Payton Murray?«

Es war zweifelsohne gemein von ihr, aber Elspeth empfand große Genugtuung darüber, wie Isabel die Augen aufriss und leicht errötete. Isabel verschenkte ihre Gunst so freizügig, dass Elspeth erstaunt war, wie Cormac nicht taub wurde vor lauter hinter vorgehaltener Hand geflüsterten Gerüchten darüber, was für eine Hure diese Frau war. Aber, so dachte sie traurig, vermutlich hat er sie ignoriert oder geleugnet, wie so vieles bei dieser Frau. Elspeth spürte, als Isabel begriff, dass ihre kleine Unbesonnenheit Cormac nicht ins Ohr geflüstert würde, und beinahe hätte sie angewidert die Augen verdreht, denn Isabel begann, ausgesprochen interessiert zu wirken.

»Befindet sich Payton am Hof?« Isabel bedachte Elspeth mit einem selbstgefälligen Blick. »Er ist ein sehr guter Liebhaber.«

»Tss, tss, Isabel. Ihr solltet wirklich ein kleines bisschen vorsichtiger, ein kleines bisschen weniger mannstoll sein. Wenn Ihr nicht anfangt, Eure weißen Oberschenkel etwas häufiger zusammenzudrücken, wird in Schottland kein Mann mehr übrig bleiben, der Cormac in die Augen schauen kann.«

Ohne Isabels gezischter Verfluchung Beachtung zu schenken, ging Elspeth davon. Einer solchen Frau gegenüber zu verlieren, bereitete ihr Übelkeit, aber sie strengte sich an, aufrecht und stolz zu gehen. Auch wenn es ihr nicht möglich war, ihren Schmerz vor Isabels scharfem Auge zu verbergen, wollte sie diese Frau mit dem Eindruck zurücklassen, dass Elspeth Murray nicht lange leiden würde.

Als sie auf Payton zuging, stand er auf, warf einen einzigen langen Blick auf sie und öffnete die Arme. Elspeth zögerte nicht, sich seiner Umarmung hinzugeben, gönnte sich aber nur kurz sein Mitgefühl. Zu viel davon und sie würde so laut weinen wie ein Kind, dem nach Milch hungerte.

»Ich bin fertig, um auf Donncoill zurückzukehren«, sagte sie, als sie sich seiner Umarmung entzog.

Paytons Blick fiel auf ihre beiden Begleiter, und fast musste er lachen. »Es sollte mich nicht überraschen, wenn wir nicht

ohne den einen oder anderen Streuner zurückkehren.« Er streckte die Hand aus, zauste die vollen, schwarzen Haare des Kindes und kraulte den Kater unter dem Kinn.

»Jemand hat das Kind in der Nähe der Straße ausgesetzt, damit es stirbt, und keiner im nächstgelegenen Dorf erhob Anspruch auf ihn. Ich nenne ihn Alan. Der Kater wurde von ein paar verkommenen Jungen schlimm gequält. Er ging nicht mehr weg, nachdem ich ihn gerettet und seine Wunden versorgt hatte. Sein Name ist Muddy.« Sie lächelte flüchtig, als er den Kopf des großen Katers streichelte und das Tier so laut schnurrte, dass Payton lachen musste.

»Du verlässt den Esel also?«

»Ja, er hat seine Wahl getroffen.«

»Und du willst nicht bleiben und versuchen, seine Meinung zu ändern?«

»Nein. Ich habe alles getan, was mir einfiel, um genau das zu erreichen, und nichts davon hat funktioniert. Solange er nicht einsieht, dass Isabel sein Ehrgefühl nur gegen ihn missbraucht und dessen nicht wert ist, wird er an seinem Versprechen ihr gegenüber festhalten.«

»Glaubst du, dass er seine Entscheidung bereuen und dich aufsuchen wird?«

Elspeth zuckte die Schultern, während Payton ihr half, ihr Gepäck auf einem seiner Pferde zu befestigen. »Ich habe ihm nicht gesagt, dass ich warte.«

»Das war wahrscheinlich klug.«

Sie stieg auf, seufzte und sah auf Payton hinunter, der sie sorgenvoll beobachtete. »Ich fürchte, ich konnte mein Temperament nicht zügeln. Ich sagte so einiges.« Sie schüttelte den Kopf. »Ich sagte ihm, dass ich vielleicht in Erwägung ziehen könnte, ihn wieder aufzunehmen, wenn er zu mir kriechen würde, wie er zehn Jahre lang zu Isabel kroch.« Es überraschte sie nicht, dass Payton zusammenzuckte. »Darin wird er wohl kaum ein Versprechen oder ein Willkommen sehen, was meinst du?«

»Nein, Mädchen. Nun, wir werden auf Donncoill zurückkehren. Vielleicht mit der Zeit, mit der Entfernung –«, begann er, klopfte ihr dann aber nur aufs Bein und ging, um seine Männer zusammenzuholen.

Da sie spät losgekommen waren, ritten sie nur ein paar Stunden, bevor sie ihr Nachtlager aufschlugen. Sie waren eine stille, bedrückte Gruppe, die sich um ein kleines Feuer herum Brot, Käse und Wein teilte. Elspeth hegte den Verdacht, dass sie an der Stimmung der Männer schuld war, aber sie hatte keine Idee, wie sie das ändern sollte, und auch nicht wirklich Lust dazu. Es bedurfte sowieso schon all ihres Verstandes und ihrer Stärke, um nicht zu einem durchweichten, triefenden Häuflein Elend zusammenzufallen.

Ein wenig half ihr, sich um Alan zu kümmern, obwohl selbst er ungewöhnlich still war. Muddy verschwand, um sich sein eigenes Futter zu suchen, kehrte, kurz nachdem Alan eingeschlafen war, zurück und rollte sich neben dem Korb des Kindes zusammen. Elspeth half nach dem Essen beim Aufräumen, bevor sie ihr Bettzeug neben dem von Payton ausbreitete und um etwas Schlaf betete, als sie sich in ihre Decke wickelte.

Er kam nicht. Sie hörte den Männern zu, wie sie das Feuer bedeckten und entschieden, wer welche Wache übernehmen würde. Sie hörte ihnen zu, wie sie sich auf ihren Betten niederließen und einige Alan ein schüchternes Gutnacht zumurmelten. Das vertraute Geräusch von Muddys Schnurren verriet ihr, dass manche stehen geblieben waren, um den Kater zu streicheln. Einer der Männer beglückwünschte das Tier sogar dazu, dass er Klein-Alan so gut beschützte.

Als Payton sein Bett aufsuchte, war ihr klar, dass sie diese Nacht wenig schlafen würde. Sie hörte zu, wie er sich ausstreckte. Dann schob er sich mehrmals hin und her, um sich eine bequeme Lage zu suchen, und anschließend kratzte er sich kurz. Danach gähnte er. Endlich war er still, sie spürte

jedoch, dass er sie beobachtete, weigerte sich aber, ihn anzusehen.

Eine Zeit lang starrte sie zu den Sternen hoch. Dann betrachtete sie den Mond. Sie strich die Falten ihrer Decke glatt. Sie betrachtete erneut die Sterne. Es würde eindeutig eine sehr lange Nacht werden.

Was sie eigentlich tun wollte, war weinen. Sie wollte bittere Tränen weinen, ihren Schmerz und ihr Leid herausheulen. Ihre Brust schmerzte davon. Ihre Kehle war so eng und voll, dass sie überrascht war, nicht zu ersticken. Allerdings konnte Elspeth vor den Männern ihren Jammer nicht zeigen. Es würde sie alle peinlich berühren. Zudem hatte sie Angst, dass sie, fing sie einmal damit an und ließ sie einmal ihrer Traurigkeit freien Lauf, den ganzen Weg bis Donncoill weinen und klagen würde.

»Keiner würde dich für dein Weinen tadeln, Elspeth«, sagte Payton.

»Ich weiß, aber ich tu es nicht«, versprach sie.

»Weil er es nicht wert ist?«

»Na ja, vielleicht ist er es nicht, aber alles, was wir miteinander hätten haben können, alles, was er weggeworfen hat, ist es ganz bestimmt. Und, mein Gott, wie kann man einen Menschen dafür verurteilen, dass er ein Versprechen achten möchte?«

Payton streckte den Arm aus und zog sie näher an sich. Er legte ihr einen seiner starken Arme um die Taille und hielt sie fest, während sie mit dem Rücken an seiner Brust lag. Sie fühlte sich so angespannt an wie die Sehne eines Bogens, und das machte ihm Sorgen. Elspeth gehörte zu jenen Frauen, die mit ihren Gefühlen offen umgingen, die nichts oder nur wenig verbargen. Diese Selbstbeherrschung sah ihr nicht ähnlich, und er verfluchte Sir Cormac dafür, dass er sie ihr beigebracht hatte.

»Du bist jung, Elspeth«, sagte er. »Deine Wunden werden wieder heilen. Das sind oft gebrauchte Worte und im Augen-

blick nicht sehr tröstliche, aber dennoch entsprechen sie der Wahrheit.«

»Ich weiß. Ich glaube aber nicht, dass ich jemals jemanden so sehr lieben werde wie ihn«, flüsterte sie. »Es ist sonderbar, aber obwohl ich sehr verärgert und sehr verletzt bin, habe ich noch immer Mitleid für ihn. Ich ertappe mich sogar dabei, wie ich für ihn hoffe, dass er noch etwas Glück findet und keinen zu hohen Preis dafür bezahlen muss, dass er die Ehre mir vorgezogen hat. Ich ertappe mich sogar bei der Frage, ob ich ihn vor Isabel retten könnte, wenn ich zurückginge.« Sie lachte schallend auf. »Ich bin so widersprüchlich. Ich möchte ihn verletzen, wie er mich verletzt hat, jedoch will ich nicht, dass er von jemand anderem verletzt wird.«

»Verständlich. Du liebst ihn. Ich habe noch nie geliebt, aber ich glaube, dass das vorbeigehen wird, dass du dich erholen wirst. Ich finde, dass Liebe ein Gefühl ist, das erwidert werden muss, das genährt werden muss, oder es welkt und stirbt ab.« Er zögerte einen Augenblick und räusperte sich. »Was, wenn er dich geschwängert hat, Elspeth?«

Elspeth spürte, wie sich ihr Herz gleichermaßen aus Angst wie aus Hoffnung zusammenkrampfte. Sollte sie Cormacs Kind tragen, würde das derart viele Probleme verursachen, dass ihr allein bei dem Gedanken daran der Kopf schwirrte. Ihre Familie würde verletzt und enttäuscht sein, wenigstens für eine Weile. Allerdings hatte sie keine Angst, ihre Liebe zu verlieren, und sie hatte nicht den geringsten Zweifel, dass sie ihr Kind lieben würden. Cormac müsste allerdings, grübelte sie, all ihren Verwandten so eifrig aus dem Weg gehen wie vor Jahren den Douglas. Sie würde zwar ihre Verwandten gewiss dazu bewegen können, ihr zu schwören, ihn weder zu töten noch ernsthaft zu verwunden, aber sie hatte den Verdacht, dass sie andere Mittel und Wege finden würden, um ihm das Leben schwer zu machen.

Die Freude und Hoffnung wurden aus der Vorstellung ge-

boren, dass sie etwas von Cormac hätte, das sie lieben könnte. Allerdings würde es auch traurig sein. In einem Kind würde sie etwas haben, dem sie ihre hoffnungslose Liebe schenken konnte, aber es würde sie auch davon abhalten, Cormac jemals ganz vergessen zu können. Jedes Mal, wenn sie das Kind ansehen würde, das sie vielleicht zusammen gezeugt hatten, würden Erinnerungen geweckt. Sie konnte gegebenenfalls nur hoffen, dass diese Erinnerungen bald mehr süß als bitter wären.

»Ich weiß noch geraume Zeit nicht, ob ich schwanger bin«, erwiderte sie. »Wenn ich es sein sollte – nun, dann wäre das sowohl erfreulich als auch traurig, aber ich würde damit fertig werden.«

»Es würde wahrscheinlich jede Aussicht auf eine Ehe für dich zerstören.«

»Ich denke, dass das sowieso schon geschehen ist.« Sie spürte, wie ihr Tränen in die Augen traten, und kämpfte dagegen an. »Als ich mich entschieden habe, Cormac zu lieben und zu versuchen, seine Liebe zu gewinnen, wusste ich ganz genau, dass ich verlieren konnte, aber ich hatte wirklich keine andere Wahl. Ich glaube, ich liebe ihn, seit ich ihn zum ersten Mal gesehen habe, obwohl ich nur ein Kind war. Selbst damals muss ich gespürt haben, dass er meine andere Hälfte ist, aber als seine Lippen zum ersten Mal meine berührten, wusste ich es sicher. In meiner Überheblichkeit oder vielleicht auch in meiner Naivität dachte ich, dass auch er es wüsste, dass ich nichts weiter zu tun hätte, als ihn dazu zu bringen, genau genug hinzusehen, um das zu erkennen.« Sie begann leise zu weinen und sagte sich, dass es vielleicht gut war, um ein wenig den Kummer zu erleichtern, der ihr Inneres zu einem Knoten verkrampfte. »Ich hätte ihn sehr glücklich machen können, Payton.«

Payton hielt sie ein bisschen fester und küsste sie auf das Haar. »Ja, Mädchen, das hättest du, und ich bin überzeugt, dass die Tatsache, dass er dieses wertvolle Geschenk für eine

Hure wie Isabel wegwirft, ihn erst wirklich zu einem Esel macht.«

»Sie müssen die ganze Nacht gebumst haben«, blaffte Isabel. »Der ganze Raum stank danach.«

Sir Kenneth Douglas beobachtete mit Interesse seine Geliebte, die in ihrem gemeinsamen Schlafgemach auf und ab ging, während er halb auf ihrem Bett saß, halb lag. »Ein Geruch, der dir ja äußerst vertraut ist.«

Isabel funkelte ihn an. Im Augenblick ließ sie der Anblick seines nackten und eindeutig erregten Körpers kalt. Seit sie in erster Ehe mit seinem Cousin verheiratet war, waren sie fest durch ihre Leidenschaft und das Blut an ihrer beider Hände miteinander verbunden. Keiner von ihnen war dem anderen treu, jeder von ihnen nahm sich einen Liebhaber, eine Liebhaberin, wenn ihm der Sinn danach stand, doch auf seltsame Weise waren sie so gut wie verheiratet miteinander. Ihr raffinierter Plan, durch Isabels Ehemänner zusammen reich und mächtig zu werden, verband sie ebenso wie ihre heftige, unersättliche Lust nacheinander. Kenneth war der einzige Mann, den sie nie beherrschen konnte. Mit seinem schwarzen Haar, seinen schwarzen Augen und seiner dunklen Haut sah er mehr aus wie ein Spanier als wie ein Schotte. Außerdem wirkte er hart, kalt und gefährlich – alles Eigenschaften, die ihren Puls zum Rasen brachten. Was sie allerdings restlos anwiderte, war die Tatsache, dass er sie unablässig daran erinnerte, was sie war, und sie mit sanften Beleidigungen herabsetzte und sie auch das erregte.

»Nun, die Bedrohung, die sie darstellte, ist jetzt weg«, sagte Isabel. »Es war nicht so schwer, sie in die Flucht zu schlagen.«

»Bist du dir sicher?«

»Ich habe beobachtet, wie sie mit Sir Payton, ihrem Beutel, irgendeinem Balg und einer grässlichen Katze weggeritten ist. Sie ist fort.«

»Körperlich vielleicht, aber auch aus seinen Gedanken?« Er zuckte die Achseln.

»Es wird einige Zeit dauern, bis du sicher sein kannst, dass in ihm die Erinnerung an sie weg ist. Sollte sie das nicht sein, dann ist er vielleicht nicht mehr länger der willfährige, anbetende Idiot, der er bisher immer war. Möglicherweise hat sie ihm die Augen geöffnet.«

»Und du meinst wirklich, dadurch könnte er gefährlich werden?«

»Er weiß sehr viel über dich, Isabel. Zu viel. Bis jetzt haben ihn seine blinde Ergebenheit, seine Überzeugung, dass du eine arme Unschuld bist, der viel Unrecht geschehen ist, und sein befremdliches Festhalten an einem Versprechen, das viele Männer schon vor langer Zeit abgetan hätten, davon abgehalten, allzu genau hinzusehen. Wenn sich sein Blick von dem großen Wunder Isabel befreit hat«, sagte er in einem dermaßen sarkastischen Ton, dass sie die Stirn in Falten legte, »könnte es gut sein, dass er ein wenig eingehender über all das nachdenkt, was er gesehen hat, und er nicht länger so blind ist, dass er die Bedeutung von alldem nicht versteht.«

Isabel seufzte vor schnell vorübergehendem Bedauern und setzte sich aufs Bett.

»Du willst ihn loswerden.« Sie streckte die Hand aus und schlang ihre langen, schlanken Finger um seine erregte Männlichkeit.

»Das könnte das Beste sein, aber wir wollen ein solches Opfer nicht verschwenden. Solange er uns nicht dazu zwingt, schneller zu handeln, als uns lieb ist, werden wir warten, bis wir unseren Vorteil daraus ziehen können. Er kann sterben, indem er dich beschützt. Das würde seine kleine ritterliche Seele erfreuen.«

»Ich möchte jetzt nicht darüber sprechen.« Sie beugte sich über ihn und ersetzte ihre streichelnden Finger durch ihre Zunge.

»Bedauerst du es? Wirst du diesen Idioten vermissen?«, fragte er provozierend.

Kenneth war nicht der Einzige, der eine sanfte, aber bittere Beleidigung oder Stichelei verabreichen konnte. »Er besaß ein paar schöne Qualitäten« – sie drückte leicht seine Männlichkeit – »die ich von ganzem Herzen vermissen werde.«

In mancher Hinsicht sagte sie die Wahrheit, aber sie schnurrte voll siegreicher Freude, als ihr Geliebter die Herausforderung, die sie ihm hingeworfen hatte, annahm.

15

Cormac fluchte und stand auf. Seit drei Tagen mied ihn der Schlaf. Seit drei langen Tagen sah er jedes Mal, wenn er die Augen schloss, Elspeths Gesichtsausdruck, hörte den Schmerz in ihrer Stimme, erinnerte sich an jedes Wort, das sie gesagt hatte. Seit drei quälenden Tagen hatte er kaum etwas anderes gemacht, als nachzudenken und den verzweifelten Versuch zu unternehmen, sich davon zu überzeugen, dass er nicht der Narr war, den sie ihn genannt hatte. Stunde um Stunde schlich langsam vorüber, während er sich darum bemühte, die Leere, die er empfand, zu ignorieren. Der Schmerz ließ sich kaum durch Zweifel und Leugnen unter Kontrolle halten. Das Einzige, was stärker wurde, waren sein Körper und das Bewusstsein, dass er den größten Fehler seines Lebens gemacht hatte, als er Elspeth nicht davon abgehalten hatte, ihn zu verlassen.

Er stand am Fenster und starrte auf die Straße hinunter, wartete darauf, dass der vierte Tag begann. Im Augenblick waren die Nächte verschwendet. Er brachte sie in stundenlangen tastenden, unproduktiven, verwirrenden Gedanken zu. Die wenigen Male, in denen er ein bisschen Schlaf erhaschen konnte, fand diese Erholungsphase ein grausames Ende, indem er in schweißtreibendem Verlangen aufwachte, nur um festzustellen, dass er nichts weiter als ein Kissen umklammerte – ein Kissen, das noch immer schwach nach Lavendel, schwach nach ihr roch. Dann hatte er das erdrückende Gefühl von Verlust und Leere von Neuem zu durchleben. Er stellte sogar fest, dass er diesen verdammten Kater vermisste.

Noch mehr Sorgen als Verwirrung bereitete ihm das völ-

lige Fehlen einer Nachricht und das Fernbleiben jener Frau, die dieses Gefühlschaos, diese jämmerliche, unendliche Seelenerforschung ausgelöst hatte. Isabel war hereingerauscht, hatte auf ihr Recht gepocht, hatte ihm Liebesworte abgeschmeichelt und war wieder gegangen. Während er noch immer zutiefst über die schmerzliche Szene mit Elspeth entsetzt war, hatte er Isabel pflichtgetreu mitgeteilt, dass seine Geliebte fort war. Isabel hatte ihm mit Abwesenheit und völligem Schweigen geantwortet.

Dass Isabel ihn so restlos ignorierte, nachdem sie erreicht hatte, was sie offensichtlich beabsichtigt hatte, vermehrte die Zweifel nur noch, die ihn zerrissen. Er wollte nicht glauben, dass sie ihn zehn Jahre lang benützt und betrogen hatte, aber dieser Gedanke kroch ihm wie Gift in Herz und Kopf hinein. War seine Liebe zu nichts weiter als einer krankhaften Gewohnheit verkommen? Hatte sie seinen Sinn für Ehre und das Versprechen, dass ihr ein liebeskranker junger Kerl gab, benützt, um ihn zum Leibeigenen zu machen? War er tatsächlich blind gegenüber dem, was sie wirklich war? Jedes Gerücht und jede Anklage, die er hinter vorgehaltener Hand über sie gehört hatte, quälte ihn jetzt erbarmungslos. Hatte sie ihn nie aufrichtig geliebt? Sie sollte hier sein, um ihm zu helfen, um seine Zweifel zu beschwichtigen und die eisige Leere, mit der Elspeth ihn verflucht hatte, zu füllen.

Er brauchte Antworten und konnte sie, einsam gefangen in diesem Raum und nur in Gesellschaft seiner eigenen wirren Gedanken, nicht finden. Cormac schlug mit der Faust gegen die Wand und war fast froh über den stechenden Schmerz in seiner Hand. Es reichte! Er würde nicht wie ein dummes Schoßhündchen hier sitzen und darauf warten, bis ihm seine Herrin kleine Happen ihrer Zuneigung zuteilte.

Die Zeit, die er brauchte, um sich zu waschen und anzuziehen, schwächte nicht seine Entschlossenheit, Isabel zu sehen. Auch nicht die Zeit, die es brauchte, um sich Essen für sein Frühstück kommen zu lassen. Immerhin sorgte das alles

dafür, dass der Morgen etwas schneller verstrich. Bis er ausgehen konnte, um Isabel zu sehen, war es Vormittag. Ausnahmsweise machte er sich keine Sorgen darüber, dass ihn jemand sehen könnte, wenn er zu ihr ging, oder darüber, dass er sein Versprechen, darauf zu warten, bis sie zu ihm kam oder ihn zu sich rief, brach.

Trotzdem fühlte er sich, als er das Schloss betrat und sich zu Isabels Gemächern begab, unbehaglich. Isabel war durch ihre Ehen ein enges Mitglied des Douglas-Clans. Er wusste sehr wohl, dass dies kein Clan war, den man verärgerte. Allerdings schien ihm dies keinen großen Anteil an seinem plötzlichen Unbehagen zu haben, und das gab ihm Rätsel auf. Eine innere Stimme sagte ihm, dass er dies nicht tun sollte, dass ihm das Ergebnis nicht gefallen würde, aber er verdrängte seine Zweifel mit aller Macht. Es war höchste Zeit für eine Gegenüberstellung. Nach zehn Jahren schuldete Isabel ihm etwas, und seien es nur ein paar ehrliche Antworten.

Was er vor Isabels Gemächern vorfand, brachte ihn ins Stocken. Dort standen vier Männer mit grimmigen Gesichtern. Zwei hatten ihre Ohren an die Tür gepresst, während die beiden anderen Wache hielten. Cormac spürte, wie sich sein Magen vor Anspannung und einer Spur Angst verkrampfte, als er erkannte, dass diese Männer dem Douglas-Clan angehörten. Keiner von ihnen machte eine Bewegung, um ihn zu bedrohen oder sein Näherkommen zu verhindern, also ging er auf sie zu.

»Aha, Armstrong, Ihr seid jetzt tatsächlich zu ihr unterwegs, oder?«, fragte ein großer, breitschultriger Mann, ironisch und in niedriger Tonlage, so als sollte seine Stimme nicht weit tragen.

»Ja, ich bin gekommen, um mit Isabel zu sprechen«, erwiderte er. »Was macht Ihr hier?«

»Wir lauschen einer höchst interessanten Unterhaltung, zumindest verspricht sie das zu sein, wenn sie wieder aufgenommen wird. Leistet Ihr uns Gesellschaft?«

»Ihr wisst, wer ich bin, aber ich kenne keinen von Euch«, sagte er, indem er näher an die Tür trat.

»Ich bin Sir Ranald«, antwortete der große Mann. »Der Mann, der sein Ohr noch immer an die Tür presst, ist mein Bruder James. Der Mann zu Eurer Linken ist Ian, der zu Eurer Rechten Wallace. Alle zusammen Douglas-Männer.« Er lächelte kalt. »Ich bin der neue Verlobte Eurer Geliebten.«

Cormac starrte den Mann an und verspürte den scharfen Messerstich des Verrats. Isabel hatte nichts davon gesagt, dass eine neue Heirat arrangiert worden sei, dennoch hatte sie es schon wissen müssen, als sie ihn an sein Versprechen erinnerte. Einmal mehr zog sie ihn an ihre Seite, während sie nicht frei war, um das zu tun. Dieses Mal empfand er weder Schmerz noch Trauer, nur kalte, starre Wut.

»Seit wann?«

»Es wurde alles vor vierzehn Tagen festgemacht«, antwortete Ranald, der Cormac sehr scharf beobachtete.

Das war der Beweis, dass Isabel schon gewusst hatte, was für sie arrangiert wurde, als sie nach ihm sandte. »Meine Glückwünsche.«

»Ach, was habe ich angestellt, dass Ihr mich so verflucht?«

»Ihr seid im Begriff, eine sehr schöne, reiche Frau zu heiraten. Haltet Ihr das für einen Fluch?«

»Falls diese Frau vier meiner Verwandten ins Grab gebracht hat, schon.« Er sah James an, der noch immer an der Tür lauschte. »Sind sie jetzt fertig?«

»Bald, wenn ich die Geräusche richtig einschätze.«

»Brich die Tür auf, wenn sie vor lauter Befriedigung schreien. Wir werden dann äußerst still sein müssen, aber wenigstens hören wir das, was sie sagen, deutlicher.« Ranald sah wieder zu Cormac. »Ihr glaubt nicht wirklich, dass sie treu ist, oder?«

Er hatte es, abgesehen von ihren kurzen Ehen, geglaubt, aber Cormac beschloss, sich lieber die Zunge abzubeißen, als das gegenüber diesem Mann mit seinen kalten Augen zuzu-

geben. »Dient all das nur dazu, ihre Untreue zu beweisen, damit Ihr vielleicht Eure Verlobung lösen könnt?«

»Ich hoffe, weitaus mehr als das zu erreichen, aber wenn wir es nicht schaffen, alles, was wir wissen wollen, zu hören – ja, dann würde mir das im Augenblick reichen.«

Widerwillig ging Cormac zur Tür und presste sein Ohr dagegen. Sie war nicht aus schwerer Eiche, sondern aus weicherem Holz, die gedämpften Geräusche, die er hören konnte, drangen deutlich genug durch, um sie zu identifizieren, und er fuhr innerlich zusammen. Wenn das da drinnen Isabel war, genoss sie eindeutig ein lustvolles Liebesspiel. Cormac krauste die Stirn und trat zurück, wobei er sich darüber wunderte, dass er kein Aufflackern von Eifersucht verspürte. Er sollte eigentlich den Wunsch verspüren, die Tür einzutreten, um mit eigenen Augen zu sehen, dass Isabel nichts weiter als die Hure war, die so viele in ihr sahen. Stattdessen war er bereit zu warten, darauf gefasst mit anzusehen, wie die Douglas-Männer ihr Spiel bis zum Ende spielten. Das Einzige, was er empfand, waren herbe Verärgerung und tiefe Enttäuschung – sowohl in Bezug auf sich als auch in Bezug auf Isabel.

»Könnte ihre Magd sein.« Cormac fühlte sich gezwungen, das zu sagen, und zuckte nur mit den Schultern, als alle vier Männer ihn kurz ansahen, als besäße er keinerlei Verstand. Er fing an, sich an diesen Blick zu gewöhnen.

»Das würde mich enttäuschen, aber ich weiß ganz genau, wer hinter dieser dankenswert dünnen Tür lautstark Liebe macht. Es sind meine Verlobte und mein Cousin Kenneth. Wir haben die beiden schon seit Langem sehr genau im Visier, seit sie bei Hof sind, und auch schon geraume Zeit davor. Ich glaube, dass diese beiden schon lange ein Liebespaar sind, und noch sehr viel mehr.«

Bevor Cormac Ranald fragen konnte, was genau dieses *mehr* war, gab ihnen James das Zeichen, still zu sein. Die letzten Schreie des Paares drangen klar und deutlich durch die

inzwischen aufgebrochene Tür. Cormac spürte, wie er unter Sir Ranalds eingehendem Blick leicht errötete, denn er konnte die Schreie der Frau als Isabels identifizieren. Sie hatte ihm vorgespiegelt, dass er der Einzige sei, der sie jemals gehört hätte. Das war eindeutig eine Lüge. Er fragte sich, wie viele Lügen sie ihm außerdem noch erzählt hatte.

»Ach, Kenneth, mein Liebling, du wirst immer besser und besser«, sagte Isabel, während sie mit ihren Füßen seine kräftigen Waden auf und ab fuhr.

»Auch deine Talente vervollkommnen sich, meine Süße.« Kenneth löste ihre Körper voneinander und zog sich hoch, um sich auf die Bettkante zu setzen. »Es ist ein Wunder, zieht man deinen Geschmack für süße Jungs in Betracht.«

»Cormac ist kein Junge. Er ist nur ein paar Jahre jünger als du.«

»Da er wahrscheinlich neben dir nur wenige Frauen kennengelernt hat, betrachte ich ihn als Jungen.«

Dies konnte sehr peinlich werden, dachte Cormac bei sich, ohne sich aber zu entfernen. Die Wahrheit war eine kleine Demütigung wert. All seine anderen Gefühlsregungen lagen jetzt unter dem großen, nagenden Bedürfnis begraben herauszufinden, wer Isabel wirklich war. Ihn überkam das Übelkeit erregende Gefühl, dass die Frau, die er so lange für eine Unschuld hielt, der man viel Unrecht angetan hatte, die Frau, der er sein Leben verpfändet hatte, nichts weiter als die intrigante Hure war, als die sie jeder bezeichnete.

»Ich habe ihm alles beigebracht, was ich weiß«, sagte Isabel.

»Aha, dann muss er ein wahrhafter Zuchthengst von Liebhaber sein«, erwiderte Kenneth ironisch.

»Bist du eifersüchtig, Geliebter?«

»Auf ein Spielzeug aus deiner Kindheit, das du nicht wegwerfen willst? Ich denke nicht.«

Cormac fuhr zusammen, seine Unbehaglichkeit wurde von den mitleidigen Blicken der vier anderen gesteigert. Wenn er

so Unrecht in Bezug auf Isabel hatte, wie jedermann sagte, verdiente er dieses Mitleid wohl. Würden sie wissen, was er für diese Frau aufgegeben hatte, würden sie wahrscheinlich um ihn weinen. Es bestand allerdings die große Möglichkeit, dass er selbst um sich weinen würde, sollte sich die Wahrheit über Isabel als so hässlich darstellen, wie allgemein behauptet wurde.

»Wenn du nicht auf Cormac eifersüchtig bist, warum hast du dann zugelassen, dass die Schuld für den Tod meines ersten Mannes auf ihn fiel?«

»Er war da, und es war einfach, ihn als schuldig erscheinen zu lassen. Hättest du denn unsere Verwandten lieber auf meine Spur gesetzt?«

»Nein. Sie haben Cormac wenig Atempause gelassen, bis du ihnen diesen Esel Donald gegeben hast.« Isabels Kichern war sanft und doch eiskalt. »Nicht zu glauben, dass dieser Narr Donald dachte, er könnte uns überlisten und mittels unserer Geheimnisse erpressen. Allein schon für diese Arroganz verdiente er zu hängen. Wo sind meine Strümpfe?«

»Ich habe sie Richtung Wand geworfen.«

»Ach ja, ich sehe sie. Glaubst du noch immer, dass Donalds Opfer etwas gebracht hat?«

»Es ist fast zehn Jahre her, meine Liebe, und keiner hat in unsere Richtung geschaut. Von daher hatten wir Erfolg. Mach dir keine Sorgen deswegen. Wenn du das Bedürfnis hast, zu grübeln und zu zittern, dann mach dir wegen der anderen drei Idioten Sorgen, die du geheiratet hast. Manche rätseln noch immer über deren Tod. Ich glaube, wir haben einen Fehler gemacht, indem wir versuchten, alles nach Unglück aussehen zu lassen«, murmelte Kenneth. »Dummheit, Leichtsinn, Krankheit. Diese drei Dinge hinterlassen diejenigen, denen diese Idioten etwas bedeutet haben, ohne einen, dem sie die Schuld geben können – abgesehen von Gott. Und dass können viele nicht einfach hinnehmen. Es ist leichter und macht allen Fragen ein Ende, wenn jemand für diesen

Tod hängt. Rachegelüste werden gestillt, und der Mann wird schnell vergessen.«

»Da ist etwas Wahres dran. Aber muss es wieder Cormac sein?«

»Empfindest du etwa für diesen Esel Zärtlichkeit?«, fragte Kenneth, wobei eine Spur Gereiztheit in seiner Stimme mitschwang. »Obwohl er dich wegen dieses Murray-Mädchens sitzengelassen hat?«

»Er hat mich nicht sitzengelassen«, blaffte Isabel. »Ich bin hier, und sie ist es nicht, oder?«

»Ist sie es nicht? Ich denke, dass du ebenso gut wie ich weißt, dass sie in seinen Gedanken noch da ist, Liebe. In diesem Punkt hast du ihn verloren. Er bleibt, weil er dir sein Wort gegeben hat, und du kannst dich darauf verlassen, dass Sir Cormac ein Versprechen ebenso in Ehren hält, wie seine Eltern es brechen. Sei nicht so eitel, dass du die Wahrheit und die Gefahr, die darin liegt, nicht erkennen willst. Du hast viel zu lang mit dieser Marionette gespielt. Die Fäden werden dünn. Bei diesem Mädchen sind sie nicht gerissen, aber bei dem nächsten könnten sie es tun. Nach allem, was wir wissen, beginnt er zu glauben, dass er einen Fehler gemacht hat, als er dich anstelle des Murray-Mädchens wählte. Die Fäden könnten bereits bis zum Zerreißen ausgefranst sein. Unser Plan lässt keinen Platz für Sentimentalitäten.«

»Es war keine Sentimentalität«, knurrte Isabel. »Vielleicht bin ich es einfach müde, mich bumsen zu lassen, damit du dir deine Taschen füllen und Land erwerben kannst. Vielleicht denke ich ja, dass ich einen Ehemann zu viel begraben habe. Ich bin nicht die Einzige, deren Hände mit dem Blut von vier Menschen befleckt sind. Du bist damit genauso vollgesaugt wie ich, aber ich bin es, die sie beobachten, ich bin es, die sie im Verdacht haben.«

»Aber so ist es besser. Ich bin keine wunderhübsche Frau, die einem Mann allein mit schönen Worten und einem honigsüßen Mund alle Sinne rauben kann«, sagte Kenneth mit

einer Spur Sarkasmus in seiner sanften Stimme. »Wir werden von Männern gerichtet und gehängt, und du bist weitaus fähiger, ihre Verdachtsmomente via Verführung zu löschen. Dieser wird der Letzte sein.«

»Bist du dir da so sicher?«

»Ja. Während du über dem Grab des armen Cousins Ranald weinst, werde ich zum Laird über seine Ländereien gemacht. Er ist der Letzte, der zwischen mir und allem, was ich begehre, steht.«

»Außer seinem Vater.«

»Ein alter Mann, der noch vor seinem Sohn sterben wird.«

»Und du hast nicht vor, deine Meinung zu ändern und die Schuld an Ranalds Tod doch nicht Cormac in die Schuhe zu schieben?«

»Nein, das habe ich nicht vor. Dieses Mal wird er uns verlassen, und er zeigt keine Anzeichen dafür, das freiwillig zu tun.«

»Wenn es sein muss«, sagte Isabel, ohne auch nur den geringsten Widerwillen in ihrer Stimme. »Wie lange muss ich dieses Mal verheiratet bleiben?«

»Nicht sehr lang. Cousin Ranald ist ein unbesonnener junger Mann. Ich bin mir sicher, dass wir eine geeignete Todesart für ihn finden, bevor er dich allzu sehr langweilt. Es könnte durchaus sein, dass du viel Vergnügen dabei hast. Man sagt, er sei ein talentierter Liebhaber.«

»Ich weiß nicht. Er hat keinerlei Interesse gezeigt, unsere Verlobung auszunutzen.«

»Arme Isabel. Ein Mann, der deinem großen Charme widersteht. Ein Wunder ist geschehen. Na, komm her und lass mich deinen verletzten Stolz besänftigen.«

»Wir haben uns gerade erst angezogen«, protestierte Isabel.

»Alles, was du zu tun hast, ist, meine Hose aufzuschnüren.«

Cormac beobachtete, wie Ranald ein scharfes Zeichen mit

der Hand machte und seine Männer davor zurückhielt, das Liebespaar schon jetzt zu unterbrechen. Er brauchte einen Moment, um den Vorteil zu erkennen, den es hatte, wenn er Isabel und Kenneth erneut ihr Liebesspiel spielen ließ. Kenneth würde ganz sicher im Nachteil sein, unfähig, schnell genug zu handeln, um sich zu verteidigen. Isabel und er würden dadurch außerdem aus dem Gleichgewicht gebracht werden und nicht leugnen können, dass sie ein Liebespaar waren. Da Isabel verlobt war, war es beinahe schon Ehebruch. Sir Ranald konnte sie allein dafür töten und müsste für diese Handlung kaum zu leiden haben.

Cormac fühlte sich wie betäubt. Alle hatten sie richtig eingeschätzt. Sie war eine mörderische, verräterische Hure. Er hatte zehn Jahre seines Lebens an sie verloren. Er hatte Elspeth verloren. Es überraschte ihn, dass seine Familie und Freunde treu zu solch einem vollkommenen Idioten gestanden hatten. Es brauchte nicht viel, selbst für einen verstandlosen Esel wie ihn, sagte er sich verdrießlich, um zu erkennen, was Kenneth von Isabel forderte. Cormac zweifelte nicht daran, dass Isabel diesem Mann schon bald den Gefallen erweisen würde. Sie hatte in dieser Sache immer schon Talent bewiesen und auch Freude daran gezeigt. Eigentlich wollte er es nicht sehen, aber er würde sich zwingen, dies bis zum bitteren Ende durchzustehen. Er glaubte zwar nicht, dass er dumm genug war und zuließ, dass sie sich mit Ausreden aus der Affäre zog, doch selbst wenn sie wieder versuchen sollte, an sein Ehrgefühl zu appellieren, indem sie ihn an sein Versprechen erinnerte, würde ihn das eine oder andere bloße Bild darin bestärken, dass alles, was er eben gehört hatte, richtig war.

»Und du meinst, um meinen verletzten Stolz zu besänftigen, brauche ich nichts weiter, als dich zu befriedigen?«

»Ich kenne dich gut, Geliebte. Du findest es wunderbar, wenn ein Mann deiner Gnade ausgeliefert ist. Hier bin ich, bereit, von deinem so fähigen Mund in Versuchung geführt

und gefoltert zu werden. Mach mich zu deinem Sklaven. Das machst du gut, Mädchen. Siehst du, was du aus einem Mann machst? Bereite dir ein Mahl aus mir«, lockte er sie.

»Ein Mahl? Es ist ein Festgelage.«

Die Töne, die Kenneth anfing, von sich zu geben, verrieten Cormac und den Douglas-Männern, dass das Paar jetzt voll und ganz beschäftigt war. Als James die Tür aufschob, stellte sich Cormac neben Ranald. Die Szene, die sich seinen Augen bot, bereitete ihm keinen richtigen Schmerz, nur Ekel. Kenneth räkelte sich auf einem Stuhl, den Kopf nach hinten gebogen, die Augen geschlossen. Isabel kniete zwischen seinen Beinen und befriedigte ihn geräuschvoll. Sollte er jemals wieder daran zweifeln, dass Isabel nichts weiter als eine gemeine Hure war, musste er sich nur diesen Anblick in Erinnerung rufen, und diesem Unsinn würde ein schnelles Ende bereitet.

Die vier Douglas-Männer kreisten leise das Paar ein. Cormac stand neben Sir Ranald, als dieser Kenneth die Spitze seines Schwerts an die Kehle legte. Im selben Augenblick packte James Isabel an den Haaren und riss sie von Kenneth weg. Das Geräusch, das entstand, als sie gezwungen war, ihren Liebhaber freizugeben, verstärkte nur die Schäbigkeit des Ganzen. Der Ausdruck, der sich auf den Gesichtern der beiden Liebespartner widerspiegelte – eine Mischung aus Schuld, Entsetzen und Angst –, bereitete Cormac eine gewisse Genugtuung.

»Du siehst überrascht aus, Cousin«, bemerkte Ranald ironisch. »Es scheint so, als hätte dich dein eigenes Wohlbehagen für unsere Ankunft taub sein lassen.«

»Würdest du einen Verwandten wegen dieser Hure umbringen?«, fragte Kenneth.

Isabel schnappte nach Luft, schließlich, nachdem sie Kenneth mit einem Blick des Hasses bedacht hatte, wandte sie ihren weichen, flehenden Blick Sir Ranald zu. »Er hat mich verführt, Sir Ranald. Es geschah vor unserer Verlobung in einem Augenblick der Schwäche, und er hat mein Schuldbe-

wusstsein ausgenutzt und mich gezwungen, seine Geliebte zu bleiben.«

»Ja, wir alle haben Eure hasserfüllten Proteste gehört«, sagte Ranald, »und gesehen, wie grimmig er Euch auf Euren Knien niedergehalten hat. Ich nehme an, dass Ihr den Mund zu voll hattet, um um Hilfe zu rufen.« Er lächelte kalt, als Isabel rot wurde, wobei die Farbe auf ihren Wangen eindeutig auf Wut zurückzuführen war und nicht auf Beschämung oder Verlegenheit. »Oh weh, wie ist mein Herz gebrochen.«

»Genug des Scherzens, Cousin«, sagte Kenneth. »Lass mich gehen, damit du mit dieser Frau machen kannst, was du willst. Du kannst schließlich einen Mann nicht dafür töten, dass er sich genommen hat, was ihm so offen und energisch angeboten wurde, nicht wahr? Es ist ja nicht so, dass ich deine jungfräuliche Braut defloriert hätte. Du hast all die Gerüchte über sie gehört. Genau dieses Gerede hat dich ja zögern lassen, die Verlobung einzugehen. Nun, ich habe dir einen guten, ehrlichen Grund gegeben, sie zu beenden. Selbst dein Vater, der auf diese Verbindung bestanden hat, wird dich nicht dafür verurteilen, wenn du sie nach dem hier verlässt.«

»Wie wahr, aber er würde mich bei lebendigem Leib häuten, wenn ich dem Mörder eines Verwandten von uns erlaube, sich der wohlverdienten Gerechtigkeit zu entziehen.«

»Glaubt Ihr wirklich, dass sie ihre Ehemänner getötet hat?«

Der perfekte Ausdruck von Überraschung und Entsetzen auf Kenneths schönem Gesicht verblüffte Cormac. Gewiss, er sollte nicht überrascht sein, dass sich Isabel und Kenneth, jetzt, wo sie erwischt wurden, gegeneinander wendeten. Diese beiden hatten vier unschuldige Männer aus dem niedrigsten aller Instinkte heraus ermordet – aus Habsucht. Jetzt hatten sie den Plan geschmiedet, einen weiteren zu töten und Cormac die Schuld daran in die Schuhe zu schieben. Wie so viele andere hatte sich Kenneth durch Isabels Anziehungskraft in Gefahr gebracht. Hätte er die Kraft gehabt, dieser Versuchung

zu widerstehen, wäre er jetzt ein freier Mann, frei, um in der Beseitigung der Verwandten weiterzumachen, die ihm den Weg zu dem verbauten, was er sich ersehnte. Cormac vermutete, dass ihn der andauernde Erfolg seiner Anschläge zu überheblich hatte werden lassen, um vorsichtig zu sein.

»Aha, Cousin, du bist gut«, murmelte Sir Ranald. »Du siehst so unschuldig aus mit deiner noch immer für alle zur Schau gestellten Männlichkeit und dem von den zärtlichen Aufmerksamkeiten meiner Verlobten noch immer feuchten stolzen Stück.«

Ein leichtes Schimmern von Schweiß auf Kenneths Stirn war alles, was seine wachsende Aufregung verriet. »Sie ist nichts weiter als eine Hure.«

»Das ist sie, und ich möchte nicht, dass du glaubst, ich würde ein solcher Dummkopf sein und das Blut eines Douglas wegen einer solch verräterischen Hure vergießen. Nein, ich möchte dich nicht wegen ihr tot sehen.«

»Warum liegt dann dein Schwert noch immer an meiner Kehle?«

»Ich wäge nur meine verschiedenen Möglichkeiten ab. Töte ich dich jetzt? Oder nehme ich dich zu unserem Laird mit und lass ihn die Entscheidung treffen, wie du für den Tod von vier unserer eigenen Verwandten zahlen sollst?«

»Ich weiß nicht, was du meinst.«

»Glaubst du denn wirklich, dass wir erst jetzt gekommen sind? Nein, Cousin. Wir waren hier, bevor ihr eure erste Bettrunde eingelegt habt.« Er nickte, als Isabel und Kenneth todblass wurden.

»Keiner wird dir glauben«, sagte Kenneth mit einer Stimme, die seine Angst nur an einem leisen Zittern erkennen ließ. »Man wird denken, dass du aus Eifersucht lauter Lügen hervorsprudelst.«

»Ich glaube nicht. Ich habe vier weitere Zeugen, um eure Bekenntnisse zu bestätigen. Und auch ihre.«

»Vier?« Isabel schaute die Douglas-Männer an und dann

Cormac, ihre herrlichen blauen Augen weiteten sich. »Du würdest mich verraten, mein Liebster?«

Cormac beobachtete, wie sich ihre Augen mit Tränen füllten. Ihr Gesichtsausdruck spiegelte tiefen Kummer und Schmerz. Ihm wurde bewusst, dass sie genauso talentiert war wie Kenneth, und er fragte sich, ob überhaupt etwas von dem, was sie tat oder sagte, der Wahrheit entsprach. Allmählich überkam ihn der Verdacht, dass er eines Tages vielleicht etwas Trost in der Tatsache finden würde, dass er von der versiertesten Betrügerin zum Narren gehalten worden war, die er zu seinem Pech jemals kennengelernt hatte. Im Moment allerdings fiel es ihm zunehmend schwer, seinem Drang zu widerstehen, in dieses perfekte Gesicht zu schlagen.

»Ja, Isabel, ich würde die Welt die ganze hässliche Wahrheit über dich wissen lassen«, entgegnete er.

»Wie kannst du so etwas sagen, nach alldem, was wir uns bedeutet haben, alldem, was wir miteinander erduldet haben?«

»Miteinander? Ich erduldete wie der gehirnlose Narr, der ich bin. Du hast nichts weiter getan, als dir einen weiteren Zuchthengst in den Stall zu stellen.« Er schüttelte den Kopf. »Vier Tote, Isabel? Vier Morde? Und warum? Für diesen Idioten, der sich innerhalb eines Augenzwinkerns gegen dich wendet, um seine eigene wertlose Haut zu retten? Für Geld und Ländereien? Du hattest von beidem eine Menge. Nein, Isabel, wir hatten nichts. Zuerst war ich einfach zu geblendet von deiner Schönheit und meiner Begierde, sie kennenzulernen. Und in der letzten Zeit wollte ich verzweifelt beweisen, dass ich das Ehrgefühl besaß, das meinen Eltern abgeht, indem ich mich an das feierliche Versprechen klammerte, das ich vor Jahren abgelegt habe – ein Versprechen, dass ich spätestens mit deiner zweiten Ehe als beendet hätte ansehen sollen. Ehrgefühl. Ich kann nicht glauben, dass ich es an eine solche Hure verschwendet habe. Hör auf zu heulen«, fuhr er sie an. »Ich lasse mich nicht mehr von solchen

Täuschungsmanövern hinters Licht führen. Nein, schon gar nicht mehr, seit ich eben mit angesehen habe, wie du gierig und lautstark an einem anderen Mann herumgeschlürft hast. Das hast du vergessen. Darüber hinaus habe ich gehört, wie du und dein Liebhaber einen weiteren Mord geplant und darüber gesprochen habt, wie ihr mir wieder die Schuld zuschieben wollt.«

Isabels Gesichtsausdruck wechselte schnell von Kummer zu Zorn, der sich auch in ihren schmal gewordenen Augenschlitzen ausdrückte. »Du bist nur verärgert, weil du mir die Schuld am Verlust dieser kleinen Murray-Hure gibst.«

»Ja, du hast Schuld, aber ich genauso. Und«, fügte er mit kalter, harter Stimme hinzu, »wenn du dein hübsches Aussehen behalten willst, sprich nie wieder so von Elspeth. Du taugst nicht einmal so viel, um auch nur ihren Namen aussprechen zu dürfen, und während ich mich vielleicht damit entschuldigen kann, dass ich ein kompletter Esel war, der sich von einem hübschen Gesicht und der Geschicklichkeit einer Hure zum Sklaven hat machen lassen, kannst du nichts von alldem.«

»Diese Männer wollen meinen Tod!«

Cormac fühlte bei diesem Gedanken einen Stich, einen ehrlichen Schmerz. Diese Frau hatte einen großen Teil seines Lebens ausgemacht, war irgendwie mit jeder Bewegung, die er zehn Jahre lang gemacht hatte, verflochten. Trotz der Lügen und Vertrauensbrüche war es nicht leicht, an ihren bevorstehenden Tod zu denken. Er zwang sich wegzusehen, sich daran zu erinnern, dass sie Schuld am Tod von vier Männern hatte – fünf, zählte man den unglückseligen Donald mit, von dem das Liebespaar so kaltherzig gesprochen hatte. Und es hätten sechs sein können, denn sie hatte nichts dagegen unternommen, ihren Liebhaber davon zurückzuhalten, Cormac den Wölfen zum Fraß vorzuwerfen. Wäre der unglückselige Donald nicht des Wegs gekommen, hätte sie ihn für ihre Verbrechen zahlen lassen.

»So wie du einst bereit warst, mich dem Tod auszuliefern. Und nach der Ermordung Sir Ranalds erneut.«

»Du solltest besser noch einmal nachdenken, Cormac«, sagte sie mit harter Stimme. »Du machst einen Fehler, wenn du mir jetzt den Rücken zukehrst.«

Er starrte sie überrascht an. »Drohst du mir?«

»Ich sage dir nur, dass du eine Menge verlieren könntest, wenn du mich verlässt, wenn du mich an diese Männer auslieferst.«

»Das ergibt keinen Sinn, Frau. Ich habe bereits eine Menge wegen dir verloren. Welchen Schaden könntest du mir denn noch zufügen?«

»Bring diese Schlampe zum Schweigen, James«, befahl Sir Ranald. »Dieses Spiel wird langsam ermüdend.«

»Cormac, höre lieber auf mich«, begann Isabel, doch trotz ihrer Gegenwehr hatte James sie bald gefesselt und geknebelt.

Sir Ranald, der eifrig den anderen beiden Männern dabei half, Sir Kenneth in Gewahrsam zu nehmen, sah Cormac an. »Sie versucht nur, noch ein bisschen mit Euch zu spielen. Dieses Miststück spürt das Brennen des Hanfseils an ihrer Kehle und versucht sich zu retten.«

»Ich weiß«, sagte Cormac und schnitt eine Grimasse. »Dennoch ist es schwer, mit einer so alten Gewohnheit zu brechen. Ich brauche etwas Zeit, um mich damit abzufinden, dass alles, an das ich so lange geglaubt habe, eine einzige Lüge war und die Wahrheit derart hässlich ist.«

»Bleibt Ihr, um Zeuge zu sein?«

»Ja. Meint Ihr denn wirklich, dass das nötig ist?«

»Vielleicht. Es gibt Leute, die die Wahrheit noch nicht erkannt haben, und Kenneth hat mächtige Verbündete. Es ist schwer zu sagen, ob diese loyal sind, wodurch sie vielleicht gerettet werden könnten, oder ob sie sich aus Angst, in all das hineingezogen zu werden, davonschleichen. Auch Isabel hat Verbündete. Sie hat immer gewusst, mit welchem Mann

sie ins Bett gehen muss, um daraus die größten Vorteile für sich zu ziehen. Andererseits könnte es auch hier der Fall sein, dass manche von ihnen mehr als willens sind, sie für die Spielchen, die sie mit ihnen getrieben hat, hängen zu sehen.«

»Zieht man in Betracht, wie schnell diese beiden sich gegen den jeweils anderen gewandt haben, könnte es durchaus sein, dass Euch die geradezu erdrücken, die erpicht darauf sind, mehr von deren Niederträchtigkeiten zu enthüllen.«

»Stimmt. Nun, Ihr müsst nicht hierbleiben und das hier bezeugen. Sie werden sicher verwahrt, und ich sende Euch eine Nachricht, falls ich Euch benötige oder wenn alles vorbei ist und Ihr abreisen könnt. Ja, und vielleicht der kleinen Murray nachjagen könnt.«

»Kennt Ihr Elspeth?«, fragte Cormac einigermaßen überrascht.

»Ein kleines bisschen. Sie und ihre Mutter kamen einmal auf die Burg meines Vaters, um zu helfen, als uns eine Krankheit schwer zugesetzt hat. Sie sind sehr geschickte Heilerinnen, ihre Mutter und sie. Und in der Tat sehr hübsch. Ihr Clan ist klein, aber vermögend, und nicht ohne Einfluss, sofern sie sich dafür entscheiden, ihn zu nutzen. Es wäre eine gute Partie. Seltsam, dass sie nicht von ihrem Cousin und Isabel erzählt hat, wenn Ihr Euch so, äh, nun ja, nahegestanden seid.«

»Meint Ihr Sir Payton?«

»Ja. Hübscher Junge. Mutig und ehrenwert.«

Sir Ranald lachte leise und schüttelte den Kopf.

»Als er hörte, dass ich Isabel heiraten soll, kam er zu mir, sah mich gelassen an und erzählte mir, was er für die Wahrheit über meine Verlobte hielt. Er traf beinah ins Schwarze. Und er hat mir auch erzählt, dass er einmal mit ihr geschlafen hat.«

»In der Tat mutig.«

Jung-Payton also auch, dachte Cormac bei sich und schüttelte innerlich voller Abscheu den Kopf.

»Elspeth hat nichts gesagt, entweder wusste sie es nicht oder sie dachte sich, dass ich ihren Worten keinen Glauben schenken würde.«

»Aber jetzt würdet Ihr das tun?«

»Ja, doch ich fürchte, es ist viel zu spät, um mir etwas zu bringen«, sagte er, wobei er sich nicht wirklich auf ein Geständnis hinsichtlich Paytons bezog. Traurigkeit und Bedauern beschwerten jedes seiner Worte.

16

»Versuchst du jedes Fass in der Stadt leer zu trinken?«

Cormac zwinkerte, als er selbst durch seinen betrunkenen Nebelschleier die Stimme erkannte. Er schaute von dem Bierkrug auf, in den er blindlings hineingestarrt hatte, sah seinen Bruder William an und zwinkerte noch einmal langsam, um Williams Gesicht klarer und weniger in Bewegung zu sehen. Cormac fragte sich, wie viel Uhr es sein mochte. Nach der Katastrophe in Isabels Gemach war er zur Herberge zurückgekehrt und hatte beschlossen, sich zu betrinken. Dieses Vorhaben war von Erfolg gekrönt. Er war in der Tat sehr betrunken, doch noch hatte er nicht dieses dumpfe Stadium der Vergesslichkeit erreicht, auf das er abzielte. Die Ankunft seines Bruders und einiger anderer Familienmitglieder war nicht ganz willkommen, aber immerhin bedeutete dies, dass er einige Hilfe erhielt, um in sein Bett zu finden.

»Hallo, Will, und du auch, Alaister.« Er nickte seinem anderen Bruder zu, bevor er zu schielen anfing. »Sind diese da unsere Cousins Malcolm und David?«

»Ja, du besoffner Dummkopf«, sagte William, als er sich zusammen mit den anderen an den Tisch setzte und der Magd ein Zeichen gab, ihnen eine weitere Kanne Bier und vier Trinkkrüge zu bringen. »Wir haben zwei Wochen oder länger nach dir gesucht.«

»Oh ja? Warum?«

»Wahrscheinlich bist du zu betrunken, um das zu verstehen, aber unsere Eltern sind tot.«

»Haben sie sich endlich gegenseitig umgebracht?«

»Nein, das haben Strauchdiebe erledigt. Sie waren auf der Heimreise von einer Woche voller Ausschweifungen mit ih-

ren Freunden, als ihre Kutsche überfallen wurde. Noch immer betrunken, entschlossen sie sich, um die paar Münzen, die sie hatten, zu kämpfen und wurden schnell niedergeschlagen. Der alte Patrick und sein Sohn haben alles mit angesehen und sich klugerweise ergeben. Sie brachten die Leichen zu uns zurück, damit wir sie beisetzen können.«

Cormac war sich bewusst, dass unter dem Meer aus Bier, das er sich einverleibt hatte, aufflackernde Trauer lauerte. Seine Eltern waren im Kinderzeugen gut, aber sie interessierten sich herzlich wenig für ihre Nachkommenschaft. Sie interessierten sich auch nicht sonderlich füreinander und erfüllten ihre Burg unablässig mit verärgerten Worten, gegenseitigen Schuldzuweisungen und Beleidigungen. Das Einzige, wofür sie sich beide interessierten, war, sich bis zur Besinnungslosigkeit zu betrinken und mit anderen ins Bett zu gehen – so vielen anderen wie möglich. Die Hälfte von denen, die er Cousin oder Cousine nannte, waren eigentlich seine Halbbrüder und -schwestern, uneheliche Kinder, die in die Welt gesetzt und von ihrer Mutter oder ihrem Vater vergessen wurden. Nichtsdestotrotz hatten sie ihm das Leben geschenkt, und allein schon aus diesem Grund schuldete er ihnen ein gewisses Maß an Trauer. Im Augenblick war er nur zu betrunken dazu.

»Cormac, du bist jetzt der Laird of Aigballa«, sagte Alaister, dessen braungrüne Augen dunkel vor Sorgen waren.

»Gott, ja, das bin ich«, brummte Cormac und nahm einen großen Schluck.

»Du musst also nach Hause kommen.«

»Kann nicht. Muss bleiben, um Isabel hängen zu sehen.« Er grinste, als alle vier jungen Männer sich an ihrem Bier verschluckten und gegenseitig halfen, sich zu beruhigen. Es war eine Seltenheit, dass er seine Verwandten so restlos schockieren konnte, und er hoffte, dass er sich an diesen Augenblick auch dann noch erinnern konnte, wenn er aus dem Vollrausch, in dem er versank, aufwachte. »Ich bin Zeuge.«

»Für was?«, wollte William wissen, dessen Stimme noch immer heiser vom Verschlucken war.

»Ihre Falschheit.« Cormac hatte den Eindruck, dass die Vergesslichkeit, die er suchte, ihn jetzt schnell überkam. »Bekenntnisse, die vor mir und vier Douglas-Männern abgelegt wurden. Haben sie gehört. Haben sie auch gesehen. Sie hat nicht mehr ganz so hübsch ausgesehen mit Sir Kenneths Rute halb in ihrer gierigen Kehle. Gott, ich weiß nicht, was mir mehr Sorgen macht: dass sie mich verraten hat, dass ich ein solcher Esel sein konnte, dass sie so lange auf meinem Ehrgefühl herumgetrampelt ist, ohne dass ich es gemerkt habe, oder dass ihr jetzt alle behaupten könnt: Das haben wir dir doch schon immer gesagt.« Er konnte seine Augen nicht mehr länger offen halten. »Ach Elspeth, mein Engel, es tut mir so leid«, flüsterte er und fiel vornüber.

William fuhr in mitfühlendem Schmerz zusammen, als Cormacs Kopf laut auf dem verschrammten, verdreckten Tisch aufschlug. »Wir müssen den Idioten ins Bett tragen.«

»Was hat ihn wohl dazu gebracht, sich so zu betrinken?«, fragte Alaister. »Das macht er fast nie.«

»Etwas, das mit Isabel, den Douglas, der Rute eines gewissen Sir Kenneth und jemandem namens Elspeth zu tun hat. Ich nehme an, dass der arme Esel Isabel endlich so gesehen hat, wie sie wirklich ist. Wie auch immer, die Wahrheit wird warten müssen, bis er einen klaren Kopf bekommt. Wenn man bedenkt, wie viel er getrunken hat, könnte es ein paar Tage dauern.«

»Ich weiß nicht, ob es ein gutes Zeichen ist, wenn er sich dermaßen betrinkt, weil er die Wahrheit über diese Hure eingesehen hat.«

»Was würdest du tun, wenn du gerade herausgefunden hast, dass du zehn Jahre deines Lebens an eine mörderische Schlampe verschwendet hast?« William nickte, als sein jüngerer Bruder und ihre Cousins grinsten. »Ich glaube allerdings nicht, dass das schon alles war. Meine Eingeweide

sagen mir, dass diese Elspeth sein Wälzen im Selbstmitleid ausgelöst hat. In Ordnung, es macht keinen Sinn, darüber zu rätseln. Wir bringen ihn in sein Bett und hoffen, dass er am Morgen klar genug aufwacht, damit wir mit ihm sprechen können.«

Cormac hielt sich vollkommen still und fragte sich, ob er seine Augen überhaupt öffnen konnte – oder sollte. Er spürte die Auswirkungen der ungeheuren Mengen Bier, die er getrunken hatte, in jeder Ader, jedem Muskel und selbst bis tief in seine Knochen hinein. Das Problem war nur, dass er sich so dringend erleichtern musste, dass er auch da Schmerzen hatte. Ihm blieb also nichts anderes übrig, als sich zu bewegen, und obwohl er wenig Erfahrung mit solch heftigen Besäufnissen hatte, war ihm klar, dass es ihn teuer zu stehen kommen würde.

»Brauchst du den Nachttopf?«, fragte eine vertraute Stimme.

Als er langsam seine Augen aufzumachen begann, hatte Cormac das Gefühl, als würde sich das Licht im Raum einen Weg in sein Gehirn brennen. »Bist du's, Will?«

»Ja, komm, ich helfe dir beim Aufsetzen. Alaister ist losgezogen, um dir einen Trank zu brauen.«

Als Will ihm beim Aufsetzen half, öffnete Cormac seine Augen ein bisschen weiter. Es war ein Kampf, das zu erledigen, was er erledigen musste, denn sein Kopf fühlte sich an, als wollte er bersten, und sein Magen rebellierte. Er murmelte ein Dankeschön zu Will für seine Hilfe und ließ seinen Körper wieder aufs Bett sinken. Einen Augenblick später wurde er halb hochgehievt, und jemand flößte ihm einen widerlich schmeckenden Trank ein. Als er wieder flach dalag, warf ihm ein anderer ein ausgesprochen kaltes und ausgesprochen nasses Tuch auf die Stirn.

»In ein oder zwei Stunden müsste es dir besser gehen«, sagte Will, »und dann können wir miteinander reden.«

Es dauerte fast drei Stunden, bevor Cormac seine Augen öffnen konnte und sich fähig fühlte, etwas anderes zu tun, als nur vor lauter Schmerz zu stöhnen. Er warf einen Blick auf seine Brüder und Cousins und bewunderte deren Geduld. Obwohl er sich kaum an das erinnern konnte, was seit dem Augenblick, in dem er Isabel verlassen hatte, geschehen war, hatte er offenbar genug erzählt, um ihre Neugier zu wecken.

»Kann es sein, dass ihr erzählt habt, unsere Eltern sind tot?«, fragte er.

»Ja«, erwiderte Will. »Strauchdiebe haben sie getötet, und du bist jetzt unser Laird. Nimm dir etwas Brot.« Er legte Cormac einen Kanten frisches Brot in die Hand. »Es saugt das Gift auf und wird dir helfen, vernünftig zu reden. Ich habe einen ganzen Laib.«

»Habe ich gestern Abend etwas gesagt? Etwas, dass euch interessiert hat?« Cormac kaute langsam sein Brot und stellte fest, dass er sich so weit erholt hatte, dass es ihm tatsächlich half.

»Du hast uns erzählt, dass du hierbleiben musst, um zu beobachten, wie Isabel gehängt wird. Ich gebe zu, dass das meine Neugier einigermaßen erregt hat.«

»Ach ja, das.« Cormac stopfte sich seinen Magen weiterhin mit dem Brot voll, das ihm Will reichte, während er ihnen alles berichtete, was er gehört und gesehen hatte. »Sir Ranald hält Isabel und ihren Liebhaber jetzt fest, und ganz sicher werden sie schnell verurteilt und gehängt.«

»Warum musst du dann hierbleiben?«

»Es könnte der Fall sein, dass man einen weiteren Zeugen braucht – einen, der kein Douglas ist.«

»Und könntest du dieser Zeuge sein, wenn du weißt, dass dein Wort sie an den Galgen bringen kann?«

»Schau nicht so besorgt, Will«, sagte er zu seinem Bruder und gab diesen Rat mit einem Rundumblick auch seinen anderen Verwandten. »Ja, ich empfinde ein gewisses Bedauern, aber mehr eigentlich nicht. Sie hat fünf Männer getötet, oder

hat zumindest dabei geholfen, und war zum zweiten Mal bereit, mich für ihre Verbrechen hängen zu lassen. Selbst wenn ich mehr empfinden würde, als es der Fall ist, wäre ich noch immer bereit, als Zeuge für ihre Schuld auszusagen. Das verlangt die Ehre.«

»Die Ehre gehört zu den Dingen, die dich in diese Schwierigkeiten gebracht haben«, schimpfte Will, der die Arme über der Brust kreuzte, sich gegen einen der Pfosten am Fußende des Bettes lehnte und Cormac eine Weile eingehend musterte. »Du bist geheilt.«

»Eine ungewöhnliche Sichtweise.«

»Nein.« Alaister schüttelte den Kopf, wobei ihm seine ungebändigten bronzefarbenen Locken über seine Schultern fegten. »Es stimmt. Diese Frau war wie eine Krankheit in dir.«

Cormac lächelte seinen jungen, oft zu ernsten Bruder an. »Ja, vielleicht war sie das. Aber ich habe ein Versprechen gegeben, und mein Bedürfnis, es zu erfüllen, ist auch zu einer Art blind machenden Krankheit geworden. Ich habe mich daran geklammert und alles andere ignoriert.«

»Ich hätte gedacht, du würdest aufgewühlter sein, als du wirklich bist.«

»Ich auch, aber es sieht so aus, als habe die Heilung bereits eingesetzt, bevor ich die ganze hässliche Wahrheit erfuhr. Ich war nur zu langsam, um es zu merken. Hätte ich aber meine Augen gegenüber der Wahrheit, die überall um mich herum bekannt war, geöffnet, wäre ich schon seit Langem von meinem Versprechen entbunden.«

»Willst du uns erzählen, dass du dich besinnungslos betrunken hast, um das zu feiern?«, fragte William.

Bevor Cormac auf Williams Sarkasmus reagieren konnte, fragte Alaister fordernd: »Wer ist Elspeth?«

»Die Heilung«, antwortete Cormac leise, worauf er versuchte, sich einen Trinkkrug mit Wasser vollzuschenken, was William dazu veranlasste, sich eilig dieser Aufgabe anzunehmen. »Es war eigenartig. Elspeth hat mir all die Fragen ge-

stellt, die ihr mir auch gestellt habt, hat viele derselben Vorwürfe erhoben, und doch war sie es, die mich mehr und mehr zweifeln ließ. Sie hat mich hartnäckig in Richtung der Wahrheit geschoben, gegen die ich mich so lange gewehrt habe.«

»Wo ist sie? Ich möchte das Mädchen, dass endlich Isabels Fluch über dich gebrochen hat, gern kennenlernen.«

»Weg.« Cormac überraschte es nicht wirklich, dass allein schon die Erwähnung der Wahrheit wehtat. »Ich fürchte, ich war noch mittendrin, verstehen zu lernen, was sich geändert hat, und sogar, ob sich überhaupt etwas geändert hat, als ich in die Ecke getrieben wurde. Ich musste eine Entscheidung treffen und entschied mich, an dem alten Versprechen festzuhalten, und damit an meiner Ehre. Doch jetzt muss ich erkennen, dass alles an eine wie Isabel verschwendet wurde.«

Alaister fluchte und erreichte damit, dass die anderen ihn überrascht ansahen. »Du hast dich für Isabel entschieden.«

»Um ehrlich zu sein, besaß ich nicht genug Verstand, um eine echte Entscheidung zu treffen, aber Elspeth hatte den Eindruck, dass ich es getan hätte. Was noch schlimmer ist, ich habe nichts unternommen, um sie aufzuhalten. Wie konnte ich auch? Ich hatte immer noch das Gefühl, versprochen zu sein. Wahrscheinlich ist sie inzwischen wieder auf Donncoill und verflucht den Tag, an dem sie mich getroffen hat.«

»Donncoill?« Alaister legte die Stirn in Falten, und seine Augen weiteten sich. »Diese Elspeth? Das Murray-Mädchen? Das kleine Mädchen, das dir vor zehn Jahren das Leben gerettet hat? Um Gottes willen, Cormac, sag nicht, dass du sie verführt hast.«

»Ja, diese Elspeth, aber nicht ich habe sie verführt. Sie hat mich verführt.« Cormac nahm wenig überrascht Hohn und Ungläubigkeit auf den Gesichtern seiner Verwandten wahr. »Ich behaupte nicht, dass sie viel anstellen musste, um mich zu verführen, aber ich habe versucht, ein ehrenwerter Mann zu bleiben, und sie hat es nicht zugelassen.« Er zuckte die Schultern. »Es ist schwer zu erklären.«

»Warum versuchst du's nicht?«, fragte William gedehnt. Cormac fing an, seinem Bruder klarzumachen, dass ihn das nichts angehe, doch dann seufzte er. In vielerlei Hinsicht ging es ihn doch an. Falls Elspeth es wollte, konnte sie ihm eine Menge Schwierigkeiten auf den Hals schicken – und damit auch seiner Familie. Zudem war da die Sache mit der zu begleichenden Schuld. Seit die Murrays ihm das Leben gerettet hatten, hielten Cormac und seine Verwandten nach einer Möglichkeit Ausschau, ihnen das zurückzuerstatten. Die Ehre seines ganzen Clans stand auf dem Spiel, wenn der Eindruck entstand, dass er die Murrays durch Elspeth beleidigt hätte. Auf diese Weise entstanden lange, blutige Fehden. Obwohl Cormac sich nicht vorstellen konnte, dass Elspeth die Sorte Frau war, die solch tödliche Schwierigkeiten provozierte, konnte er auch nicht den Ausdruck von Schmerz und Wut auf ihrem Gesicht vergessen.

»Ich erzähle dir alles davon, alles von dem ganzen traurigen Durcheinander, während ich mich anziehe«, sagte er schließlich, indem er sich aus dem Bett wälzte.

Obwohl er bis zu einem gewissen Grad zurückhaltend war, blieb Cormac seinen Verwandten gegenüber ehrlich. Er gestand ihnen alles, und zwar von dem Augenblick an, in dem er feststellte, dass Sir Colin Elspeth gegen ihren Willen festhielt, bis zu dem Tag, an dem Elspeth ihn verließ. Es tat weh, aber er berichtete jedes Wort, das an jenem schicksalhaften Tag gefallen war, und jede Handlung. Cormac hoffte ein bisschen, dass sie aus Elspeths Worten nicht dieselbe Endgültigkeit heraushörten wie er.

»Du hast ein elendes Durcheinander veranstaltet, nicht wahr?«, stellte William fest und schüttelte den Kopf.

»Liebe stirbt nicht innerhalb eines Wimpernschlags«, sagte David, dessen dunkle Augen unablässig auf Cormac ruhten.

»Du bist erst sechzehn. Was weißt du schon darüber?«, fuhr ihn William an.

»Liebe stirbt nicht so schnell. Man muss nicht alt und weise sein, um das zu wissen. Sie sagte, sie liebt ihn.«

»Liebte«, verbesserte ihn Cormac. »Früher. Jetzt nicht mehr.«

»Ich denke, aus ihr hat einfach nur die Verärgerung gesprochen. Na ja, sofern du sie nicht für unbeständig hältst.«

»Nein, nicht Elspeth.«

»Also mach ihr den Hof.«

»Ich dachte, das hätte ich getan«, entgegnete Cormac, der sich allzu deutlich an die Leidenschaft erinnerte, der Elspeth und er sich so begierig hingegeben hatten.

»Nein, du hast mit ihr geschlafen, während du zu einer anderen Frau unterwegs warst. Und ich wette, du hast nie ernsthaft in Erwägung gezogen, dein Versprechen gegenüber Isabel zu lösen, selbst wenn du es gewollt hättest. Meine Schwester sagt immer, eine Frau, die glaubt, dass die Leidenschaft eines Mannes weiter geht als bis zu seinen Leisten, ist eine Törin. Ist Elspeth eine Törin?«

»Nein.« Cormac war überrascht über die Klugheit, die der junge David enthüllte. »Vielleicht denkt sie allerdings, dass sie es ist. Ich habe sie sehr schlimm verletzt. Ihrer Meinung nach hat sie mir alles gegeben, und ich habe darauf herumgetrampelt. Sie hat erkannt, was Isabel war, und das Wissen, dass ich mich von ihr, Elspeth, abwende, um ein Versprechen einzulösen, das ich einer Hure gegeben habe, muss es für sie sehr schwer gemacht haben.«

»Und dieser Schmerz wird anhalten, solange du sie in dem Glauben lässt, dass es einzig Leidenschaft war, die sie dir abgerungen hat. Wirb um sie. Lass sie wissen, dass sie dir mehr ist als nur ein warmes Nest für deine Männlichkeit. Was hast du zu verlieren?«

Bevor Cormac antworten konnte, erklang ein lautes Klopfen an der Tür. Malcolm öffnete sie, und davor stand ein junger Kerl. Als Cormac seine Kleider als jene Kleider erkannte, in die Isabel ihre Bediensteten zu stecken pflegte, spannte er

sich an. Glaubte diese Frau nach allem, was er erfahren hatte, allen Ernstes, dass sie ihn wieder in ihr Netz zurückziehen konnte?

»Ich bringe eine Nachricht von Lady Isabel«, sagte der Junge, trat aber einen Schritt zurück, als ihn Cormacs vier Verwandte grimmig anschauten.

»Um was handelt es sich?«, fragte Cormac.

»Mylady sagt, dass Ihr kommen und mit ihr sprechen müsst. Sie sagt, es gibt etwas, das sie Euch erzählen muss – ein Geheimnis, das sie seit Jahren hütet. Ihr sollt unbedingt mitkommen. Ich weiß, wohin sie sie gebracht haben.«

Cormacs Verwandte protestierten alle vier lautstark, aber er brachte sie mit einer heftigen Bewegung seiner Hand zum Schweigen und stellte insgeheim fest, dass es doch Vorteile hatte, Laird zu sein. »Sie hat dir nicht gesagt, was sie mir erzählen will?«

»Nein, Sir. Nur dass Ihr kommen müsst. Wenn nicht, würdet Ihr es Euer Leben lang bereuen.«

»Warte unten auf mich.«

In dem Augenblick, in dem sich die Tür hinter dem Jungen schloss, sagte William: »Du willst doch wohl nicht wirklich zu ihr gehen?«

»Doch. Ich denke, sie will mich dazu verlocken, ihr wenigstens noch einmal zu helfen, will versuchen, mein Ehrgefühl nur noch einmal gegen mich einzusetzen. Habt keine Angst, dass das funktionieren könnte. Ich schwöre euch, es ist zu Ende. Und jetzt, wo ich weiß, wie verschlagen diese Frau ist, wie tief sie in mörderischen Anschlägen verstrickt ist, könnte es hilfreich sein, dieses Spiel zu spielen, sofern ich es ertrage. Sollte sie noch immer glauben, dass ich nichts als ein liebestrunkener Tölpel bin und dieses alte Versprechen sie weiterhin schützen könnte, gibt sie mir vielleicht noch mehr Beweise gegen sie in die Hand.«

»Stimmt, und ich habe den Verdacht, dass du auch ein kleines bisschen neugierig bist«, sagte Will.

Cormac grinste. »Ja. Würdest du das nicht sein, wenn dir jemand sagt, dass du seinen Worten Folge leisten sollst, weil du es sonst dein ganzes Leben lang bereuen wirst?«

Als Cormac dem jungen Pagen in die Tiefen des Kerkers folgte, fühlte er sich zunehmend unbehaglich. Es erschien ihm seltsam, dass er jetzt, nachdem er sich zehn Jahre lang Isabel mit sehnsüchtiger Vorfreude und Leidenschaft genähert hatte, einen Ruf von ihr als Bedrohung empfand. Die Tatsache, dass die Douglas sie an einen so tief gelegenen, finsteren Ort gesperrt hatten, verstärkte dieses Gefühl nur noch.

Dieselben beiden Männer, die die Tür zu ihrem Gemach bewacht hatten, als er, Ranald und James ihren Bekenntnissen gelauscht hatten, bewachten nun auch ihre Zelle. Sir Ranald vertraute in Isabels Nähe eindeutig nur seinen eigenen Männern. Cormac stand vor Isabels Zelle und musterte ihren neuen Aufenthaltsort, als sie sich von ihrem Bett erhob und sich ihm mit wohlüberlegter Vorsicht näherte. Obwohl sie kalt und feucht war und nur vom Fackelschein erhellt wurde, war ihre Zelle die komfortabelste, die er jemals gesehen hatte. Das enge Bett war mit weichen Fellen und Kissen bedeckt. Teppiche hingen an den Wänden – einer war sogar so drapiert, dass er den unvermeidlichen Kübel verdeckte. Auf dem Boden lagen Brücken. Alles war sehr sauber, so auch Isabel. Man hatte ihr offensichtlich Badewasser zum Waschen und frische Kleider zugestanden. Cormac vermutete, dass sie regelmäßigen Besuch von ihren Mägden erhalten durfte. Diese Höflichkeit und schonende Behandlung schenkten ihr ganz bestimmt das Vertrauen, dass sie der gerechten Strafe entkommen konnte, sofern sie nur die richtige Strategie fand. Cormac erkannte, dass Isabel sich bis zum bitteren Ende nicht in ihr Schicksal fügen würde. Sie wollte einfach nicht begreifen, dass sie sich dieses Mal nicht mittels Lügen und Verführung einen Weg aus den Schwierigkeiten bahnen konnte.

»Cormac, mein Lieber, ich hatte Angst, du würdest nicht

kommen«, sagte sie und streckte die Hände durch die Gitter, hob aber die Augenbrauen, als er seine Hände hinter dem Rücken verschränkte, damit sie sie nicht ergreifen konnte.

»Isabel, du hast meine Neugierde geweckt, sonst nichts«, antwortete er in dem Bewusstsein, dass er nicht das Stehvermögen hatte, Interesse an ihr auch nur vorzuspiegeln. »Was soll ich deiner Meinung nach unbedingt hören?«

»Du bist so kalt zu mir«, flüsterte sie mit unsicherer Stimme. »Wie kannst du nur so schnell all das vergessen, was wir füreinander waren?«

»Es fällt schwer, sich an recht viel mehr zu erinnern als daran, wie du versucht hast, dich für eine der Möglichkeiten zu entscheiden, mich für ein weiteres Verbrechen, das du zu verantworten hast, hängen zu lassen. Solche Dinge haben die Tendenz, das Feuer eines Mannes auskühlen zu lassen.« Cormac lächelte flüchtig über das Kichern der Wachen.

»Sir Kenneth hat mich zu alldem gezwungen.« Unter dem verächtlichen Blick, mit dem Cormac sie bedachte, verfiel sie in Schweigen. Schließlich wurde sie ärgerlich. »Du ergreifst also Partei für Sir Ranald. Ich hätte nie gedacht, dass du mich im Stich lassen würdest, Cormac. Du hast es zugelassen, dass sie sich mit ihren Lügengeschichten gegen mich wenden.«

»Du hast das alles selbst bewerkstelligt. Ich habe nur deinen eigenen Worten zugehört und beobachtet, wie geschickt du deine Hurentalente eingesetzt hast.« Sollte sie freikommen, dachte er, als er bemerkte, wie sich ihr Griff um die Gitterstäbe festigte, wird sie mir die Augen auskratzen.

»Es interessiert nicht, was du denkst. Du wirst mir dennoch helfen.«

»Nein, das glaube ich nicht.«

»Doch, das glaube ich schon – und zwar, wenn du jemals deinen Sohn lebend sehen möchtest.«

Cormac war sich schwach der atemlosen Flüche der Wachen bewusst, als er Isabel anstarrte. Ihr voller Mund verzog sich zu einem langsamen, selbstgefälligen Grinsen, das er

brennend gern weggeohrfeigt hätte. Es dauerte einige Zeit, bis er der verwirrenden Abfolge von Gefühlen, die ihn überfallen hatten, als er ihre Worte vernommen und verstanden hatte, Herr wurde. Ein Sohn? Mit Isabel? Er konnte es nicht begreifen. Wenn sie ihm einen Sohn geboren hatte, warum hatte er dann den Jungen nie gesehen oder von ihm gehört? Erst als Isabel kicherte, wurde er gewahr, dass er diese Frage laut gestellt hatte.

»Glaubst du denn wirklich, dass ich diesen kleinen Bastard auf meine Hochzeiten oder Reisen mitgenommen hätte? Jesus, ich versuchte ihn in dem Augenblick loszuwerden, in dem ich erkannte, dass deine Saat sich in meinem Schoß eingewurzelt hat, aber anders als bei den anderen konnte ich ihn nicht abschütteln. Also ertrage ich die Bürde dieses Bankerts seit fast sieben Jahren.«

Ihre Worte ließen ihn bis auf die Knochen erschauern. »Du hättest es mir sagen müssen. Ich glaube, du warst damals Witwe. Wir hätten heiraten können. Oder ich hätte das Kind aufnehmen und selbst großziehen können.«

»Ich weiß, aber ich war der Überzeugung, dass er sich zu gegebener Zeit als hilfreich erweisen könnte. Zu einer Zeit wie jetzt«, sagte sie strahlend. »Du hilfst mir, und ich werde dir den Jungen geben. Er ist nicht weit weg.«

»Nein, das ist er gewiss nicht«, entgegnete Sir Ranald ironisch, als er ans Gitter trat. »Ach, meine süße Verlobte, es erstaunt mich wahrlich, dass Euch bisher keiner Euren hübschen Hals umgedreht hat. Wie auch immer, wir werden dieses Problem bald beheben.«

»Verschwindet, Ranald«, fuhr ihn Isabel an. »Ich versuche mit Cormac zu sprechen.«

»Ihr versucht, diesen Mann mit etwas zu erpressen, das sich jeder Mann wünscht. Das habe ich erwartet.«

»Wie ausgesprochen klug von Euch.«

»Ja, ich bin ein sehr kluger Mann. Habt Ihr nicht gewusst, dass ich seit Jahren den Verdacht hatte, dass Ihr meine Ver-

wandten ermordet habt? Ich habe schon damals angefangen, Euch genau zu beobachten, sehr genau.« Er lächelte langsam, als er hinter seinem Rücken einen schlanken Jungen hervorzog und zusah, wie Isabel blass wurde. Ihr Gesichtsausdruck war eine Mischung aus Wut und Angst. »Christopher, lerne deinen Vater kennen.« Ohne den Blick von Isabel abzuwenden, schob Ranald den Jungen näher zu Cormac. »Armstrong, Euer Sohn Christopher.«

»Ihr könnt nicht einfach den Jungen nehmen und ihn hierher schleppen«, kreischte Isabel.

»Ich glaube, ich habe genau das getan.«

»Und woher wisst Ihr, dass der Junge meiner ist? Vielleicht habe ich Cormac nur angelogen.«

»Es ist klar, dass Ihr das ziemlich oft gemacht habt, aber dieser Junge ist Euer Sohn. Glaubt Ihr, Ihr könnt ihn sein ganzes Leben lang verstecken? Ihr hattet zwar nicht viel zu tun mit dem Jungen, das stimmt, aber ihr strengt Euch ab und zu an, ihn zu besuchen, um zu sehen, ob er noch am Leben ist. Die alte Kinderfrau war bereit, mit mir zu sprechen. Ihr müsst wissen, dass Ihr in Euren Bediensteten nicht allzu viel Loyalität erweckt. Und, Mylady, man muss den Jungen nur ein einziges Mal sehen, um zu wissen, wessen Frucht ihr da zur Welt gebracht habt.«

Cormac schenkte dem Wortwechsel zwischen Ranald und Isabel wenig Beachtung. Seine ganze Aufmerksamkeit galt dem Jungen, der ihn ebenso intensiv musterte, wie er ihn vermutlich seinerseits auch musterte. Durch Augen, die ganz die seinen waren, und Haare, die sehr dem seines Bruders Alaister ähnelten, erwies sich der Junge als sein Kind. Das Kind schien wenig von Isabel zu haben. Eine Spur um den Mund herum und, so meinte Cormac, etwas mehr bei der zerbrechlichen Vollkommenheit der kindlichen Gesichtszüge.

»Hallo, Christopher«, sagte er ruhig. Der Reichtum an Gefühlen, die er sich bemühte, unter Kontrolle zu halten, ließ seine Stimme heiser klingen.

»Guten Tag, Sir«, antwortete der Junge. »Seid Ihr wirklich mein Vater?«

»Ja, das bin ich. Du bist als eine kleine Überraschung über mich gekommen.«

»Ich weiß, Sir. Lady Isabel hat Euch nichts von mir erzählt, woher also solltet Ihr wissen, dass ich auf der Welt bin? Frau Agnes sagte, dass Lady Isabel mich versteckt hält, bis sie der Meinung ist, dass Eure Ketten wieder straff gezogen werden müssen. Frau Agnes sagt, ich soll nur warten, bis Ihr wisst, dass es mich gibt, und schauen, was ihr dann macht, bevor ich entscheide, ob ihr ein guter Mensch seid oder nicht.«

»Ich hoffe, dass du dich zu meinen Gunsten entscheidest. Wie alt bist du, Junge?«

»Ich werde in einem Monat sieben.«

Cormac atmete tief durch, um die Wut, die in ihm aufwallte, zu unterdrücken. So viele Jahre, und Isabel hat nicht ein einziges Mal ein Kind erwähnt. Er hatte Jahre des Wachstums dieses Jungen verpasst, angefangen bei seinem ersten Lächeln bis hin zu seinem ersten vollständigen Satz. Noch etwas, dessen Isabel ihn beraubt hatte. Cormac wusste, dass er, wenn er jetzt nicht ging, seine Hände demnächst durch diese Gitterstäbe strecken, sie um Isabels schlanken Hals legen und jedem Bedarf nach einem Henker ein Ende bereiten würde.

»Würdest du gern mit mir kommen, Junge? Um bei mir zu bleiben?«

»Darf ich Frau Agnes mitbringen?«

»Wenn sie mitkommen möchte, dann gern, obwohl ich glaube, dass sie für eine Kinderfrau schon etwas zu alt wird. Doch sie ist willkommen.«

Christopher warf einen nervösen Blick auf seine Mutter. »Kommt Lady Isabel auch mit?«

»Nein.« Cormac stellte fest, dass es schwierig sein würde, dem Jungen alles zu erklären. »Ich glaube nicht, dass du deine Mutter noch einmal sehen wirst, also sagst du ihr bes-

ser jetzt Lebewohl.« Seine Augen wurden größer, als sich der Junge sichtbar entspannte, seine Hand schüchtern in Cormacs schob und Isabel ansah.

»Lebt wohl, Lady Isabel«, sagte Christopher und verbeugte sich leicht. »Ich werde jetzt bei meinem Vater leben.«

»Nein«, schrie Isabel gellend. »Du hast nicht eingewilligt, mir zu helfen, Cormac. Schau dir den Jungen an. Ich habe dir einen guten Sohn geschenkt. Du schuldest mir etwas. Verflucht seist du. Unternimm etwas gegen das hier. Kannst du mir wirklich den Rücken zudrehen, weggehen und es zulassen, dass die Mutter deines Jungen gehängt wird?«

»Ich schulde dir nichts«, entgegnete Cormac, »außer dem Versprechen, dass ich mich um Christopher kümmern werde.« Er warf einen Blick auf das Kind hinunter, das von Isabels Gezeter nicht berührt zu sein schien. Dann sah er wieder zu Isabel zurück. »Und zwar besser, als Ihr es jemals getan habt, *Lady Isabel*. Ich würde vorschlagen, Ihr hört auf, Ränke zu schmieden, um der gerechten Strafe zu entgehen, und ruft lieber einen Priester.« Cormac nickte zum Abschied den Douglas zu und entfernte sich.

»Mein Gott, ich kann nicht glauben, dass du einen Sohn hast«, brummte William, der neben Cormac auf Christophers Bett saß und seinen drei Verwandten dabei zusah, wie sie dem Jungen das Würfeln beibrachten. »Dennoch hege ich keinerlei Zweifel, dass der Junge deiner ist. Auch die alte Frau erkennt das, obwohl sie eindeutig infrage gestellt hat, dass Isabel im Stande war, genau zu sagen, welcher Mann Vater welchen Kindes von ihr ist.«

Cormac lächelte, als er an die korpulente Frau mittleren Alters dachte. Agnes hatte ohne zu zögern eingewilligt, dorthin zu gehen, wohin auch immer Christopher gehen mochte. Nach einem prüfenden Blick auf Cormac sagte sie ihm und seinen Verwandten, sie sollten in das kleine Cottage umziehen, in dem Isabel sie untergebracht hatte. Obwohl Agnes

ihre Worte sehr sorgfältig wählte, wenn Christopher in der Nähe war, machte sie ziemlich deutlich, dass sie Isabel als Mutter für unfähig hielt und dass Isabels völliges Desinteresse an diesem Jungen eigentlich zu dessen Gunsten gewesen sei. Es war leicht festzustellen, dass sie die wahre Mutter des Jungen war, und Cormac war froh, dass die beiden nicht getrennt werden mussten.

»Es ist eine Schande, dass Isabel ihn als uneheliches Kind hat auf die Welt kommen lassen«, fuhr William fort.

»Ja, aber ich versorge ihn so gut, wie es nur geht.«

»Kannst du dich an das erinnern, was David gesagt hat, bevor du zu dieser Schlampe gegangen bist? Wirst du denn nun um Elspeth werben?«

»Ich hatte es vor, aber wie kann ich das noch? Ich habe jetzt genau von der Frau einen Sohn, die zwischen uns stand.«

»Ist Elspeth nicht diejenige, die eine ramponierte, hässliche Katze gerettet hat? Und dasselbe Mädchen, das ein Kind aufnahm, das niemand sonst haben wollte? Glaubst du wirklich, dass deine kleine Elspeth es den Jungen spüren lässt, dass Isabel ihn in die Welt setzte? Wenn ja, ist es vermutlich das Beste, wenn du sie schnell vergisst.«

»Du hast Elspeth nicht einmal kennengelernt.«

»Muss ich auch nicht. Sie hat dich von Lady Isabel befreit. All dieses Zeug von wegen feierlichem Versprechen und Ehre heißt doch nur, dass du deine Freiheit nur ein wenig zu langsam akzeptieren konntest. Dafür bin ich bereit, ihr die Füßchen zu küssen.«

»Aha, jetzt aber, du willst nur sehen, dass ich bereit bin, eine Menge aufs Spiel zu setzen. Ich ziehe also los, um ihr den Hof zu machen.«

17

»Isabel wurde für den Mord an exakt *allen* ihren Ehemännern eingesperrt.«

Elspeth starrte Payton an, erstaunt zu hören, dass ein anderer nicht nur ihren Verdacht geteilt, sondern auch entsprechend gehandelt hatte. Sie sank Payton gegenüber auf einen Stuhl, der am Haupttisch der großen Halle stand. Seit dem Tod von Isabels erstem Ehemann hatte es Gerüchte über diese Frau gegeben, aber nur sehr wenige deuteten auch nur im Mindesten an, dass sie für den Tod von allen verantwortlich sein könnte. Plötzlich krauste Elspeth die Stirn. Payton war sofort, nachdem er sie nach Hause gebracht hatte, an den Hof zurückgekehrt, aber wenn sie jetzt darüber nachdachte, war er gerade so lange geblieben, um diese Nachrichten einzuholen. Während sie sich freute zu hören, dass Isabel vielleicht wirklich für ihre Verbrechen zahlen musste, nahm Elspeth an, dass es noch weitere Nachrichten gab. Und diese mussten dramatisch sein, wenn sie Payton dazu veranlassten, sofort auf Donncoill zurückzureiten, um sie ihr mitzuteilen.

»Wer hat sie gefangen genommen?«, fragte sie, während ein Page jedem von ihnen einen Kelch voll Wein einschenkte.

»Sir Ranald Douglas – ihr Verlobter«, antwortete Payton und trank einen großen Schluck Wein.

»Sie war im Begriff, *wieder* zu heiraten?«

»Ja, und auch er sollte sterben. Es scheint, als hätte Isabel von Anfang an einen anderen Douglas als Geliebten gehabt. Man sagt, dass sie und Sir Kenneth geduldig jeden aus dem Weg räumten, der zwischen ihm und den Ländereien stand, deren Laird er sein wollte. Sir Ranald war der Letzte. Er war ein widerwilliger Bräutigam.«

»Das war er eindeutig. Aber Isabel kann ihn noch in ihren Bann ziehen.«

»Nein. Ich habe mit diesem Mann gesprochen, als die Verlobung beschlossen wurde. Er ist ein guter Mensch. Ein bisschen hart, aber von schneller Auffassungsgabe und ehrenwert. Ich habe ihm ein paar nackte Wahrheiten über seine Verlobte erzählt, die Tatsache eingeschlossen, dass auch ich einmal ihr Liebhaber war.«

»Payton, er hätte dich umbringen können«, sagte sie mit matter und vor Schreck über seinen Leichtsinn heiserer Stimme.

»Das hätte er können, aber ich war mir sicher, dass er es nicht einmal versuchen würde. Er war an allem, was ich ihm zu sagen hatte, interessiert und versicherte mir, dass er nicht die Absicht habe, Isabel zu heiraten. Dieser Mann sagte mir, dass er ganz genau wisse, wer Isabel sei, dass er sie seit dem Tod ihres dritten Ehemannes sehr genau beobachtet habe. Er sammelte alle Informationen, die er bekommen konnte, und hatte den Eindruck, dass er schließlich die Wahrheit aufdecken könne. Es ist offensichtlich, dass er das schließlich tatsächlich getan hat.«

Elspeth nippte an ihrem Wein und murmelte: »Ich frage mich, was geschehen ist, dass er die Macht hatte, gegen sie vorzugehen.«

»Es hat den Anschein, dass er und ein paar andere ihr Ohr genau im richtigen Moment an die richtige Tür legten.«

»Und sie hörten wirklich ihr Bekenntnis?«

»Ja, das und den Beweis, dass Sir Kenneth ihr Liebhaber war, dass die beiden zusammen Ränke schmiedeten, dass Sir Ranald die Ehe nicht überleben sollte und dass sie bereits den Mann ausgesucht hatten, dem die Schuld für den Tod in die Schuhe geschoben werden sollte.«

Die Art und Weise, wie Payton sie unablässig beobachtete, ließ Elspeth das Blut in den Adern gefrieren. Es war nicht schwer zu erraten, welcher Dummkopf ausgewählt worden

war, um für Isabels Verbrechen angeklagt zu werden. Allein schon der Gedanke an Cormacs Namen ließ sie zusammenzucken, weshalb sie sich bisher gezwungen hatte, so wenig wie möglich an diesen Mann zu denken. In den zehn Tagen, seit sie ihn verlassen hatte, hatte sie sich ausgeweint, Cormac und sein Ehrgefühl verflucht, sich nach ihm gesehnt, ihn erneut verflucht und letztlich versucht, sich in einen derartigen Zustand ständiger Benommenheit hineinzumanövrieren, dass sie an nichts weiter denken konnte als daran, ein wenig Schlaf zu finden. Ihre Eltern beobachteten sie sehr genau, und sie war sich bewusst, dass sie nicht mehr lange auf eine Erklärung warten würden. Elspeth fürchtete die unvermeidbare Konfrontation.

Und ausgerechnet jetzt, wo sie nahezu den Zustand perfekter Betäubung der Gedanken erreicht hatte, kam Payton mit Neuigkeiten zurück, die all den Schmerz und die Verwirrung rasend schnell wieder wachriefen. Isabel würde endlich für ihre Verbrechen zahlen müssen, und Cormac würde das Herz brechen. Die Tatsache, dass sie sich um ihn Sorgen machte, machte Elspeth rasend. Als etwas in ihr sich zu fragen begann, ob Cormac sich ihr zuwenden würde, sobald Isabel weg und sein Versprechen durch ihren Tod erfüllt war, hätte sie am liebsten laut geschrien. Sie wollte von sich nicht glauben, eine solch unvergleichliche Närrin zu sein.

»Hat Cormac etwas von alldem erfahren?« Sie verachtete die Schwäche, die diese Frage veranlasste.

»Er war dabei.«

»Oh, großer Gott.« Elspeth war schockiert, aber sie hatte die Kraft, ihr Bedürfnis, zu Cormac zu eilen und ihm dabei zu helfen, diese verheerende Entdeckung zu verarbeiten, zu unterdrücken. »Weißt du, was er gemacht hat oder vorhat zu tun?«

»Er verweilt am Hof, falls er als Zeuge gebraucht wird. Da Sir Ranald allgemein deutlich gemacht hat, dass er Isabel nicht zur Frau haben will, und die anderen Zeugen alles Ver-

wandte von ihm sind, könnte das durchaus erforderlich sein. Sir Ranald will, dass sie und Sir Kenneth die Gerechtigkeit in Form des Strangs ereilt. Er sammelt fleißig alle zusammen, die von Isabels oder Kenneths Verbrechen wissen, egal wie gering diese jeweils sind. Ich denke, er will damit auch deutlich machen, dass Isabel oder ihr Geliebter nicht einfach beseitigt werden, weil sie einen Douglas verärgerten. Er will keinen Zweifel an ihrer Schuld aufkommen lassen.«

»Die Tatsache, dass er einfach die Macht der Douglas nützen könnte, es aber nicht tut, zeigt, dass er ein guter, aufrichtiger Mensch ist.«

»Und einer, der sehr genau weiß, wie man am Leben bleibt. Es braut sich ein Sturm zusammen, Mädchen. Die Douglas sind zu mächtig und viel zu überheblich geworden. Bald wird es zum Blutvergießen kommen, Ländereien werden verloren und gewonnen werden, es wird zu einer Verschiebung der Machtverhältnisse kommen. Sir Ranald hat vor, das zu überleben, und zwar mit unzerstörtem Land und unzerstörter Macht. Ich glaube, er hat den Verstand, genau das auch zu erreichen. Wir werden sehen. Was ist mit Cormac?«

Payton sprach den Namen ohne Vorwarnung aus, und Elspeth konnte ihre Reaktion darauf nicht ganz verbergen. Es war traurig, grübelte sie, dass die bloße Nennung eines Namens ihr so wehtun und sie zusammenschrecken lassen konnte, als wäre sie geschlagen worden. Neben all den Nachrichten, die Payton ihr überbracht hatte, hatte er ihr auch vor Augen gehalten, dass sie sich erheblich stärker anstrengen musste, um ihre Gefühle für Sir Cormac Armstrong zu begraben. Ihr war bewusst, dass es Jahre dauern würde, bis sie sichergehen konnte, dass sie fest in ihr verschlossen waren, bis sie irgendwann die Gnade hatten abzusterben.

»Was soll mit ihm sein?«, antwortete sie. »Er hat gesehen, wie Isabel ist, und das ist gut so. Jetzt ist er frei – frei von dem, was immer er für sie empfunden haben mag, und frei von diesem verfluchten Versprechen. Etwas anderes zählt nicht.«

»Ach, Elspeth, glaubst du das wirklich?« – »Ich muss.« Sie seufzte, wobei sie sich der Tatsache fügte, dass sie gezwungen sein würde, über Cormac zu sprechen, und inständig hoffte, dass sie es ohne zu weinen tun konnte. »Ich habe gespielt, und ich habe verloren. Ich habe nicht den Mut, es noch einmal zu versuchen. Vielleicht bin ich ein Feigling geworden. Als er sich für Isabel entschied, tat es viel weher, als ich mir je vorgestellt habe, und ich möchte dies nicht noch einmal erleben müssen.«

»Er ist ein Dummkopf.«

»Tja, schon.« Sie lächelte ein wenig, ihr Herz pochte vor lauter Anstrengung, ihre Gefühle im Zaum zu halten. »Aber vielleicht bin ich ein noch größerer, weil ich dachte, ich könnte zehn Jahre blinder, schlecht platzierter Hingabe durch ein paar wenige Wochen aufrichtiger Liebe beenden und diejenige sein, die ihn erkennen lässt, dass er sein Versprechen lösen und trotzdem seine Ehre behalten kann.«

»Und wenn er dir nachkommt?«

»Ich weiß nicht. Hinter meinem Schmerz verbirgt sich noch sehr viel Wut, und ich bitte dich, in meinem Herzen keine Hoffnung zu wecken. Sie könnte allzu leicht Wurzeln schlagen, und bei dem Gedanken an das, was ich vielleicht empfinden würde, sollte sie niemals Früchte tragen, schaudert mich.«

»Verständlich.«

»Elspeth!«, rief ihr Vater, als er und ihre Mutter die große Halle betraten. »Ein Bote hat dir etwas überbracht.«

»Du hast Ihnen nichts erzählt, oder?«, flüsterte Payton, der beobachtete, wie seine Tante und sein Onkel näher kamen.

»Nein«, gab Elspeth zurück, »aber ich fürchte, meine Gnadenfrist ist vorbei.« Sie lächelte ihren Vater an, konnte aber an der Art, wie sich seine dunklen Augen zu Schlitzen verengten, ablesen, dass es nur ein trauriges, vergebliches Bemühen war. »Wer sollte mir etwas schicken?«, fragte sie, als

er ihr ein kleines Päckchen, das in einem schimmernden Stück Seide eingepackt war, aushändigte.

»Ich weiß nicht«, erwiderte Balfour, der es sich in seinem Stuhl am Haupttisch bequem machte und seine Tochter sehr genau beobachtete. »Der Junge, der es gebracht hat, hat es nicht gesagt. Er wartet auf Antwort.«

Elspeth war nicht überrascht, dass ihre Hände beim Öffnen des Päckchens zitterten. In der Sekunde, in der man es ihr in die Hände gelegt hatte, hatte sie Cormacs Anwesenheit derart stark gespürt, dass es sie erstaunte, ihn nicht selbst in die Halle kommen zu sehen. Sie wickelte eine wunderschöne Brosche aus, die aus schwerem Silber gearbeitet und mit dunklen, blutroten Granatsteinen besetzt war. Sie war an ein kleines Stück Pergament geheftet, auf dem in einer breiten männlichen Handschrift die Worte gekritzelt standen:

Verzeih mir. Cormac.

Am Rand des Strudels aus Gefühlen, in den sie stürzte, bemerkte sie, dass ihr Vater und ihre Mutter die Brosche, die Nachricht und schließlich sie selbst musterten.

»Ihm was verzeihen?«, fragte Balfour fordernd.

»Nichts von größerer Bedeutung«, antwortete Elspeth, als sie sich schwankend erhob, um sich den verzweifelt notwendigen Rückzug zu gestatten. Sie musste eine Weile allein sein, damit sie ihr aufgerütteltes Inneres wieder in Ordnung bringen konnte.

»Der Junge wartet auf eine Antwort.«

»Sagt ihm Danke.« Elspeth ging hinaus und strengte sich dabei an, den Drang, aus der großen Halle zu laufen, zu unterdrücken.

»Sonst nichts?«

»Nein, sonst nichts.«

Sobald seine Tochter fort war, sah Balfour Payton an. »Mein Mädchen zerbricht an etwas.«

»Ja«, stimmte ihm Maldie zu, die sich Payton gegenübersetzte und ihn mit einem strengen Blick fixierte. »Es hat jetzt lang genug gedauert. Was ist zwischen ihr und dem jungen Armstrong passiert?«

»Und warum bittet er um Verzeihung?«, fügte Balfour hinzu.

Payton seufzte und fuhr sich mit den Fingern durch die Haare. »Es ist nicht meine Aufgabe, Euch das zu erzählen. Ihr müsst mit Elspeth sprechen.«

»Oh, das habe ich vor«, sagte Balfour. »Ich würde nur gerne einen kleinen Hinweis darauf bekommen, in welchen Morast ich mich vielleicht begebe. Er hat sie verletzt.«

»Ja, aber sie wird dir nicht erlauben, ihn dafür zu bestrafen. Na ja, zumindest wird sie dir nicht erlauben, ihn zu töten. Und um ehrlich zu sein, er verdient auch nicht den Tod. In vielerlei Hinsicht hat sich Elspeth das alles selbst zuzuschreiben. Sie spielte. Sie verlor. Oder wenigstens glaubt sie das.«

»Du denkst anders?«, fragte Maldie, die selbstvergessen Balfours geballte Faust, die auf dem Tisch lag, streichelte, um seine zunehmende Gereiztheit zu besänftigen. »Du glaubst, dass am Ende alles von selbst gut wird?«

»Ja, das glaube ich«, erwiderte Payton, »dennoch hat Elspeth recht, wenn sie sagt, dass es grausam wäre, ihr Hoffnung zu machen. Ich kann mir nicht vorstellen, dass sie ihr Spiel verloren hat. Es ist nur so, dass sie den Preis, den sie haben wollte, nicht so schnell und problemlos bekommt, wie sie sich das dachte. Andererseits weiß ich nicht so recht, ob ich wirklich verstehe, wie sie auch nur für kurze Zeit verloren haben kann. Es ist eine sehr komplizierte Situation.«

»Offensichtlich«, äußerte Balfour gedehnt, »denn du hast mich noch mehr verwirrt, als ich es vor unserem Gespräch war.«

Maldie stand auf, ergriff Balfours Hand und zog ihn hoch. »So, jetzt sprechen wir mit Elspeth. Schlaf ein wenig, Payton.

Du siehst fast durchsichtig aus«, sagte sie augenzwinkernd zu ihrem Neffen.

Balfour folgte seiner Frau aus der großen Halle und blieb stehen, als er sah, dass der junge Bote noch immer wartete. »Das Mädchen sagt Danke.« Angesichts der gehobenen Augenbrauen des Jungen nickte er: »Ja, es ist rätselhaft, aber das ist alles, was sie sagte. Wie dem auch sei, du kannst diesem jungen Esel noch eine andere Nachricht überbringen. Sag ihm, dass er etwas mir sehr Wertvolles zerbrochen hat, und sollte er es nicht bald in Ordnung bringen, werde ich es ihm auf gleiche Weise heimzahlen.«

»Balfour!«, protestierte Maldie, die auf der Treppe innehielt, um ihn missbilligend anzusehen.

Er zuckte die Achseln und machte sich wieder daran, ihr zu folgen. »Es wird dem Mann guttun, wenn er erfährt, dass seine Dummheit kein Geheimnis zwischen ihm und Elspeth ist.«

»Wir wissen doch noch gar nicht, ob es *seine* Dummheit war.«

»Nun, wir werden es bald wissen«, sagte er, während er auf das Schlafgemach seiner Tochter zuhielt und dabei so schnell war, dass Maldie bald hinter ihm ging.

Elspeth saß auf ihrem Bett und starrte blicklos auf die Brosche, die sie noch immer in Händen hielt. Muddy rollte sich neben ihr zusammen und schmiegte seinen Kopf an ihre Hüfte, als wüsste er, dass sie dringend des Trostes bedurfte. Sie streckte die Hand aus, um ihn ihrerseits gedankenverloren zu streicheln. Diese beruhigende Bewegung und sein lautes Schnurren nahmen ihrem Schmerz bald die Schärfe. Sie zweifelte nicht daran, dass ihre Eltern demnächst kommen würden, und sie wollte dann gelassen genug sein, all die Fragen, die sie unweigerlich stellen würden, zu beantworten.

Verzeih mir, hatte er geschrieben. *Was?,* war die Frage. Dass er sie verletzt hatte? Dass er sie nicht mehr wollte?

Dass er nicht wusste, was er wollte? Dass er seine Ehre an eine Frau verschwendet hatte, die es nicht verdiente, und er zu blind gewesen war, das zu erkennen? Vielleicht, dass er nicht die Stärke hatte, der Leidenschaft, die sie verband, zu widerstehen. Es gab zu viele Möglichkeiten, und nur wenige weckten in ihr die Hoffnung, dass Cormac bald seinem Geschenk folgen würde. Im Augenblick war sie sich nicht einmal sicher, ob sie das wollte. Sie hatte sich gewünscht, dass er sie anstelle von Isabel wählte, weil er sie mehr begehrte, weil er sie mehr liebte. Sie wünschte sich aber nicht, dass er sich ihr zuwandte, weil Isabel tot war, gehängt für ihre Verbrechen und für immer außerhalb seiner Reichweite. Oder weil er jetzt, wo diejenige, der er sich versprochen hatte, nicht mehr da war und er mit unversehrter Ehre in ihre Arme trotten konnte. Bei dem bloßen Gedanken daran rebellierten ihr Stolz und auch ihr Herz. Das Wissen, nur zweite Wahl zu sein, würde auf ihre Seele wie ein schleichendes Gift wirken. Am Ende würde es vielleicht so weit kommen, dass sie ihn hasste und dass sie sich sogar selbst hasste.

Nach einem kurzen, kräftigen Klopfen an der Tür kamen ihre Eltern herein. Ihr Vater schloss die Tür, lehnte sich dagegen und kreuzte die Arme über seiner breiten Brust. Ärger verhärtete seine schönen braunen Augen, und Elspeth wusste, dass er bereits manche von ihren Geheimnissen erraten hatte. Es lag aber auch Mitgefühl darin. Als sich ihre Mutter neben ihr auf das Bett setzte und ihre Hände nahm, spürte Elspeth auch ihr Mitgefühl, und sie betete um die Kraft, dem zu widerstehen. Sie war jetzt eine erwachsene Frau und sollte darüber hinaus sein, sich an der Schulter ihrer Eltern auszuweinen. Das mochte zwar ihre Verletzung etwas lindern, aber es würde sie nicht heilen.

»Elspeth, wir haben zehn lange Tage beobachtet, wie du dich abkämpfst, um nicht am Boden zerstört zu sein«, sagte ihre Mutter. »Wir können nicht mehr länger einfach nur da-

stehen und zuschauen. Erzähl uns, was dich so schlimm verletzt hat. Lass uns dir helfen.«

»Ach, Mutter, ich fürchte, ihr habt nicht die Wickel, die meine Wunde heilen kann«, murmelte Elspeth. »Ich denke, ein gebrochenes Herz wird bluten, bis es genug geblutet hat, und keine Salbe oder kein Verband kann daran etwas ändern.«

»Also habe ich recht«, sagte Balfour, dessen tiefe Stimme vor Wut rau war. »Dieser Mistkerl hat dich benutzt und dann sitzengelassen.« Er verzog das Gesicht, als seine Frau und seine Tochter ihn wütend anblickten und ihre übereinstimmenden grünen Augen vor übereinstimmender Verärgerung funkelten.

»Das hättest du etwas freundlicher sagen können, Ehemann«, tadelte Maldie.

»Ja«, stimmte Elspeth ihr zu, »und so war es nicht. Ehrlich.«

»Du willst damit sagen, dass er nicht mit dir geschlafen hat?«, fragte ihr Vater geradeheraus.

Elspeth spürte, wie sie rot wurde. »Es tut mir leid, wenn ich euch enttäuschen muss, aber es stimmt, ich bin keine Jungfrau mehr. Trotzdem ist es nicht gerecht, wenn man behauptet, dass das Cormacs Schuld sei. Er hat mir die Unschuld nicht geraubt, ich habe sie ihm geschenkt. Ihr müsst wissen, dass ich ihn seit dem Tag, an dem ich ihn verwundet auf Donncoill-Land gefunden habe, liebe.«

»Die Vernarrtheit eines Kindes.«

»Ja, so war es damals. Aber sie ist mit mir gewachsen, mit mir gereift. Als Cormac mir bei Sir Colin zu Hilfe eilte, warf ich einen langen Blick auf ihn und wusste, dass er meine andere Hälfte ist.« Sie schaute ihre Mutter an und lächelte halbwegs. »Ich hätte besser auf dich hören sollen, Mutter. Du hattest recht. Minuten, nachdem ich ihn wiedergesehen hatte, küsste ich ihn.« Sie warf einen kurzen Blick auf ihren Vater, der ein grimmiges Gesicht machte. »Es war ein gestohlener

Kuss, ich dachte mir, ich könnte ihn allemal als eine überstürzte Handlung, erfolgt aus Dankbarkeit heraus, entschuldigen. Und, Mutter, ich habe die Leidenschaft gekostet. Sein Verlangen hat meines genährt, und ich glaube aufrichtig, dass im Gegenzug mein Verlangen seines genährt hat. Damals begriff ich, warum er so lange in meinem Kopf und Herzen verweilt war, und ich beschloss, ihn für mich zu gewinnen.«

»Hättest du das nicht tun können, ohne mit ihm zu schlafen?«

»Nein, Vater. Du musst wissen, dass er, während ich ihn mehr und mehr liebte, in Lady Isabel Douglas verliebt war. Er hatte sich ihr versprochen, bevor er blutend auf deinem Land aufgetaucht war.« Sie bemerkte, wie sich der Grimm auf dem Gesicht ihres Vaters verstärkte. »Kennst du diese Frau?«

»Nur vom Sehen und durch Gerüchte. Eine wunderschöne Hure, die vier Ehemänner begraben hat.«

»Nun, allem Anschein nach wird sie bald für diese Todesfälle hängen, und zwar zusammen mit ihrem Geliebten, mit dem sie ihre Ränke schmiedete. Nein, nicht Cormac«, beeilte sie sich hinzuzufügen, als sie die alarmierten Gesichter ihrer Eltern sah. »Er weiß jetzt, dass all das Schlimme, was man über sie geredet hat, der Wahrheit entspricht. Er war einer der Männer, die ihr Bekenntnis belauschten. Ja, und dabei hat er mit angehört, wie sie und ihr Geliebter ausheckten, ihren nächsten Ehemann loszuwerden und Cormac für den Mord hängen zu lassen. Payton kann euch die ganze Geschichte erzählen.«

»Also ist der Junge frei, um zu dir zu kommen«, stellte Maldie fest.

»Ist er das?« Elspeth schüttelte den Kopf und hielt dem Blick ihrer Mutter stand. »Was, wenn Vater zu dir gekommen wäre, weil die Frau, die er eigentlich hätte haben wollen, tot ist? Weil das Versprechen, das er ihr gegeben hat, durch den Strang des Henkers und nicht durch ihn gelöst

wurde?« Sie nickte, als ihre Mutter zusammenzuckte, und fuhr fort, ihnen alles zu erzählen, was von dem Augenblick an, in dem Cormac das Gemach auf Sir Colins Burg betreten hatte, geschehen war, wobei sie sorgsam darauf achtete, nicht zu erwähnen, wie oft oder wie wild sie und Cormac sich ihrer gegenseitigen Leidenschaft hingegeben hatten.

»Du hast ihm gesagt, dass er kriechen müsste?«, fragte Maldie, deren Stimme dank einer Mischung aus Lachen und Schreck heraus unsicher war.

Balfour lachte weich. »Das ist mein Mädchen.«

»Tss, tss!« Maldie schüttelte den Kopf über ihn. »Das ist nicht lustig, Balfour.«

»Ist es das nicht? Ja, ihr Schmerz ist ganz und gar nicht lustig, aber wie sie ihn verlassen hat, das hat etwas Komisches.« Er sah Elspeth an. »Du hast dir damit jegliche Selbstachtung, die du glaubst, verloren zu haben, wiedergewonnen, Kleines. Ich finde zwar nicht, dass du deine Selbstachtung verloren hast, aber mir ist klar, dass es eine Weile dauern wird, bis du das einsiehst. Allerdings weiß ich noch immer nicht, warum du den Eindruck hattest, ihm deine Jungfräulichkeit opfern zu müssen.«

»Vater, er war, oder er glaubte es zu sein, verliebt in eine andere Frau«, entgegnete Elspeth. »Zehn Jahre lang hat er sie geliebt, hat sie für ein armes Mädchen gehalten, dem von seinen Verwandten Unrecht getan und das von ihnen missbraucht wurde. Er stand zu ihr, fühlte sich durch seine Ehre und sein Versprechen an sie gebunden und lief jedes Mal, wenn sie nach ihm rief, zu ihr. Er war ihr fast immer treu, obwohl er wusste, dass sie mit ihren Männern ins Bett ging.«

»Und beinahe mit jedem, der an den Königshof kam.«

»Ja, aber Cormac hat das nicht gewusst. Ich nehme an, dass sie außerdem seine erste Frau war. Er hat sich verliebt und verführen lassen, als er noch ein Junge war, und meine Brüder zeigten mir, wie heiß Leidenschaften und andere Gefühle in diesem Alter brennen. Wie tief sie gehen. Isabel hat

danach ihr Netz um ihn herum gesponnen, und da baumelte er. Sie hat ihm immer gerade so viel gegeben, dass sie ihn dort halten konnte. Ein Anzeichen des Schwankens, und sie erinnerte ihn an sein Versprechen, denn sie wusste, wie sehr er sich wünschte, wie sehr er es brauchte, an seinem Wort und an seiner Ehre festzuhalten. Man kann nicht zehn Jahre blinder Hingabe mit Lächeln, sanften Worten oder schüchternen Blicken bekämpfen. Ich musste ihm alles geben, was sie ihm gab, und noch mehr. Es tut mir leid, wenn ich euch Grund gegeben habe, euer Vertrauen in mich zu verlieren.«

»Nein, Mädchen, das auf keinen Fall. Du hast einen Kampf gegen einen älteren, viel erfahreneren Widersacher ausgetragen, einen, den weder Skrupel noch moralische Grundsätze aufhielten. Du musstest jede Waffe gebrauchen, die dir zur Verfügung stand. Ich verstehe das. Ich wünschte nur, dass du nicht deine Jungfräulichkeit eingesetzt hättest, aber ich verstehe es. Ich mache mir nur Sorgen, dass du einen hohen Preis dafür bezahlt hast und dass du hier allein und verletzt sitzt, weil du diese Freigiebigkeit vielleicht an einen Mann verschleudert hast, der zu dumm ist, zu erkennen, was er in Händen hielt – und weil du mir nicht erlaubst, ihn umzubringen.«

Obwohl hinter seinen letzten Worten Wut zu spüren war, wusste Elspeth, dass er Cormac nicht wirklich töten wollte. Indem sie ihre Geschichte so ehrlich und so zurückhaltend wie möglich erzählt hatte, hatte sie die mörderische Wut gegen ihren Geliebten besänftigt. Allerdings fiel ihr auch auf, dass ihr Vater ihr nicht versprach, Cormac nicht zu verletzen. Trotz ihrer eigenen Wut auf diesen Mann hoffte sie, dass Cormac den Verstand besaß, nicht in Reichweite ihres Vaters zu kommen.

Sie unterhielten sich noch ein wenig, aber es gab wirklich nichts weiter in dieser Sache zu sagen. Elspeth bemerkte, wie sehr sich ihre Eltern bemühten, in ihr nicht den kleinsten Hoffnungsschimmer zu wecken. Als sie sie schließlich ver-

ließen, warf sich Elspeth auf ihr Bett und starrte an die Decke, während Muddy es sich neben ihr gemütlich machte.

Einerseits fühlte sie sich jetzt, wo die Wahrheit gesagt war, viel besser. Andererseits fühlte sie sich elend, weil es eventuell eine Wahrheit gab, die sie für sich behalten hatte. Die Zeit für ihre Monatsblutung war gekommen und wieder gegangen. Noch war es zu früh, um sicherzugehen, aber sie trug womöglich Cormacs Kind. Wenn es so war, würde nichts, nicht einmal die Erinnerung, dass sie sich ihren Weg selbst gewählt hatte, den Zorn ihres Vaters besänftigen.

Nachdem er den Boten weggeschickt hatte, sank Cormac auf einen Stuhl beim Kamin und seufzte. »Sie lässt mich kämpfen.«

William reichte seinem Bruder Wein und setzte sich auf den Stuhl gegenüber. »Und wirst du?«

»Ich muss.« Er trank einen großen Schluck. »Dennoch, ein bisschen mehr als ein einfaches Danke hätte mir bei der Entscheidung, wie ich kämpfen soll, helfen können. Der Junge sagte, dass sie, kurz nachdem ihr ihr Vater mein Geschenk gegeben hat, aus der Halle herausmarschiert kam und die Treppen hochlief, als würde ihr der Teufel selbst auf den Fersen sein. Immerhin hat sie eine Reaktion gezeigt, aber war es Wut oder Verwirrung oder …?« Er zuckte mit den Schultern.

»Wenn ich du wäre, würde ich mir mehr Sorgen über die Botschaft, die dir ihr Vater geschickt hat, machen.«

»Ja, stimmt.« Cormac zuckte zusammen. »Ich würde lieber nicht darüber nachdenken.«

»Ich frage mich, welches wertvolle Ding er dir brechen will.«

Cormac sandte seinem Bruder einen Blick reinster Empörung. »Stell dich nicht so naiv und dumm. Das passt wirklich nicht zu dir. Ich wundere mich nur, warum er noch nicht mit dem Schwert in der Hand vor der Tür steht, bereit, mich von meinen Hoden zu trennen.«

»Vielleicht hat ihn das Mädchen gebeten, es nicht zu tun?« William legte die Stirn in Falten. »Nein, das würde nichts zur Sache tun.«

»In dieser Familie würde es das schon. Es kann zwar sein, dass man ihn erst festhalten musste, bevor er dazu zu bringen war, zuzuhören, aber Elspeths Vater würde auf jeden Fall ihre Wünsche berücksichtigen. Vielleicht sollte ich das als gutes Zeichen sehen. Würde sie mich hassen, hätte sie ihm gesagt, er solle auf mich losgehen.«

»Anzunehmen.« William lächelte Christopher an, der sich nah an den Stuhl seiner Vaters heranschob. »Wie geht es dir, Kerlchen?«

»Gut, Onkel Will«, antwortete der Junge, bevor er Cormac ansah. »Hat Eurer Lady das Geschenk gefallen?«

»Sie hat Danke gesagt«, erwiderte Cormac, der dem Jungen durch die glänzenden Locken fuhr.

»Lerne ich sie kennen? Heiratet Ihr sie?«

»Das weiß ich noch nicht, mein Junge. Sie ist sehr wütend auf mich.«

»Meint Ihr, sie wird mich mögen, falls wir sie treffen?«

Cormac zögerte nur einen Augenblick. Er erinnerte sich an ein Kind, das sich weigerte, ihn verletzt und allein zurückzulassen. Er erinnerte sich, wie Elspeth gegen die Dorfrangen wütete, die diesen Kater folterten, und sich dann zärtlich um das Tier kümmerte. Er erinnerte sich an ihr Entsetzen, ihren Zorn und ihre Empörung, als sie den kleinen Alan fand, ausgesetzt und dem Tod überlassen, und an die Steigerung dieser Gefühle, als nicht einer der Dorfbewohner ihr den Namen des Kindes nennen oder es aufnehmen wollte. Also hatte sie das Kind selbst aufgenommen. Er schaute Christopher an und lächelte.

»Ja, sie wird dich mögen, Christopher. Daran habe ich überhaupt keinen Zweifel. Wir müssen sie einzig und allein davon überzeugen, mir gegenüber wohlgesinnt zu sein.«

»Wird Lady Isabel mit uns kommen?«

Der Junge stand angespannt da, mit weit geöffneten Augen und ohne zu lächeln. Einmal mehr hatte Cormac den stillen Beweis vor sich, dass Isabel nichts mit dem Jungen verband. Christopher empfand Angst vor seiner Mutter, und Cormac fragte sich, was sie wohl bei den wenigen Gelegenheiten, in denen sie überhaupt etwas mit ihm zu tun hatte, mit ihm angestellt hatte. Genau genommen hoffte er, dass Christopher keine Liebe für seine Mutter oder Sehnsucht nach ihr empfand und Agnes ihm alles gab, was er brauchte, denn sonst konnte die Wahrheit über seine Mutter schlimme Verletzungen hinterlassen.

»Nein. Ich habe dir doch gesagt, dass du sie niemals mehr sehen wirst.« Da es mit jedem Tag sicherer schien, dass Isabel für ihre Verbrechen an den Galgen kommen würde, entschloss sich Cormac, das Thema jetzt anzusprechen. »Ich fürchte, sie hat einige sehr böse Fehler gemacht, Junge, und die, denen sie Unrecht zugefügt hat, wollen sie dafür zur Rechenschaft ziehen. Aus diesem Grund wirst du sie nie mehr sehen – es sei denn, na ja, wenn du sie besuchen willst.«

»Nein«, antwortete Christopher hastig. »Nein, Sir. Sie hat mich nie gemocht. Frau Agnes hat mir gesagt, dass das nicht meine Schuld ist, dass mit mir alles in Ordnung ist. Frau Agnes hat auch gesagt, dass manche Leute einfach nicht genug Herz haben, nicht wissen, wie man für einen anderen da ist. Lady Isabel hat einfach kein großes Herz. Hat Eure neue Lady ein großes Herz?«

»Oh ja, ein sehr großes. Ich muss sie nur dazu bringen, mich wieder hineinzulassen.«

»Das schafft Ihr, Sir. Frau Agnes sagt, Ihr seid nicht allzu schlecht, für einen Mann. Sie sagt, Ihr wisst am Ende bestimmt, was zu sagen ist, um die Dinge zu reparieren.«

Als die Tage vergingen, fing Cormac allmählich an, darüber nachzudenken, ob er Frau Agnes fragen sollte, was zu tun sei. Elspeth fuhr fort, seine Geschenke und Botschaften

im besten Fall mit kühler Höflichkeit und im schlechtesten Fall mit kurzer, bündiger Zurückweisung in Empfang zu nehmen.

Seine Werbung um Elspeth schien ein jämmerlicher Fehlschlag zu sein.

Weitere seiner Verwandten kamen an, darunter auch sein Bruder Dougal, der kaum ein Jahr jünger war als er.

Cormac verfiel auf die Idee, dass er den größten Teil seiner Familie mit sich schleifen würde, wenn er Elspeth nachreisen sollte.

Trotz der Proteste seiner Familie besuchte Cormac die Hinrichtung.

Eines Tages mochte sein Sohn nach seiner Mutter fragen, und Cormac wollte imstande sein, ihm dann die Wahrheit zu sagen.

Ebenfalls um das Wohl seines Sohnes willen holte er Isabels Leichnam und kümmerte sich um dessen Bestattung, als sich zeigte, dass ihre Verwandten dies nicht taten.

Allein an ihrem Grab, starrte er auf die frisch aufgeworfene Erde und wunderte sich einmal mehr darüber, wie sie ihn so lange so restlos zum Narren hatte machen können.

Als er sich umdrehte, um zu gehen, sah er überrascht Dougal vor sich stehen, der auf ihn wartete.

»Kehren wir nach Hause zurück, oder reiten wir auf Donncoill?«

Cormac seufzte, als sie sich auf den Weg zum Cottage machten.

»Sie hat mich nicht gebeten, zu ihr zu kommen.«

»Sie hat dir andererseits aber auch nicht gesagt, es nicht zu tun.«

»Nein, und ich muss gehen. Wenigstens ein einziges Mal muss ich ihr gegenübertreten. Sie hat mir gesagt, was ich zu tun hätte, um sie zurückzugewinnen, aber ich hoffte, das vermeiden zu können. Es scheint, als hätte Elspeth jedes Wort, das sie an jenem Tag sagte, auch so gemeint.« Er lä-

chelte, als Dougal fluchte. »Ich weiß, du willst nicht, dass ich das mache.«

»Erwartest du von mir, dass ich dich dazu ermutige, dich zu demütigen? Hat dich denn die ganze Angelegenheit mit Isabel nichts gelehrt?«

»Oh doch, es hat mich eine Menge gelehrt. Es hat mich gelehrt, dass ich, wenn eine Frau wie Elspeth ein Zeichen sehen will, welches beweist, dass sie mir so viel bedeutet, wie es Isabel getan hat, wirklich des Wahnsinns wäre, es ihr nicht zu geben – egal wie demütigend es ist.«

18

»Das wird wehtun«, sagte Cormac, während er den mit Steinen übersäten Weg hinunterstarrte, der durch die Tore von Donncoill führte.

Er seufzte und schaute zu der Burg, in der sich Elspeth vor ihm verbarg. Während der vergangenen beiden Monate hatte er selbst in der Zeit, in der er dabei geholfen hatte, Isabel und ihren Geliebten der gerechten Strafe zuzuführen, Elspeth beständig mit Botschaften und Geschenken umzustimmen versucht. Zuerst vorsichtig und dann, als er für seine Geschenke und schwer abgerungenen Liebesworte weiterhin nur kurze Worte des Danks erhielt, mit immer größerer Häufigkeit. Ein paar Geschenke waren zurückgeschickt worden, weil ein Gentleman *einer Bekannten* so etwas nicht schenken sollte. Das saß. Elspeth hatte ihm sogar einige seiner dummen Worte ins Gesicht geschlagen. Dies hier war seine letzte Chance.

Cormac hatte bis zur letzten Minute gehofft, dass es nicht so weit kommen würde, sondern nette Worte und Geschenke ausreichten. Er hätte es besser wissen sollen. Elspeth hatte ihren Stolz, und er hatte ihn in den Schmutz getreten. Wenn jemand verstand, wie man sich dabei fühlt, dann er. Sie hatte ihm alles gegeben, was sie zu geben hatte, und er hatte es herzlos behandelt. Er hatte Elspeth das angetan, was Isabel ihm angetan hatte. Es war bitter, sich einzugestehen, dass Elspeth die Kraft und die Klugheit besaß, dieser Falle zu entgehen – etwas, was er nie besessen hat. Wenn es einer so großen Geste bedurfte, um sie zurückzugewinnen, dann sollte sie sie bekommen.

»Bist du sicher, dass du das machen willst?«, fragte ihn sein Bruder Dougal zum wohl hundertsten Mal.

Mit einem Blick auf Christopher, Agnes, seine sechs Brüder und sieben Cousins, die ihn begleiteten, lächelte Cormac flüchtig. »Nein, aber ich werde es tun.« Er sah schnell zu dem ernsten Payton, der noch immer dastand und die Zügel der Stute hielt, die Cormac Elspeth mitgebracht hatte – ein weiteres Geschenk, das sie höflich verweigerte. »Ja, ich muss.«

»Ich hätte gedacht, du hast mehr als genug davon, irgendeinem Mädchen deine Selbstachtung vor die Füße zu werfen.«

»Oh ja, mehr als genug. Allerdings hat Elspeth, anders als Isabel, ihre Selbstachtung mir vor die Füße geworfen, und ich war zu dumm, um zu erkennen, was für ein wertvolles Geschenk das war. Es ist also an der Zeit, dass ich ihr das auf gleiche Weise zurückerstatte. Ich flehe nur darum, dass sie mich das nicht allzu lang machen lässt, dass sie, ungeachtet der Tatsache, wie schlecht ich sie behandelt habe, mir noch immer gewogen ist.«

Payton schaute zu Christopher, der neben Dougal stand und Cormac mit großen Augen beobachtete. »Es wäre vielleicht klüger gewesen, ihr von dem Jungen zu erzählen, bevor Ihr ihn vor sie hinstellt.«

»Ich dachte, so etwas sollte besser von Angesicht zu Angesicht geschehen. Frauen glauben manchmal, dass ein Kind der Beweis für tiefe Gefühle zwischen den beiden, die es zeugten, ist. Ich möchte, das Elspeth mir in die Augen sehen und feststellen kann, dass das hier nicht der Fall ist.« Cormac zuckte die Schultern. »Außerdem dachte ich, dass sie, wenn sie den Jungen sieht, ihn nicht in Gedanken mit Isabel verquicken würde.«

»Tja, wenn ich so darüber nachdenke, könnte es in der Tat der klügere Weg sein.«

»Ihr müsst nicht so überrascht tun. Von Zeit zu Zeit zeige ich ein Aufflackern von Verstand.« Er lächelte schwach, als Payton lachte. »Ich war tatsächlich überrascht, und zwar weil keiner von Euch mich zur Rechenschaft gezogen hat.«

»Zuerst war es verlockend, aber sobald deutlich wurde, dass Ihr versucht, dem Mädchen den Hof zu machen, hat die Versuchung nachgelassen.« Payton sah zur Burg. »Na ja, wenigstens die der Männer. Wollt Ihr das wirklich machen?«, fragte er, indem er wieder auf Cormac zurückblickte.

»Ja, es scheint, als bliebe mir nichts anderes übrig.«

»Ich kann nicht glauben, dass Elspeth das von Euch verlangt. Es sieht ihr nicht ähnlich, so kleinlich zu sein, so nachtragend.«

»Habt Ihr schon einmal geliebt, Payton? Habt Ihr schon einmal jemandem alles gegeben, was Ihr habt, und hat man Euch dann alles ins Gesicht geworfen?«

»Nein«, erwiderte Payton leise. »Habt Ihr das getan?«

»Ihr würdet mich jetzt am liebsten umbringen, nicht wahr?«

»Ich überlege es mir. Habt Ihr das wirklich getan?«

»Sie hat gesagt, ich hätte es getan, und wer sollte es besser wissen als sie? Und wer sollte besser wissen als ich, wie sich das anfühlt? Ich möchte das hier nicht tun. Einen Teil von mir würgt es schon bei dem bloßen Gedanken, diese Demütigung aushalten zu müssen. Doch dann erinnere ich mich an die Leere, die sich seit ihrem Weggang in mir breitgemacht hat. Die Wut wird vergehen, die Demütigung verschwinden, aber ich weiß ganz sicher, dass diese Leere für den Rest meiner Tage in mir sein wird, wenn ich sie nicht zurückholen kann.«

»Also, dann mach weiter damit«, raunzte Dougal ihn an, »und beachte mich nicht, wenn ich über dieser Schande anfange zu weinen.«

»Es ist gut für einen Mann, die Unterstützung seiner Familie zu spüren«, warf Payton ironisch ein und grinste, als Cormac lachte. »Falls es Euch tröstet«, sagte er ernster, als Cormac sich auf den Boden kniete, »wenn meine Tante sieht, was Ihr da macht, wird sie es nicht zulassen, selbst wenn Elspeth zögern sollte. Auf jeden Fall wird man Euch die Mög-

lichkeit geben, das Mädchen zu sehen und mit ihm zu sprechen.«

»Ja, das hilft ein wenig«, sagte Cormac.

Es bedurfte jeden Gramms seiner Willensstärke, um auf Händen und Füßen den Weg entlangzukriechen. Er musste seinen Stolz mit dem Knüppel zur Unterwerfung zwingen und sich selbst gegenüber der Tatsache blind stellen, dass viel zu viele Leute ihn beobachteten. Cormac hoffte inständig, Payton hätte recht und man würde nicht zulassen, dass er damit allzu lange fortfuhr. Er war mehr als bereit, diese Geste zu zeigen, aber er wusste nicht, wie lange er diesen Schlag gegen seinen Stolz aushalten konnte. Ob richtig oder falsch, es würde anfangen, ihn zu würgen, bis er und Elspeth sich einem anderen Hindernis, das es zu überwinden galt, gegenübersahen.

»Sie hat ihm die Stute zurückgeschickt«, sagte Maldie, als sie in das Schlafgemach trat, das sie mit ihrem Ehemann teilte.

»Das ist eine Schande. Es war ein edles Pferd«, murmelte Balfour, während er aus dem Fenster auf eine große Gruppe junger Männer schaute, die sich unmittelbar vor den Toren aufhielt.

Maldie stellte sich zu ihrem Mann ans Fenster und krauste die Stirn. »Sie weiß, dass er da draußen ist, sagt aber nichts. Sie ist ein eigensinniges Mädchen. Ich verstehe ihre Verletzung und Verärgerung, aber sie muss ein wenig einlenken, oder sie schneidet sich am Ende ins eigene Fleisch.«

»Noch ist das Spiel ziemlich am Anfang, Liebe. Ja, sie sollte ihn nicht wegreiten lassen, aber lass es auf sich beruhen, solange er keine Anzeichen zeigt, das zu tun. Das Mädchen ist vielleicht einfach nur auf der Hut und muss ein paar Mal durchatmen, um den Kopf freizubekommen. Sie hat meiner Meinung nach nicht geglaubt, dass er kommt.«

»Sie hätte sich nicht einmal erlaubt, auch nur daran zu denken.« Maldie warf einen skeptischen Blick auf die kleine

Menschenansammlung vor den Toren. »Was macht er denn da?«

Balfour fluchte voller Überraschung, bevor er leise lachte. »Er kriecht.«

»Oh nein. Nein!« Maldie eilte zur Tür. »Das darf nicht sein. Sie wird jetzt zu ihm gehen, und sollte ich sie an ihren Haaren hinzerren müssen.«

»Bist du dir sicher, dass du einschreiten solltest?«

»Ja, erstens kann sie seine große Geste von ihrem Schlafgemach aus nicht sehen, und zweitens wird es in seinem Inneren wie Gift wirken, wenn man zulässt, dass sehr viel mehr als eine Geste daraus wird. Elspeth würde dadurch ebenfalls leiden, denn sie wird ihn niemals ernsthaft demütigen wollen.«

»Eine Schande«, schimpfte Balfour, als seine Frau aus dem Gemach hastete. »Vermutlich wird er noch nicht einmal so lange dort unten bleiben, dass seine edle Hose verunstaltet wird.« Er folgte seiner Frau. Dann stellte er fest, dass sie in wenigen Minuten zurückkommen würde, und eilte wieder zum Fenster. »Du hast gewonnen, Mädelchen«, sagte er, wobei er sich fragte, wie und wann er selbst ein wenig eingreifen sollte.

Elspeth starrte auf die kurze Nachricht, die mit der Stute zusammen geschickt worden war.

Mein Herz, ich bin gekommen, um dich abzuholen.
Cormac

Welche Überheblichkeit, dachte sie bei sich, während ihr verräterisches Herz vor Vorfreude laut pochte. Er war so nah. Er sagte, dass er sie wollte. Warum, so wunderte sie sich, rannte sie nicht hinaus, um sich in seine Arme zu werfen?

»Weil ich Angst habe«, gab sie laut zu und war über sich selbst empört.

Zwei Monate lang hatte sie ein wahrhaft höllisches Dasein geführt. Wenn sie nicht vor Erschöpfung betäubt war,

krümmte sie sich vor Schmerz. Tausendmal hatte sie sich dabei ertappt, wie sie sich fragte, was sie denn noch hätte tun können, damit Cormac sie liebte. Ihr gesunder Menschenverstand sagte ihr, dass sie alles getan hatte, was eine Frau tun konnte, aber ihre Gefühle reagierten nicht wirklich auf ihren gesunden Menschenverstand.

Er hatte sie so verletzt. Manches davon musste sie sich selbst zuschreiben. Sie hatte zu schnell zu viel erwartet. Allerdings verminderte diese Wahrheit nicht ihren Schmerz. Er bat um Verzeihung, gab ihr liebevolle Kosenamen, sprach von seinem Verlangen nach ihr und von seiner Not, und er warb auf das Schönste um sie. Hätte es nie eine Isabel gegeben, hätte er sie überzeugt. Jetzt musste sie sich fragen, ob sie nur die zweite Wahl war, obwohl er mit seinem Werben vor Isabels Hinrichtung angefangen hatte. Schließlich hatte er die Wahrheit über Isabel erfahren, bevor er ihr Geschenke und Liebesbriefe schickte. Er hatte diese Frau nicht bereitwillig verlassen, um zu ihr zu kommen.

Als die Tür zu ihrem Schlafgemach aufgerissen wurde, starrte Elspeth entsetzt auf ihre Mutter. »Stimmt etwas nicht?«

»Du wirst mit mir kommen, Elspeth Murray«, forderte Maldie, während sie die Hand ihrer Tochter ergriff und sie aus ihrem Gemach zog. »Es gibt da etwas, was du sehen musst. Ich bete nur, dass du mich mit deiner Reaktion auf das, was du sehen wirst, nicht enttäuschst.«

Elspeth beeilte sich, um mit ihrer Mutter, die die Halle so gut wie hinunterlief, Schritt zu halten. Als sie das Schlafgemach ihrer Eltern betraten, sah sie ihren Vater am Fenster stehen und ein wenig lächeln. Einen Augenblick später schob ihre Mutter sie vor eben dieses Fenster.

»Schau dorthin, Elspeth«, befahl ihre Mutter und zeigte zu den Toren.

Zuerst war Elspeth nicht klar, was sie eigentlich anschauen sollte, doch dann fiel ihr Blick auf den Mann, der den Weg,

der zu den Toren führte, entlangkroch. Ihr stockte der Atem, und sie musste sich am Rahmen des schmalen Fensters festhalten, unfähig, ihren Augen zu trauen. Sie erschrak restlos über das, was dort vor sich ging. Trotz all ihrer wütenden Worte bei der Trennung von Cormac – das hatte sie nicht gewollt. Leise schrie sie ein Nein, raffte ihre Röcke und rannte aus dem Gemach ihrer Eltern, ohne auf etwas anderes zu achten als ihr Bedürfnis, so schnell wie irgend möglich zu Cormac zu kommen.

»Ich dachte mir, dass sie das tut«, sagte Maldie, deren leidenschaftlicher Stimme deutlich die Befriedigung anzuhören war, als sie sich bei Balfour unterhakte. »Sollen wir gehen?«

»Ich denke, dass es besser ist, wenn dem Ganzen ein Ende bereitet wird«, stimmte Balfour zu und begleitete sie gemächlich zu den Außentoren.

»Das ist es. Ich glaube, sie hat nie gemeint, dass er es wirklich tun soll.«

»Wahrscheinlich nicht. Warum glaubst du, hat sie gezögert, zu ihm zu gehen?«

»Angst, mein Lieber. Er hat sie sehr tief verletzt. Welche Frau möchte sich denn noch einmal so etwas aussetzen? Ja, er hat um sie geworben, aber ich denke, dass er trotz all seiner hübschen Worte und edlen Geschenke niemals das gesagt hat, was sie hören musste, um ihre Ängste zu beschwichtigen.«

»Also ist die Sache noch nicht ganz bereinigt.«

»Nein, aber bald wird sie es sein.«

»Bist du dir sicher?«

»Balfour, dieser Mann ging vor seinen Verwandten, unseren Verwandten, unseren Wachen und jedem, der dem Tor nah genug war, auf Hände und Knie. Was glaubst du denn?« Sie lächelte, als er lachte und sie übermütig auf die Wange küsste.

»Ich denke, dass du in den nächsten Tagen ziemlich mit Hochzeitsvorbereitungen beschäftigt sein wirst.«

»Ist das deine Elspeth?« Auf Dougals Frage hin richtete sich Cormac auf, setzte sich auf die Fersen und sah zu den Toren. Er musste tief durchatmen, als er Elspeth sah. Ihr volles Haar wirbelte lose wie eine wütende Sturmwolke um sie, und ihre Röcke waren bis zu den Knien hochgerafft, als sie auf ihn zurannte. Sie weckte brennende Sehnsucht in ihm.

»Ja, das ist meine Elspeth.«

»Kriech weiter«, sagte Dougal und drückte ihn grob wieder zu Boden.

Cormac setzte sich gerade wieder auf, um Dougal deutlich zu sagen, was er von ihm hielt, als Elspeth bei ihm ankam. Er konnte sich gerade noch halten, um nicht nach hinten zu fallen, als sie in ihn hineinlief, während sie stolpernd zum Stehen kam. Als sie ihn am Arm packte, sah er, dass sie weinte, und sein Herz verkrampfte sich vor Angst. Tränen waren nicht das Zeichen, das er erwartet hatte.

Elspeth riss an Cormacs Arm und versuchte ihn hochzuziehen. »Lass das«, sagte sie mit leiser und tränenerstickter Stimme. »Bitte, lass das. Es tut mir leid. Ich war doch nur so wütend.«

Er begriff, dass sie um ihn weinte, zog sie hinunter, und sie kniete vor ihm auf dem Boden. Er lächelte ein wenig, als sie fast fieberhaft den Schmutz von seinen Händen wischte. Als sie dasselbe mit seiner Hose machen wollte, nahm er schnell ihre Hand in seine. Ihm hungerte so sehr nach ihr, dass die leichteste Berührung mit ihrer Hand auf seinem Bein beinahe ausreichte, um ihn die Beherrschung verlieren zu lassen. Ihm entwischte ein leises Ächzen, als sie sich an seine Brust warf und ihre Arme fest um seine Taille schlang. Offenbar erkannte Elspeth nicht die Gefahr, in der sie schwebte, und ausnahmsweise war sie zu aufgeregt, um das Verlangen, das seinen Körper schnell überschwemmte, zu spüren.

»Es tut mir leid«, murmelte sie in sein Wams hinein, noch immer leise weinend. »Ich habe nie gemeint, dass du das wirklich machen sollst. Das schwöre ich dir.«

Er legte ihr die Hände auf die nassen Wangen, zog ihren Kopf nach hinten, bis er ihr in die Augen sehen konnte, und hauchte ihr einen Kuss auf den Mund. »Du solltest dich nicht bei mir entschuldigen, Engel. Ein kleines bisschen Kriechen bringt mich nicht um, obwohl ich froh bin, dass du mich nicht allzu weit hast kommen lassen. Diese Steine sind ziemlich hart für die Knie eines Mannes.« Er musste sie angesichts ihres Lächelns erneut küssen. »Um dich wieder lächeln zu sehen, könnte ich versucht sein, durch ein Feuer zu kriechen.«

Sie streckte eine zitternde Hand aus, um seine Wange zu streicheln. »Isabel?«, fragte sie, obwohl es sie fast schon erstickte, wenn sie den Namen dieser Frau auch nur aussprach.

»Sie haben sie und ihren Geliebten an den Galgen gebracht. Und solltest du in meinen Augen nach ihrem Geist suchen, wirst du ihn nicht finden. Ich schwöre dir, ich habe meinen Fehler erkannt, noch bevor du die Tür hinter dir geschlossen hast. Dieser elende Narr hat nur ein bisschen gebraucht, um seinen wirren Kopf von zehn Jahren voller Lügen klarzubekommen. Was ich über sie erfahren habe, hat mir nur das bestätigt und verdeutlicht, was ich fühlte.«

Ein Fluch entfuhr ihm, als ihn plötzlich eine starke Hand packte und hochriss. Cormac erhaschte einen kurzen Blick auf Elspeth, die zurücktaumelte und im Schmutz landete, bevor er an eine breite Brust gedrückt wurde. Sowohl die Umarmung als auch der Hieb auf den Rücken waren zu schmerzvoll, um ganz freundschaftlich zu sein. Als er freigegeben wurde und sah, dass der Mann, der ihn noch immer am Arm festhielt, Elspeths Vater war, verstand er.

»Schön, Euch zu sehen, Junge«, sagte Balfour. »Schön, dass Ihr ein paar von Euren Verwandten mitgebracht habt, damit sie bei Eurer Hochzeit dabei sind.«

»Vater«, protestierte Elspeth, als ihr ein junger Mann, der sich eilig als Cormacs Bruder Dougal vorstellte, auf die Beine half. »Cormac hat mich nicht um meine Hand gebeten.«

»Nein?« Balfour sah Cormac an. »Unterbrach ich Euch einen Augenblick zu früh?«

Die Stimme war ruhig, fast freundschaftlich. Das Lächeln war locker, liebenswürdig und einladend. In den Augen allerdings lag ein scharfer Befehl. Balfour Murray mochte genug Verständnis haben, um ihn nicht zu verfolgen, aber jetzt, wo er da war, würde er ihn dabehalten, bis er mit Elspeth verheiratet war. Weil das genau dem entsprach, was Cormac tun wollte, lächelte er nur und nickte.

»Engel, willst du mich heiraten?« Er musste ein Lachen verbeißen, als sie sich das wirre Haar aus dem Gesicht strich und ihren breit grinsenden Vater anfunkelte.

»Vater, ich lasse nicht zu, dass du ihn zwingst«, sagte Elspeth, obwohl sie der Ansicht war, dass Cormac ein bisschen zu glücklich aussah für einen Mann, den man zu etwas zwang, was er nicht tun wollte.

»Ich zwinge den Jungen nicht«, entgegnete Balfour, »und wer ist hier der Laird, he?« Er sah Cormac an. »Das Mädchen sagt Ja. Stellt mich jetzt Euren Verwandten vor.«

»Vater!« Als sich ihre Mutter neben sie stellte, fügte Elspeth hinzu: »Kannst du ihn nicht aufhalten?«

»Jeder andere Vater hätte den Jungen entweder umgebracht oder ihn vor zwei Monaten vor den Altar gezerrt«, sagte Maldie, die jedem neuen Armstrong, der ihr vorgestellt wurde, grüßend zunickte. »Ein hübsches Pack, diese Armstrongs.«

»Ich möchte nicht, dass er gezwungen wird, mich zu heiraten«, schimpfte Elspeth, während sie hoffte, das sie sich trotz ihrer Unkonzentriertheit die Namen all der gut aussehenden jungen Männer, die nach vorne traten, um ihr die Hand zu küssen, merken konnte.

»Mädchen, glaubst du denn, dass dieser Mann zu unseren Toren gekrochen ist, nur um dir zu erzählen, dass es nett ist, dich wiederzusehen?«

Bevor sie auf diesen Sarkasmus reagieren konnte, brachte

Cormac einen kleinen Jungen und eine mollige ältere Frau zu ihr. Voller Entsetzen schob sie jeden Gedanken und jede Sorge beiseite. Ein einziger Blick reichte, um zu wissen, dass es Cormacs Sohn war. Cormac hatte ihr gesagt, dass es keine Geister gäbe, dass Isabel fort sei, aber er hatte gelogen. Ihr Geist ruhte hier, in den vollkommenen Gesichtszügen des Sohnes, den sie Cormac geboren hatte.

»Das sind mein Sohn Christopher und seine Kinderfrau Agnes«, sagte Cormac, den es nicht überraschte, Sir Balfour leise fluchen zu hören, dagegen ein wenig entsetzte, als er hörte, dass Lady Maldie dasselbe tat.

Es fiel ihr nicht leicht, aber ihr widerstrebte es, den kleinen Jungen auch nur im Geringsten für die Sünden seiner Eltern zu bestrafen, und so begrüßte sie zuerst ihn, dann Agnes mit dem ganzen Charme und der ganzen Höflichkeit, die ihr zur Verfügung standen. Agnes schenkte ihr ein anerkennendes Lächeln, aber ihre grauen Augen musterten scharf ihr Gesicht und die Gesichter ihrer Familie. Christopher war goldig, offensichtlich schüchtern und sehr gut erzogen, was es Elspeth leicht machte, ihre Gefühle unter Kontrolle zu halten. Sie richtete sich auf und sah Cormac an, froh darüber, dass er offensichtlich den Verstand besaß, sich unbehaglich zu fühlen.

»Christopher und ich sind noch immer dabei, uns gegenseitig kennenzulernen«, sagte Cormac, der Elspeths Blick mit seinen Augen festhielt.

»Ja«, sagte Christopher. »Vater hat mich erst vor zwei Monaten zum ersten Mal getroffen. Bis dahin habe ich mit Frau Agnes gelebt.«

Gott segne dich, Christopher, dachte Cormac bei sich, als er beobachtete, wie sich bei Elspeth und ihrer Familie die Verärgerung etwas legte und ihre finsteren Blicke und angespannten Haltungen ein wenig nachließen. Ein kleines Lächeln umspielte den vollen Mund, den er so sehr begehrte zu küssen. Solange das Kind in der Nähe war, konnte er Elspeth

allerdings nicht die genauere Erklärung geben, deren sie bedurfte, um jene äußerst unfreundlichen Gedanken, die sie so eindeutig in Bezug auf ihn hegte, zu besänftigen. Einen Augenblick später kam er wieder einmal zu der Ansicht, dass die Kinderfrau Agnes eine sehr kluge Frau war.

»Komm, Junge. Wir werden zur Burg gehen.« Agnes sah Maldie an, knickste und sagte: »Wenn das genehm ist, Mylady.«

»Natürlich«, bestätigte Maldie. »Geht nur alle zu. Man wird euch zeigen, wo ihr euch frisch machen könnt, wo ihr schlafen könnt, und alles beantworten, was ihr sonst noch wissen wollt. Wir werden in einer Minute nachkommen.«

Sobald Agnes, Christopher und Cormacs übriges Gefolge weggingen, fragte Elsbeth fordernd: »Isabel?«

»Ja. Sie hat ihn all die sieben Jahre, die er alt ist, vor mir versteckt. Wenn du dich entsinnen kannst, haben wir einmal über ihre Unfruchtbarkeit gerätselt. Nun, sie war nicht unfruchtbar. Nach allem, was sie sagte, ist Christopher nur hier, weil sie ihn nicht wie die anderen aus ihrem Körper loswerden konnte.« Er nickte, als sowohl Elspeth wie auch ihre Mutter entsetzt nach Luft schnappten. »Ich hatte nicht den Mut zu fragen, ob von diesen anderen auch welche von mir waren.«

»Also hat sie dir schließlich, als ihr klar war, dass sie sterben würde, von dem Kind erzählt?«, fragte Elspeth.

»Nein, wahrscheinlich wäre sie mit diesem Geheimnis ins Grab gegangen, aber sie dachte, dass ihr der Junge endlich doch noch von Nutzen sein würde. Sie sagte, sie würde ihn mir übergeben, wenn ich ihr helfe freizukommen. Und sie sagte, falls ich es nicht machte, würde ich meinen Sohn niemals lebend sehen. Gott stand mir bei, ich hätte es vielleicht getan, nur um den Jungen zu bekommen, obwohl ich mich fragte, ob sie schon wieder log.«

Elspeth konnte seinem Gesichtsausdruck ablesen, dass ihn das alles noch immer sehr wütend machte. »Aber du hast es nicht getan.«

»Nein, dank des scharfen Blicks und Verstands von Sir Ranald blieb ich von dieser Entscheidung verschont. Er hatte Isabel seit dem Tod ihres dritten Ehemannes beobachtet, und so wusste er trotz Isabels sehr spärlicher Besuche bei ihrem Sohn von dem Kind. Vermutlich hatte er schon von dem Augenblick an, in dem sie verhaftet wurde, den Verdacht, wie sie den Jungen benutzen wollte, und hat ihn mir gebracht.« Auch wenn Elspeth offenbar nicht länger verärgert war, war er sich ihrer Gedanken und Gefühle nicht sicher und wollte sie nicht fragen, solange ihre Familie dabeistand.

»Kommt«, sagte Maldie und hakte sich bei Cormac unter, »wir schließen uns jetzt den anderen an.«

»Kennt Christopher die Wahrheit über Isabel?« Elspeth fiel an Cormacs anderer Seite in ihren Schritt ein, ihre Hände waren zu harten Fäusten geballt und lagen an ihren Seiten, um dem mächtigen Wunsch, ihn zu berühren, zu widerstehen.

»Soweit es einem Kind, das noch so jung ist, möglich ist«, antwortete Cormac. »Er nannte sie Lady Isabel und schien tatsächlich froh zu sein, dass er mit mir mitkommen durfte und sie niemals mehr sehen muss. Sowohl Agnes als auch ich haben ihm erzählt, dass sie tot ist und warum, allerdings haben wir ihm nie genau mitgeteilt, welche Verbrechen sie begangen hat. Manchmal erwähnt er sie in seinem Abendgebet, andererseits fragt er nie nach ihr und spricht nie von ihr. Für Christopher ist Agnes die Mutter und Lady Isabel die Frau, die ihn während ihrer seltenen Besuche sehr unglücklich gemacht hat.«

»Es ist sehr traurig, aber in diesem Fall ist es vielleicht so am besten«, sagte Maldie. »Seid dankbar, dass er mit Agnes gesegnet war.«

Während ihre Mutter Fragen über Christopher stellte und dabei zu erkennen versuchte, ob es in Herz oder Verstand Wunden gab, die der Fürsorge bedurften, bemühte sich Elspeth festzustellen, was sie bei alldem empfand. Sie spürte keine Wut oder Abneigung gegenüber dem Kind und wusste,

dass sie kein Problem damit haben würde, ihn zu lieben, wie alle Kinder es verdienten und brauchten, geliebt zu werden. Aber sie war sich nicht sicher, wie es Cormac bei alldem erging. Männer empfanden oft etwas für die Mutter ihres Kindes, und zog man in Betracht, was Cormac immer für Isabel empfunden hatte, sollte dieses Band noch stärker sein. Doch sie spürte nichts anderes als Abscheu und Ärger in ihm, wann immer er Isabel erwähnte. Es fiel ihr schwer zu glauben, dass er seine Gefühle für diese Frau so völlig verändert haben sollte. Irgendwie musste sie ihn dazu bringen, darüber zu sprechen.

Sie zweifelte nicht daran, dass sie bald mit Cormac verheiratet sein würde. Ihr Vater wollte es so, und Cormac schien es ebenfalls zu wollen. Ein Teil von ihr war glücklich, doch der andere hatte große Angst. Sie würde mit dem Mann ihres Kindes verheiratet werden, mit dem Gefährten ihres Herzens und ihrer Seele, mit dem Mann, der sie mit nur einem Blick brennen lassen konnte. Es würde keine einsamen Nächte mehr geben, kein sehnsüchtiges Verlangen nach seiner Berührung und dem Klang seiner Stimme. Ihre Angst wurde aus der Tatsache geboren, dass er sich nicht offen für sie und gegen Isabel entschieden hatte und erst zu ihr gekommen war, nachdem Isabel tot war. Trotz der Geschenke, der schönen Worte und sogar seiner großen Geste vor den Toren von Donncoill kannte sie sein Herz nicht. Das war noch etwas, über das sie unbedingt sprechen mussten. Cormac mochte die Wahrheit sagen, wenn er behauptete, dass es in ihm keine Geister der Vergangenheit mehr gäbe, aber Elspeth begriff plötzlich, dass es bei ihr einige gab.

Als das abendliche Mahl beendet war, wurde Elspeth bewusst, dass sie vor ihrer Hochzeit nicht mehr die Möglichkeit haben würde, mit Cormac allein zu sprechen. Die Trauung war in drei Tagen anberaumt, und Elspeth vermutete, das Cormac bis dahin der Gesellschaft ihrer Familie herzlich überdrüssig sein musste. Jeder war freundlich und lästig gut

gelaunt, aber sie hatte schnell entdeckt, wie einer oder auch mehrere Männer ihrer Familie Cormac unablässig und genau beschatteten. Auch sie wurde zu allen Zeiten von jemandem überwacht. Stand sie einmal allein mit Cormac zusammen, konnte sie gerade einmal fragen, wie es ihm ging, bevor nicht schon Payton oder ihr Bruder Connor kam, um ihn wegzuholen. Elspeth fluchte, lehnte sich mit gekreuzten Armen an die Wand und starrte grimmig auf die überfüllte Halle und ganz besonders auf ihre Familie.

»Sie werden euch nicht erlauben, euch gegenseitig näher als bis auf einen Schritt zu kommen, solange ihr nicht vor dem Priester kniet«, sagte Cormacs Bruder William, als er sich rechts von ihr lässig an die Wand lehnte.

»In drei Tagen habt Ihr ihn ganz für Euch allein«, ergänzte sein Bruder Dougal, der sich zu ihrer Rechten an die Wand lümmelte. »Das ist nicht mehr sehr lang.«

»Vielleicht möchte ich ja mit dem Mann, den mein Vater zum Altar zerrt, unter vier Augen sprechen«, entgegnete sie, wobei sie mit ihrem zornigen Augenfunkeln deren gleichermaßen amüsierten Blicken nichts anhaben konnte.

»Kommt, Mädchen«, sagte William, »sieht mein Bruder sehr bekümmert wegen alldem aus? Warum glaubt Ihr wohl, ist er hergekommen?«

»Vielleicht ist es ja nicht das *Warum* seines Kommens, das mich bedrückt, sondern vielleicht ist es ja das *Wann.*«

»Das *Wann?*«

»Ja, *nachdem* Isabel tot und für immer fort ist.«

»Aha«, murmelte William, als er zusah, wie sie sich entfernte. »Das ist also der Grund.«

»Meinst du, wir sollten Cormac warnen?«, fragte Dougal.

»Unseren Bruder warnen? Den Dummkopf, der dieses schöne Mädchen aus seinem Bett gelassen hat? Unseren Bruder, der sich in drei kurzen Tagen zwischen den Laken bei einem Mädchen zusammenrollt, das seinen eigenen Worten nach eine Stimme hat, die Steine erweichen kann? Unseren

Bruder, der in der Liebe und Leidenschaft dieses kleinen Mädchens schwelgen darf, indem er nur ein paar Worte murmeln muss?« Er schaute Dougal an und hob eine Augenbraue.

»Du hast recht. Dieser Schuft hat unbeschreiblich großes, verdammtes Glück. Soll er es doch selbst herausfinden.«

Cormac sah Elspeth nach, die die große Halle verließ, und seufzte. Ihr Vater war offensichtlich bereit, zu vergeben und zu vergessen. Er sollte dankbar sein, und er war es auch. Ihre Familie hieß ihn mit offenen Armen willkommen, und bedachte man alles, was er getan hatte, war klar, dass er sehr viel Glück hatte. In drei Tagen würde er Elspeth heiraten, er würde sie lieben und sie die ganze Nacht hindurch festhalten dürfen. Er sollte in der Kapelle knien und Gott dafür danken. Allerdings hatte ihre Familie, so heiter und freundlich sie sich auch gab, eindeutig die Absicht, Elspeth und ihn jede Stunde der drei Tage zwischen jetzt und ihrer Hochzeit voneinander fernzuhalten. Es würden drei sehr lange Tage werden.

19

»Und wo hast du vor hinzugehen, Mädchen?«

Elspeth kreischte entsetzt auf und stolperte, als die Stimme ihrer Mutter scharf durch die Dunkelheit zu ihr drang. Während sie sich zu ihr umdrehte, versuchte sie angestrengt, sich etwas auszudenken, das den Argwohn beschwichtigen konnte, der ihrer Mutter ins Gesicht geschrieben stand. Die Art und Weise, wie ihre Mutter im Durchgang zu ihrem Schlafgemach stand – die Arme gekreuzt und mit einem schmalen, in Pantöffelchen steckenden Fuß auf den Boden tippend –, gab Elspeth das Gefühl, wieder ein kleines Kind zu sein, dass bei irgendeinem Unfug ertappt wurde.

»Ich hatte ein bisschen Hunger.«

»Aha, ich verstehe«, murmelte ihre Mutter. »Es muss die Aufregung angesichts deiner morgigen Hochzeit sein, die dich so seltsam verwirrt.«

»Wieso verwirrt?«

»Verwirrt, weil du in eben der Burg, in der du aufgewachsen bist, auf Zehenspitzen in die falsche Richtung schleichst.« Maldie schüttelte den Kopf, als ihre Tochter rot wurde, dann packte sie Elspeth am Arm und zog sie in das Gemach. »Ich habe etwas zu essen hier.«

»Ich wollte nur mit ihm sprechen«, schimpfte Elspeth, während ihre Mutter sie in einen kleinen Raum neben ihrem Schlafgemach schob und sie auf einen Stuhl neben einem Tischchen bugsierte. »Findest du denn nicht auch, dass er und ich ein wenig miteinander reden sollten, bevor wir vor einen Priester gestellt werden?«, fragte sie mit einem Blick auf die Auswahl an Brot, Käse, Obst und Gebäck, die auf dem Tisch lag, und nahm sich einen Apfelkuchen.

»Hast du vor, ihm von dem Kind zu erzählen?« Elspeth verschluckte sich an ihrem Kuchen und zuckte zusammen, als ihre Mutter sie etwas zu heftig auf den Rücken schlug, bevor sie ihr ein wohltuendes Glas Wein reichte. »Seit wann kennst du die Wahrheit?«, krächzte sie schließlich.

Maldie schüttelte einmal mehr den Kopf und setzte sich Elspeth gegenüber. »Ich habe es, kurz nachdem du heimgekommen bist, erraten. Ein paar Wochen später war ich mir sicher. Elspeth, mein Kind, glaubst du wirklich, dass ich das nicht sehe?«

»Nein«, sagte diese, über sich selbst ein wenig verärgert. »Um ehrlich zu sein, habe ich nicht allzu oft darüber nachgedacht, außer als meine erste Monatsblutung nicht kam, wie sie sollte, und meine zweite auch nicht. Dann habe ich mir eine Weile Sorgen darüber gemacht, wie ich es dir und Vater sagen sollte und was geschehen würde, und stellte mir ein paar Mal vor, wie Vater einen ausgemergelten, noch immer trauernden Cormac von dem Reliquienschrein, den er für Isabel erbaut hatte, wegzerrte und zwang, sich mit mir vor einem Priester niederzuknien.« Es überraschte sie nicht, dass ihre Mutter heftig versuchte, ein Kichern zu ersticken, denn es war eine wahrlich absurde Vorstellung. »Danach bemühte ich mich sofort wieder unnachgiebig, an diesen Mann erst gar nicht zu denken. Und wenn ich nicht an den Mann denken konnte, konnte ich mit meinen Gedanken auch nicht bei dem Kind verweilen, das ich trage, oder?«

»Natürlich nicht. Wolltest du Cormac von dem Kind erzählen?«

»Nein, das war nicht meine Absicht. Ich wollte nur mit ihm sprechen. Wir hatten nicht die Möglichkeit, viel zu reden, bevor er von meinen Verwandten umzingelt wurde. Irgendwie dachte ich, es könnte einige meiner Bedenken beseitigen. Ich bin mir nämlich nicht so ganz sicher, dass Isabel wirklich aus unserem Leben verschwunden ist.«

»Wegen des Jungen?«

»Ein bisschen. Wenn ich seine Mutter in ihm sehen kann, kann Cormac es auch. Und ich weiß nicht, ob ich mir darüber Sorgen machen soll oder nicht.«

»Diese Frau hat das Kind äußerst unfreundlich behandelt, und ich denke, Cormac weiß das, wenn er auch nicht weiß, wie. Etwas, was sie scheinbar sehr gern gemacht hat, waren Klagen darüber, dass er nicht den Anstand hatte, wie die anderen zu sterben.« Maldie nickte mit finsterer Miene, als Elspeth schockiert der Atem stockte. »Diese Frau hat das Kind wohl nicht geschlagen oder es körperlich verletzt, außer dass sie ihm ab und an schnell eine Ohrfeige verpasste, aber das Wenige, das ich herausgefunden habe, deutet darauf hin, dass sie ihr Bestes getan hat, um ihm das Gefühl zu geben, ungeliebt, unerwünscht und vielleicht auch gar nicht liebenswert zu sein. Agnes hat mir erzählt, dass Lady Isabel kurz nach dem sechsten Geburtstag des Jungen gekommen ist, während der Junge sein Bad beendete. Es ist nichts passiert, und Agnes hat den Eindruck, dass niemals etwas passiert ist, denn sie hat scharf aufgepasst, aber etwas in dem Blick, mit dem Isabel das Kind ansah, und wie sie darauf bestand, ihn abzutrocknen, machte Agnes krank vor Angst um den Jungen. Ich habe bei Hof das eine oder andere Gerücht gehört, dass Lady Isabel die sehr jungen Knaben gern mochte, die bartlosen, die noch mit keiner Frau geschlafen hatten.« Maldie zuckte die Achseln. »Dennoch, ich kann keine tiefen Verletzungen an dem Jungen feststellen, obwohl es ein paar Wunden gibt. Er wird eine Menge Zuwendung brauchen.«

»Willst du damit sagen, dass ich meine eigenen Bedenken um dieses armen, traurigen Jungen willen beiseitelassen soll?«

»Ja, das will ich damit sagen. Schaffe deine Sorgen aus der Welt, denn eine unglückliche Verbindung wird dem Jungen nicht guttun. Und um es freiheraus zu sagen, Kind, du wirst dennoch morgen verheiratet, egal wie sehr du grummelst.

Dein Vater ist unerbittlich, und Cormac scheint entschlossen dazu. Du trägst das Kind dieses Mannes in dir. Er hat seinen Sohn zu dir gebracht und wünscht, dass ihr drei eine Familie seid. Dann muss man auch Klein-Alan bedenken. Und schließlich ist da noch die Tatsache, dass du diesen Mann liebst, und wenn du mir so sehr ähnelst, wie ich vermute, wirst du niemals einen anderen so umfassend, so tief und so leidenschaftlich lieben. Wirf das nicht alles weg, nur weil du vor einer Toten Angst hast oder dich wegen eines Versprechens grämst, das von einem Jungen gegeben wurde, der kaum mehr als sechzehn Jahre alt war.«

Elspeth sah keinen Sinn darin, ihrer Mutter noch mehr von ihren Bedenken zu enthüllen. Ihre Mutter hatte ihre Position sehr deutlich gemacht, und ihre letzten Worte gaben Elspeth das Gefühl, ziemlich dumm oder schwach zu sein. Während sie aß, sprachen sie darüber, wer am nächsten Morgen zur Hochzeit kommen würde. Schließlich wurde sie von ihrer Mutter in ihr Schlafgemach geleitet und dort mit einem Kuss auf die Wange zurückgelassen, der ihr eine wortlose Ermutigung sein sollte.

Die Worte ihrer Mutter quälten Elspeth noch immer, als sie am Morgen in die Kinderkemenate schlüpfte, um den kleinen Alan und Christopher zu besuchen. Bald würde dafür ein zu großes Durcheinander herrschen, denn mit ihrer Familie würden auch viele Kinder kommen. Christopher saß auf dem Boden, stapelte Holzklötze aufeinander, die Alan umwerfen durfte, und lächelte, wenn der kleine Junge wie verrückt lachte, sobald die Klötze laut auf den Boden purzelten. Christopher hatte sich sehr schnell mit Alan angefreundet, und Elspeth fragte sich, ob er eine Art Band zu dem Kind verspürte, das man so grausam ausgesetzt hatte. Als Elspeth sich zu den Jungen setzte, lächelte und zwinkerte ihr Agnes kurz zu, bevor sie sich wieder daranmachte, ein kleines Hemd für Alan zu nähen.

»Ihm gefällt das«, murmelte Elspeth, als Alan einen wei-

teren Turm aus Klötzen umwarf, fröhlich kicherte und dann herbeikrabbelte, um sich ihr auf den Schoß zu setzen.

»Er ist ein liebes Kind«, sagte Christopher, der schnell und schüchtern Alans dunkle Locken berührte. »Seine Mutter hatte auch kein gutes Herz, so wie meine. Ich sage ihm später, dass es nicht seine Schuld ist, dass sie ihn nicht behalten hat.«

»Und ich glaube, er wird auf diesen Rat sehr viel mehr hören, wenn er von dir kommt.«

»Er wird bei uns leben, oder nicht?«

Elspeth hatte den Eindruck, dass Christopher mit jeder einem klugen Kind von sieben Jahren zur Verfügung stehenden Waffe gegen sie kämpfen würde, sollte sie Nein sagen. »Ja, das war meine Absicht. Ich denke, dass dein Vater es erlaubt.«

»Oh ja.« Christopher schenkte ihr ein Lächeln, das ihr im Herzen wehtat, weil es so sehr dem seines Vaters glich. »Er hat mir alles über Klein-Alan erzählt. Er sagte, er hätte das Kind fast so sehr vermisst wie Euch. Er hätte es vermisst, aufzuwachen und zu hören, wie der Junge an seinen Zehen saugt und auf die Katze einplappert. Muddy ist ein sehr guter Kater«, fügte Christopher hinzu und warf einen Blick auf Muddy, der sich neben Alans Bett ausgestreckt hatte und sie alle genau beobachtete.

Nachdem sie durch Christophers Erzählung über das, was sein Vater ihm gesagt hatte, in eine Mischung aus Freude und Verwirrung geraten war, brauchte Elspeth einen Augenblick, um erst all ihre Sinne zusammenzubekommen, bevor sie etwas sagen konnte. »Das ist er. Wirklich ein sehr guter Kater. Nun, Junge« – sie sah Christopher direkt an – »ich bin gekommen, um dich zu fragen, ob es für dich in Ordnung ist, wenn ich deinen Vater heirate.« Aus dem Augenwinkel heraus sah sie Agnes zustimmend nicken, und Elspeth wunderte sich, warum sie das so unsinnig freute.

»Ja, Lady Elspeth«, antwortete Christopher, dessen hüb-

sches Gesicht ganz ernst war. »Ich habe meinen Vater gefragt, ob ihr ein Herz habt, und er hat gesagt, dass Ihr ein sehr großes habt. Ich sehe, dass er recht hat. Er hat auch gesagt, dass er hofft, Ihr lasst ihn wieder hinein.«

»Ganz unter uns, mein Junge, ich habe ihn nie hinausgeworfen. Ich war nur ein bisschen verärgert, und ich sage dir offen, dass er mir noch immer ein paar Erklärungen schuldet.«

Christopher nickte. »Ihr wollt wissen, ob Ihr auch in seinem Herzen seid.«

»Ja, mein lieber Junge, das will ich.« *Oder wenigstens wissen, dass dort kein anderer mehr lauert,* dachte sie bei sich.

Sie spielte noch eine Weile mit den Kindern. Als sie sich wieder auf den Weg machte, stand Agnes auf und brachte sie vor die Tür der Kinderkemenate. Agnes wollte offensichtlich etwas sagen, und Elspeth wartete geduldig darauf, dass sie anfing.

»Der junge Sir Cormac ist ein guter Mensch, Mylady«, sagte Agnes schließlich. »In dem Augenblick, in dem die Hu… ihre Mylady das Geheimnis aufdeckte, übernahm er die Sorge für seinen Sohn. Er und eine Menge gut aussehende Verwandte von ihm füllten mein kleines Cottage fast bis zum Bersten, aber es hat meinem Kind mehr Gutes getan, als ich sagen kann. Ihr seht, er wurde endlich angenommen. Die einzige Person seines Blutes, die er kannte, bevor sie alle daherkamen – nun, die hat ihm sehr deutlich gemacht, dass er unerwünscht ist. Diese großen Kerle behandelten ihn wie einen der ihren, zogen ihn auf, spielten mit ihm und brachten ihm manchmal Dinge bei, für die ich sie ohrfeigen musste.«

Es fiel ihr schwer, aber Elspeth verbiss sich ein Lachen bei der Vorstellung, wie Agnes ein strenges Regiment über eine kleine Horde ausgewachsener Armstrong-Männer führte. Obwohl Agnes Christophers Kinderfrau war, bemutterte sie die ganze Bande. Elspeth fragte sich, ob einer der Armstrongs das verstand.

»Was ich sagen will, Mylady, ist, dass alles, was der Junge braucht, das Gefühl ist, angenommen zu werden«, fuhr Agnes fort, »und ein wirkliches Zuhause zu haben.«

»Es wird mir keine Probleme bereiten, das zu tun«, versicherte Elspeth ihr.

»Ich weiß, und wenn ich mit meiner weitschweifigen Rede fertig bin, werde ich Euch dafür segnen. Es ist außerdem gut, dass ihr das kleine Kind behaltet. Christopher hat den süßen kleinen Jungen inzwischen sehr gern.«

»Oh ja, das ist unschwer zu erkennen. Aber es verbindet sie etwas, nicht wahr? Sie wurden beide abgeschoben, und beide hatten Rabenmütter, die wünschten, dass ihre Kinder tot und beerdigt wären.«

Agnes schüttelte den Kopf. »Ich weiß, dass es so etwas gibt, aber ich habe es nie verstanden und war nie in der Lage, es zu verzeihen. Nun solltet Ihr aber lieber gehen und Euch auf Eure Hochzeit vorbereiten. Ich habe alles gesagt, was ich sagen wollte. Ich wollte Euch nur dafür danken, dass Ihr dem armen Kerl ein Zuhause gebt.«

»Ach Agnes«, Elspeth küsste die ältere Frau auf die Wange und machte sich auf den Weg zu ihrem Schlafgemach. »Christopher hatte das immer, denn Gott hat ihn gesegnet und ihm dich gegeben.«

In der Sekunde, in der Elspeth ihr Schlafgemach betrat, wurde sie von ihren Cousinen Avery, Bega und Klein Gillyanne belagert und dazu von ihrer Schwester Morna und mehreren Mägden. Elspeth protestierte angesichts von so viel Hilfe, wurde aber unbarmherzig übergangen. Sie wurde ausgezogen, gebadet und angekleidet, ihr Haar wurde gewaschen, trocken gebürstet und mit leuchtend grünen Bändern geschmückt. Als sie endlich fertig war und mit Avery und der kleinen Gillyanne allein gelassen wurde, war Elspeth erschöpft, musste aber zugeben, dass sie sich schön fand. Das Grün ihres Kleides stand ihr gut. Doch in der Meinung, das sei eitel, wurde sie rot.

»Du wirst rot?«, wurde sie von ihrer Cousine Avery geneckt, die ausgesprochen katzenhaft wirkte, wie sie sich auf Elspeths Bett ausstreckte, die goldenen Augen sprühend vor Lachen. »Willst du sagen, dass du vergessen hast, was du tun musst?«

»Zu junge Ohren«, murrte Elspeth mit einem Blick auf Gillyanne, die versprach, genauso schön zu werden wie ihre ältere Schwester Sorcha.

Gillyanne zog ungehörig die Nase hoch. »Nicht so jung. Nicht mit Brüdern und Cousins, wie ich sie habe.«

»Warum seid ihr beide eigentlich noch hier?« Elspeth spielte nervös mit einer Locke ihres Haares.

»Gillyanne soll den Hochzeitskelch halten und ich dafür sorgen, dass du nicht auf deine Robe trittst und aufs Gesicht fällst«, antwortete Avery fröhlich. »Und wir wollten dich sehen, auch wenn unser Besuch kurz ist, denn Gillyanne und ich reisen bald nach Frankreich, um meine Cousins zu besuchen.«

»Wirklich? Ich bin überrascht, dass Tante Bethia das erlaubt.«

»Ich glaube, sie denkt, dass sie das Mädchen geradezu eingesperrt hat, seit dem, was Sorcha zugestoßen ist. Wir hoffen, weg zu sein, bevor ihre Nerven wieder zu gereizt sind und sie Gilly wieder einfängt.«

»Wird Sorcha auch hier sein?«

»Nein«, antwortete Gilly, »sie konnte das Kloster nicht so kurzfristig verlassen, aber sie verspricht, dich zu besuchen, wenn du dein erstes Kind bekommst.« Gillyanne lachte, als Elspeth unwillkürlich eine Hand auf den Bauch legte. »Sie meinte, dass es sicher nicht sehr lange dauern wird, bis du ihr die Nachricht schickst, dass das Kind ankommt.«

»Liederliches Gör«, zog Elspeth sie auf, bevor sie tief durchatmete, um sich zu beruhigen. »Na dann, lasst uns gehen und das alles hinter uns bringen.«

»Was für eine romantische Liebesgeschichte«, verkündete

Avery ironisch, als sie sich mit einer Anmut vom Bett erhob, um die Elspeth sie beneidete. »Er sieht gut aus, Cousine, und er scheint darauf zu brennen, dich sein Eigen zu nennen. Und sein Sohn ist so goldig.«

»Wann hast du Christopher kennengelernt?«, fragte sie, als sie im Begriff waren, das Gemach zu verlassen.

»Sehr spät gestern Abend. Wir sind angekommen, nachdem ihr euch schon auf eure Schlafgemächer zurückgezogen hattet. Nach der Reise und der Begegnung mit so vielen hübschen Armstrongs konnte ich nicht einschlafen. Ich schlich mich zu den Küchen hinunter, in der Hoffnung, warmen, gewürzten Wein zu bekommen. Agnes war da und fütterte Klein Alan mit Haferbrei, und ein schläfriger Christopher beobachtete sie sorgsam dabei. Sie machte mir freundlicherweise den heißen Wein, und wir hatten, während ich trank, einen netten Plausch.« Avery zwinkerte Elspeth zu, als sie die große Halle betraten. »Agnes wünscht sich, dass dein erstes Kind ein Mädchen wird. Sie meint, es gibt schon zu viele männliche Armstrongs.« Mit einem Blick auf die Menschenmenge, die sich in der großen Halle versammelt hatte, lachte Avery leise. »Sie könnte recht haben.«

Elspeth lächelte in Reaktion auf Averys gute Laune, aber ihre Aufmerksamkeit galt Cormac. Er stand neben ihrem Vater und sprach gelassen mit dem jungen Priester. Sein großer, schlanker Körper in dem schwarzen und silbernen Wams und der entsprechenden Hose brachte ihr Inneres zum Brennen. An seiner Seite standen mehrere seiner Brüder und der junge Christopher, sie hatten frische weiße Hemden an und ihre Umhänge übergelegt. Ihr Vater sah in seinem schwarzen Wams und der ebenfalls schwarzen Hose noch immer groß und attraktiv aus. Und Elspeth musste ein wenig lächeln, als sie sich daran erinnerte, wie oft ihre Mutter vergeblich versucht hatte, ihren *großen braunen Mann* dazu zu bewegen, etwas Farbiges zu tragen. Ihrem Vater zur Seite standen ihre Brüder Connor, Ewan und Liam, auch sie sahen in ihren

Plaidumhängen sehr gut aus. Es war ein Anblick, dachte sie insgeheim, der einem jungen Mädchen im Gedächtnis haften musste.

Als ob er gespürt hätte, dass sie ihn ansah, drehte sich Cormac zu ihr um. Er forschte eingehend in ihrem Gesicht, als versuchte er sich daraus ein Urteil über ihre Gefühle zu bilden. Schließlich lächelte er. Ihr stockte der Atem, und sie hörte, wie ihre beiden Cousinen anerkennend seufzten.

Es bereitete ihr Mühe, doch Elspeth nahm sich innerlich zusammen. Die Hochzeit konnte nicht abgebrochen werden, und sie war sich nicht einmal sicher, ob sie es getan hätte, wenn es denn möglich gewesen wäre. Dennoch hatten Cormac und sie einige Probleme aus der Welt zu schaffen. Und das würde nie der Fall sein, wenn sie ihm erlaubte, dass er ihr mit seinem Lächeln und mit warmen Blicken die Sinne verwirrte. Auch wenn sie die Antworten, die sie erhielt, vielleicht nicht ganz erfreuen würden, war Elspeth entschlossen, ihre Ehe nicht mit offenen Fragen, unterbliebenen Erklärungen und ungestillten Zweifeln zu beginnen.

Sie atmete einmal mehr tief durch und schritt auf ihn zu. Vermutlich war jede Braut ein bisschen nervös, aber wahrscheinlich nicht mit so viel Grund wie sie. Sie bedurfte seiner Liebe und wusste nicht, ob sie sie besaß oder jemals besitzen würde. Einmal hatte sie geglaubt, dass sie sein Herz erreicht hätte, und dann hatte er sich Isabel zugewandt. Ein zweites Mal konnte sie eine solche Verletzung nicht mehr ertragen. Sie würde sich keinerlei Mutmaßungen mehr hingeben.

»Du siehst sehr ernst aus, Mädchen«, sagte Cormac, als sie neben ihn trat.

»Eine Eheschließung ist eine ernste Angelegenheit«, entgegnete sie hochmütig, zerstörte ihre Pose allerdings, indem sie ihren Vater anfunkelte und hinzufügte, »vor allem, wenn einer der Beteiligten niemals die Möglichkeit hatte, Ja oder Nein zu sagen.«

Balfour verschränkte seine Hände hinter dem Rücken,

warf einen Blick zur Decke und seufzte in scheinbar unendlicher Geduld. »Es ist ein kleines bisschen spät, um sich darüber zu beklagen.«

»Wenn ich einen gewissen Vater in den vergangenen drei Tagen einen winzigen Augenblick allein hätte sprechen können, hätte ich vielleicht nicht bis jetzt warten müssen.«

Mit einem gestrengen Blick auf den nervösen Priester befahl Balfour: »Fangt an.«

»Nun«, der Priester räusperte sich mit zittriger Stimme, »beide Seiten müssen zustimmen.«

Als sowohl ihr Vater als auch Cormac sie ansahen, verschränkte Elspeth die Arme und begann leise zu summen. Obwohl sie durchaus die Absicht hatte fortzufahren, beschloss sie, dass es nicht schaden konnte, wenn man die anderen ein wenig schwitzen ließ. Sie hörte die Männer fluchen, ihre Mutter und Tanten in einer Mischung aus Erheiterung und leichter Verzweiflung seufzen, und hinter ihr leisteten ihre beiden Cousinen schlechte Arbeit bei dem Bemühen, ein Kichern zu unterdrücken. Elspeth war neugierig, wie ihr Vater und Cormac dieses kleine Problem, das sie ihnen eben bereitete, wohl lösen würden.

»Das ist nicht komisch, Mädchen«, raunzte Balfour. »Du wirst machen, was man dir gesagt hat.« Als seine Tochter nur ein wenig lauter summte, fluchte Balfour und fuhr sich mit den Fingern durch das leicht ergraute Haar. »Du bist ebenso eigensinnig wie deine Mutter.«

Elspeth unterbrach ihr Summen lang genug, um »Danke« zu murmeln.

»Das war kein Kompliment.«

»Balfour«, warnte ihn Maldie, als sie, flankiert von Elspeths Tanten Bethia und Gisèle, neben ihn trat. »Du bewegst dich auf sehr dünnem Eis.«

Als seine Frau nichts weiter unternahm, als dazustehen und halb lächelnd ihre Tochter zu beobachten, fragte Balfour: »Willst du mir nicht helfen?«

»Das ist dein Durcheinander. Du hast es verursacht, und du bringst es in Ordnung.«

Cormac wurde hin und her gerissen zwischen Erheiterung und Empörung. Ihm fiel auf, dass ihre Verwandten, nachdem der erste Schreck vorbei war, sich unverhohlen belustigt zeigten. Selbst Balfour hatte einen Funken davon im Blick. Elspeth etwas zu befehlen, funktionierte offenbar nicht, aber Cormac fühlte sich nicht ganz hilflos. Er kannte einen Weg, um sie zu überreden. Nach ein oder zwei Küssen war Elspeth im Allgemeinen so benommen, dass er ihr wahrscheinlich erzählen konnte, der Mond sei grün, und sie würde ihm zustimmen. Zumindest war das früher immer so. Einen kurzen Augenblick zögerte er, nicht sicher, ob er es auf die Probe stellen wollte, doch dann kam er zu dem Schluss, dass es vielleicht wirklich besser sein würde, die Hochzeit abzublasen, wenn er sie nicht mehr auf diese Weise zu erregen vermochte. Ein Leben lang an Elspeth gebunden zu sein, ohne dass sie noch die tiefe, reiche Leidenschaft für ihn empfand wie vorher, würde die Hölle auf Erden sein.

»Sir Balfour, darf ich mir erlauben …?«, fragte Cormac mit einer leichten Verbeugung.

»Ihr glaubt, ihr könnt das Mädchen zur Vernunft bringen?«, fragte seinerseits Balfour.

Seine Absicht war, Elspeth restlos des Verstandes zu berauben, wenigstens lang genug, bis sie getraut waren, aber das konnte er nicht sagen. Das Letzte, was er wollte, war, Elspeth zu warnen. »Es ist einen Versuch wert.«

»Na dann, tut Euer Bestes.«

»Oh, das habe ich vor«, antwortete Cormac gedehnt und riss Elspeth in seine Arme.

Elspeths Summen endete in einem kurzen Kreischen, als Cormac ihren Mund mit seinem umschloss. Er war sich des zustimmenden Gejohles vonseiten der Männer und der empörten Aufschreie vonseiten der Frauen vage bewusst, doch fast all seine Aufmerksamkeit gehörte der schlanken Frau in

seinen Armen. Ihr Körper war steif, ihre Lippen waren fest aufeinandergepresst, und Cormac befürchtete schon, die Leidenschaft in ihr getötet zu haben. Dann ergab sie sich mit einem Seufzen. Er zitterte und spürte ihre Erwiderung, als er seine Zunge in ihren Mund tauchte. Er küsste sie lang und innig, hielt nur so lang inne, dass sie beide Atem holen konnten, dann küsste er sie erneut.

Als er seinen zweiten Kuss beendete, sah er sie an. Ihre Lippen waren weich und feucht, ihre Wangen rot, und als sie ihre wundervollen Augen öffnete, hätte er beinahe laut aufgestöhnt. Da war der Blick, den er so verzweifelt vermisst hatte. Einen Augenblick lang war er so erregt, so bewegt, dass er beinahe vergessen hätte, was er da eigentlich tat. Er küsste die Grube unter ihrem Ohr und knabberte leicht an ihrem Ohrläppchen.

»Sag ja, mein Engel«, flüsterte er, als er hörte, dass der Priester, durch Balfour aus seinem Schockzustand gerempelt, erneut fragte, ob Elspeth bereit sei, seine Frau zu werden.

»Zu was, Cormac?«, fragte sie, während sie sich fest an ihn klammerte.

»Zum Priester. Sag ihm Ja, Liebes.« Seine Zunge an ihrem Ohr erteilte ihr den Fangschuss.

»Oh ja«, sagte Elspeth und wunderte sich, warum sie Lachen vernahm.

Einmal mehr durch einen Ellbogenstoß von Balfour angetrieben, verlas der Priester das Ehegelöbnis. Cormac hielt Elspeth eng an sich, als er sie drängte, sich neben ihm niederzuknien. Jedes Mal wenn er den Eindruck hatte, dass sie zu Sinnen kam, spielte er mit ihrem Ohr oder küsste sie unverblümt. Als der Priester sie zu Mann und Frau erklärte, sprang Cormac auf die Beine und zog sie hoch. Er küsste sie gründlich, lehnte sich danach ein bisschen nach hinten und schmunzelte ihr zu, als sie aus dem Hochzeitskelch tranken, den Gillyanne ihnen eilig reichte.

»Ach, meine Lady Armstrong, kein Mann könnte eine

schönere Frau haben«, sagte er und wartete gespannt darauf, dass sie die Erkenntnis überfiel.

Elspeth zwinkerte und sah sich um. Obwohl sie sich vage bewusst gewesen war, wo sie sich befand, hatte sie kaum etwas anderes wahrgenommen als das Gefühl von Cormacs Mund auf ihrem. Es brauchte nur einen Augenblick, bis der sinnliche Rausch, in den er sie versetzt hatte, wich und ihren Verstand freigab. Mit einem leisen Fluch entzog sie sich Cormac.

»Das war ziemlich hinterhältig von dir, Cormac«, sagte sie, während sie ihre Fäuste in die schlanken Hüften stemmte und ihn anblitzte.

Sie war außer sich. Er hatte nicht nur ihre Leidenschaft gegen sie missbraucht, er hatte auch noch ihre beiden Familien dabei zusehen lassen. Das Einzige, was sie davon abhielt, ihn zu ohrfeigen, und zwar heftig und oft, war die Tatsache, dass er ebenso erregt war wie sie. Sie konnte sein Verlangen geradezu riechen. Zweifelsohne verzehrte er sich ebenso nach ihr wie sie sich nach ihm. Sie allerdings konnte warten und musste nicht ganz so viel Unannehmlichkeit dabei erleiden wie er.

»Nun, Elspeth«, begann Cormac, während er zusah, wie sich ihre herrlichen Augen zu Schlitzen verengten.

»Nein, es ist geschehen. Es hat keinen Sinn, darüber zu streiten.«

Er krauste die Stirn und traute ihrer unbeschwerten Billigung seiner List nicht. »Das ist äußerst großzügig von dir.«

»Danke. Und jetzt ist es an der Zeit für das Festmahl.« Sie lehnte sich an Cormac, küsste ihn auf die Wange und schenkte ihm ein derart liebevolles Lächeln, dass sich sein Stirnrunzeln sofort verstärkte. »Ein sehr lange dauerndes Hochzeitsfest«, sagte sie genau in dem Moment, in dem sie sich bei ihren Cousinen unterhakte. »Und mit so viel Essen und Trinken und all den geplanten Darbietungen kann es gut und gern bis zur Morgendämmerung gehen.«

Cormac fluchte und sah ihr zu, wie sie sich entfernte. Ihre weiblichen Verwandten eilten ihr nach, und keine von ihnen machte ein Hehl aus ihrer Belustigung.

Sie hatte eine Möglichkeit gefunden, ihm seine List heimzuzahlen.

Bereits jetzt verlangte ihn fast mehr nach ihr, als er ertragen konnte.

Wenn sie ihn bis zur Morgendämmerung warten ließ, bevor sie das Bett mit ihm teilte, würde er sich in einer Ecke wiederfinden, Kauderwelsch redend wie ein Geisteskranker.

Ein leichter Schlag auf den Rücken zog ihn von seinen finsteren Grübeleien ab. Er drehte sich zu einem grinsenden Sir Balfour um. Cormac stellte fest, dass weder ihre Verwandten noch seine eigenen das geringste Mitleid mit seinem offensichtlich unbehaglichen Zustand oder den Qualen, die ihm seine frischangetraute Gattin angedroht hatte, empfanden.

»Sie gehört nun ganz dir, Junge«, sagte Balfour mit leisem Lachen.

»Ich dachte immer, Väter würden es angeblich verabscheuen, ihre Töchter einem anderen Mann zu übergeben«, stellte Cormac fest.

»Ich hatte zwei Monate Zeit, um mich an diesen Gedanken zu gewöhnen.«

»Du hast geglaubt, dass ich ihr nachkomme?«

»Meistens, ja. Ich bin mit einer verheiratet, die genau wie sie ist. Ließ meine Maldie von mir gehen, weil ich ein Esel war. Ich habe fast genauso lang gebraucht wie du, bis ich ihr nach bin. Letzten Endes habe ich festgestellt, dass mir wirklich keine andere Wahl blieb.«

»Nein, nicht die geringste Wahl«, stimmte ihm Cormac leise zu. »Trotzdem, es wäre besser, wenn zwischen uns alles in Ordnung und klar wäre.«

»Das kann nicht so schlimm sein, wie du denkst. Sie hat dich geheiratet, und die Art und Weise, wie du sie dazu ge-

bracht hast, Ja zu sagen, verrät mir eine Menge und sollte auch dir etwas sagen.«

»Sie wollte mich eigentlich nicht heiraten.«

»Junge, man merkt, dass du das Mädchen noch nicht so gut kennst, wie du solltest. Wenn meine kleine Elspeth dich wirklich nicht gewollt hätte, wäre ein blutiger Krieg nötig gewesen, um sie dazu zu bringen, mit dir vor diesem Priester zu knien. Und die meisten Murray-Frauen, dazu auch nicht wenige der Jungen, wären ihr unerschütterlich zur Seite gestanden. Ich werde dir jetzt etwas sagen, das dir helfen könnte.«

Connor johlte.

»Lauf weg, Cormac. Er ist im Begriff, dir einen Rat in Sachen Frauen zu geben. Uff!«

Cormac lachte und verzog zugleich das Gesicht, als ihm sein Vater den Ellbogen in den Bauch rammte.

»Ich spreche als ein Mann, der lange den steinigsten, tückischsten Weg gegangen ist, den ein Mensch gehen kann – den der Ehe.«

Obwohl seine Augen vor Lachen tanzten, schaute Balfour seine Söhne grimmig an, als sie alle zusammen das letzte Wort im Chor mit ihm aussprachen.

Dann wandte er sich wieder Cormac zu und fuhr eindringlich fort.

»Das Mädchen ist wie seine Mutter, und wenn meine Brüder nicht lügen, sind ihre Tanten auch nicht recht viel anders. Wenn du ein Geständnis ablegen musst, geh mit dem Mädchen zuerst ins Bett und liebe sie gründlich. Wenn sie dir dann den Blick schenkt, bei dem sich deine Innereien verkrampfen, erzähl ihr alles.«

»Ich habe kein Geständnis abzulegen«, warf Cormac ein, »doch ein paar Erklärungen sind fällig.«

»Es wird trotzdem funktionieren.«

»Ein seltsamer Rat, den ein Vater da gibt.«

Balfour zuckte mit den Achseln.

»Wie ich schon sagte, ich hatte Zeit, mich an den Gedanken zu gewöhnen, dass mein kleines Mädchen inzwischen eine erwachsene Frau ist.«

»Nun, es ist ein guter Rat, aber ich fürchte, es wird noch viele lange Stunden dauern, bevor ich ihn beherzigen kann.«

»Ja? Ihr seid jetzt verheiratet, niemand wird dich und das Mädchen voneinander fernhalten.«

Balfour lachte, als Cormac große Augen machte.

Schließlich schmunzelte der Jüngere und ging zielbewusst auf seine frischangetraute Frau zu.

20

»Die verfluchte Sonne hat noch nicht einmal angefangen unterzugehen«, knurrte Elspeth, als sie aus dem Fenster schaute.

Ihr Schlafgemach sollte das Gemach für ihre Hochzeitsnacht sein, und sie stand viel früher darin, als sie beabsichtigt hatte. Eine Zeit lang hatten ihr Avery und Gillyanne zusammen mit ihren Schwestern und ein paar weiteren ihrer Cousinen dabei geholfen, von Cormac nicht in die Enge getrieben zu werden. Dann aber waren die jüngeren Mädchen zu Bett geschickt und die älteren sorgsam von ihren Müttern von Elspeths Seite abgezogen worden. Cormac hatte keine Zeit verschwendet und die Situation ausgenutzt. Das Nächste, an was sich Elspeth erinnerte, war, dass sie in ihrem geputzten, geschmückten und mit Düften erfüllten Brautgemach stand. Man hatte sie ausgezogen, gewaschen, mit etwas Parfüm betupft und in ein Nachtgewand gekleidet, dessen einziger Zweck Verführung war.

Als ob Cormac einer solchen Verführung bedurfte, dachte sie sich. Die Hälfte ihres Problems bei dem Versuch, ihm zu widerstehen, war, dass sie jedes Mal, wenn er in ihre Nähe kam, sein Begehren spürte. Es war noch mächtiger gewesen, wenn er sie berührt hatte, was dieser Schurke so oft, wie er nur konnte, getan hatte. Er hatte nicht mehr versucht, sie mit heißen Küssen zum Schwanken zu bringen, aber das musste er auch gar nicht. Nach viel zu kurzer Zeit war sie mehr als nur bereit, sich wegführen zu lassen, um ihre Hochzeitsnacht zu begehen. Es war beschämend, wenn man sich so leicht lenken ließ, und das auch noch von den eigenen Sehnsüchten.

Das Geräusch der sich öffnenden und wieder schließenden

Tür zog ihre Aufmerksamkeit auf sich, und sie drehte sich um, um ihren frischangetrauten Ehemann anzusehen. Elspeth fand es gut, dass er den gesunden Menschenverstand besaß, unsicher zu wirken, ja sogar ein bisschen zerknirscht. Was sie nicht gut fand, war die Tatsache, dass sich zwischen ihr und seiner warmen Haut nur ein lose zusammengehaltener Umhang befand. Sein Blick, seine herrlichen blauen Augen, die vor Verlangen dunkel waren, brachten ihr Blut zum Sieden. Es würde nicht leicht sein, all das Begehren so lange zu zügeln, bis sie miteinander gesprochen hatten. Hastig schenkte Elspeth ihnen zwei Kelche mit gewürztem Wein ein.

Cormac warf einen Blick auf Elspeth und hatte das Gefühl, einen Tritt in den Magen versetzt zu bekommen. Das dünne Nachtgewand aus Seide, das sie trug, war von einem zarten Rosa und so dünn, dass sie genauso gut nackt hätte sein können. Noch verführerischer waren die locker gebundenen Schleifen, die es vom Hals bis zum Saum zusammenhielten. Es würde so leicht sein, sie zu lösen, und so leicht, all die jetzt noch bedeckten Kurven, die er so brennend gern geküsst hätte, zu enthüllen. Als sie ihm einen Kelch mit Wein reichte, starrte er eine Minute lang blindlings darauf, so benommen vor Begehren, dass er innehalten und darüber nachdenken musste, was er da plötzlich in Händen hielt.

»Ich finde, wir müssen miteinander sprechen«, sagte Elspeth. Sie trank hastig einen Schluck Wein und hörte den heiseren Ton des Verlangens in ihrer Stimme.

»Ich weiß.« Cormac schüttete seinen Wein hinunter, schleuderte seinen Kelch zur Seite und nahm sie in die Arme.

»Das ist kein Gespräch.«

»Mädchen, ich weiß sehr gut, dass es viel gibt, worüber wir sprechen müssen, und dass ich eine Menge zu erklären habe.«

In dem vergeblichen Versuch, die Hitze, die von seiner Nähe und der Berührung durch seine Hände ausging, abkühlen zu lassen, trank Elspeth den restlichen Wein aus. Es nützte

nichts. Mit jeder Bewegung seiner Hand auf ihrem Rücken verspürte sie den Wunsch, sich enger an ihn zu drücken.

»Also fang an zu reden«, sagte sie mit einer viel zu belegten und unsicheren Stimme, um mehr Worte hervorzubringen als diese.

»Kann nicht.« Er begann, zärtliche, knabbernde Küsse über ihr Gesicht zu hauchen. »Ach, mein kleiner Engel, ich sehne mich nach dir. Mein Verlangen ist so groß, so überwältigend, dass ich mich wahrscheinlich bald nicht mehr an meinen eigenen Namen erinnern kann.«

»Wir können nicht übergehen, das etwas zwischen uns nicht stimmt«, begehrte sie auf, ohne ihn aber davon abzuhalten, langsam jede Schleife zu lösen und jede neue Stelle, die das sich teilende Nachtgewand auf ihrer Haut freigab, sanft zu küssen.

»Nein, ich habe auch nicht vor, es zu übergehen, nur, es für kurze Zeit beiseitezuschieben.«

Elspeth zitterte, als er vor ihr auf die Knie sank und mit dem Aufbinden ihres Nachtgewands zum Ende kam. Sie packte seine Schultern und schrie auf, als er mit seinen langgliedrigen Fingern die Rückseite ihrer Schenkel liebkoste und ihren noch flachen Bauch mit heißen Küssen bedeckte. Als er seine Hände an den Innenseiten ihrer Oberschenkel hochgleiten ließ und sie sanft auseinanderdrückte, konnte sie ihm keinen Widerstand leisten. Sie klammerte sich an ihn und streichelte fast krampfhaft seine Schultern, seine Arme und seinen Kopf, als er sie mit dem Mund liebte. Es dauerte nicht lange, bis sie von der Stärke der sich lösenden Anspannung mitgerissen wurde.

Cormac fing sie in seinen Armen auf, als sie zusammenbrach, weil ihre Beine zu schwach und zittrig waren, um ganz ihren Dienst zu tun. Er trug sie zum Bett, legte sie sanft darauf und riss sich den Umhang herunter. Elspeth erhaschte nur einen kurzen Blick auf seine herrlich erregte Gestalt, bevor er ihr geradezu in die ausgestreckten Arme fiel.

Sie schrie leise auf, als er in sie eintauchte. Das Gefühl ihrer endlich wieder verbundenen Körper linderte einige ihrer seelischen Wunden. Sie schlang ihren Körper um ihn und hieß seine nahezu uneingeschränkte Besitznahme willkommen, denn sie teilte sie. Obwohl sie zu sehr in ihrer eigenen Leidenschaft verfangen war, um die hitzigen Worte zu verstehen, die er gegen ihre Haut flüsterte, bewahrte sie sie in sich. Elspeth kämpfte darum, diesen Augenblick festzuhalten, doch dann nahm er mit einem leisen Stöhnen, das ihr verriet, dass er wusste, was sie da tat, ihre schmerzende Brustspitze tief in den Mund und saugte heftig daran. Sie schrie seinen Namen, als er sie einmal mehr in die Höhen der Leidenschaft entführte. Als sie sich eben dieser süßen Wonne hingab, fühlte sie, wie Cormac tief in ihren Körper hineinglitt und unter der Stärke seines eigenen Höhepunkts zitterte. Dann rief er seinerseits zärtlich ihren Namen.

Es dauerte eine Zeit lang, bevor Cormac wieder zu Sinnen kam. Allerdings machte es ihm Elspeth, die ihn mit ihren schmalen, sanften Händen und Füßen streichelte, nicht leicht, bei Verstand zu bleiben. Ebenso verhielt es sich mit der Wärme, die seine schnell sich erholende Männlichkeit eng umfing. Er küsste sie zärtlich und löste die Innigkeit ihrer Umarmung. Schließlich schob er sich auf die Ellbogen, um sich etwas von der Versuchung, Haut an Haut mit ihr zu liegen, zu lösen.

Er sah ihr in die Augen. Das Grün war noch immer dunkel vor Leidenschaft. Sie schaute ihn an, als wäre er das Einzige, was ihr wichtig war. Sir Balfour hatte recht. Dieser Blick ließ einem Mann die Innereien zusammenkrampfen. Cormac gestand sich ein, dass es eine seiner größten Ängste war, diesen Blick niemals mehr in ihren Augen sehen zu dürfen.

Der Gedanke an Sir Balfour erinnerte Cormac an dessen Rat. Die Wärme, die sie in diesem Augenblick für ihn empfand, mochte vielleicht nicht lange anhalten. Wenn er sie dazu bringen konnte, jetzt alles zu besprechen, wenn er ihr

jetzt alles erklärte, konnte die Angelegenheit vielleicht schon fast bereinigt sein, bis ihre Verletzung und ihre Wut überhaupt Gelegenheit hatten zurückzukehren. Es würde gewiss alles viel einfacher sein, wenn diese starken Gefühlsregungen nicht alles durcheinanderbrachten.

»Engel, du bist der Traum eines jeden Mannes«, sagte er, indem er ihr einen Kuss auf die Lippen hauchte. »Ich wusste es, solange du bei mir warst, und ich wusste es innerhalb von wenigen Augenblicken, nachdem du mich verlassen hast.«

Elspeth spürte, wie ein Teil der verbliebenen Glückseligkeit schwand, aber sie versuchte nicht, sich seiner Umarmung zu entziehen. Wenn er die Absicht hatte, aufrichtig mit ihr zu sprechen, konnte es sein, dass sie ihm nah sein musste. Wenn nicht, durfte sie vielleicht ihre Nähe noch für eine Weile genießen, bevor Verletzung und Wut sie wieder voneinander trennten.

»Und doch bist du mir nicht nachgekommen«, sagte sie schnell. »Du hast mich nicht aufgehalten.«

»Ich fürchte, ich hätte es gar nicht können, ungeachtet dessen, ob ich es gerne getan hätte oder nicht. Trotz einer Nacht voller Liebesspiele – etwas, was einem Mann ganz gewiss die Kraft raubt – hatte ich den Morgen damit zugebracht, das Laufen zu üben. Das hat sicher alles dabei geholfen, meine Kraft zurückzugewinnen, aber nicht sofort. In jenem Moment hätte ich kaum das Zimmer durchqueren können, ohne dass meine Beine unter mir weggebrochen wären. Ich war so schwach wie ein Neugeborenes.«

»Oh.« Und das hieß, dass er und Isabel nichts weiter getan haben konnten, als sich zu küssen – egal was diese Frau mit dem besorgten Glattstreichen ihrer Röcke vorspiegeln wollte, dachte Elspeth gereizt. »Ich glaube, dass es mehr Gründe gab als nur deine Schwäche, die dich zögern ließen.«

»Ein paar, aber wenn ich es an diesem Tag gekonnt hätte, hätte ich dich niemals gehen lassen. So durcheinander ich

auch war, war ich mir einer Sache ganz sicher: Ich wollte, dass du bei mir bleibst.«

»Deswegen«, flüsterte sie und wies mit einer einzigen kurzen Handbewegung auf ihre leicht ineinander verschlungenen Körper. »Du wolltest, dass ich deswegen bleibe.«

»Würdest du mir glauben, wenn ich Nein sage? Welcher Mann würde etwas so Schönes, wie wir es miteinander erleben, nicht festhalten wollen? Von Anfang an erkannte ich, dass es mindestens so schön war wie alles, was ich vorher erlebt hatte, und dass nichts, was jemals war oder sein würde, dem gleichkommen könnte.« Er lächelte halbwegs und küsste das leichte Kräuseln, das ihre vollen Lippen umspielte, als er ihre Gedanken erriet. »Ich erkannte in jeder Hinsicht, dass es das Beste war, und das beunruhigte mich zutiefst. Wie konnte es sein, so fragte ich mich, wo ich doch –« Er verschluckte sich und unterbrach sich, als ihm bewusst wurde, was er sagen wollte und zu wem.

Elspeth musste fast über den entsetzten Ausdruck auf Cormacs Gesicht lächeln. »Nein, hör nicht auf. Wir sind jetzt verheiratet. Es gibt kein Zurück mehr.« Sie strich ihm mit dem Handrücken über die Wange. »Ich schrecke vielleicht zurück, aber schenke dem keine Beachtung. Du sagst vielleicht Dinge, die mir nicht gefallen oder die ich nicht hören will, aber ich habe gerade zwei lange Monate mit Fragen zugebracht, auf die ich keine Antworten fand. Ich möchte nicht den Rest meines Lebens auf diese Weise verbringen.«

Er atmete tief durch und fuhr fort. »Wie konnte das, was du und ich miteinander erlebten, das Beste sein, wo ich doch meinte, Isabel zu lieben. Und ich kann nicht beschreiben, was ich empfand, als ich feststellte, dass Isabel damals keine Jungfrau mehr war, wie sie behauptet hatte. Es war die erste Lüge, die ich entdeckte. Und wie immer strengte ich mich an, sie zu ignorieren.«

»Du hast diese Frau zehn Jahre lang geliebt, Cormac.«

»Ich war zehn Jahre lang ihr Spielzeug – das kleine Hünd-

chen, das zu jung und zu dumm war, um etwas anderes als Isabels Schönheit zu sehen. Der Esel, der sich zu viele Gedanken darüber machte, ein jugendliches Versprechen zu lösen, der so sehr in Sorge war, auch nur ein Stückchen seines Ehrgefühls zu verlieren, dass er nie genau genug hinschaute, um zu sehen, dass es die Frau, die er in Ehren hielt, gar nicht wert war.«

Hinter seinen Worten lauerte eine Menge Wut. Er hatte ein Recht darauf, aber Elspeth fragte sich, wie tief sie ging und was der wahre Grund dafür war. War es nur die Wut eines Mannes, den man zum Narren gehalten hatte, oder der Schmerz eines betrogenen Herzens?

»Viele Männer haben sich, geblendet von ihrer Schönheit und Sinnlichkeit, von ihr zum Narren halten lassen«, warf sie ein und beobachtete ihn sorgfältig.

»So lange wie ich?« Er schnitt eine Grimasse vor Selbstekel, als sie nicht antwortete, dann rollte er sich zur Seite, um sie anzusehen, und fuhr sich mit den Fingern durchs Haar. »Nun ja, da gab es ihren Geliebten, Sir Kenneth, aber man weiß nicht so recht, wer von den beiden den anderen am meisten benützt hat. Er hatte immerhin den Verstand, Isabel als das zu sehen, was sie war, und es sich zunutze zu machen.«

»Was ihnen beiden einen Ausflug an den Galgen eingebracht hat.«

»Wie wahr. Was ich damit sagen will, ist, dass du mich von Anfang an an dem Weg, den ich gewählt hatte, und der Aufrichtigkeit meiner Gefühle für diese Frau, der ich so lange nachgelaufen bin, hast zweifeln lassen und durch dich alles infrage gestellt wurde. Alles, was du und ich zusammen machten – vom Gespräch bis hin zum Liebesspiel – hinterließ in mir noch mehr Zweifel, noch mehr Verwirrung und noch mehr Fragen. Manchmal habe ich törichterweise für meinen verwirrten Zustand dir die Schuld gegeben. Dann wieder habe ich mir die Schuld gegeben. Mein Fehler war, dass ich nie innegehalten habe, um Isabel die Schuld zu ge-

ben.« Er knurrte einen leisen Fluch und stand vom Bett auf. »Noch ein bisschen Wein. Dieses Reden trocknet die Kehle aus, und ich plappere so. Es ist klar, dass ich damit noch eine Weile zugange bin.«

Elspeths Augen wurden groß, als er zum Tisch schritt, auf dem sie den Wein abgestellt hatte. Er schenkte ihnen beiden einen Kelch voll ein. Dieser Mann kannte die Bedeutung des Wortes Schamhaftigkeit eindeutig nicht. Wie konnte er erwarten, dass eine Frau vernünftig und gesprächsfähig war, wenn er sich so offen zeigte? Als er sich umdrehte, um zum Bett zurückzugehen, warf sie einen langen Blick auf seine gut proportionierte, muskulöse Gestalt, stöhnte auf und zog sich die Bettdecken über den Kopf.

»Wenn Ihr vorhabt weiterzureden, Sir Cormac, solltet Ihr Euch entweder anziehen oder wieder unter die Decke schlüpfen«, knurrte sie.

Cormac grinste, als er ihren Weinkelch auf dem Tischchen neben ihrer Seite des Betts abstellte und wieder unter die Decken glitt, wobei er seinen Wein noch immer in Händen behielt. »Erregt von meiner Schönheit, Mädchen? Na, na, du musst etwas Selbstbeherrschung lernen.«

»Selbstbeherrschung, meinst du? Sollen wir einmal schauen, wie sehr du dich nach reden fühlst, wenn ich aufstehe und nackt herumstolziere?« Sie setzte sich auf und nahm ihren Weinkelch.

»Oh ja, bitte, Engel«, sagte er, seine Stimme schwankte vor Lachen, »mach es. Ich bin bereit, der Prüfung unterzogen zu werden.«

»Führten wir nicht eine Unterhaltung?«, fragte Elspeth und begutachtete ihn ein wenig ärgerlich, während sie an ihrem Wein nippte.

»Bitte schön! Und während ich hinüberstolzierte, um uns unseren Wein zu holen, hatte ich eine Idee.« Er entschloss sich, dass es besser wäre, ihr leises Klatschen zu übergehen. »Ich weiß, welche Fehler ich gemacht habe, aber ich weiß

nicht genau, was dich beunruhigt. Vielleicht solltest du mich nach dem fragen, was du wissen willst, mir einige von den Fragen stellen, die dich seit Monaten beschäftigen.«

»Warum hast du dich für sie entschieden?«, fragte sie freiheraus, mit einer Stimme, die bei der Erinnerung an den Schmerz belegter klang. »Warum hast du, nach allem, was zwischen uns war, nicht einmal gezögert?«

»Oh doch, das habe ich, mein Liebes.« Er legte ihr den Arm um die Schultern und zog sie fest an sich. »Die ganze Zeit über, in der sie da war, war ich in einem solch verwirrten Zustand, dass ich mich wahrscheinlich nicht meines eigenen Namens entsonnen hätte, falls mich jemand gefragt hätte. Ich hatte den Eindruck, als würde ich in einem Schauspiel mitwirken, in dem einfach nur Worte ausgestoßen werden – die gleichen Worte, die immer und immer und immer wieder gesagt wurden. Dann erwiderte ich, was sie meiner Meinung nach hören wollte, damit sie ging. Ich wollte, dass sie ging, weil ich schreckliche Angst hatte, dass du zurückkommen und uns zusammen sehen würdest, und weil ich mich fühlte, als ob plötzlich alles falsch war, sehr falsch, und ich dringend nachdenken müsste.«

»Dann kam ich.«

»Genau. Noch als Isabel ging und du zu sprechen anfingst, waren die meisten Worte, die mir aus dem Mund kamen, Worte aus der Gewohnheit heraus. Isabel hatte ein trauriges Leben. Isabel braucht mich. Ich habe dieser Frau ein Versprechen gegeben und muss daran *festhalten*. Ich habe während der vergangenen Monate des Inmichgehens festgestellt, dass ich sehr gut trainiert war. Sie hat mich eingefangen, als ich jung war und keine Ahnung von Frauen hatte, und mich seitdem mithilfe meines kindlichen Bildes von ihr gelenkt.«

»Eigentlich dachte ich, dass sie dich mit etwas, dass sich ein wenig weiter unten befindet, gelenkt hat«, entgegnete Elspeth ironisch.

»Ja, vielleicht, aber fangen dort nicht alle Träume leiden-

schaftlicher junger Männer an?« Er setzte seinen Kelch ab, sah, dass ihrer leer war, und stellte ihn beiseite, bevor er sie fest in die Arme schloss. »Ich wollte sie nicht, Elspeth, aber ich verstand nicht, wie das geschehen konnte, was sich verändert hatte und warum. Ich musste Isabel treffen und dann über alles, was sich während unseres lang erwarteten Treffens abspielen würde, in Ruhe nachdenken. Ich brauchte Zeit, um zu erkennen, dass alles, was mir seit so Langem vertraut war, nicht mehr der Wahrheit entsprach. Zum ersten Mal seit ich mir geschworen hatte, niemals mein Wort zu brechen und der Welt zu beweisen, dass nicht alle Armstrongs wie meine berüchtigten Eltern waren, zum ersten Mal fragte ich mich, wie ich mich von dem Versprechen, das ich Isabel gegeben hatte, befreien könnte. Ich hätte sie gerne geohrfeigt für die Beleidigungen dir gegenüber. Ich war verärgert über ihre Forderungen, und ich wünschte mir aus den verschiedensten Gründen verzweifelt, dass sie wegginge. Jetzt hatte ich Esel, der ich wohl bin, erkannt, dass damit etwas absolut nicht stimmte.«

Es stimmte in der Tat nicht, und Elspeth konnte ihre Hoffnung und ihre Freude kaum verbergen. Cormac sprach, als sei er von seiner früheren Geliebten belästigt worden. Er klang überhaupt nicht wie ein Liebhaber, sondern einfach nur wie ein genervter Mann. Es musste ein großer Schock für ihn gewesen sein festzustellen, dass er so empfand, schon empfunden hatte, bevor sie ihn verlassen hatte, und dass er das gegenüber der Frau empfand, die er zehn Jahre lang angebetet und geachtet hatte und der er so lange nachgelaufen war. Es war nicht verwunderlich, dass er nicht mehr fähig gewesen war, klar zu denken.

»Ich wünschte nur, du wärest zu diesen Erkenntnissen gelangt, *bevor* du ihr Geständnis gehört hast, und wärst zu mir gekommen, *bevor* sie tot war.«

»Das wünsche ich mir auch, mein Engel«, sagte er weich und hauchte ihr zärtliche Küsse übers Gesicht. »Alles, was

ich tun kann, ist, dir zu schwören, dass ich die Wahrheit über sie bereits erkannt hatte und deutlich alles sah, was zwischen ihr und mir geschehen war, und dass ich angefangen habe, mich durch dieses verfluchte Versprechen gefangen zu fühlen. Ich konnte die Zweifel nicht länger abtun. Nachdem du mich verlassen hattest, war ich wütend auf Isabel, weil sie ein derartiges Durcheinander verursachte hatte und dann verschwunden war, aber nach dir sehnte ich mich. Ich lag allein im Bett und dachte nicht an Isabel, sondern ich verzehrte mich nach dir. Ich begriff sogar, dass du und ich uns in der kurzen gemeinsamen Zeit öfter geliebt haben als Isabel und ich in all den Jahren, seit ich sie kennengelernt hatte. Als ich mich den Douglas anschloss und die Bekenntnisse dieser Frau belauschte, wusste ich bereits, dass alles aus und vorbei war, aber ich konnte diese Worte nicht über die Lippen bringen. Das hätte bedeutet, dass ich ein kompletter Esel bin, dass ich all die Jahre verschwendet habe.

Es war einfach nichts mehr da. Ich fühlte keine Eifersucht, als ich hörte, wie sie lautstark mit Sir Kenneth zugange war. Ich fühlte weder Wut noch Abscheu, als ich hörte, wie sie und ihr Geliebter über die Morde sprachen, die sie bereits begonnen hatten, und über die, die sie planten. Ich kann nicht einmal beschreiben, was ich fühlte, als ich entdeckte, dass sie mir mein Kind vorenthalten hatte und nun versuchte, den Jungen zu benutzen, um mich gefügig zu machen.«

»Er ist ein sehr lieber Junge«, sagte Elspeth, die mit ihren Händen über seine breite Brust streichelte und das Gefühl seiner warmen Haut genoss.

»Ich sehe eine Spur von Isabel in seinem Gesicht, aber es berührt mich nicht.«

»Ich war deswegen etwas beunruhigt«, gab sie zu. »Aber du hättest nicht fürchten müssen, dass ich ihm jemals die Verbrechen seiner Mutter vorwerfe.«

Cormac umfing ihr schmales Gesicht mit seinen Händen und drehte es sanft zu ihm hin. »Das weiß ich. Meine einzige

Angst, als ich ihn zu dir brachte, war, dass du ihn als Beweis für ein noch immer vorhandenes Band zwischen Isabel und mir ansehen würdest. Es gibt keines. Es hat keines mehr gegeben, seit ich dir zum ersten Mal bei Sir Colin in die Augen gesehen habe. Verzeih mir, dass ich zu verstockt und blind war, um zu erkennen, was mit meinem eigenen Herzen los ist, dass ich Angst hatte zuzugeben, dass ich mich irrte und so lange zum Narren gehalten wurde. Ich verletzte dich um einer Frau willen, die es nicht wert war, deine kleinen Pantöffelchen sauber zu machen.

Du hast mir so viel gegeben, Elspeth. Ja, und ich stopfte mich damit voll wie ein gieriges Kind, gab dir aber meinerseits nichts. Du hast mir mein Leben zurückgegeben«, flüsterte er und hauchte ihr einen ehrfurchtsvollen Kuss auf die Lippen.

»Diese alte Schuld ist bestens beglichen worden«, sagte Elspeth, die dank der Innigkeit seines zärtlichen Kusses fast zu Tränen gerührt war.

»Ich meinte damit nicht damals, als du mich blutend auf dem Grund und Boden deines Vaters gefunden hast. Du hast mich vor Isabel gerettet. Mit jeder Berührung, jedem Kuss hast du sie aus meinem dummen, eigensinnigen Herzen geschoben. Du zeigtest mir, wie Liebe sein sollte, und enthülltest dadurch die Hässlichkeit meiner Beziehung mit Isabel. Sie wurde an den Galgen geschickt, aber in Wahrheit war sie für mich gestorben, noch bevor sie die Leiter zum Strang hochstieg, bevor ich zusah, wie sie hingerichtet wurde.«

»Du hast gesehen, wie sie gestorben ist?« Trotz ihrer Gefühle gegen diese Frau und Cormacs langer Beziehung zu ihr spürte Elspeth in ihrem Herzen einen Hauch von Mitgefühl für all das, was Cormac durchgestanden hatte.

Er nickte. »Ich wollte es um Christophers willen. Eines Tages fragt er vielleicht nach ihr. Und als deutlich wurde, dass all ihre Verwandten sie verlassen haben, kümmerte ich mich um ihre Bestattung. Ich war auch Zeuge gegen sie. Aus

all diesen Gründen bin ich dir so lange nicht gefolgt. Ich musste erst alles bis zum Ende abwickeln.«

»Es war besser so. Du musstest sehen, dass wirklich alles zu Ende ist.«

»Bitte beantworte mir nun Folgendes, mein Herz: Habe ich all das, was du für mich empfunden hast, zerstört?«

»Nein«, antwortete sie ihm leise. Sie wusste, dass sie ihm die gleiche Aufrichtigkeit schuldete, die er ihr zugestanden hatte, auch wenn er die drei kleinen Worte, nach denen ihr so sehr verlangte, nicht ausgesprochen hatte. »Die Worte, die ich damals geradezu ausgespuckt habe, entsprangen meiner Wut und meinem Schmerz. Du musst wissen, dass ich es versucht habe. Während ich zuschaute, wie die Tage verrannen, habe ich mich sehr bemüht, meine Gefühle für dich abzutöten. Und zwar nur, weil ich nicht mehr verletzt werden wollte. Ich versuchte es sogar noch heftiger, als Payton mir die Nachrichten über Isabel brachte, denn dadurch flackerte in mir die Hoffnung auf, dass du dich jetzt mir zuwenden würdest, und ich hatte Angst, schwach zu sein und mir zu erlauben, die zweite Wahl zu sein. Nichts hat geholfen. Du bist tief in meinem Herzen und in meiner Seele, Cormac Armstrong. Ich konnte dich nicht vertreiben. Ja, ich liebe dich noch immer.«

Cormac hielt sie fest und empfand so große Erleichterung, dass er durch deren Stärke zitterte. »Ach Mädchen, ich hatte solche Angst, dass ich mehr angestellt habe, als du mir vergeben kannst, dass ich deine Liebe getötet habe und du meine niemals mehr erwidern kannst.«

Elspeth brauchte einen Augenblick, um die Bedeutung seiner Worte zu verstehen. »Du liebst mich?«, fragte sie mit einer vor Schreck weichen Stimme. Sie entzog sich ihm gerade so weit, dass sie sein Gesicht deutlich sehen konnte.

»Natürlich. Das habe ich dir doch gesagt.«

»Das hast du nicht, nicht ein einziges Mal hast du mir gesagt, dass du mich liebst.«

»Was glaubst du wohl, was all diese Botschaften, die ich dir geschickt habe, gesagt haben?«

»Sie haben nicht gesagt, dass du mich liebst. Wenn du mir nicht glaubst, hole ich sie und zeige sie dir.« Aus dem Augenwinkel heraus sah sie sein Schmunzeln, weshalb sie ihm einen strengen, skeptischen Blick zuwarf. »Worüber schmunzelst du?«

»Du hast meine Botschaften aufgehoben.«

»Die Rückseiten waren nicht beschrieben. Ich dachte, ich könnte sie für mein eigenes Gekritzel benützen.« Ihr Sarkasmus ließ das Lächeln auf seinem Gesicht ersterben, aber sie konnte sehen, dass es in seinen Augen zurückblieb. »Glaube mir, Cormac, nicht eine davon enthält die Worte *Ich liebe dich*, Elspeth. Ich denke, ich hätte das bemerkt.«

Er zog sie eng an sich und küsste die Grube hinter ihrem rechten Ohr, hocherfreut über die Schauder des Begehrens, die über ihren schlanken Körper liefen. »Einmal mehr: Ich bitte dich um Verzeihung. Ich habe mein Herz in diesen Botschaften ausgeschüttet. Töricht, aber ich dachte, dass du das darin lesen könntest, auch wenn ich nicht ganz direkt wurde.« Er küsste sie nach jedem Wort, das er sagte, laut und deutlich: »Ich liebe Euch, Lady Elspeth Armstrong.«

Eine Weile gab sich Elspeth seinen verführerischen Küssen hin. Seine Berührung war jetzt, wo sie wusste, dass ebenso Liebe wie Leidenschaft darin zu finden war, noch aufregender. Als er ihre Brüste mit seinen Händen bedeckte und mit den Daumen über ihre Brustspitzen rieb, bis sie hart waren und schmerzten, beschloss sie, dass sie diesem sinnlichen Spiel Einhalt gebieten musste. Es war an der Zeit, ihm ihr Geheimnis anzuvertrauen. Bald jedoch entdeckte sie, dass es nicht einfach war, sich aus dem Griff eines verliebten Cormac zu befreien. Schließlich zwickte sie ihn in die zarte Haut auf der Unterseite seines Arms. Er fluchte, rieb sich die Stelle und erlaubte ihr damit, sich unter ihm hervorzuwinden und aufzusetzen.

»Was soll denn das?«, fragte er stirnrunzelnd und plötzlich besorgt, dass er nur das herausgehört hatte, was er hatte hören wollen, und noch nicht alles in Ordnung war.

»Ich muss dir etwas erzählen, und du hast mich abgelenkt.«

»Es ist unsere Hochzeitsnacht. Man erwartet von mir, dass ich dich ablenke, bis keiner von uns mehr laufen kann.« Er streckte die Hand nach ihr aus.

Elspeth schlug seine Hand leichthin weg. »Das kannst du gleich tun.«

Das klang vielversprechend, doch Cormac fühlte sich noch immer unbehaglich. Elspeth wirkte ein wenig nervös wegen dem, was sie ihm gleich erzählen wollte. Als sie ihn verlassen hatte, war sie verletzt, wütend und hatte zweifelsohne das Gefühl, dass sie als Frau oder als Geliebte versagt hatte. Er kannte die Sorte Zweifel, mit der man rang, wenn man sich wegen einem anderen abgelehnt fühlt, nur zu gut. Hatte sie sich jemandem zugewendet, um Trost zu finden? Elspeth war eine leidenschaftliche Frau. Man konnte sich nur allzu leicht vorstellen, welche Formen solcher Trost annehmen konnte. Cormac ballte seine Hände zu harten Fäusten und stellte fest, dass der bloße Gedanke, ein anderer Mann hätte Elspeth umarmt, mehr Wut, Eifersucht und Verletzung in ihm weckte, als Isabel es jemals vermocht hatte. Elspeth hatte sich als weggeworfen empfunden, und Cormac sah ein, dass er kein Recht darauf besaß, sich über das zu beschweren, was sie während dieser Zeit vielleicht getan hatte. Er wünschte sich verzweifelt, Verständnis zu haben, wusste aber in seinem Innersten, dass es das Schwerste war, was er jemals zu tun hatte. Ihm war außerdem klar, dass sie ihm besser nicht den Namen ihres Geliebten verriet, nicht wenn sie für diesen Mann irgendeine Form von Zuneigung empfand. Er würde, ohne zu zögern, diesen Idioten umbringen, und das würde seiner Ehe ganz gewiss nicht zu einem guten Anfang verhelfen.

»Du siehst sehr grimmig aus, Cormac«, bemerkte Elspeth, die über seinen harten Gesichtsausdruck erschrak. »Es ist kein schlimmes Geheimnis.«

»Schenk mir einfach keine Beachtung«, sagte er, wobei er sich um einen gleichmäßigen Klang der Stimme bemühte, aber an ihrer zunehmenden Besorgnis ablesen konnte, dass er scheiterte. »Es ist nur so, dass ich im Moment Geheimnisse mehr als satthabe, und der bloße Hinweis auf eines macht mich nervös.«

»Ach, natürlich. Für gewöhnlich habe ich keine Geheimnisse, Cormac, und ich habe nicht die Absicht, es bei dir anders zu machen. Zumindest nicht in Bezug auf uns beide. Meine Familie – die jüngeren Mitglieder – könnte von Zeit zu Zeit verlangen, dass eines zu bewahren ist. Ich hätte dir schon früher alles erzählt, aber so, wie ich nicht wollte, dass du zu mir kommst, nur weil du Isabel nicht haben kannst oder weil du dich aus Ehrgefühl heraus gezwungen fühlst, die Jungfrau, mit der du geschlafen hast, zu heiraten, wollte ich auch nicht, dass du wegen diesem zu mir kommst.«

»Elspeth, spuck es einfach aus.«

Sie zwinkerte überrascht angesichts seines schroffen Tons, gestand sich aber ein, dass sie plapperte. Elspeth atmete tief durch, und mit so gelassener Stimme, wie sie sie nur aufbringen konnte, sagte sie: »Ich bin seit fast drei Monaten schwanger mit deinem Kind.« Als die ganze Anspannung aus seinem Körper wich und er sich auf den Rücken fallen ließ und leise lachte, sah sie ihn fragend an. »Als ich mir deine Reaktion auf diese Nachricht vorgestellt habe, war diese zugegebenermaßen nicht dabei. Ich hatte eigentlich gehofft, dass du dich freust«, fügte sie hinzu, wobei sie das Zittern von Tränen in ihrer Stimme verdammte.

»Oh, Engel, das tue ich, aber wenn du wüsstest, was ich für dein Geheimnis gehalten habe ...« Er kicherte und schüttelte den Kopf.

»Was hast du denn gedacht, dass ich sagen will?«

»Dass du dir, während wir voneinander getrennt waren, einen Liebhaber genommen hast.«

Cormac vernahm ihr wütendes Luftschnappen und hielt sie fest, als sie aus dem Bett wollte. Er ächzte unter den Schlägen, die sie ihm versetzte, bis er sie unter sich fixiert hatte. Das Ausmaß ihrer Wut ließ ihn noch mehr jubeln. Hier war eine Frau, die eindeutig an die Treue glaubte und diese als eine Frage der Ehre betrachtete.

»Wie konntest du das von mir denken?«, wollte sie wissen. Beleidigung und Verletzung überlagerten ihre Verärgerung.

»Nicht aus den beleidigenden Gründen, die du dir vorstellst. Ich verletzte dich und habe dich deiner Meinung nach wegen einer anderen verlassen. Du bist eine leidenschaftliche Frau, Elspeth. Ich fürchtete einfach, dass du blindlings Trost gesucht hast und ein bisschen mehr daraus wurde. Ich sagte mir, dass ich nicht das Recht hätte, mich darüber zu beschweren, und dass ich verständnisvoll sein müsste.«

Er sagte diese letzten Worten, als ob er sich daran verschluckte, und Elspeth schmunzelte. »Hat es funktioniert?«

Cormac seufzte und legte seine Stirn an ihre. »Nein. Ich hoffte, dass du mir nicht den Namen des Mannes nennst, denn ich hätte ihn ganz bestimmt umgebracht.«

Sie hauchte ihm einen Kuss auf die Lippen. »Es gab ein paar Nächte, in denen das Verlangen so heftig war, dass ich mir überlegte, wie ich es stillen könnte.«

»Das Gefühl kenne ich allzu gut.« Er grinste, als sich ihre Augen zu Schlitzen verengten. »Ich ertrug es – allein. Sehr, sehr allein.«

»Ich auch, denn mir war klar, dass es nur für ein paar Augenblicke abgeschwächt würde.« Sie streckte die Hand aus, um seine Wange zu streicheln. »Und was ist mit unserem Kind?«

Er kniete sich zwischen ihre Beine, küsste ihren noch flachen Bauch und legte seine Hand dorthin, während er sie an-

sah. »Ich bin viel zu glücklich, um irgendwelche schönen Worte zu finden, mein Engel.«

»Die sind schön genug.«

»Weiß es deine Mutter?«

»Ja, und sie hat nichts daran auszusetzen.« Als er ihr die Hände auf die Hüften legte und seine Daumen über dem Zwischenraum ausstreckte, setzte sich Elspeth auf und küsste ihn. »Ich bin das Ebenbild meiner Mutter, mein Herz, und schau dir die Brut an, die sie hervorgebracht hat. Außerdem ist meine Familie geradezu zum Bersten voll mit Frauen, die der Heilkunde mächtig sind, und sie werden alle da sein.«

Cormac schloss die Augen und zog sie fest an sich, ihre Worte trösteten ihn, wobei er allerdings wusste, dass dieser Trost nicht lange anhalten würde und oft wiederholt werden müsste. »Ich liebe dich, Elspeth.«

»Und ich liebe dich«, wisperte sie und küsste ihn. »Aber hast du nicht etwas erwähnt, von wegen mich abzulenken, bis keiner von uns beiden mehr gehen kann?«

Cormac lachte und ließ sie wieder auf das Bett fallen.

Epilog

»Pressen. Gut gemacht, Mädchen. Kräftig pressen.«

Elspeth hob ihren schweißgebadeten Kopf vom Kissen ab und funkelte ihre Mutter an. »Ich *presse!*«

»Ich kann den Kopf sehen, Mädchen«, sagte Agnes und klopfte Elspeth auf eines der hochgehobenen Knie. »Er ist fast draußen.«

»Ich verstehe nicht, warum es so verdammt lange dauert«, keuchte Elspeth. »Es scheint doch wohl, als hätte er keinen sonderlich langen Weg.« Sie hörte von fern Agnes, ihre Mutter und Sorcha lachen, während sie den Befehlen ihres Körpers und der Frauen nachkam und presste.

Sorcha wischte Elspeth den Schweiß von der Stirn. »Bald bist du fertig, Cousine. Ich weiß, dass du das jetzt nicht so siehst, aber du bist mit einer leichten Geburt gesegnet.«

»Leicht?«, krächzte Elspeth.

»Ja. Immerhin bist du noch so weit bei Sinnen, dass du sprechen kannst.«

»Ach ja? Dann bringt Cormac her. Es gibt da ein paar Dinge, die ich ihm gern sagen würde.«

Das Lachen der Frauen war das Letzte, was Elspeth hörte, bevor die Forderungen ihres Körpers all ihre Kraft und Aufmerksamkeit auf sich zogen. Leise Stimmen, ermunternde Worte und ihr eigenes unschönes Ächzen waren das Einzige, was sie hörte. Dann war da unvermittelt ein überwältigender Schmerz, und sie schrie gellend auf.

Erst als der Schmerz nachließ, wurde sich Elspeth langsam ihrer selbst und ihrer Umgebung wieder bewusst. Ihr Körper tat weh, und mit einem Ruck erkannte sie, dass alles vorbei war. Dann, gerade als ihr abgespannter Kopf die Stille be-

merkte und Ängste in ihr aufstiegen, hörte sie das Wimmern eines Kindes.

»Mein Kind?« Ihre Stimme war so heiser, dass sie sie selbst kaum erkannte.

»Es lebt«, sagte ihre Mutter. »Agnes wäscht das Kind, und Sorcha und ich werden jetzt dich waschen.«

»Aber ...«

»Ihr, du und das herrliche neue Leben, das du zur Welt gebracht hast, begegnet euch gleich. Du hast neun Monate lang gewartet, du kannst also noch ein paar weitere Minuten warten, bis ihr beide gewaschen seid.«

Elspeth ergab sich resigniert und wartete, wobei sie sich allerdings anstrengte, einen Blick auf Agnes und das Kind, das diese hielt, zu erhaschen. Sorcha und ihre Mutter arbeiteten schnell und gründlich, rollten sie auf dem Bett zur einen und dann zur anderen Seite, als sie das Bettlaken wechselten, wuschen sie am ganzen Körper, richteten ihr Haar und zogen ihr ein frisches Nachtgewand an. Elspeth kam sich allmählich wie ein Kind vor, so klein wie das, das sie eben geboren hatte. Als sie sie gegen einen Stapel von Kissen lehnten und ihr das Kind in den Arm legten, fühlte sie sich schon viel besser. Elspeth nickte zustimmend, weil Agnes das Kind nicht zu fest eingepackt hatte, als diese es langsam auswickelte.

»Zehn winzige Finger, zehn winzige Zehen, kein ...« Elspeths Augen wurden groß. »Es ist ein Mädchen.«

Agnes konnte ihre Freude nicht verbergen. »Ja, ein Mädchen. Ein hübsches kleines Mädchen mit Eurem schwarzen Haar. Oh, sie ist so süß.«

Mit der dezenten Hilfe ihrer Mutter legte Elspeth das Kind an. Es kam noch nicht viel Milch, aber das kurze Saugen sollte sie hervorbringen und ihrem Kind zeigen, wo seine Nahrung zu finden war. Es tat etwas weh, aber ihre Mutter hatte sie davor gewarnt, weshalb sich Elspeth auf die Freude, ihr erstes Kind im Arm zu halten, konzentrierte.

»Wolltest du einen Jungen haben?«, fragte Sorcha.

»Nein, aber ich habe einen erwartet«, antwortete Elspeth. »Bei den Murrays und Armstrongs werden überwiegend Jungen zur Welt gebracht.« Sie lächelte Agnes an. »Wir alle wissen, worum du in den vergangenen Monaten gebetet hast. Du gehst besser und holst Cormac.«

»Lasst mich das Kind nehmen, Mädchen«, sagte Agnes und streckte die Arme danach aus. »Cormac wird sie Euch zurückbringen. Wenn sie herumgezeigt wird, und sei es auch nur kurz, stampft nicht das ganze Pack hier hoch zu Euch, um einen kurzen Blick zu erhaschen.«

Agnes ging und liebkoste das Kind bei jedem Schritt. Nachdem sie noch ein bisschen Wirbel gemacht und sie ein paar Mal geküsst hatten, ließen auch ihre Mutter und Sorcha Elspeth allein. Sie gähnte und hoffte, dass Cormac nicht lange brauchte, bis er kam, denn sonst würde sie tief schlafen.

Cormac spannte sich an, als er sah, dass Agnes die große Halle betrat. Als Elspeths gellender Schrei durch die Hallen gedrungen war, war er aufgesprungen, doch seine Brüder hatten ihn schließlich wieder auf seinen Stuhl niedergerungen. Seitdem herrschte Stille, und jede schmerzlich lange Minute, die ohne Geräusch oder Nachricht von Elspeth verstrich, steigerte seine Angst. Als Agnes sich ihm näherte, sagte er sich, dass sie nicht so freudig aussehen würde, wenn mit Elspeth etwas nicht stimmte, aber seine Furcht weigerte sich, dieser weisen Schlussfolgerung Achtung zu zollen.

»Elspeth?«, stammelte er, als Agnes bei seinem Stuhl stehen blieb.

»Es geht ihr gut«, antwortete Agnes, »sie ist nur erschöpft. Man sieht es ihr nicht an, aber sie ist dafür geschaffen, Euch viele Kinder zu schenken.«

»Sie hat geschrien.«

»Ja. Das würdet Ihr auch, wenn Ihr das da aus Eurem Körper pressen müsstet.« Agnes wickelte das Kind langsam aus und hielt es tiefer, damit Cormac es deutlich sehen konnte.

»Seht Ihr es? Mengen an schwarzem Haar, zehn winzige Finger und zehn winzige Zehen, und keinen Pimmel!«

»Ein Mädchen. Wir haben ein Mädchen!« Cormac berührte mit einem zitternden Finger das weiche Haar des Babys, bevor er zusah, wie das Kind mit Agnes im Kreis seiner drei Schwestern verschwand.

Dougal schaute skeptisch auf die vier gurrenden Frauen. »Agnes ist ein bisschen zu erfreut über das Fehlen eines gewissen Anhängsels bei deinem Kind.«

Cormac lachte schallend, schüttete den Rest seines Biers hinunter und stand auf. »Agnes, kann ich Elspeth nun sehen?«

»Ja.« Sie wickelte das Baby wieder ein und legte es Cormac in die Arme, wobei sie seinen erschrockenen Blick überging. »Nehmt das kleine Mädchen wieder mit zu seiner Mutter.« Sie zerrte ihn von seinen Verwandten weg und zog ihn zur Tür. »Junge, Eure kleine Frau hatte eine leichte Geburt, aber es war ihre erste, und da ist klar geworden, dass ihr beide eine fruchtbare Mischung seid. Obwohl Elspeth geradezu für das Kinderkriegen geschaffen zu sein scheint, sind zu viele Kinder in zu kurzen Abständen für keine Frau gut. Es wird Euch nicht überraschen, bedenkt man, wessen Dienerin ich war, aber ich kenne da ein paar Möglichkeiten, um das Wachstum Eurer Familie zu verlangsamen.«

Er küsste Agnes auf die Wange. »Lady Maldie kennt auch welche. Sie hat auch schon mit uns gesprochen. Ich möchte Kinder haben, aber ich brauche Elspeth. Kinder sind ein Segen, den ich immer begrüßen werde, aber Elspeth – nun, Elspeth ist mein Leben. Ich möchte ihr Leben nicht im Wochenbett verschwendet wissen.« Argwöhnisch schaute er das winzige Baby an, das er im Arm hielt. »Bist du sicher, dass ich es nicht fallen lasse?«

»Ich bin mir sicher. Jetzt gehe ich und bringe Christopher und dem kleinen Alan die gute Nachricht. Ihr geht und besucht Eure Gattin, bevor sie einschläft.«

Elspeth zwinkerte, als sie spürte, wie sich das Bett bewegte. Ihr wurde bewusst, dass sie eingeschlafen war, und sie öffnete die Augen, um Cormac an ihrer Seite zu entdecken. Als er sie anlächelte und ihre gemeinsame Tochter auf dem Arm hielt, fühlte sie, wie sich etwas in ihr entspannte. Sein Gesichtsausdruck verriet ihr, dass es ihm überhaupt nichts ausmachte, dass sie ihm keinen Sohn geboren hatte.

»Agnes ist außer sich vor Freude«, sagte er und hauchte einen Kuss auf ihre lächelnden Lippen. »Und meine Schwestern sind es ebenfalls.«

»Das Verhältnis hat sich ein kleines bisschen ausgeglichen«, erwiderte Elspeth.

»Geht es dir gut?« Er setzte sich neben sie, legte ihr einen Arm um die Schultern und zog sie zärtlich an sich.

»Nur sehr müde und etwas wund.« Elspeth sah auf ihr schlafendes Kind hinunter. »Aber sie ist jeden Stich wert.«

Cormac streichelte die Wange des Babys mit einem seiner langgliedrigen Finger. »Ja, das ist sie. Sie ist all die Qualen und Ängste, die ich während der vergangenen drei Stunden erlitt, wert. Ich war hin und her gerissen, sollte ich in der Halle bleiben und beten, bis ich heiser bin, oder sollte ich an deine Seite eilen. Als ob ich dir dabei hätte helfen können.«

»Ich bin froh, dass du in der Halle geblieben bist. Das Gebären ist eine unschöne und entblößende Angelegenheit. Und« – sie schmunzelte zu ihm hoch – »ein paar Mal hatte ich das große Bedürfnis, dir ein paar sehr unerquickliche Namen zu geben.« Sie lachten.

»Nennen wir sie jetzt Keira oder Ilsabeth?«

»Ilsabeth.«

Er küsste die weiche Wange des Kindes. »Willkommen, Ilsabeth Armstrong.«

»Wenn ich mit meiner Menschenkenntnis nicht falsch liege, feiern unsere Verwandten, als ob sie all die Arbeit erledigt hätten. Du kannst dich zu ihnen gesellen. Es macht mir nichts aus.«

»Nein, ich bleibe und feiere mit dir.« – »Wahrscheinlich hast du dann bald nichts weiter zu tun, als meinen Schlaf zu bewachen.«

Cormac legte ihr seine Hand unters Kinn, wandte ihm ihr Gesicht zu und küsste es zärtlich. »Das ist alles, was ich brauche. Ich feiere jedes Mal, wenn ich dich sehe, jedes Mal, wenn ich dich sprechen höre, jedes Mal, wenn ich dich berühre. Du bist mein Herz, meine Seele, der Atem, den ich zum Leben brauche. Ich liebe dich, Elspeth Armstrong, mein kleiner grünäugiger Engel. Ich gelobe, dass ich dich lieben werde, bis ich nur noch Staub auf dem Boden bin.«

»Und ich gelobe dir, dass ich dich liebe, Cormac.« Schläfrig lächelte sie an seinem Mund, als er sie zärtlich küsste. »Und lieben werde. Länger.«

»Vernehme ich da eine Herausforderung?«

»Ja, ich glaube, es ist eine. Interesse, sie anzunehmen?«

»Von ganzem Herzen, Engel. Von ganzem Herzen.«

Weltbild Buchverlag
–Originalausgaben–
Deutsche Erstausgabe 2008

Published by Arrangement with
KENSINGTON PUBLISHING CORP., New York, NY, USA

Dieses Werk wurde vermittelt durch die Literarische Agentur
Thomas Schlück GmbH, 30827 Garbsen.

Projektleitung: Gerald Fiebig
Übersetzung: Andrea Hahn
Redaktion: Michael Köberle
Umschlag: Zeichenpool, München
Umschlagabbildungen: Illustration Judy York
via Agentur Schlück GmbH; Foto Shutterstock/Pichugin Dmitry
Satz: Dirk Risch, Berlin
Gesetzt aus der Sabon 10,5/12,5 pt
Druck und Bindung: CPI Moravia Books s.r.o., Pohorelice

Gedruckt auf chlorfrei gebleichtem Papier

Printed in the EU

ISBN 978-3-89897-956-6